嫌われ松子の一生

被嫌弃的
松子的一生

[日] 山田宗树 著

王蕴洁 刘珮瑄 译

四川文艺出版社

目录

摘自平成十三年（二〇〇一年）七月十一日的新闻报道

足立区日出町公寓内发现女尸

十日上午九点左右，东京都足立区日出町公寓光明庄一〇四室，公寓管理员接获通知，从该户敞开的门中发出恶臭，经察看后，发现室内躺着一具中年女尸，随即向警方报案。根据警方分析，死者是独自居住在该户的五十三岁女子。尸体的衣着整齐，但全身有曾经遭受暴力攻击的痕迹，经解剖后发现，死因为内脏破裂导致的失血死亡。因此，警方认定为杀人事件，正展开深入调查。

第一章　骨灰

1

我离开门上的猫眼，然后，压低嗓门，转头对客厅的方向说:“赶快穿衣服。”

“谁啊？”

“先别问了。”

我检查了一下自己身上的服装。下面穿了一条短裤，上半身是玛丽莲•梦露的T恤。嗯，完全没有问题。

门铃又响了。虽然我也曾经考虑过假装不在家，但我还不至于这么不孝。

门铃响个不停。

我下了决心，取下门链，打开了公寓的门。最先映入我眼帘的，是黝黑额头上的汗水。面前的这个男人之所以不擦汗，是因为他双手抱着一个用白布包着的箱子。

我一言不发地望着他。在高温三十二摄氏度的天气下，此人身穿老鼠色西装，捧着一个用白布包着的箱子，右肩上背了一个咖啡色的大背包。不知道是不是因为汗水流进了眼睛，他那双细长的倒吊眼睛眨了好几下。两片厚唇依然横在脸上，但小平头中夹杂了许多新增加的花白头发，身体也好像缩小了一圈。

“最近好吗？”老爸冷冷地问我。

“你怎么突然来了？”

“嗯，我来这里办点事，顺便有事拜托你。”老爸看了一眼箱子。

“要来之前，也打通电话嘛。”

“我可以进去吗？没想到东京这么热。”

我回头张望了一下说：“进来倒是可以……”

“你怎么了？说话干吗吞吞吐吐的。”

“我有朋友在家里。”

“那更要去打声招呼。这个先帮我拿一下。”

老爸把箱子塞到我手上，没想到竟然出乎意料地轻。箱子略微倾斜时，轻轻发出“哐当”的声音。

“这是什么啊？”

“骨灰。”老爸脱下皮鞋回答道。

“谁的？”

“我姐姐的。”

“那就是我的姑姑喽！我还以为老爸那里的亲戚只有久美姑姑而已。啊，你等一下。”

老爸不理会我，经过我的身旁，往狭小的厨房走去。他依旧这么我行我素。

“哇，真凉快。”老爸站在客厅门口，正准备脱下西装，却停下手，随即又穿了回去。回头看着我。他瞪大了细长的眼睛。

“我刚才不是说了，我有朋友在。”我大步超越了父亲。

明日香穿着白色短裤和橘色背心，正襟危坐在地毯上。还好她动作利落，已经穿好了衣服，如果被老爸看到她浑身上下只穿一条内裤躺在钢管床上，可能会因为心律不齐倒地吧。

明日香双手放在膝盖上，露出灿烂的笑容，鞠了一躬说：“伯父好。”

她一低头，背心胸口处垂了下来，露出洁白的乳沟。

老爸慌忙移开视线。

“呃，这位是渡边明日香，我大学的同学。”

明日香挑着眉毛看着我，柔软的双唇无声地动了动：“同学？”

我对着明日香偏了偏头。

“我老爸。”

明日香再度挤出笑容：“我叫渡边明日香，小女子不才，请多关照。”

她哪里学来这些咬文嚼字的话？

老爸虽然点着头，但一脸困惑，仍然回答说：“彼此彼此。”立刻用手背拍了拍我的手臂。

“好痛啊。”

“既然女朋友在家，就说清楚嘛。”老爸垂着嘴角。

“伯父，您要不要喝点凉的？”明日香站了起来。

“不用忙着招呼我。如果有啤酒的话，给我来一杯吧。”

明日香扑哧一声笑了出来。

老爸愣在原地，一副搞不清楚她为什么发笑的表情。

我在老爸面前坐了下来，把装着骨灰坛的箱子轻轻放好。

“你不要站着，坐吧。我家没有坐垫。”

老爸环顾房间，盘腿坐了下来。这间一室一厅的公寓房租六万五千日元，在距离 JR 西荻洼车站十分钟路程的地方，以这个价钱来说，算是普通水平的房子。每个月的房租都是家里寄来给我，但生活费要靠自己打工和奖学金搞定。这是我来东京时，和家里的约定。

“房子整理得还蛮干净的嘛。”

“你什么时候来的？”

“昨天。”

明日香拿着罐装啤酒和杯子。但只有一个杯子。

“你们怎么不喝？”

“我们是未成年。”

老爸点着头，似乎并没有发现未成年人的家里为什么有啤酒这个矛盾点，说：“你刚才说，有事要找我？”

明日香双手捧着啤酒罐，说：“伯父，请用。”

老爸的表情似乎放松了一下，但可能只是我的错觉。他顺从地伸出杯子，看着啤酒倒入杯中。等明日香倒完之后，老爸轻轻地举了举，表示感谢，就仰头一饮而尽。

“真好喝。”

明日香立刻帮他倒了第二杯。

“所以呢，你找我到底有什么事？”

“就是这件事。”老爸用下巴指了指骨灰坛。

“你可不可以说清楚点，你每次说话都过度省略。”

“笙，你怎么可以这样对伯父说话？”明日香气鼓鼓地说。

明日香没有化妆，一头短发也没有染过。她并不是那种不需要化妆的美女，皮肤白皙，配上一双眯眯眼，有一种纯和风的素净。不过，她开怀大笑时的表情超级可爱。

“啊，没关系，没关系，笙以前就这样。”

听老爸这么说，明日香嘟起嘴，点点头。

“我姐姐叫松子，比我大两岁，今年应该五十三岁了。她差不多在三十多年前就突然失踪，之后杳无音讯。三天前，我接到东京警察局的电话，问我是不是川尻松子的家人。”

“为什么是警察……？”

“因为，她被别人发现死在公寓里。”

我瞥了一眼骨灰坛。

“孤独而死吗？”

“不，听说是他杀。”

“他……他杀？”

“她身上有严重的伤痕，死因是内脏破裂。”

“谁干的？”

“凶手还没有找到。”老爸再度把杯中的啤酒喝干了。明日香愣了一下，又为他倒了一杯。

被冷气冷却的空气似乎比刚才冷了。

“啊！”明日香叫了起来。

我和老爸同时坐直了身体。

“对了，我在报纸上看到过，说是在日出町的公寓，发现了中年女子的尸体。

因为身上有遭受暴力攻击的痕迹，所以警方认定为他杀，准备展开调查。该不会就是……”

老爸皱着眉头："真是的，临死还给家人添麻烦。"

“松子姑姑到底是怎样的人？我还以为我们家在东京没有亲戚呢。”

“她是个令人头痛的姐姐。算了，这件事就别提了。我想叫你去你姑姑的公寓整理一下，准备退租。”

“整理？”

“我工作走不开，明天一大早就要回去。今天一整天都在忙火葬的事，根本没时间处理公寓的事。我已经和房屋中介公司谈好了。”老爸从西装口袋摸出一张折成四折的便条纸。

我一脸不悦地接过便条纸，打开一看，上面用圆珠笔很潦草地写着“光明庄一〇四室”。虽然觉得老爸的字还是这么难看，但如果我说出来，一定会被明日香吐槽说“比你的字好一百倍”，所以我只能把话吞了回去。便条纸的角落印刷着“前田不动产”的名称、地址和电话。地点似乎在北千住车站前的商店街，从西荻洼出发，要搭总武线到秋叶原后，再转山手线和常盘线才能到达，要花不少时间。

“我又不是闲着没事做。”

“骗谁啊，你明明就很闲。”

我狠狠地白了明日香一眼。

“况且，松子姑姑为什么会突然失踪，至少也该说给我听听啊。”

“你不必知道。反正，她是川尻家的耻辱，就这么简单。”老爸愤愤地说完，紧抿着嘴巴，不再说话。

我叹了一口气，将身体向后仰，双手在身后支撑着身体。

“你今天要住哪里？”

“……我会去找饭店住。”

“那就好。”

老爸用欲言又止的眼神看着我，我把头转向一旁。

室内再度陷入寂静。老爸“嘿咻”一声，站了起来。

“就是这件事。谢谢招待。”

“伯父，你要走了吗？”

“我怕太打扰你们。”

“怎么可能打扰。”

老爸看着我。

我一言不发。

老爸抱着骨灰坛走向门口。在他穿鞋子的时候，由我拿着骨灰坛。我明明拿得四平八稳，却听到“哐当”的声音。

“你多保重。偶尔记得打电话回去，你妈很挂念你。”

“哦。”

老爸抱着松子姑姑的骨灰坛走进艳阳和蝉鸣声中。老爸的背影比以前小了。我怕他回头看我，赶紧关上门。

回头一看，发现明日香正狠狠地瞪着我。

“干吗？”

“你爸难得从福冈来东京，你为什么不留你爸住下？他一定想和你好好聊聊。我觉得你爸好可怜。”

“没关系，我家的人都这样，我们父子根本没有促膝交谈的习惯。”

“至少应该送他到车站吧。”

“没关系啦。”

我左手搂着明日香的腰，把她拉了过来，右手抚摸她的胸部。

“我们继续。”

明日香用力握着我的两只手腕，把身体抽离。

“我现在没这个心情。”

明日香转身走进客厅。我追了上去，从背后抱住她。明日香转过头“啪”

地给我一记耳光。过了一会儿，我才感觉到左脸热热的。

“别闹了！你不要以为只要摸摸胸，我就会感到舒服！”

明日香用力抿着嘴唇，撑大鼻孔。

我垂下双眼。然后，又偷偷抬眼观察明日香的表情。

“对不起，我错了。”

明日香双手叉腰。

“我最讨厌不孝顺父母的人了。”

“我哪有不孝顺他们？”

明日香捡起掉在地上的便条纸。可能是我刚才搂她的时候掉下来的。

“总之，一定要完成你父亲交代的事。先去这家房屋中介公司就可以了吗？”

“明日香，你也要去吗？”

明日香抬起头，斜眼瞪着我。

“你不愿意吗？”

“不是我不愿意，那是命案现场，你不害怕吗？”

“被杀的是你姑姑。”

“我从来没有见过她，况且，我根本不知道有这号人物存在，对我来说，根本和陌路人没什么两样嘛。”

哐当。

突然，耳朵深处响起骨灰坛的声音。

我感到不寒而栗，吞了一口口水。

“……不，说她是陌路人太过分了。”

“我告诉你，”明日香愁眉不展地说，“老实说，在报纸上看到这则新闻时，我就很感慨。”

“感慨什么？”

“那个被杀的女人，五十多岁了，孤苦伶仃的，最后用这种方式离开人世……我不得不去思考，不知道她过的是怎样的人生。”

我在心里“哇噢”一声，我又发现了明日香全新的一面。

“你干吗一脸呆相？”

“明日香，你每次看报上的命案新闻，都会有这种感慨吗？”

“也不是每一次啦。”

我笑着戳了戳明日香的鼻子。

“明日香，你真是个怪胎。”

明日香一脸快哭出来的表情，我完全不知道她为什么会露出这种表情。

2

昭和四十五年（一九七〇年）十一月

我从车窗上移开视线，抬头看着网架。隔着网架，可以看到旅行袋的底部。这个旅行袋，父亲用了多少年？从我懂事开始，家里就有这个旅行袋了。每当父亲提着这个旅行袋出门，当天晚上就不会回家。我和母亲、弟弟、妹妹吃晚餐、洗澡、睡觉。还是小孩子的时候，我就已经知道了。每次目送父亲提着这个旅行袋远去，总会有一种寂寞的、松了一口气的奇妙感觉。如今，当我长大成人后，也开始使用这个旅行袋。

我看着天花板上的电风扇。因为季节的关系，目前并没有使用。一只苍蝇飞过电风扇旁。我的目光追随着慢慢飞去的苍蝇，右手摸着小腹。我知道这个动作很不雅，但如果不这么做，真不知道剩下的一个多小时旅程该怎么撑下去。老实说，我很想松开裙子的腰带，只是我还不至于这么不在意自己的形象。

看了一眼手表。刚好傍晚五点。列车停靠在这个车站还不到一分钟。

“川尻老师，你喜欢旅行吗？”

听到身旁的声音，我不禁坐直了身体。

“喜欢。但我几乎没什么旅行的经验，上一次旅行是高中的修学旅行。”

“修学旅行去了哪里？”

“京都和奈良。”

“好玩吗？”

其实，那次我在电车上吐了一地，之后，同学还帮我取了“呕吐尻”这个难听的绰号，但我回答说：“对，很好玩。”

“很好。修学旅行就是为女生举办的。男生在上班后，经常会四处旅行，但女生结婚走入家庭后，很少有机会出门。”

我微微探出身体。

“但今后应该是男女平等的社会。”

田所文夫校长一脸错愕的表情。

我恍然大悟，急忙低下头。

“对不起，我太自大了。”

“不，不，川尻老师，你说得没错。是像我这种年纪的人想法跟不上时代了。”

田所校长双手拉了拉西装的衣襟，露出微笑。

田所校长穿着格纹的米色西装，即使是我，也一眼就看出那是高级品。今天，他戴了一条朱色的领带。平时在学校的时候，他都戴比较素雅的领带，这可能是他外出专用的领带吧。我第一次看到男人戴朱色领带。

“以后，需要像你这种对教育充满热忱的年轻人，我也对你抱有很大的期望。”

“我只是刚从学校毕业的菜鸟。”我缩着肩膀说。

“好了，好了，你不用这么紧张。这里不是学校，我们一起好好享受这趟火车之旅。”

田所校长依然带着微笑，把手放在我的肩膀上。紧张的波纹从我的肩膀扩散到全身。

田所校长的圆脸上戴了一副黑框眼镜。头顶已经秃了，脸色红润，没什么皱纹。尖尖的耳廓令人产生一种奇怪的印象，但他脸上始终保持着亲切的微笑，说话也很有技巧，散发出绅士风度。

他说他今年五十岁，和我父亲同年，但和沉默寡言的严父相比，田所校长更现代，也更有品位。

我进这所学校才一年，对田所校长有一种敬畏。虽然他的表情很亲切，但在他眼睛深处，不时散发出一种冷漠的光。我想，这应该就是校长之所以能够成为校长的威严吧。

田所校长总是坐镇职员室后方的校长室内，偶尔在适当的时候去校园内察看。每次从教室的窗户看到校长的身影，我的胃都会缩成一团。

如今，我正和这位充满威严的田所校长单独旅行，不紧张才怪呢！

从今天早晨开始，我就食不下咽，坐上火车后，小腹好像被勒紧般疼痛不已。我从小就这样，只要极度紧张，肚子就会怪怪的。

为了分散自己的注意力，我再度将视线移向窗外。隔壁月台停了一辆蒸汽火车。火车没有冒烟，好像正在等待出发。

我听到司机的声音。

接着是排气的声音。一阵由下而上的震动。柴油机发出巨响。蒸汽火车的雄姿渐渐远去。

“你怎么了？”

回头一看，田所校长的脸就在我眼前。一阵刺鼻的仁丹味道扑鼻而来。

我的身体忍不住往后退。

“不，没什么。”

田所校长再度露出微笑。

火车的速度渐渐加快，可能终于达到了正常速度，噪声变小了。路过铁轨接缝时的抖动，规律地震动着座椅。

到达国铁别府车站时，已经超过晚上七点半了，天色也暗了下来。

走出检票口，一个身穿西装的男人走了过来，深深地向我们鞠了一躬。

“校长，舟车劳顿，您辛苦了。”

他的头顶上有一条皮肤色的分线。头发从正中央向两侧分开，梳得服服帖帖。

男人抬起头。他的脸很小，龅牙，两眼之间的距离很大。我的脑海中闪过“老鼠”这两个字。

田所校长把行李交给那个男人。

“我来为你们介绍，这位是今年四月开始在本校工作的川尻松子老师，她是国立大学毕业的才女。目前担任二年级的副班导，明年就要带三年级了。川尻老师，这位是负责修学旅行的太阳旅行社的井出。”

“我叫川尻。”我微微欠了欠身，名叫井出的男人又鞠了一躬。

“我叫井出。行李请交给我吧。”

“不，不用了。”我把旅行袋抱在胸前。

井出说了声“是噢”，便不再坚持。

“车子已经等在那里了，我们过去吧。”

等在那里的是一辆黑头礼车。我先上了车，田所校长坐在我旁边。井出坐在副驾驶的位置上。

井出可能事先已经告诉司机目的地，他只说了声“走吧”，车子就立刻驶了出去。

“井出，你们公司应该不会受到不景气的波及吧。对旅行社来说，修学旅行最好赚了。”

井出扭着身体回头说：“哪有，哪有，我们公司也很吃紧。多亏各位老师的支持，我们才能勉强维持生计。”

“应该不至于为了节省成本，降低我们住宿的等级吧？”

井出拼命地挥着手。

“不会啦，我们准备的是和去年相同的旅馆。”

“那就好。”

“呃，”我开口问道，“修学旅行的行前视察到底要做什么？学务主任只交代要我陪校长过来而已。”

“学务主任说得没错，只要跟我来就好了。虽说是行前视察，其实我们每年都来这里，就当作来度个假吧。”

“今天住的地方就是修学旅行时要住宿的旅馆吗？”

田所校长张了张嘴，却没有说话。

“今天为你们准备的是另一家旅馆。”井出将脸转向我说道。

“这怎么能算是行前视察呢？我们必须确认住宿的安全性。”

井出向田所校长投以求助的眼神。

“这一点倒不用担心，我们每年都住那家旅馆。”田所校长快速说完后，把脸转到一旁。

既然这样，根本不需要什么行前视察嘛。虽然我心里这么想，却没有说出口。

我们在远离别府闹市区的地方下了车。周围一片寂静，没有看到身穿浴衣的人走来走去。

旅馆位于一条窄巷内。门上挂着“美铃屋”的灯笼，感觉像是优雅的隐居，不像是乡下国中修学旅行会住的地方。

走进刚好可以容纳两个大人的大门，里面是日本庭园。灯笼和路灯般的电灯把庭园照得如白昼般明亮。碎石子路上的踏石延伸到主屋，矮小的松树点缀的空间格外静谧，远处传来添水[①]的声音。

“这里是不是很漂亮？”田所校长站在我身旁问。

井出说要去确认房间，独自走进旅馆。

田所校长向我解释着那种石头是岛屿的象征之类有关庭园的知识，但我听得一头雾水。

“最近都流行设备齐全的钢筋水泥旅馆，但在这种传统的旅馆才能充分享受情调。”

田所校长满脸喜悦地环视庭园。

“学生们住的旅馆在哪里？”

“明天，井出会带我们去。”

一阵仓促的脚步声传来。井出脸色大变地跑了过来。

我有一种不祥的预感。

---

① 用竹筒引水撞石。竹筒内装满水后，会因重力倾倒，将水倒出后，撞击石头，发出清脆的声音。

"井出，你干吗这么慌慌张张的？"

"万分抱歉，原本订了两个房间，但因为我的疏忽，现在只剩下一间了，呃……"

"应该还有其他空的房间吧？"

"很不巧，所有房间都满了。如果你们不介意，是否可以两个人住同一间……"

"放肆！"

口水从田所校长的嘴里喷了出来。

"难道要川尻老师和我住同一个房间吗？"

"不，因为那个房间很宽敞，只要关上拉门……"

"闭嘴！"

井出惶恐万分，张着门牙暴出的嘴，一脸呆相地看着田所校长。

"旅行社竟然订不到房间，根本就是严重失职，由不得你狡辩。你们这种做事态度，我怎么放心把本校的修学旅行交给你们办理？"

田所校长满脸通红，愤愤地说道。井出一脸快哭出来的样子。

"校长，请您大人不计小人过。"

"呃，我可以去住其他便宜的旅馆……对了，我就住到时候学生会住的那家旅馆好了。"

田所校长和井出一起看着我。

两个男人互望了一眼。

井出探出脖子说："不，我想那里也没有空房了。"

他突然露出令人毛骨悚然的笑容。

"对，对啊，所以才临时改订这家旅馆。因为，十一月是别府的旅游旺季。"

"但是，刚才不是……"

田所校长发出一声呻吟。

"岂有此理，竟然要川尻老师和我睡同一个房间。即使隔着拉门，川尻老师还没有结婚，怎么能做这么失礼的事？开什么玩笑，我们会和你们公司解约。川尻老师，我们走吧。虽然已经来到这里了，但不好意思，这次的行前视察终止了。我想，修学旅行的地点也要重新检讨。”

田所校长转身朝大门的方向走去。井出用求助的眼神看着我。我不知道该如何是好，井出追到田所校长面前，在石子路上跪了下来。

“请您大人有大量。如果您和公司解约，我就会被开除。我还有一个两岁的儿子要养活呢。”他声嘶力竭地叫道。

“我无所谓。”

我竟然脱口而出说了这句话。我并不是同情井出，而是长途跋涉的劳累，让我想尽快结束这场闹剧。我想赶快去房间休息，而且，外面好冷。

“但是，川尻老师……”

“中间有拉门，就代表并不是住同一个房间。况且，只不过一个晚上而已。”

“既然川尻老师这么说……井出，就这么办吧。你要好好感谢川尻老师。”

田所校长仍然板着一张脸，走向旅馆。

井出松了一口气，站了起来。然后，带着令人反胃的笑容，向我鞠了一躬。

走进旅馆，身穿和服的女招待亲切地出来迎接。我按她所说的，换上了拖鞋。

田所校长很熟络地和女招待聊着天，率先走向走廊。我和井出跟在他们后面。

“在旅馆登记时，说你们是父亲和女儿。父亲来这里出差，女儿突然想一起来。”井出在后面和我咬耳朵。

我停下脚步，看着井出。

“如果明目张胆地说是校长和女老师住在同一个房间，恐怕……”

井出笑得很猥琐。

我狠狠地瞪了井出那张红通通的脸一眼，转身往前走。

女招待打开拉门。

在门口的一小块水泥地脱下拖鞋后，走进了房间。房间差不多有七坪[①]半大，中央放了一个桌炉。深呼吸时，可以闻到榻榻米的清香。纸门都敞开着，可以看到漂亮的庭园。刚才在外面听到的添水声就在眼前。缘廊的地方是一个木板房间，放着桌子和安乐椅。房间的角落放着有四个脚支撑的电视，很神气地贴着象征彩色的三色标志。壁龛放置了一个昂贵的青瓷花瓶，对面挂了一幅水墨画的挂轴。

拉开拉门，里面有一间五坪大的房间。这个房间里没有电视，只有壁橱。柱子已经发黑，榻榻米也有点褪色了。看来，应该是在原本的房间外又增建了新的房间。但女招待还是很自豪地说，这是这家旅馆内最宽敞的房间。

女招待恭敬地跪在地上磕着头说："请慢慢休息。"便走了出去。

"井出，没你的事了。"

田所校长已经松开了朱色领带。

井出连连鞠着躬说："那我明天来接你们。"转身离开了。

"川尻老师，你睡里面的房间吧。我知道你很不满意，但请你务必忍耐一下。"

"不会啦。"

"既然来了，干脆换上浴衣轻松一下。等一下泡完温泉后，再来吃晚餐。"

田所校长已经完全忘记了刚才的不悦。

我走进里面的房间。的确，只要拉上拉门，就是独立的房间。但想到有一个成年男人就在拉门外，还是不免紧张起来。况且，那个人还是很有威严的校长。我终于发现，我根本不可能放松。

我叹了一口气，关掉垂在天花板上的灯。房间顿时暗了下来。我站在窗边，看着户外。灯光映照下的庭园感觉格外冷清，隔壁隐约传来田所校长

① 坪，日本传统面积单位，1 坪合 3.3 平方米。

换衣服的窸窣声。我关上窗帘，摊开旅馆准备的浴衣，借着从拉门缝隙透过来的灯光，脱下身上的衣服，换上浴衣。

灯光晃了一下。

我惊讶地赶紧拉好衣襟。

转头看了一眼拉门。

我觉得田所校长好像在偷看，但立刻打消了这个念头。无论如何，他是校长，不可能做这种寡廉鲜耻的事。

入浴后，我们一起在房间内吃晚餐。女招待把晚餐送到了房间。我家的经济状况算是小康，却难得吃到这么高级的美味佳肴，然而我没什么食欲，田所校长倒是吃得津津有味。

我已经没有力气应付田所校长了，很想早一分钟解放，躺在床上。再加上难得喝酒，眼皮变得格外沉重。田所校长的嘴巴动个不停，我却充耳不闻。田所校长仍然涨红着脸，驼着背，继续说着无聊的话题。

"我在东京帝国大学，也就是现在的东京大学读书时，就被征召了。那叫学生动员。当时，我已经做好了送死的准备。没想到，三十年后，还可以和像你这么冰清玉洁的女孩一起吃饭，真是做梦都没有想到啊。"

田所校长拿起小酒杯。

"来，喝一杯吧？"

"不，我已经……"

"别这么说嘛。"

"那，这是最后一杯，我要去睡觉了。明天还有事情要忙。"

"别这么无情嘛。川尻老师，今天晚上，我们要喝个痛快。对了，听说你和佐伯老师的关系很不错。"田所校长若无其事地补充道。

我注视着田所校长的脸。

"没错啦，佐伯长得很帅，的确很容易吸引年轻女孩子。不过，在走廊上卿卿我我就有点太过分了。”

“请等一下。我什么时候和佐伯老师卿卿我我了？”

睡意一下子消失了。

田所校长皱着眉头，扬起下巴。

“不，不是我亲眼看到的，而是学生之间的传闻，我是从其他老师那里听说的。现在的中学生对性的问题比较早熟，所以，为了学校的风气，最好避免这种负面传闻。即使这个传闻不是事实，也应该避免引起这种负面传闻的举止。川尻老师，这也是为你自己着想。”

我闭上眼睛，拼命地调整呼吸。

接着睁开眼睛，没有正眼看田所校长一眼，向他鞠了一躬。

“对不起，我有点醉了，先告辞了。”

没有等他回答，我就站了起来，走回隔壁房间。关上拉门，关了电灯，钻进被子里。

好暗。

天还没亮。

我觉得喘不过气来。

我在做梦吗？我梦见自己被什么东西压住了。无论我怎么挣扎，都无法摆脱的噩梦……不，不对。

有一道光照在视野角落。

对了。这里是旅馆。田所校长就睡在拉门外。

我的身体为什么动弹不得？有一种被重物压住的感觉，连声音都发不出来。

奇怪。

发生了不寻常的事。

冰冷而粗糙的东西从浴衣中滑了进来。胸部前端隐隐作痛。沉重的呼吸。温温湿湿的东西疯狂地在脖子附近纠缠。

灰尘的颗粒飞舞在隔壁房间透过来的光线中。

我在干什么？别人在对我做什么？我的脑袋一片蒙眬，毫无头绪。

在胸前徘徊的手移到了腹部，然后继续向下。霎时，下腹一阵剧痛。我叫了起来。脑袋一下子清醒了。我知道发生了什么事，简直令人难以置信。

我拼命想推开压在我身上的东西，但手臂却使不出劲。声音从紧咬的牙齿中漏了出来。一只冰冷的手捂住了我的嘴，带着酒臭的呼吸缠绕在耳畔。

“我不会亏待你的，知道吗？”

我浑身起了鸡皮疙瘩。前所未有的愤怒贯穿全身，我一把推开丑陋的野兽，甩了他一巴掌。

田所校长的动作停了下来。

窗外传来蟋蟀的叫声，还有添水的声音。

我整理我凌乱的衣摆，把前襟拉好，瞪着田所校长。

房间内只有彼此的呼吸声。

田所校长笑了起来。

“啊哟，川尻老师，你不要误会了。看来，你醉得不轻嘛。”

我仍然狠狠地瞪着他，一言不发。

“我也要去休息了。”

田所校长擦了擦嘴，站了起来。走出房间时，反手关上了门。

我缩成一团，抱着自己的乳房。这是别人从来没有触碰过的地方。

愤怒再度贯穿全身，浑身不停发抖。我突然惊觉一件事，战战兢兢地将手伸向大腿之间，手上有一种湿黏的感觉。我将手指放在光线下，上面有血。

我狠狠地瞪着紧闭的拉门。如果用毛巾勒住他的脖子，能不能杀了他？

我要杀了他。

即使脑子这么想，身体却无法动弹。

辗转难眠。

当窗外渐渐泛白时，听到田所校长起床的声音。我的双眼始终无法离开拉门。他并没有靠近，可能是去上厕所。我也感受到尿意。上厕所时，必须经过田所校长的房间。如果要去，就必须趁现在。

我站了起来，打开拉门，快步穿过房间，正准备走下门口的水泥地时，磨砂玻璃上出现了一个人影。我的胃缩了起来，忍不住向后退了一步。然后，脚就动弹不得了。

门打开了。

田所校长走了进来，抬头看着我。他微微张嘴，露出笑容。

“早安，昨晚睡得好吗？”

田所校长若无其事地向我打招呼，脱下拖鞋，走进房间。走到我身旁时，停下了脚步。

“啊，对了。”

他动作很大地转身面对我。

“川尻老师，你还记得昨天晚上的事吗？你好像醉得很厉害。”

“对，我记得很清楚。”

我不假思索地回答。

“我把话说清楚，避免你误会。昨天晚上，你喝得酩酊大醉，连路都走不动了。所以，我扶你回房休息。没想到你突然抱紧我，躺进被子后仍然不肯放手，真让我不知如何是好。”

我哑口无言，然后清楚地认识到一件事，站在我面前的并非神圣的教职人员，而是无耻、低劣、丑恶和卑鄙之至的男人。

“校长，你利用行前视察修学旅行的名义，却没有住实际住宿的旅馆，并和年轻女老师住在同一个房间，难道没有问题吗？而且，还试图强暴女老师……”

笑容从田所校长的脸上消失了，他一脸怅然地挺起胸膛。

“川尻老师，昨天是你提出要住同一个房间的，你忘了吗？而且，我刚才也说了，是你抱着我不放的。你难道忘了自己躺在床上时说了什么吗？”

“……我说什么了？”

我的声音发抖。

“这种猥亵的话，说出来会脏了我的嘴。总之，你妄想我试图强暴你，我可承受不起。”

“你……”

田所校长气定神闲地吐了一口气。

“趁这个机会，我不妨直话直说吧。我听说过很多关于你的负面传闻。据说，你和佐伯老师的关系，也是你主动勾引他的。你了解吗？如果你散播这种不实言论，别人也不会相信，只会让你更不堪而已。所以，请你自重。”

我紧咬嘴唇，懊恼地垂下双眼。

不能哭。

我满脑子只有这个想法。

3

翌日，气温突然降低。虽然冷空气南下，天气变得比较舒服，但播报天气预报的漂亮姐姐说，气候不稳定，出门的时候不要忘记带雨伞。今年的太平洋高压还不够强。

我和明日香睡到九点多，然后就出发前往日出町。离那里最近的车站是北千住。

平时，从公寓走到西荻洼车站的路上，我们都会聊关于大学和同学的事，有时候甚至会笑弯了腰。但明日香今天特别安静，即使我主动找她说话，她也心不在焉地敷衍我。我也火大了，在搭总武线、山手线和常盘线时，我难得地没有说一句话。

下了 JR 北千住车站东口的电扶梯，旭町商店街就出现在眼前。石板的马路只有车辆可以勉强会车的宽度，两侧密密麻麻的商店前挂满了拉面店、柏青哥店、咖啡店、录像带出租店、便利商店、鞋店、牙科医院和美容院等各式各样的招牌。对街有一道写着“学园街”的拱门横跨街道两侧，上面的电子布告栏正播报着朝日新闻。

转头一看，车站墙壁附近有一张木桌，上面排列着装在塑料袋里的韩国泡菜。一看价格，一袋要三百五十日元。不一会儿，一个灰白头发的老太太不知道从哪里冒了出来，坐在木桌旁的折叠椅上，脸上完全没有笑容，面无表情地看着街道。

回头一看，发现明日香已经走了。我依依不舍地跟了上去，追上明日香。

“你不觉得肚子饿吗？我们还没吃早餐呢。”

明日香突然停了下来，我差一点撞到她。

“怎么了？”

顺着明日香手指的方向望去，我看到一家“依特利”。

“我觉得这里很有味道。”

明日香一边吃薯条，一边看着街道这样说。我点了两个汉堡、薯条和可乐，明日香只点了薯条和乌龙茶。照理说，她平时的食量比我还大。

可能时间太早的关系，街道上没什么行人，有些店也还没有开张营业。装着啤酒箱的货车、宅急送和车体上印着公司商标的商务用车络绎不绝，已经做好了开始做生意的准备。路上的行人也五花八门，有穿西装的男人、职业妇女，还有戴着围裙的老太太、骑自行车载着小孩的年轻母亲和拎着便利商店的塑料袋睡眼惺忪的男人。

“真是一种米养百种人。”

我注视着明日香的侧脸。

明日香今天果然有点不太对劲。

她显得萎靡不振，而且不时陷入沉思。自从昨天老爸离开后，我们之间的气氛就很僵。结果，昨天晚上根本不让我碰她。

我把汉堡吃完后，明日香的薯条还剩下一大半。

“你不吃吗？”

明日香不发一语把薯条递给我。我接了过来，抓起五六根放进嘴里问：“你怎么了？好像没什么食欲。”

“笙，你的胃口真好。我们等一下要去的可是松子姑姑被杀的房间呀。”

“肚子空空的怎么打仗？”

明日香的表情再度黯淡下来。明日香不适合这种表情，我喜欢看她的笑容。

“你不想来就不用勉强啊。”

明日香狠狠地瞪着我。我觉得，从昨天开始，她就一直在瞪我。

“我有这么说吗？”

明日香站了起来，朝出口的方向走去。我把剩下的薯条塞进嘴里，喝着明日香喝剩下的乌龙茶，把薯条吞下肚，赶紧追了上去。

前田不动产就是距离“依特利”不远处的一幢矮小建筑物。木制落地门上贴满了租赁对象的介绍卡。我从卡片的缝隙向内张望，里面没有人。

“里面好像没人。”

身后传来自行车刹车的声音。回头一看，一个戴着眼镜的中年男子坐在自行车上，亲切地问：“欢迎光临，请问要找怎样的房子？”

他穿着短袖针织衫，灰色长裤，头发很凌乱，一看就知道刚起床。

“啊，不是，我们是……”

“请问你是前田不动产的人吗？”明日香语带镇定地问道。

“对，对，没错。我叫前田继男，这儿的老板。”

男人亲切地回答，下了自行车。

“别人也叫我旭町商店街的庙会男！”他瞪大眼睛，摆出歌舞伎的亮相姿势。

我忍不住扑哧一声，笑了起来，明日香却一脸严肃。

“我们是为川尻松子女士的事而来，昨天应该已经和你联络过了。”

“川尻……哦。”

前田继男脸上戏剧化的表情消失了，轮流看着我和明日香。最后，视线停在明日香的脸上。

“原来你们不是客人。”

“对不起。”

明日香很有礼貌地鞠了一躬。我也慌忙鞠躬道歉。

“是不是被杀的那个人？发生这种事，请节哀顺变。呃，我听说她的侄子要来……”

“哦，就是我。”我举起手，也不忘赔着笑。

“那你呢？”前田继男的目光再度回到明日香身上。

“我是他女朋友，他说一个人来很害怕，拜托我陪他一起来。”

才不是这么回事，我正想抗议。

“喂，你不是男人吗？一个人会害怕，真是够没出息的。小姐，你交到这种男朋友，很辛苦吧？”

前田继男抱着双臂。

“不要站在这里说话，进来吧。”

然后他打开落地窗，走了进去。

我问明日香：“我什么时候叫你陪我来这儿？”

“做人不要这么斤斤计较。”

走进店内，顿时感到一阵凉意。可能是冷气一直没关。前田继男拿起遥控器对着空调按了一下。“哔”的一声，风的声音变小了。

店内很小。两张灰色的铁桌放在左侧的墙角，前面那张桌上放了一台老式计算机，靠里面那张桌子放着打印机。正对面的书架上排列着看起来像是客户数据的档案，左侧的木板墙上挂了两本月历。一本印着旭町商店街的是简单实用型，只有日期的数字和记事栏；另一本印着泳装美女躺在海边的大照片，至于数字，则印得小到不能再小。

“随便坐。”前田继男从书架上取出档案，拉出原本收在桌子下的椅子，一屁股坐了上去。他似乎无意请我们喝杯茶。

房间中央有一张玻璃面板的桌子和塑料皮的圆椅。

我和明日香拉出圆椅坐了下来。

前田继男发出“嗯……”的呻吟，翻阅着资料，不时皱着眉头，把档案拿得远远的，细看上面的内容。

“啊，找到了，找到了。光明庄，川尻松子……呃，她没有欠房租，还有三个月的押金，不过，房间……”前田继男皱着眉头。

“什么？”我问。

“发生那种命案很麻烦，还有血迹之类的。”

“很严重吗？”明日香问。

“是啊。”

“还没有清理吗？”

“因为她多少还有些行李，如果不先把东西搬走，也不能换榻榻米。”

前田继男嘟着嘴说。

我想象着被鲜血染红的榻榻米。命案的凄惨现场，坠入阿鼻地狱的痕迹，简直就是地狱景象……我等一下就要去那样的房间。这时，我才暗自庆幸有明日香跟我一起来。

“所以，我希望这些押金可以用来作为修缮费……”

我不知道他的理由是否正当，但听起来似乎合情合理，而且我也不想私吞松子姑姑的钱，所以并没有提出异议。

“松子女士有正常付房租吗？”

“对啊，她从来没有拖欠房租的情况。但是……”

“什么？”

“死者已去，我不应该说三道四，但她不算是好房客。周围的邻居也经常投诉她。”

“投诉？”

“虽然都不是什么了不起的事。比方说，在不收垃圾的日子丢垃圾，散发出怪味，或者是半夜很吵之类的事情。”

“半夜很吵？”我问。

“对啊，”前田继男探出身体，“有时候，她会发出嘶吼，好像在和别人吵架，但并没有人去她家里，好像一个人在演独角戏，很多人并不是觉得她吵，而是觉得毛骨悚然。”

“会不会是那个房间有鬼，她在驱鬼。下次会不会出现松子姑姑的鬼魂？”

我觉得自己很机灵，但明日香低着头，说了一句：“白痴。”

前田继男也板着脸。

我似乎失言了。为了挽回局面，我问：“我姑姑在哪里上班？是不是酒家女？”

“她不可能是酒家女。不光是因为她已经一大把年纪了，而且又那么胖。

如果是胖子专门店，或许还有可能。”

松子姑姑很胖吗？不知道为什么，我一直认为松子姑姑是瘦削的酒家女。失踪后独自来东京在酒店当酒家女。初次见面时，就看到她的骨灰，于是我在无意识中产生了这样的联想，认为她一定很瘦。

“不过，她按时付房租，也有点小钱，应该是在哪里打工吧。好了，我先带你们去看房子。”

前田继男双手放在腿上，“嘿咻”一声，站了起来。

“你们两手空空来的吗？”

我和明日香互看了一眼。

“你们不是来整理的吗？没有带绑行李的绳子或垃圾袋吗？”

“啊？”

“啊什么啊，真拿你们没办法。算了，这次我免费奉送，就当作奠仪吧。”

我们朝着松子姑姑曾经居住的光明庄走去。沿着旭町商店街的学园街，朝车站相反的方向一直走，来到一个 T 字路口。左转后，经过餐厅、不动产中介公司、大众浴池和投币式洗衣店后，就来到一片住宅区。走了几分钟，来到一条好不容易可以容纳一辆车子经过的小巷。继续往前走，左侧有一家真的只卖香烟的“香烟店”，我们就在香烟店前转弯。

转弯后，狭窄的小巷向前延伸。巷子两侧挤满了密密麻麻的老旧集合住宅和民房。房子和房子之间几乎没有空隙。走进巷子，立刻听到电视发出的声音，可能有人正在看综艺节目，不时听到含混不清的爆笑。巷内飘散着鲣鱼高汤的味道。浓厚的生活气息缠绕着身体，那种感觉，好像擅自闯入了别人的家里。

“还没到吗？”

“快到了。”

左侧出现了一幢正在建造的房子。房子用绿色尼龙网包了起来，看不到里面的情况。尼龙网上很自豪地贴着电视广告中经常看到的开发商名字。

刚走过这幢房子时，前田继男停了下来。

“到了。”

在新建住宅旁，有一个用发黑的石墙围起的小型停车场。停车场内并排停着旧型白色日产天际，经过改装的红色房车，以及积满灰尘，看起来有十年没洗过的面包车。日产天际的周围放了几瓶装了水的宝特瓶。地上的泥土都露了出来，但仔细一看，发现还残留着少许碎石子。石墙下杂草丛生，叶子上还残留着朝露。如果没有“月租停车场，未经许可停车者，罚款一万日元”的手写牌子，就会以为这里只是普通的空地而已。停车场对面，有一幢老旧的公寓。那就是光明庄。

光明庄是一幢二层楼的木造灰泥房子，每个楼层有四个房间。墙壁和门都是黯沉的米色，白铁皮屋顶漆成褐色。长满铁锈的铁梯通往二楼，楼梯的角度将近六十度，只是这么看着，就觉得很危险。楼梯上有波浪形的遮雨板，但已经破了好几个洞。楼梯口挂着一块塑料板，上面写着“非请莫入”，但即使受到邀请，别人恐怕也不想进入吧。

“好老旧。”

“对啊，已经建造了二十五年了，房租只要三万日元。虽然不能泡澡，但有厕所和淋浴，这样的价格已经很划算了。”

背后有动静。回头一看，一个瘦巴巴的年轻男人刚好从小巷走进停车场。他穿着黄色运动背心、卡其色短裤，脚上趿拉着一双拖鞋。金色的头发烫得鬈鬈的。单眼皮下的眼神很锐利，鼻子下方留着小胡子。如果身上有文身，就完美无缺了，可惜他的肩膀和手臂十分光洁，白得有点耀眼。他右手拎着便利商店的塑料袋，可乐的瓶子露了出来。

“原来是大仓，最近好吗？”前田继男大声问道。

名叫大仓的男人低头说了声“你好”，但他的视线却纠缠着明日香的身体。顿时，我断定这个大仓不是什么好东西。

“这两个人要住这里吗？”大仓露齿一笑。

“不是，这位是一〇四室川尻女士的亲戚，来这里帮忙整理的。”

大仓张着嘴，皱了皱眉头。

“我就知道，这么漂亮的女生怎么会住这种破房子！”

“这位是？”我咄咄逼人地问道。

“这位是一〇三室的大仓修二。”

“这么说，是我姑姑的邻居喽？”

“就是这么回事。”

大仓修二斜眼看着我。

“呃……”明日香开了口，“等一下可不可以请教你有关川尻松子女士的事？”

“好啊，他也要来吗？”他的手指着我。

“当然，我当然会去。”

大仓修二马上露出无趣的表情。

“虽说是邻居，其实我也不太清楚啦。”

“不管是什么事，对我们都是有意义的，拜托你了。”

大仓修二似乎拗不过她，说：“好吧，好吧。等你们整理完，再叫我一声。今天我不会出门。”

他瞥了我一眼，转身走了。等他走进一〇三室，我问明日香：

“为什么要问这种人？”

“因为，我想知道有关松子姑姑生前的事。”

“我可没兴趣。”

“我有兴趣。”

“但也不需要问那种人啊。”

“因为他是邻居嘛。”

“即使是邻居……”

“等一下！”

前田继男用两手挡住我们。

“你们的感情很差嘛，等做完事，有时间再慢慢吵架吧。”

前田继男递给我捆绑行李的绳子和一捆垃圾袋。

“等你们弄完了，再打电话给我。”前田继男交代完这句话，就先回去了。

我用他给我的钥匙打开一〇四房间。木板门发出阴森的咯吱声，一下子就打开了。密闭在房间内的空气扑面而来。除了闷热的湿气和霉味以外，还有像臭水沟的腥臭味和什么东西发酵的酸味。这里面也混杂了血的味道吗？

门口有四分之一坪左右的水泥地，角落堆着橡胶夹脚鞋和发黑的球鞋。球鞋的鞋带松松地垂在两侧。

我脱了鞋子，走进屋内。

正面看起来像是厕所的门。料理台在右侧，最前面的是煤气炉。两个炉灶周围都积了褐色的油污。特氟龙加工的平底锅插在煤气炉和墙壁之间。

煤气炉后方是积满水垢的料理台。只有一个水龙头，没有热水。水龙头旁，还剩了半瓶绿色的洗洁精。料理台底部有一块已经干裂的海绵和铝制水壶。水壶的下半部分已经发黑了。料理台旁放着红色塑料餐具架，随意放着饭碗、杯子及几双用过的一次性筷子。

“打扰了。”

我蹑手蹑脚地走了进去。每走一步，地板就发出“叽——”的声音。我沿着墙壁走过去，通往客厅的门敞开着。里面的昏暗空间轻轻摇晃着。凄惨的杀人现场，死者的冤魂正在等待上门的人……

“你在磨蹭什么？”明日香在背后叫道。我把已经冲到喉咙口的惨叫吞了下去。如果我说害怕，恐怕连我的后代子孙都会遭到耻笑。

我用力深呼吸，走进客厅。

我并没有看到原本想象的惨状。

榻榻米上既没有鲜血四溅，房间内也没有乱成一团。可能是因为光线不好的关系，房间内郁积了阴沉的空气，感觉很不舒服。

明日香站在我身旁。

“松子姑姑就是在这里度过她生命中最后的日子。”

远处传来电车的声音。

“对不起，开始吧。”明日香说。我很纳闷，她为什么要向我道歉，但很快就意识到，她是在向松子姑姑表达歉意。

我和明日香开始分类可燃和不可燃垃圾。分类垃圾的工作告一段落后，我们又分工合作，处理衣物、家具和家电。

首先，我把壁橱内带着潮气的被子拉出来，用绳子绑了起来。壁橱里放着一个旧运动袋，还有不知道装了什么东西的纸箱。我拿起运动袋，发现格外轻巧，而且是时下很少见的塑料包装。我拉开拉链，里面竟然是空的。我把袋子倒过来抖了一下，掉出一个褐色信封。

我捡起褐色信封。信封上没有写任何字，也没有封口。但里面好像装了什么东西。我打开信封口，把里面的东西拿了出来。

原来是一张照片。黑白的照片已经泛黄，上面是一张穿着长袖和服的女人。女人双手放在腿上，坐在椅子上。从她稍微侧着身体的姿势来看，似乎是相亲照。

“好漂亮。”明日香不知道什么时候走了过来，看着照片说道。

“这就是松子姑姑吗？”

我翻过照片，发现左下方用钢笔写着：摄于昭和四十三年一月、松子、成人式。

“好像是。”

“眼睛和你爸爸很像。”

松子姑姑的眼睛是细长的内双眼皮，和老爸一样，眼尾上扬。那双眼睛中所隐藏的意志比老爸坚强多了。由于松子姑姑是四方脸，下巴尖尖的，而且脖子很细，整体感觉很清秀。至少，她在二十岁的时候很苗条。她的鼻子很小巧可爱，但嘴巴抿得很不自然，好像拍这张照片根本不是她的本意。也许照片曾经修过，她的肌肤看起来像珍珠般光滑。头发二八分，在脑后梳成发髻。这种发型令人感受到时代的久远。

我好像在哪里见过照片里的女人。虽然感觉很模糊，无法称为记忆，但感觉不像是我的心理作用。不过，我是在松子姑姑失踪了十年后才出生的，根本不可能见过她。

我还有一个久美姑姑，她身体虚弱，在我五岁她过世前，都和我们同住。我记忆中久美姑姑苍白的脸上总是带着温厚的笑容，是个温文尔雅的人，没有这张照片中所感受到的强烈的自我意识，两个人的形象也大相径庭。但我仍然对松子姑姑有一种似曾相识的感觉。这或许就是血缘关系吧。

“她以前一定很有男人缘。”

“会吗？感觉个性很强，可能会让男人敬而远之。”

明日香拿起照片，闷闷不乐地注视着松子姑姑。

“你怎么了？”

“没事。”

明日香把照片还给我，转身继续工作。

我把照片放回信封。原本打算丢进可燃垃圾，又觉得良心不安，便暂时放在一旁。虽然觉得保存形同陌路人的姑姑的照片很奇怪，但我还是不忍心就这么丢弃。对了，可以寄给老爸。终于想到这个名正言顺的理由后，我再度走向壁橱。

壁橱内只剩下一个纸箱，也很轻。盖子没有用胶带封起来，只是轻轻地盖着。当我打开盖子，忍不住“哇噢”地叫了起来。

“怎么了？”

“这个。”

我拿出一件箱子里的东西，是一条皱巴巴的内裤。比明日香的内裤整整大了一倍。纸箱里全是内衣和内裤等贴身衣物。

“笙，你去那边整理吧，这里交给我来处理。”

“为什么？”

“即使已经过世了，女人毕竟是女人，一定不喜欢你碰这些东西。好了，赶快到那边去吧。”

我站了起来。

“明日香，你在这种奇怪的地方还挺讲究规矩嘛。”

明日香没有回答，把松子姑姑的贴身衣物一件一件拿出来，仔细折好。

“反正要拿去丢的，不需要这么……”

“我不是叫你不要看嘛！”

明日香抬头看我的双眼红红的，泛着泪光。她的脸颊也红通通的，微微颤抖着。

我用鼻子叹了一口气，背对着明日香。

“你哪有说啊。”我嘀咕了一句后，才埋头工作。

下午两点多，我们才结束整理。我用手机打电话给前田不动产，不出五分钟，前田继男就骑着自行车现身了。他检查了房内，接过剩下的绳子和垃圾袋，说了一句“辛苦了”，就转身离开了。

我肚子饿得咕咕叫，很想早点回去，明日香却强硬地主张：“我想去问一下隔壁的邻居。”她甚至叫我先回去，这么一来，我就不得不陪她了。我怎么可能让那个男人和明日香独处。

明日香按了大仓修二的门铃，胡子男迫不及待地现身了。

“虽然不关我的事，不过，你们的感情很不好嘛。这里的墙壁很薄，我全都听见了。”

我尴尬不已，明日香却若无其事地说：“不好意思，打扰到你了。我们站在这里就好，可不可以请教你几个问题？”

“你说话好像警察一样。好吧，算了，你想问什么？”

“听说松子女士的口碑不太好，是真的吗？”

“对，是真的。虽然在你们面前说有点不好意思，但大家都讨厌她，甚至有人叫她‘惹人厌的松子’。二楼的人还说被她刮坏了车子。”

“车子……吗？”

“就是那辆天际。差不多是半年前吧，嗯，应该是去年年底。被人用石头从车头刮到车尾。”大仓修二做出画线的动作。

“有人看到是松子女士刮的吗？”

“没有目击者。”

“那为什么认定是她？”

“因为……”大仓修二结巴起来，“总之，绝对不会错，一定是她干的。这里的人都这么认为。”

“没有证据，怎么可以这么武断？”明日香向前探出头，大仓修二瞪大眼睛往后退。

“你，你干吗？好可怕。”

明日香低下头，但很快又抬起头。

“她做什么工作？”

“这我就不知道了。我又没有每天监视她。”

“你有没有和她说过话？”

“没有没有，应该没有人和那个凶巴巴的老太婆说过话吧。”

“是吗……”明日香露出哀伤的表情。

“对了，我曾经在荒川的河堤上看见她好几次，她茫然地看着河面发呆。”

“河？”我忍不住反问道。

大仓修二瞥了我一眼，好像在说：“你怎么还在这里？”

“荒川距离这里很近吗？”

“很近啊。啊，我想起来了，她不光是看着河面而已，而且还在哭。她哭得很伤心，我还以为她脑子出了什么问题。本来她就给别人这种感觉。”

“……看着河面哭？”

“河里有什么吗？”

他正准备回答明日香的问题，背后传来了脚步声。我回头一看，两个男人正走进停车场。一个四十多岁的男人穿着皱巴巴的西装，另一个人还很年轻，穿着牛仔裤和白色开襟衬衫，戴了一副太阳眼镜。他们直直地走了过来。

“啊，刑警先生。”大仓修二说。

“刑警……？”

我定睛仔细打量这两个人，尤其是穿牛仔裤、戴太阳眼镜的年轻人，更令我瞠目结舌。我以为只有在以前的电视连续剧中才会看到这身打扮的刑警，没想到现实生活中真的存在。

“对不起，又来打扰你了，你有客人？”

戴太阳眼镜的刑警用轻松的口吻问道。

“你们来得刚好，这两个人是被害人的亲戚。”

两名刑警互看了一眼。

“是吗？她弟弟昨天来过警局。”

年长的刑警带着亲切的笑容说道。

“你们真的是刑警吗？尤其……”

我看着戴太阳眼镜的刑警，从他的镜片上，可以看到我和明日香。

戴太阳眼镜的刑警露齿一笑，从屁股后方的口袋里拿出黑色皮革的警察证，出示在我面前。上面贴着照片，还写着我也搞不清楚的官衔。然后他合上警察证放回口袋，接着摘下太阳眼镜。果然和照片上长得一模一样，而且很英俊。

“我了解了。”

“谢谢。”

“所以，你和被害人是什么关系？”年长的刑警问道。

“我是她的侄子。昨天去警局的是我老爸。还有，她不是亲戚，是我朋友，一起来帮忙的。”

“帮忙？”

“今天，我姑姑的房间要退租，所以一起来帮忙整理房间。”

年长的刑警点了两次头。

“被害人生前和你有没有来往？”

“完全没有，我甚至不知道我有这么一个姑姑。”

“能够抓到凶手吗？”大仓修二问。

年长的刑警从胸前拿出一张照片，递到我们面前。

“请你看一下这张照片。”

站在中间的明日香接过照片，我和大仓修二状似亲密地把头凑过去看着，彼此的视线交会了一下。

“有没有看过这个男人？”

照片上是一个中年男子，木无表情的脸部特写好像是证件照。眼睛和鼻子的轮廓很清晰，年轻时应该曾经让不少女人为他伤心，虽然我这个未成年的人说这种话有点狂妄自大，但他脸上的皱纹很深，似乎暗示着他的人生并不幸福。

“不，我没见过。”我说。

“你呢？最近有没有在这附近看过他？”

年长的刑警看着大仓修二。

大仓修二“嗯”了一声，又把头凑近照片。很明显的，他是借机贴近明日香的身体，我从明日香手上抢过照片，递到大仓修二面前。大仓修二满脸懊恼地瞪着我，用手指夹着照片瞥了一眼，就对年长的刑警说：“我没看过。”

“这个人是谁？”明日香问。

“十八年前，和被害人同居的男人。他因为杀人罪在监狱服刑，一个月前，刚从小仓监狱出狱。”

回答的是戴太阳镜的刑警。年长的刑警“喂”了一声，戴太阳镜的刑警轻轻笑了笑，欠了欠身。

“杀人……”

“是他杀了松子姑姑吗？”

“不知道。但曾经有人在这附近看到和他很像的男人。侦查不公开，我不能再说了，这已经算是透露很多了。”戴太阳镜的刑警又露齿一笑。

之后，两名刑警问了我和明日香的联络电话，我们也问了他们的名字。年长的是汐见刑警，戴太阳镜的是后藤刑警。后藤刑警说，如果想起什么事，随时通知警方，明日香也赶紧说：“如果逮到了杀松子女士的凶手，也要赶快通知我们。”

后藤刑警说：“小姐，我一定会通知你的。”

虽然他戴着太阳镜，看不到他的眼睛，不过我猜他一定在对明日香挤眉弄眼。

刑警离开后，明日香继续向大仓修二打听，但并没有问到有关川尻松子的具体情况。我更在意荒川的事，松子姑姑泪流满面眺望的荒川，我很想赶快亲眼去看一下。

“对了，下次要不要去湘南海岸玩？我对湘南那一带很熟哦。”

大仓修二的声音把我拉回到现实。

我抓着明日香的手臂，说了一句：“谢谢你，再见。”

然后就把明日香拉走了。

“你放手，好痛。”

耳边响起明日香不耐烦的声音。我停了下来，松开她的手。光明庄被其他房子挡住，已经看不到了。

“你干吗？不要这么粗暴嘛！”

我和明日香站在路中央，分别看着不同的方向，谁都不说话。

沉重的时间一秒又一秒地过去。

“喵呜。”

低头一看，一只黑白相间的花猫抬头看着我们，一副随时准备逃跑的样子。

明日香蹲了下来，花猫转身逃走了。跑了几步，又停了下来，回头看着我们，又“喵呜”地叫了一声。

“这附近野猫真多。”明日香看着花猫的方向说。她说话时已经恢复了往日的语气。

“要不要去荒川看看？”

明日香抬起头：“怎么了？”

“我想去看看。”

我凭着直觉往东走。转了一圈，看到一家小型食堂和卖酒的店。两家店都很有历史感，虽然这里距离车站前的商店街很远，却仍然隐身在住宅区内。

走着走着，看到一家托儿所。两层楼的白色房子旁，有一个用围篱围起的小操场，操场后方，正是比托儿所房子更高的堤防。

我的直觉真的很灵。

绕过托儿所，后方的 T 字路正好沿着河防。好像是单行道，但货车和小客车过往很频繁。

我和明日香等到没有车子后，过了马路。刚走到马路对面，就看到一块“请饲主负责处理爱犬粪便”的广告牌，左侧是涂着肤色油漆的铁制楼梯。

沿着楼梯走上去，看到一条柏油路。虽然有两车道的宽度，却没有车子。往左侧一看，发现那里竖了四根阻止车辆进入的棍子。这么说，这里就是那家伙刚才提到的，横隔荒川堤防的马路。过了这条马路，前面还有一个更高的堤防。原来，这才是真正的堤防。

右侧有石阶。我跑到石阶上，视野顿时变得开阔起来。

那里是堤防的制高点。从那里沿着石阶往下走，又有一条马路。这条路的中央画着黄绿色的线。原来，堤防的两侧都各有一条道路。

一个戴着麻质帽子的男人坐在石阶中间，正悠闲地看着书。几个身穿运动服的高中男生正三三两两地在道路上跑步，可能正在上体育课吧。戴着太阳镜和大遮阳帽的女人牵着一条小狗在散步。用力挥着双手走路的老爷爷在做运动，应该是为了维持身体健康吧。还有一个四十多岁的女人拄着拐杖，一步一步慢慢地走着，脸上的表情很严肃。

走过堤外道路后，是一片广阔的绿地，上面分别有一个棒球场和一个足球场。荒川在绿地后方静静地流淌着。河宽两百米左右，水面十分平静，映照着夏日的蓝天。

荒川后方的两条高速公路蜿蜒地纠缠在一起，货车和巴士缓缓移动着。正对面是一幢威风凛凛的建筑物，可能正在改建，屋顶上伸出三只挖掘机的“怪手”。

都市的声音形成一个通奏低音不绝于耳。远处传来“咔当、咔当”的沉重声音。向左一看，原来是电车正缓慢通过架在荒川上的铁桥。从车体颜色来看，应该是东武伊势崎线。这么说，后方的铁桥是常磐线。我看着右侧远方的荒川下游，那里也架了两座分别走铁路和车辆的桥梁，是京成本线和堀切桥吗?

一个白色物体飞过我的视野，鸟。这种鸟叫什么名字？鸟沿着河面滑过。我追随着鸟的身影，但在对岸绿地附近失去了目标。

有一种像是哀伤、喜悦，又像是想哭的奇妙感觉从身体深处涌起。

这时，过世的松子姑姑的心和我的心产生了共鸣。虽然很微弱，但的确产生了共鸣。川尻松子这个女人对我来说果然不是陌路人。她和我出生在同一个家庭，在相同的土地上长大。

“你想来看什么？”明日香问。

“就是这条河啊。”

我看着荒川，叹了一口气。吹拂在脸上的风好舒服。

“五十多岁的川尻松子流着泪，看着这条河……”

我看着明日香，把后半句话咽了下去。

明日香睁大眼睛，眨也不眨地看着石阶下面。她的嘴唇变成了紫色，脸色越来越苍白。

“你怎么了？”

我顺着明日香的视线望去。

刚才坐在石阶上看书的男人正抬头看着我们。他的双眼也和明日香一样睁得大大的，好像看到了幽灵。他的脸……

“他不就是刚才……照片上的人吗？刑警先生给我们看的。”明日香用颤抖的声音说道。

“对，好像是。”我的声音也在发抖。

男人慌忙站了起来。虽然他很瘦，但个子很高大。他的庞大身躯转向我们，冲上石阶的样子好像野兽。

“明日香，快逃！”

我拉着明日香的手，沿着堤防跑了起来。男人嘴里不知道叫着“别走”还是“等一下”，而我们怎么可能等他。

一个上了年纪的男人走在内侧的道路上，他牵着一条黑色大狗。

“明日香，赶快下去求救！”

我和明日香跌跌撞撞地冲下堤防。

“救命！”我对着牵狗的年长男人大叫着。

那个人一脸惊讶地看着我和明日香。

“到，到底怎么回事……”

黑狗瞪着像恶魔般的双眼，露出獠牙，压低头部，发出狰狞的吼声。

我和明日香被狗的气势震慑了，愣在原地。回头一看，男人已经逼近眼前。

男人停了下来，肩膀上下起伏着，用力喘着气。他用紧追不舍的视线看着我们。或许因为气息还没有平稳，他说不出话。

我用食指指着男人：“他是杀人凶手！”

男人瞪大眼睛，上下起伏的肩膀停了下来，双手无力地垂在身体两旁。他手上的东西掉在地上。

男人的脸扭曲着，弓着背，双手掩面。站在我的位置，也可以听到从他指间漏出的呼吸声。

我搂着明日香的肩膀。

黑狗吠叫着。

男人双手遮脸，发出异样的叫声。身体左右摇晃着，好像在拒绝什么。然后，转过身，双手抱着头，大叫着冲上堤防。在我和明日香目瞪口呆之际，男人的身影已经消失在堤防外侧。

有什么东西掉在男人刚才站立的位置。是他刚才在看的书。

明日香走了过去，蹲下去把书捡了起来，翻开封面。她看着堤防的方向，又把书合起来，冲了出去。她冲上堤防，好像要去追那个男人。

“喂，明日香！”

明日香没有回答，已经冲到堤防顶，消失在堤防后方。

“你……你们到底在搞什么？刚才的男人真的是杀人凶手吗？如果是的话，就要赶快去报警。”牵着狗的男人说道。

“不，嗯……”

我结结巴巴，说不出话来。那个男人是杀人凶手这一点或许是事实，但他已经服刑出狱了。目前，也无法断言他和松子姑姑的死有没有关系。事实上，刑警也正在找他。不过……

“对不起，我好像认错人了。对不起！”

我鞠了一躬后，追上明日香。

冲过堤防，走过外侧的道路，走下铁楼梯。汽车喇叭声震耳欲聋，一辆面包车从面前驶过。我确认没有车子后，过了马路，左顾右盼，却看不到明日香。

妈的，明日香这家伙跑去哪里了？

我的脚不由自主地跑了起来。

“明日香，你在哪里？”

“笙！”

回头一看，明日香站在我身后，双手放在胸前。我跑了过去。

“到底怎么回事？突然……”

“他到底去了哪里？我找不到。”明日香用快哭出来的声音说道。

“你在说什么！他可能杀了松子姑姑。你一个人去追他，万一发生意外怎么办！”

明日香调整呼吸后，说：“他不可能杀松子姑姑。”

“你怎么知道？我说他是杀人凶手，他不是吓跑了吗？”

明日香递出右手上拿的东西。

“这是他掉的书。”

我瞥了那本书一眼，比文库本稍微大一点，胭脂色的封面已经被手垢弄脏了。

“所以呢……那又怎样？”

“你看看里面。”明日香不耐烦地说。

我接过那本书，随意翻阅着。里面满满都是铅笔写的笔记和标注，已经变得黑漆漆了。我选了一段画了重点线的部分读了起来，接着“啊”了一声，慌忙翻过书，看着书名。

那是《新约圣经》。

4

昭和四十六年（一九七一年）五月

我走进码头，下了小型自行车。栈桥附近已经有将近二十个人在等渡船。大部分都是身穿西装的男人和穿学生制服的中学生，也有驼背的老女人。

码头呈ㄇ形，朝着筑后川敞开着。两座栈桥的设计很简单，只是把水泥板架在圆木柱上而已，码头的左侧芦苇茂盛，不时有蛇出没。

我踢起小型自行车的支撑架，调整把手，避免自行车倾倒，然后走向栈桥，和几个熟人打了招呼后，站在栈桥的前端深呼吸。五月的风拂过河面，吹在脸颊上，吹起了头发。对岸遥远的房舍屋顶隐约浮现，波浪缓缓推向码头。

“川尻老师，早安。”

回头一看，一个身穿黑底白条纹水手服的学生从栈桥跑过来。身后的红色背包也跟着一蹦一跳的。

“啊，早安。昨天晚上睡得好吗？”

“我好兴奋，根本睡不着。”

她是三年级一班的金木淳子。细长脸上像小芥子人偶[1]般的眼鼻十分可爱。小麦色的肌肤包藏不住浑身散发的年轻，剪成妹妹头的头发反射着朝阳，闪闪发光。

我在福冈县大川市的大野岛出生、长大。大野岛是筑后川和早津江川之间的一片广阔三角洲。

小学六年级社会课时，曾经调查过大野岛的历史。根据当时所学到的知识，在战国时代末期，筑后川河口形成了三角洲，十六世纪后期才开始生长芦苇。

① 日本东北地区的乡土人偶。

庆长六年的春天，津村三郎左右卫门等人进驻后，才开始开发大野岛。当时，古贺、今村、中村、长尾、永岛、堤、武下和古川各姓氏的当地武士投入了开发工作。如今，大野岛仍然有许多这些姓氏的家庭。当我得知这一点后，幼小的心灵还为川尻是外来姓氏这件事颇感伤心。

大野岛大部分都是水田，至今仍然如此。每到六月播种时期，纵横交错的灌溉渠道内就会传来清澈的水声。一到夜晚，成千上万的青蛙声此起彼伏。广大的三角洲上，没有任何阻挡视野的山丘或山脉。天空好大，地平线好遥远。

自古以来，大野岛和日本本岛之间都必须靠渡船往来。第二次世界大战后，立刻面临了架桥的问题，昭和三十六年（一九六一年），在早津江川上架设了早津江桥，连接大野岛和本岛。四年前才展开架设筑后川桥梁的主体工程，目前仍然在建造中。

所以现在必须搭渡船前往大川第二中学。当年读国中和高中的时候，每天早晨搭乘渡船时，做梦也不会想到，日后会成为母校的老师，会再度搭上渡船。

除了学生使用渡船通学，上班族靠渡船通勤以外，对大野岛的居民来说，渡船是日常生活中重要的交通工具。栈桥附近除了鱼店外，还有好几家卖杂货的小店。对岸也有一幢二层楼房，一楼的部分是零食店，还卖笔记本和圆规等文具用品，金木淳子有时候会在那里买东西。

我不是金木淳子的导师，但每天早晨搭同一班船，也就自然而然地开始聊天。以前，她曾经告诉我，她经常在同学面前炫耀和我在船上聊天这件事。我问她有什么好炫耀的，金木淳子只是害羞地笑笑，没有回答我。

渡船发出轰隆的马达声，驶入了码头。渡船只能载二十个成年人，没有屋顶，也没有座位。由于是福冈县营运的，所以可以免费搭乘。

船长放好舷板，等候的人便陆陆续续上了船。我在队伍最后推着小型自行车上船。今天早晨是退潮，河面的水位降低，所以船的位置比栈桥更低，舷板倾斜得很厉害。涨潮时，栈桥和船的高度相差无几，搭船很方便。但退潮时搭船，总令人提心吊胆的。我小心翼翼地走上船，生怕自己在舷板上滑倒。

当我和金木淳子刚抓住生锈的扶手，船长就发出号令示意开船了。所有乘客不是站着眺望对岸，就是和熟人聊着天。

河面风平浪静。享受着清晨舒爽的河风，会令人产生一种安逸到心痛的感觉。随着船离岸越来越远，可以眺望到大野岛的全貌。这是生我养我的土地，既熟悉，又陌生。这或许就是故乡。十几岁时，我从来不曾带着这种心情看过这座岛屿。

河流的下游露出了正在建造的桥墩，听说将会建造一座很大的桥梁。桥墩的后方是有明海，可以远远地看到归来的渔船。渔船的引擎声随着风飘了过来。转头看上游的方向，鲜红的升降吊桥正沐浴着朝阳。这座铁桥是连接大川车站和佐贺车站的单线桥，人和车辆无法通过。当大型船只经过时，桥的中央可以上升。在同类型的桥梁中，这是亚洲第一大桥，当地人都引以为傲。

渡船渐渐驶近导流堤。导流堤是建在河流正中央的石堤，这种鱼板形状的石堤就像是马路的中央分隔岛，可以防止泥沙淤积在河口附近，确保航路顺畅。退潮的时候，导流堤会露出河面，涨潮时就看不到了，当地的渔夫都称为暗礁。导流堤总共有六公里长，但在渡船通道的地方设置了缺口。渡船可以从缺口那里自由来往。

“老师，”金木淳子吞吞吐吐地问，“龙同学今天会来吗？”

“没问题，昨天，老师已经去过龙同学的家里。”

我露出亲切的笑容。

金木淳子也拼命对我挤出笑容。

每次只要一提到龙洋一，金木淳子就脸颊泛红，眼眶湿润，实在很惹人怜爱。龙洋一是二班的，也就是我班上的学生。因为家庭环境复杂，他浑身散发出一种不良的气息，许多老师都视他为问题学生。金木淳子说龙洋一很像电影明星“田宫二郎”，他的五官轮廓很深，很有成熟的味道，有时候连我也忍不住会脸红心跳。

这次修学旅行中，我最担心的就是龙洋一。

上午八点四十五分，三年级总共九十四名学生，和五名带队的老师都在学校的操场上排队站好。田所校长站在晨会讲台上，说什么修学旅行是进修学业的旅行之类无关痛痒的话。接着，杉下学务主任传达了注意事项，之后，才终于缓缓出发。虽说是出发，大家却必须像蚂蚁排队般走到大川车站，搭电车到国铁久留米车站后，才能搭上修学旅行专用列车。

在久留米车站等了十五分钟，出现在我们面前的列车正是半年前我和田所校长所搭乘的同款列车。在标示目的地的地方挂着“修学旅行”的牌子。列车一进月台，所有学生都欢呼起来。

田所校长没有参加这次的修学旅行。听说这是他上任以来，史无前例的缺席。

修学旅行前视察回来后，田所校长一如往常，昂首阔步地巡视校园。一开始，我不想见到他，便刻意避开。有一次，刚好在走廊转角处和他撞个正着，我就像被蛇盯上的青蛙般浑身僵硬，注视着田所校长的表情。然而，下一瞬间，发生了出乎我意料的事。田所校长尴尬地移开视线，默不作声地走开了。我转头看着田所校长的背影。田所校长不敢面对我，令我感受到一种无法形容的爽快。

之后，我一有机会就注视着田所校长。每次发现我在看他，他就假装咳嗽，或是干脆当作没看到。但从他额头上冒出的汗珠，可以清楚了解到他内心的在意和紧张。也许，他取消参加修学旅行，也是由于这个原因。哼，活该！

我并不打算张扬校长寡廉鲜耻的行为。正如校长所说的，当初是我提出和他同睡一个房间，况且，要是被人四处宣扬我遭到侵害的传闻，到头来吃亏的还是我自己。这种乡下地方很小，学校和家里才几步路的距离，丑闻一下子就会传得沸沸扬扬，到时候，会令我没有立足之地，还不如好好折磨田所校长。我一点都不同情他。

搭修学旅行专车的好处，就是无论学生再怎么吵闹，也不会遭到其他乘客的抗议。学校要求学生把垃圾带回家，掉在地上的食物屑也要清理干净。但出发前的职员会议讨论后决定，不必对学生太束手束脚。

三年一班和三年二班同坐在第一节车厢。通道两侧各有一排双人座的座椅，座椅可以调整前后的方向。

我和一班的导师佐伯俊二坐在最后排的座位上。佐伯俊二比我早三年进的这所学校，在学校，我们的年龄比较接近，而且他也是唯一的成年单身男子。他的身高比我稍微矮一点，但他瘦削矫健的身材和刘海下垂的俊秀容貌足以吸引异性的目光。每当他笑的时候，声音特别洪亮，和他瘦小的身材极不成比例。当他在隔壁教室放声大笑时，甚至会影响到我上课。有一次，我去向他抗议。

“笑声响亮是天生的，我也想改，但就是改不掉，请你见谅。”

他满不在乎地回答，然后又哈哈大笑起来。我忍不住跟着笑了起来，无法继续生他的气。

可以说，佐伯俊二是我唯一可以轻松相处的同事。虽然谈不上对他有恋爱的感情，但如果没有他，我就会觉得每天的生活缺少了活力。

学生们一开始还乖乖坐在出发后安排好的座位上，不出十分钟，就开始自由交换座位，和自己要好的朋友坐在一起聊天、玩扑克牌，以各自的方法享受旅行的乐趣。几个男生拿着将棋盘，想和佐伯俊二较量。佐伯俊二笑嘻嘻地答应了，他起身走在通道上的脚步格外轻快。

我带着复杂的心情目送佐伯俊二的背影远去。此时此刻，我对他的乐天性格既羡慕，又生气。我无法像佐伯俊二那么轻松自在。金木淳子刚才邀我玩扑克牌，但想到万一我在玩扑克牌时会有人晕车，只好忍痛拒绝了。有时候，我也很讨厌自己的这种性格。

我叹了一口气，站了起来，在通道上走来走去，检查有没有学生晕车。

我走在通道上，不时和正在聊天、玩游戏的学生简短交谈着。正在和男学生下将棋的佐伯俊二得意地向我挤眉弄眼，我故意一脸严肃地回瞪了他一眼，他假装害怕地耸了耸肩。

令我担心的学生坐在第二排，原本坐在他旁边的学生似乎去了其他地方，只有这个座位周围的空气格外沉重。

我走到他面前，他仍然假装没有发现，无趣地用手托着下巴，看着车窗外。他的脸上没有表情。我却觉得他在等待别人叫他。这个学生正是金木淳子暗恋的对象，龙洋一。

我在龙洋一的身旁停了下来。龙洋一无视我的存在。我挤出笑容，说："龙同学，你好像闷闷不乐的，不舒服吗？"

龙洋一转动了一下眼珠子，抬眼看着我，又立刻看着窗外。

"没有啊。"他的声音极其冷淡。

"是吗？那就好。"

我感觉到有人看着我，回头一看，金木淳子拿着扑克牌，站在身后看着我。

"龙同学，你要不要和大家一起玩扑克牌？"

龙洋一回答说："不必了。"便再度陷入沉默，没有正眼看我。

我灰头土脸地回到通道。经过金木淳子身旁时，露出一脸歉意，摇了摇头。金木淳子嘟着嘴。

回到最后一排座椅时，佐伯俊二已经回来了。

"将棋结束了吗？怎么这么快？"

"他们哪是我的对手，我叫他们棋艺进步后再来找我。也不掂掂自己的分量，就想和我下棋。"

佐伯俊二豪爽地笑了起来。我也跟着露出笑容。

"川尻老师，你怎么郁郁寡欢的，发生什么事了？"

"没事。"

"不会吧。我和你那么熟了，不要客气，说出来听听。"

佐伯俊二张开双手，好像在说，要哭就到我怀里哭。

"哇噢，小两口好亲热！"坐在前排的三个女生突然转头说道。

"佐伯老师，你一脸色相哦。"

“你们这些小鬼，胡说什么啊！”

佐伯俊二假装生气，那几个女生大声笑着走开了。

“时下的女孩子真早熟……”

佐伯俊二满脸乐在其中的表情。和我视线交会时，赶紧闭起嘴巴。

“川尻老师，你放轻松啦。”

“但毕竟带了这么多学生。”

“照你这样下去，怎么撑得了三天两夜？”

“话是没错啦……”

“有什么不放心吗？”

我压低嗓门说：“就是龙同学的事。”

佐伯俊二哈哈大笑起来。

“他向来这样，以为只要臭着脸，别人就会去取悦他。他太天真了，别理他。”

“佐伯老师！”

一班的班长冲了过来。

“怎么了？”

“今村同学吐了。”

虽然有学生晕车不舒服，但别府的行程一切顺利。学生在食堂吃午餐太吵闹时，被杉下学务主任训了一顿。如此这般，算是顺利迎来了第二天。

第二天晚上出事了。

所有学生在旅馆的大会议厅吃完晚餐，洗完澡后，以为今天也顺利结束时，却临时通知要召集带队老师开会。

走进杉下学务主任的房间，一班的导师佐伯和三班导师三宅，以及保健室的藤堂已经坐在那里了。杉下学务主任还穿着衬衫、长裤，佐伯俊二穿着平时上课时穿的咖啡色运动衣，我也换上了暗红底色加白线条的运动衣。这是我行前特地去买的，在这次修学旅行时当作睡衣。

第一天时，当学生都就寝后，大家就聚在一起饮酒作乐，但今天似乎没有这种气氛。

我拿了一个坐垫，正襟危坐着。

“真的太伤脑筋了。”

杉下学务主任苦恼地垂着眼尾，平时总是梳得一丝不苟的白发也乱了。向来正颜厉色的他，此时此刻，完全失去了身为学务主任的威严。

“到底发生了什么事？”三班的导师三宅满太郎托着下巴问道。他穿着浴衣，盘腿而坐，不时看到他白白的大腿。这个微胖的男人三十多岁，是数学科的老师，却满嘴歪理，我看他很不顺眼。

“刚才，旅馆方面来投诉……礼品部手提金库里的钱被偷了。”

“啊哟，讨厌。”

说话的是身穿乳白色洋装的藤堂草。这个四十岁的单身女人瘦巴巴的，戴了一副厚厚的眼镜。她自称年轻时很漂亮，但身为独生女的她必须照顾父母，因而无法和心上人步入礼堂。她也没有招赘，于是就一直单身。为什么我会知道？因为，修学旅行的第一天晚上睡觉前她和我聊了很久。她身上穿的洋装很短，裙摆在膝盖上十厘米，所以她一直用左手压着裙摆。

“该不会是怀疑我们学校的学生吧？”佐伯俊二说。

杉下学务主任露出越发苦恼的表情。

“我们学校包下了这家旅馆，所以现在就去向学生确认一下。旅馆方面说，只要把钱还给他们，他们就不报警。”

“可不可以说得详细点？不然，要怎么去问学生……”

听到佐伯俊二这么说，学务主任说了声“不好意思，我也一下慌了神”，然后就娓娓道出了事情的来龙去脉。

据说，遭窃的是位于旅馆一楼专卖旗帜和钥匙圈等纪念品的礼品店，晚餐前的自由活动时间，学生都挤在那里买东西。当时，店里有人，所以没有发生问题。但学生都去吃晚餐时，旅馆的人可能认为没必要看店了，便暂时离开了。

晚餐结束后，回到店里一看，发现放着营业收入的手提保险箱的位置移动了。打开一看，发现里面的纸币全都不见了。遭窃金额为一万两千五百日元，差不多相当于我半个月的薪水。

“保险箱没有锁吗？太大意了。”佐伯俊二说。

“但反过来说，代表他们很信任本校的学生，结果却有人做出了辜负他们的事情。我真不知道该怎么向校长报告……”他喃喃地抱怨着。

“但是，我不赞成就这样怀疑学生。也可能有人从外面进来拿走的。”

听到我这么说，杉下学务主任横眉竖目地说：“所以才叫你们去问一下学生，确定到底是怎么回事。我也不想怀疑学生，但万一闹到报警，我们也有责任，而且可能会变成社会新闻。无论如何，都要妥善处理……”

“的确，以前报上的社论就曾经提到修学旅行的学生很不懂规矩。”三宅满太郎说道。然后用手扶了扶眼镜，继续说道：“这么说，金库的钱遭窃是在晚餐的时间。对了，二班的龙洋一不是曾经在晚餐的时候离席吗？”

三宅满太郎的纠缠眼神移向我。

“他是去上厕所！”我大声反驳道。

周围的视线都集中在身为二班导师的我身上。

“除了他以外，还有没有其他学生在晚餐时离席？或是根本没有来吃晚餐？”杉下学务主任问。

一阵沉默。

“……难道你们认为是龙同学偷的吗？”

“川尻老师，请你去确认一下，也可以视实际情况搜他的行李。”

杉下学务主任刚说完，三宅满太郎又开了口。

“既然这样，我认为应该先去问一下龙洋一，然后再问其他学生。如果是龙洋一偷的，就不需要让其他学生知道这件事。毕竟，我们出门在外，不需要让学生感到不安。”

“怎么可以认定是他偷的！现在还没有查清楚！”

三宅满太郎撇着嘴，转过头。嘴巴里喃喃地说："女人就会这样。"

"川尻老师，请你去向龙洋一确认一下。现在马上就去，我们在这里等你。"杉下学务主任用挑衅的眼神看着我。

周围的气氛不容我抗辩。

"好吧……"我斗不过他们，只好站了起来，走出房间。

我迈着沉重的步伐，走在无人的走廊上，有人在背后叫我的名字。

原来是佐伯俊二。

"我陪你去。你一个人会紧张吧？"

我看着佐伯俊二。

"佐伯老师，你也怀疑是龙同学吗？"

佐伯俊二结巴了一下，说："从目前的状况来看，他被怀疑也是无可厚非的。他平时就这副德行。"

"我相信自己的学生。"

佐伯俊二的眼中发出温暖的光芒。

我感觉到自己的脸颊发烫。

"谢谢你的心意，但我是二班的导师，我可以自己处理。"

"是吗？我知道了。那我就回去了。"

佐伯俊二转过身，用惯有的轻快脚步走回教职员聚集的房间。

"佐伯老师。"

佐伯俊二转过头。

"谢谢你。"我向他鞠了一躬。佐伯俊二面带微笑地对我竖起大拇指。

和佐伯俊二分手后，我有点厌恶自己。我并不是真的相信龙洋一，在三宅满太郎说龙洋一曾经离席时，我就认为可能是他干的。但身为班导师，我不可能轻易承认这件事。何况是三宅满太郎说的，更让我火冒三丈。

"该怎么办……"

十之八九是龙洋一干的。从杉下学务主任气急败坏的样子来看，这件事绝对不可能不了了之。既然这样，就必须让龙洋一认罪，把钱还给旅馆，并向旅馆致歉。只要表现出深刻反省的态度，旅馆应该能够接受，也可以保住我身为班导师的面子。当然，三宅满太郎一定会趁机挖苦几句。

我下了决心，站在龙洋一的房间门前，吸了一口气，说："我进去了。"

当我打开门时，穿着深蓝色运动服的男学生们顿时作鸟兽散，感觉就像是把水泥砖块从地面移开时，下面的虫子一见到阳光，就慌忙爬开的样子。

"干吗？突然闯进来是侵犯人权哦。"平时爱搞笑的"人来疯"本桥健太说。

"你们刚才在干吗？"

仔细一看，我发现被子底下露出杂志的封面照。

"本桥同学，你把藏在被子下的东西拿出来。"

学生们顿时鸦雀无声。本桥健太一副"惨了"的表情，把成人杂志递了过来。

我接过杂志，打开封面，立刻看到一丝不挂的女人躺在粉红色的床上，用假睫毛和眼影衬托的眼睛勾魂地看着画面。我翻了一页，一个全裸的男人压在女人身上，用力握着女人的乳房。女人闭着眼睛，一脸沉醉的表情。我第一次看到这种照片，心跳不禁加速起来，脑海中突然浮现田所校长的脸。我用力合上杂志。

"原来是色情书。本桥同学，是你带来的吗？"

"是我。"

说话的是龙洋一。其他学生都乖乖坐着，只有龙洋一躺着。

我想，刚好给我逮到机会。

"龙同学，跟我来一下。"

"你没收就好了。"

"别废话了，跟我来。"

龙洋一心不甘情不愿地站了起来。

我把龙洋一带到自己的房间。虽然我和保健室的藤堂草住同一个房间，但她现在应该还在杉下学务主任那里。

一推开门，我就后悔带龙洋一来这里。女招待已经帮我们铺好两床被子。我要和正值青春期、感觉很成熟的男学生在房间内独处，而且我的运动衣下只剩内衣裤而已。

我努力使自己镇定，拿起堆在房间角落的坐垫，放在龙洋一的面前。

“坐吧，我有话要跟你说。”

龙洋一在坐垫上盘腿而坐。

我跪坐在自己的坐垫上，龙洋一也不耐烦地端坐着。

我看了一眼成人杂志说：“这个先寄放在我这里。”

“你会还我吗？”

“等你满二十岁。”

“送你好了，反正我还有。”龙洋一垂着眼睛说。

眼下，成人杂志的事根本无关紧要。我犹豫着该怎么提起失窃的事。

龙洋一抬眼看着我：“没事了吧？”

“龙同学，晚餐的时候，你是不是去了厕所？”

龙洋一偏着头。

“你好像去了很久……”

“老师，你想说什么？”

“听我说……”我用力叹了一口气，“旅馆礼品店的钱被偷了。刚好是晚餐的时候。”

龙洋一睁大眼睛，露出僵硬的笑容：“你的意思是我偷的？”

“我相信你，但其他老师不相信，所以我想听你亲口回答，钱是不是你偷的？”

龙洋一脸上的笑容消失了。

“这……代表你根本不相信我。”

“什么？”

“如果你相信我，就不会问我这种问题。”

我无言以对。

“老师，你也觉得是我偷的。”

我的身体离开坐垫，靠向龙洋一的方向。

“但是晚餐时间只有你一个人离开，所以请你告诉我，是不是你干的？”

龙洋一把头别到一旁。

“你这是什么态度。你还要让我丢脸吗？”

龙洋一没有回答。

“店里的人说，只要愿意还钱、道歉，就不会报警处理。如果死不承认，就要去坐牢。”

龙洋一动也不动，但他的双眼布满血丝。

还要加把劲。

“老师会陪着你，去向旅馆的人道歉吧。”我把手放在龙洋一的腿上。

龙洋一粗暴地推开我的手，站了起来。

我倒吸了一口气。

龙洋一双手握拳，用通红的双眼恶狠狠地瞪着我，然后转身走出了房间。他反手关上的门发出巨大的声响。

我呆然看着龙洋一消失在门外，身体不由得颤抖起来。我将手放在胸前，闭上眼睛，拼命呼吸着。

我失败了。

龙洋一看似早熟，我却忘了他正值多愁善感的年龄。偷钱的就是龙洋一，这点绝对不会错。但从他的态度来看，他绝对不会承认。到底该怎么办？

直接去杉下学务主任的房间吗？即使去了那里，又该说什么？说钱是龙洋一偷的……不，他并没有承认，我能这么说吗？但又不可能说我不知道。一定会被盖上班导师失职的烙印。

杉下学务主任会向田所校长报告吗？会追究我身为班导师的责任吗？佐伯

俊二会怎么看我？前一刻还说什么“我相信自己的学生”，结果，却无法说服自己的学生自首。老实说，我只是想在佐伯俊二面前耍帅而已，我害怕被他识破我有多么肤浅。至少，我希望佐伯俊二认为我是个为学生着想、年轻而优秀的教师。

怎么办？

总之，绝对不能报警，所以必须先安抚旅馆的人。要安抚旅馆的人，就必须把钱还给他们。只要还钱，他们就没什么好抱怨了。

我睁开眼睛。

我伸手把黑色旅行袋拿了过来。拉开拉链，从旅行袋底拿出钱包。先去还钱吧。就当作学生偷的钱，由我这个班导师向学生把钱要回来，还给店家。只要说偷钱的学生已经深刻反省，旅馆没理由不接受。只要对杉下学务主任说，是二班的学生就好了。虽然除了龙洋一以外，不可能有其他人做这种事，但至少在表面上需要保密一下。就说是和当事人约定，绝对不公布名字，而且学生已经深刻反省，这次就暂时当作没有发生过这件事。而且，拜托他不要向田所校长报告……杉下学务主任应该会体谅的。

对了，这么一来，事情就可以圆满落幕了。对杉下学务主任来说，自己带领的修学旅行发生这种丑闻，也会令他感到难堪。我的月薪只有三万日元出头，一万多日元不是一笔小钱，但只要这么做，任何人都不会受到伤害。

我满脑子都是这个念头，打开钱包数了一下。纸币有八张伊藤博文[①]和一张岩仓具视[②]，总共八千五百日元，剩下的都是一百日元和十日元硬币。

我看着藤堂草的红色旅行袋，拿过来翻了一下，果然不出所料，钱包就在里面。我数了一下，发现包括一万日元纸钞在内，总共有将近四万日元。我吓了一跳，没想到她真人不露相，身上竟然带这么多钱。我心里不禁泛起嫉妒的涟漪，同时也觉得自己做了件罪大恶极的事。

---

① 日本明治时代政治家，1963—1986 年流通的一千日元纸币上印有其头像。
② 日本明治时代政治家，1951—1994 年流通的五百日元纸币上印有其头像。

(我只是借用一下，只要向她解释，她会谅解的。)

我拿了四张千日元纸钞，把她的钱包放回旅行袋。

礼品店已经打烊了，商品都盖了起来，但收银台旁还有人，正弯着腰拨着算盘。

“呃，我是大川第二中学的。”

坐在收银台旁的人抬起头。五十岁左右的男人皮肤黝黑，戴了一副深度近视眼镜。花白的头发剪得短短的，脖子又短又粗。肩膀很宽，看他的体格，应该练过柔道。

男人看着我，拿下眼镜。有点斗鸡的大眼睛似乎充满敌意，但不知道他是天生这样，还是真的心情不好。

“我来还这个。”我把十二张千日元纸钞和一张五百日元纸钞递了出去，放在桌子上。

男人瞥了一眼那沓钱，用鼻子哼了一声，抱着双臂。他手臂上的肌肉很饱满。

“果然是学生偷的。看来，到处都有不良分子。不过，要叫当事人来认错道歉。”他的声音很粗犷。

“当事人已经深刻反省了，可不可以请你放他一马？”

“所以，你要把当事人带来这里，我才能决定原不原谅他。我告诉你，如果这种时候对他宽容，对他并没有好处。学校不是就该教学生这种事吗？”男人将手肘放在桌子上，双手交握。他歪着脸，斜眼看着我，“你还很年轻，是那个学生的班导师吗？”

“……对。”

“那就请你把偷钱的学生带来这里，让他好好道歉，我就当作今天的事没有发生。否则，我就要报警了。”

我顿时不知所措，本来以为可以轻而易举地获得对方的谅解……我张嘴想说些什么，却一时词穷，脑袋一片空白。

男人重重地叹了一口气。

“好吧，”男人打断了我的犹豫，站了起来，“我去找他吧。这个学生住哪个房间？既然你做老师的无法解决问题，我去好好教训他一顿。这才是真正的教育，走吧，你带我过去。”男人紧抿着嘴。

“等一下，请等一下！”

我上气不接下气地叫了起来。

“还等什么？你这也算是老师吗？你真的以为这是为学生着想吗？你以为日后的国家可以交给读这种学校的学生吗？”

“等一下，不对，不是这样的。”

“有什么不对！”

男人吼道。

我整个人都僵住了，动弹不得。这是我有生以来，第一次有人对我这么大声说话，就连我父亲也不曾用这种态度对待我。

我的牙齿发抖，呜咽几乎快从我的胸膛迸出来。如果可以，我很想直接跑回房间，躲进被子里。我希望眼前这一幕赶快结束。

“不是……学生。”我哭着说。

“什么？”

“偷钱的不是学生。”

“但是你刚才……那到底是谁？”

一阵难以忍受的沉默。

“我……”

这样好吗？

“什么？”

如今，只能这么说了。我不能带他去找龙洋一，必须在这里解决这件事。为此，我没有其他的选择。

“是我偷的。”我这么说了。

“但你是……”

“对不起，是我一时鬼迷心窍。”我深深鞠躬。

为什么会变成这样？这样好吗？这样真的好吗？我的脑袋一片混乱，已经无法收拾了。

算了，豁出去了。

“喂，你刚才不是说是你班上的学生偷的吗？这到底是怎么回事？”

“那是因为……”

“难道你打算让学生替你顶罪吗？”

我垂下头，已经没有力气思考借口了。

“真令人惊讶，我还以为老师是神圣的。”男人笑了起来。

“拜托你，请你不要报警，也不要告诉校方。请你放我一马。”我当场跪了下来，把额头贴在地上，“求求你！”

男人愤愤地叹了一口气：“这个国家到底是怎么了？”

“川尻老师，你在干什么？”

听到声音，我回头一看，发现杉下学务主任站在那里。

“我看你一直没有回来，出来看一下，结果到处都没看到你，找到这里……”

“接下来就是学校的问题，钱我就收下了。别担心，我一开始就没打算去报警。”

男人拿起放在桌上的一万二千五百日元，和算盘、传票一起放进手提保险箱后，拿着保险箱，走进店里。

我站了起来，不敢看杉下学务主任，用手擦着眼泪。

“到底发生了什么事？”

我一边哭，一边说出了事情的原委。因为龙洋一不肯承认是他干的，所以，我就说是我偷的。

“你怎么会做这么愚蠢的事！”杉下学务主任的声音响彻昏暗的礼品店。

“对……不起。”我低下头。

“既然龙洋一不承认是他偷的，这样不是更好吗？等问完其他学生，没有人承认，就可以大大方方说不是本校的学生干的。结果，你却……”杉下学务主任的拳头微微发抖，“有什么打算？旅馆方面以为是本校的教师偷了钱，事到如今，再怎么辩解，对方也不会相信了，反而会留下坏印象。”

我战战兢兢地抬起头：“……要怎么办呢？”

杉下学务主任抱着双手，眼睛拼命转动，突然抓住我的肩膀。

我倒抽了一口气。

“川尻老师，这件事，绝对不要告诉任何人。”

“那要怎么办？”

“我会告诉其他老师，旅馆方面搞错了，已经来向我道歉。根本就没有失窃的事。”

“要说谎……”

“川尻老师，如果不这么处理，真的会变成你偷钱了，这么一来，绝对会遭到开除。”

我的脑海中浮现出父亲的面容。

“这可不行，绝对不行。”

“所以，就按照我说的办。对旅馆方面，就说是你偷的，但在学校方面，就说根本没有发生失窃事件，就这么办。旅馆方面也说不会报警，应该不会去宣扬。就这么说定了！”杉下学务主任抓着我肩膀的手十分用力。

我回到自己的房间。藤堂草还没有回来。也许，正在杉下学务主任的房间听他解释，礼品部的失窃事件根本是一场乌龙。

我想起擅自从藤堂草的钱包里拿钱的事。等她回来后，我必须告诉她。也就是说，我必须把实情告诉她。

她能够表示谅解吗？我觉得，现在的我，无论做什么都适得其反。我很希望可以在她回来以前，把钱还回去，但我手上只剩下零钱。早知道，刚才应该向杉下学务主任借点钱。

我把自己旅行袋里的东西统统倒在榻榻米上，也许，某个角落还放着钱。父亲以前或许在哪里藏了点钱，以防万一。虽然我知道这种行为很无聊，却不得不做。

传来开门的声音。

我抬起头。

藤堂草轻轻跑了进来，关上了门。一看到我，便停了下来。

“咦，你已经回来了。怎么了？怎么把东西都倒出来了，有什么东西不见了吗？”

我立刻露出笑容。

“不，没事。”

我把零星物品和换洗衣服放回行李袋。必须告诉她，必须告诉她。虽然我在内心呐喊，嘴角却挂着笑容，一句话也说不出来。等我收好东西就说。我已经下了决心，整理完行李后，还是不知道怎么启齿。

藤堂草坐在被子上，或许已经不在意洋装的裙摆了，她的双脚张得开开的。

“刚才的失窃风波好像是旅馆方面搞错了。”

“是啊。”

“真是害我们虚惊一场，不知道住宿费用能不能算便宜一点。”

“呃……”

“什么？”藤堂草偏着头。

“不，知道没事，我也松了一口气。”

“……嗯，对啊。”

藤堂草露出讶异的笑容。

“咦？这是什么？”藤堂草看到龙洋一的成人杂志，拿起来翻阅着，“啊哟哟……真劲爆。”

她瞪大眼睛看着我：“你喜欢看这种的吗？”

我拼命摇头：“是我从男学生那里没收来的。”

“对啊，这种年纪的男生果然对这些……”

声音突然停止了。藤堂草皱着眉头，翻开下一页。那一页应该是男人握着女人乳房的照片。我悄悄瞄了她的表情，藤堂草张大嘴巴，看着照片出了神。她的脸颊泛红，不停眨眼，胸口上下剧烈起伏着。这个寒酸的四十岁女人看到色情照片竟然这么兴奋，我觉得藤堂草的这种样子很丑恶，让我感到反胃。

“那么，我先睡了。”我翻开被子，躺了下来。背对着藤堂草，盖上被子。藤堂草没有回答。

“晚安。”

还是没有回答，取而代之的是“沙”的一声翻页的声音。我用被子蒙住头，闭上眼睛。

最后一天的早晨来临了。早晨七点，在大会议室吃完早餐，学生们打扫完房间后，九点，所有学生终于在旅馆门口列队集合了。当大家准备踏上归途时，旅馆的女主人和女招待全体站在门口送行。礼品店的男人也在其中。我不敢正眼看他，但心里还是放心不下，偷偷瞄了一眼男人的表情。男人心情愉快地看着学生们，似乎完全忘记了我的存在。

一班的班长站在队伍前，用洪亮的声音向旅馆的人道谢后，其他学生也跟着道谢、鞠躬。穿着和服的女主人行礼如仪地说：“欢迎有机会再度光临。”

一行人分别搭上三辆旅馆的巴士向别府车站出发。回程时没有专用列车，只是包下了快车的一部分。

快车“由布一号”载着学生，在十一点三十九分从国铁别府车站出发，一路顺畅地从大分市区驶向山岳地带。穿越郁郁苍苍的由布山岳，在汤平、丰后中村和天濑停车后，朝着久留米方向前进。

这时，连我也不由得心情轻松起来。在由布院停车的一分钟内，我还和金木淳子等几个同学完成了在月台上抢拍纪念照的挑战。

到达久留米时，已经是下午二点四十四分了，然后再从久留米乘车前往佐贺，从佐贺回到大川车站后，就可以解散了。

许多学生家长都在大川车站等候，家长为学生顺利回家感到喜悦，学生也迫不及待拿出土特产，和家长一起踏上了归途。我在学生和家长挤成一团的喧闹中，寻找着龙洋一的身影。我想知道，他的母亲有没有来接他。

我看到了金木淳子，她父亲来接她。我走向他们，向他们打了招呼，聊了几句无关痛痒的话后，假装不经意地问金木淳子："龙同学已经走了吗？"

金木淳子的脸顿时像石蕊试纸般红了起来："哦……好像已经走了。"

"他妈妈来接他吗？"

"没有，好像只有他一个人。"

"是吗？谢谢你。"

我向金木淳子的父亲欠身道别后，转身离开了。金木淳子在背后叫了起来："爸爸，你在看什么！"我回头一看，发现金木淳子用手掌做成"扩音器"的形状，大声叫着："老师，我爸爸看着你的背影出了神，还一脸色相。"

她父亲惊慌失措，堵住了她的"扩音器"，尴尬地向我鞠了一躬。我向他露出亲切的笑容。

学生就地解散了，但教职员还不能回家休息。之后，还要一起回到学校，向跷着腿坐在校长室的田所校长报告修学旅行顺利结束。

"有没有发生什么状况？"校长室内，田所校长大模大样地问站成一排的教职员。

杉下学务主任愣了一下，随即回答道："是，有几个学生不舒服，在藤堂老师的照顾下，很快就恢复了。总之，并没有学生有特别的状况，大致算是一帆风顺。"

"很好，大家辛苦了。"

就这样结束了。其实，根本不需要特地回学校报告。

当我在学校的自行车停车场和暌违两天的自行车重逢时，太阳已经快下山了。

总之，修学旅行算是顺利画上了句点。接下来，就要认真进行毕业后的出路指导了。二班大约有六成的人希望进全日制的高中，其他人不是继承家业，就是希望进入高职升学。只有龙洋一，我还没有问他到底有什么打算。

“川尻老师。”

听到声音，回头一看，发现佐伯俊二正向我跑来。他肩上的旅行袋左右摇晃着。佐伯俊二开车上下班，照理说，应该不会来自行车停车场。

“怎么了？”

“等一下。”佐伯俊二用右手制止我，拼命调整呼吸。他重重吐了一口气，正面看着我说：“川尻老师，这个星期天，要不要一起去看电影？”

我注视着佐伯俊二的脸。

“你是在约我吗？”

“没错。”佐伯俊二用难得的严肃表情回答道。

“好啊。”

佐伯俊二的表情亮了起来。

“啊，太好了。详细情况我会再告诉你。我们一言为定喽，就是这个星期天。”佐伯俊二举起右手，转身离开了。我还没来得及回答，他就走了。前后总共不到十秒的时间。

我愕然地望着佐伯俊二离去的方向。有一种奇妙的感觉，好像整个身体都飘了起来。我打开小型自行车的锁，从停车场推了出来，骑了上去。

“有人找我约会耶。”我喃喃自语着，用力踩着自行车。清风拂过脸庞。从学校正门离开后往右转，夕阳刚好出现在正面。这是我至今为止看到的最大、最美丽的夕阳。

在我家，回家的第一件事，就是要去祖先牌位前报告。这当然是父亲立下的规矩。我只是基于习惯，坐在祖先牌位前摇一下铃，双手合掌。我把土特产拿给厨房的母亲后，走上二楼，去妹妹久美的房间。久美今年十八岁了，但她从小身体孱弱，高中就休学了，在家里静养。

我站在她房门口，说了声“我要进去了”，才打开门。以前，我曾经撞见久美在自慰。那一次，我想去陪她聊天，一走进房间，发现久美仰躺在床上，手伸进睡裤里。虽然久美很快把手拿了出来，但向来苍白的脸涨得通红，正想辩解什么。我做梦也没想到卧病在床的久美竟然会有这种举动，吓得急忙关上门，跑回自己的房间。不一会儿，听到久美房间传来哭声，于是又再度去了她的房间，向她保证，绝对不会告诉别人。由于曾经发生过这种事，现在每次进久美房间之前，我都会先打一声招呼。

久美的房间内拉着窗帘，感觉特别暗。我拉了电灯的绳子。荧光灯眨了一下，照亮了房间。

久美躺在床上，闭着眼睛。

“姐姐，你回来了。”久美睁开眼睛。

我在她床边坐了下来，凑近她的脸：“久美，我告诉你一个好消息。”

久美微微抬起头。

“姐姐快交到男朋友了！”

“你们会结婚吗？”

“也许吧。”

“恭喜你。”久美讨好地露出卑怯的笑容。

我站了起来：“这个星期天就要去约会了。”我笑着走出久美的房间。

回到自己的房间，我把旅行袋往地上一丢，便躺在床上。心情仍然十分雀跃，我发现自己不知不觉地笑了起来。他只是邀我约会，就让我乐得手舞足蹈，可见我对佐伯俊二也颇有好感。没错，我喜欢他。

我坐立难安，在床上翻来覆去。由于实在太高兴了，我忍不住笑了出来，那种感觉，好像回到了高中时代。

不知道他打算看什么电影，难道是纯爱电影？他会牵我的手吗？会不会向我索吻，或是有更进一步的要求……不，我希望在结婚前保持贞洁之身。或许他会笑我古板，但我相信他一定会谅解的。但如果只是摸摸胸部……

我突然从床上跳了起来。

我把旅行袋从地上捡了起来，把里面的东西全都倒在床上，化妆品、换洗衣物、装脏衣服的塑料袋，却找不到从龙洋一那里没收来的成人杂志。对了，今天早晨我好像就没有看到。昨天晚上我睡觉时，藤堂草正在看。难道是她丢掉了？不，房间的垃圾桶里也没有那本杂志。

藤堂草带回去了？

很有可能。一定是这么回事。我想象着她看得流口水的样子，厌恶得浑身发抖。

"啊……"在这一刻之前，我把擅自从藤堂草的钱包里拿了四千日元的事忘得一干二净。同时，我也想起自己身无分文。

"惨了！"我冲出房间，跑下楼梯，奔向厨房。

穿着围裙的母亲正在厨房准备晚餐。电饭锅冒着白烟，散发出饭香味。

"松子，怎么了？这么吵。"母亲头也不回地说。

"妈妈，可不可以借我点钱？"

母亲停下手，把头转过来："要多少？"

"一万日元左右。"

母亲夸张地瞪大眼睛，语带训斥地说："你要那么多钱干什么？"

我想挤出笑容，但脸部肌肉很僵硬。

"修学旅行的时候，发生了一点事。现在，我手上一点钱都没了。拜托啦。"

母亲再度转身下厨："我没有。"

"少骗人了。你身上多少有一点钱吧。拜托你啦。"

"我要先问问你爸爸。"

"不能告诉爸爸。"

“这怎么行……这种事，必须爸爸同意才行，他是一家之主。”

玄关传来一声很有精神的“我回来了”，脚步声正走向祖先牌位所在的客厅。铃声响了一下后，仓促的脚步声走了过来。弟弟纪夫嚷嚷着“啊，肚子饿坏了”，走进厨房。

“你回来了。”母亲冷冷地应道。

“啊,姐姐,你回来了。修学旅行怎么样？”纪夫从桌上的餐盘里拿起竹轮，放进嘴里。母亲训斥说：“不要偷吃。”纪夫轻轻耸了耸肩。

“纪夫也可以，你可不可以借点钱给我？”

纪夫含着竹轮看着我，不知道说了什么，但因为吃了满嘴的竹轮，根本听不清楚他在说什么。他慌忙把竹轮咬碎，吞了下去。

“干吗突然借钱？”

“我没钱了。五千日元也可以。”

“你赚的钱比我多呀。”

“拜托啦。”

“你问爸爸借吧。”

“我怎么可能向他借钱？！”

“很不巧，我身上没这么多钱。”纪夫弓着背，离开了厨房。

我顿时垂头丧气。

母亲关了煤气炉的火。

“好了，做好了。今天要吃鲈鱼哦。”

“是哦……”

我听到母亲的叹息。

“你要一万日元做什么？”

“你不是认识理科的佐伯老师吗？”

“哦，就是那个帅哥。”

“他找我约会。”

“约会……应该没有铸成什么大错吧。你还没结婚呢。新田的民子你不是也认识吗？她二十岁不到，就被坏男人骗了，结果，只好远走他乡了……”

“别胡说了，我只是觉得什么都让对方付钱很丢脸。”

“如果对方愿意付，就让他付好了。这种男人才有出息。”

“我不想做这种女人。”

“反正，要先问你爸爸才行。”

玄关传来开门的声音。

“看，爸爸回来了。”

母亲用围裙擦着手，走向玄关。“你回来了。”母亲说道。她一定像往常一样接过皮包，正在帮父亲脱上衣。然后，轮流传来父亲嘀嘀咕咕的说话声和母亲的声音。不一会儿，父亲的脚步声走向二楼。母亲拿着父亲的皮包和上衣走进一楼的卧房。又过了一会儿，父亲下楼了。在祖先牌位前摇了铃，唱诵完《南无妙法莲华经》后，去卧室换了衣服。这是每天分毫不差进行的步骤。

父亲在市公所上班，虽然每天早晨也搭那艘渡船，但我们从来没有一起去搭船。父亲下船后，还要搭公交车才能到市公所，每天比我早一小时出门。纪夫在大野岛的木工厂工作，上下班不需要搭渡船。

换上蓝色和服的父亲坐在客厅，摊开报纸。他坐得直直的，皱着眉头，微微偏着头。父亲身高将近一百八十公分，大正时代出生的人难得有这么高的。他的脖子很长，也很瘦，看起来像鹤一样。下巴尖尖的，鼻子也很坚挺，紧闭的嘴唇没有表情。深度近视的眼镜后方，是一双微微倒吊的凤眼。他才五十岁，已经全白的头发纠结在一起。脸上增加了不少皱纹，老人斑也很明显。他烟酒不沾，也没有什么兴趣爱好。我曾经想过，不知道他的人生到底有什么乐趣。

可能是注意到我的视线，父亲抬眼看我。

“修学旅行还顺利吗？”

“嗯，还好啦。”

父亲继续低头看报纸。

“爸爸，我有事要和你商量。”

“什么事？”

我走到父亲身旁，跪坐在地上，双手交握着。

“可不可以借给我一点钱？”

父亲无言地示意我说下去。

“三千日元就够了，下次发薪水的时候还你。”

“要派什么用场？”

“因为……”

父亲把报纸折了起来：“听说你交到男朋友了。”

我的脸顿时涨得通红。

“是不是久美告诉你的？”

父亲压低嗓门说：“久美像自己交到男朋友一样高兴，说姐姐要去约会了。”父亲一脸怅然地说道，“你要钱就是为了这个吗？”

我叹了一口气。

“对，因为我身上几乎没钱了。”

“那就等到发薪水的日子。”

“是这个星期天，来不及了。”

“那你可以去领存款。”

“你叫我特地把定存解约？太可惜了。”

“那就约会延期。”

“人家特地约我，我怎么可以爽约？”

“你要倒贴这种男人吗？”

“你怎么可以这么说，佐伯老师很优秀。”

父亲静静地看着我。

“什么嘛……”

“你有必要一五一十地把自己男朋友的事告诉久美吗？你有考虑过久美的

心情吗？她几乎连出门都不行，国中和高中时的同学也很少来看她，根本没有时间谈恋爱。你却在久美面前炫耀自己的幸福，难道不觉得她很可怜吗？你是她姐姐，应该要多体谅她。她很坚强，不仅没有嫉妒你，反而由衷地为你祝福。你却只想到自己，身为姐姐，难道不觉得羞愧吗？”

“算了！”我起身冲上二楼。

我站在久美房间前，狠狠瞪着那扇门。你这种人，趁早死了算了。我在心里咒骂后，才回到自己的房间。

刚才散在床上的东西还在。我坐在床边，抱着头。

有人敲门。

“姐姐。”是久美的声音。

“有什么事？”

门打开了。久美在睡衣外披着开襟外套，站在门口。不知道是否因为生病的关系，她的个子很矮小，也很纤瘦，但脸圆圆的，感觉像一根火柴棒。我和纪夫像父亲，久美像母亲，尤其是一双睫毛浓密的大眼睛，更是母亲的翻版。小时候，我很讨厌自己的一对凤眼，还曾经为自己的双眼不像母亲而哭过。

“怎么了？你昏倒我可不管。”

“我听到了。对不起，我不知道你约会的事是秘密。”

“算了，没关系，你赶快回去睡觉吧。”

“给你。”久美伸出右手，她的手上有纸钞和几枚硬币。

“给你用。反正我拿了零用钱也没地方用。”

我站了起来，走到久美身旁。

久美一脸害怕的表情抬头看着我，好像小孩子准备挨骂一样。

我看着久美的脸，和她手上的钱。

“谢谢，发薪水的时候会还你。”我冷冷说完，把钱拿了过来。有一张一千日元纸钞和二张五百日元纸钞，还有三枚一百日元硬币，四枚十日元，一枚五日元。

久美松了一口气，开心地露出笑容。

“不急。”说完，她摇摇晃晃回到自己的房间。

我握紧久美借我的钱，往地上一丢。纸钞飘然落下，硬币发出声音弹了起来。我喘着大气，看着皱成一团的纸钞。然后，捡了起来，抚平皱褶，放进自己的钱包。

翌日，当我一边和大家打招呼，一边走进教职员室时，嘈杂的空气似乎突然安静下来。老师们正在准备第一节课的上课内容，或是和身旁的同事聊天，不时向我投以冷漠的视线。

“呃……”佐伯俊二表情僵硬地看着我，一副坐立难安的样子。他频频眨眼，嘴巴也动个不停。

“是。”

“是这样的……”

朝会的铃声响了。佐伯俊二闭上嘴巴。通往校长室的门打开了，走出来的不是田所校长，而是保健室的藤堂草，她原本就很严肃的脸显得更加不悦。她没有抬眼看我一下，从我的身后走过，坐在角落的桌子旁，留下一阵脚步声。藤堂草的办公桌在保健室内，但只有朝会时，她会使用有空的桌子。

不一会儿，田所校长从校长室走了出来。他装模作样地站在教职员前，所有人立刻站了起来。这是每天早上的固定仪式。大家像学生一样大声问候之后，纷纷坐了下来。恢复寂静后，田所校长训诫说，由于修学旅行顺利完成，日后也要继续加油之类的话。之后，杉下学务主任交代了联络事项。朝会五分钟就结束了，接着，就要去各自负责的班级。

我拿起二班的点名册站了起来。藤堂草同时起身，斜眼看了我一眼，用鼻子哼了一声，转过头，走出教职员室。

不知道为什么，我感受到周围锐利的视线，好像一直有人看着我。当我转头看的时候，对方就会赶紧把视线移开。

我恍然大悟。

也许大家都知道我将和佐伯俊二约会的事。一定是这样。乡下地方就是这样……

我在惊讶传闻的传播速度之快的同时，更觉得自己有生以来第一次成为主角，为此感到骄傲，脸上的肌肉也不禁放松下来。

“我先走了。”我向正在桌前磨蹭的佐伯俊二打了声招呼，便走出了教职员室。

来到教室后，假借班会的时间点名。这时，我才知道龙洋一并没有来学校。

班会结束后，我回到教职员室。今天第一节没有课，我要用来准备第二节课的授课。

我才刚坐下，校长室的门就打开了，走出来的是杉下学务主任，他快步向我走来。

“川尻老师，校长找你。”他的声音很紧张。

“哦，好。”

我应了一声后站了起来，杉下学务主任率先走了进去。

校长室大约有三坪大。从教职员室的门走进去，右侧后方是面向操场的窗户，窗户前方摆着一张黑色的办公桌。

田所校长闭着眼睛，抱着双手。他的嘴角下垂，眉头紧锁。身后传来关门的声音。

“校长，川尻老师来了。”杉下学务主任说完，走过我身旁，站在田所校长的旁边。

我好像独自和田所校长、杉下学务主任对峙。

窗外是五月的艳阳天。正在上第一节体育课的学生在操场上跑来跑去，不时传来女生响亮的声音。

田所校长睁开眼睛。他叹了口气，抬头看着我。

“你知道我为什么找你来吗？”

“不知道。”

田所校长探出身体。

“昨天，在听完各位老师的修学旅行报告后，我又接到了修学旅行所住的旅馆打来的电话，要求我宽大处理那个偷钱的女老师。”

我的脸色发白，赶紧看了一眼杉下学务主任。他低头看着地上，咬着嘴唇。

“我完全搞不清楚是怎么回事，还以为是恶作剧电话。但确认旅馆的名字后，的确是我校住宿的旅馆。我仔细问清楚情况，才知道是有一名年轻女老师偷了礼品店的钱，并试图嫁祸给学生。”

“这是……”

田所校长举起手，制止了我。

“你能想象我有多么震惊吗？杉下学务主任完全没有向我报告，对不对？”

田所校长用令人畏惧的镇定态度问杉下学务主任。

“对，没错。真的很抱歉。”杉下学务主任垂头丧气。

“所以，我赶紧把杉下找来，问清楚情况。杉下说是你哭着央求他为你保密，他才不得已，没有向我报告。”

我睁大眼睛瞪着杉下学务主任。

“杉下学务主任，是不是这样？”

“对。”

“学务主任！当时……”

“不要再狡辩了！”田所校长大声呵斥道。

我几乎无法呼吸了。

“无论有什么内情，既然偷了礼品店的钱，就没什么好辩解的。”

杉下学务主任依然低着头。

“令人伤脑筋的是，这件事已经传开了。在旅行期间，学生们已经在耳语了。刚才，也有家长打电话来问这件事到底是真是假。我只能回答说，目前还在调查，而且……”

田所校长用充满恶意的眼神看着我，嘴角露出微笑。

“今天早上，藤堂老师也向我报告了一件奇怪的事。”

我吸了一口气，看着窗外的操场。在刺眼的阳光下，学生们活动着年轻的肉体。我也曾有过这样的时光，毫无理由地深信自己的未来充满各种可能，相信自己将有一个玫瑰色的未来。

“她昨天回家后，发现钱包里的钱少了。藤堂老师以为是旅馆的女招待手脚不干净，今天一大早就来找我，希望向旅馆方面表达严重的抗议。你能想象我当时是怎么想的吗？”

我把视线移回田所校长身上。

“不是。我……我没有偷礼品店的钱。应该是我班上的学生……但他不承认，所以我觉得只要还钱就好。只要还了钱，旅馆方面就不会去报警了。但我手头的钱不够，才不得已……”

“才从藤堂老师的钱包里拿钱吗？”

我浑身发抖，点了点头。

田所校长用鼻子吐着气，摇了摇头，仿佛在说：“骇人听闻。”

“你告诉藤堂老师了吗？”

“……不知道该怎么说。”

“这不算是偷窃吗？”

我说不出话来。

“你刚才说，你没有偷旅馆礼品店的钱，为了袒护学生，才说是自己偷的。但是，你认为别人会相信你这种说辞吗？好，退一百步，就算这是事实，你也承认了从藤堂老师的钱包里拿了钱，而且也没有告知藤堂老师。光是这样，就已经构成犯罪了。我也希望可以相信你，但从你这一系列的表现，不得不让我认为，旅馆礼品店的钱也许也是你偷的。”

田所校长露出严肃的表情，然而他的眼神却充满胜利。田所校长靠在椅背上，上半身缓缓前后摇晃着。他一言不发，仿佛沉醉在这一刻，然后才慢慢开口说："你先回家闭门思过一段时间，关于你的处分，日后会通知你。你的课暂时由杉下学务主任代任。"

我回到自己的办公桌。坐在椅子上，顿时浑身无力，根本无法站起来。教职员室内，只有两个第一节没有课的老师坐在办公桌前。他们假装专心准备上课内容，无视我的存在。

田所校长提到的"处分"两个字彻底摧毁了我的自尊心。我从小学开始就是优等生，联络簿上的成绩全都是五分，还当过好几次班长和学生会干部。这样的我，竟然会遭到处分。

第一节课下课的铃声响了。其他老师很快就回来了。我抱起皮包，走出教职员室，在走廊上跑了起来。正当我快走到通往自行车停车场的鞋柜前时，佐伯俊二出现在走廊尽头的转角。我停下脚步。佐伯俊二也很惊讶，但仍然低着头走了过来，然后，站在我身旁，不敢看我一眼。

"川尻老师，关于这个星期天的事……当初是我主动邀约，所以很不好意思。其实，这个星期天我临时有事。"他很快说完，迅速地瞥了我一眼。但和我的视线一接触，又立刻移开了。

"佐伯老师，连你也怀疑我……"

"不，这没有关系。不，应该说……"

"佐伯老师，请你相信我。我真的没有做。"

"我真的是临时有事。那我先走了。"佐伯俊二逃似的快步离开。

我木然目送佐伯俊二远去，当他的背影消失在教职员室后，我仍然无法动弹。

其他老师也纷纷回来了，没有人向我打招呼。

我用双手紧紧抱着皮包，跑向鞋柜。

骑上小型自行车，正准备走出校门时，我停了下来，仰望天空。太阳正赶向南方的天空。

电车慢慢减速，停了下来。博多车站的月台上，乘客正排队等候着。候车队伍最前面的是两个穿牛仔裤的女孩子，看起来像是朋友。即使隔着玻璃，也可以感受到她们聊得很投入。车门一打开，两个女孩和我擦身而过上了车，其间，仍然不停聊着天。话题似乎是她们共同认识的男性朋友。我走到月台上，继续追随着她们的身影。她们的牛仔裤紧裹着身体，清晰地勾勒出臀部曲线。她们差不多二十岁左右吧。即使坐在座位上，她们仍然没有停止聊天。对这个年纪的人来说，每天都快乐无比，认为自己是这个世界的主人，并对此深信不疑。

“喂，你别挡在这里。”

一个年长的胖女人把我推到一旁。我踉跄了一下，赶紧站好，然后又看着那两个女孩子。其中一个发现了我，轻轻拍了拍另一个女孩的手臂，指着我，不知道说了什么。两个人互望了一眼，皱着眉头。一个女孩咬着耳朵，另一个女孩捂着嘴，笑弯了腰。发车铃声响了，车门在我面前关上了。电车驶离月台，两个女孩仍然看着我笑。

走出检票口，穿过偌大的车站大楼，朝博多出口的方向走去。自从大学毕业后，我已经两年没来过博多了，这里比当年热闹多了。非假日的上午，马路上却人满为患。车站大楼内除了一家名叫井筒屋的百货公司以外，还有一家叫作“车站剧院”的电影院。读书的时候，我曾经和同学一起来这里看过电影。当时的电影票价要一百日元，比天神电影院还贵，看电影的时候却不时感受到火车的震动。之后，我就再也没去过那家电影院。对了，不知道优子现在怎么样了。早百合呢？良美呢？

走出车站大楼，眼前就是出租车乘车点。后方一百米的地方是一个广场，作为停车场和临时停车的空间使用。我进大学时，新博多车站才刚迁到目前所在的地方没几年，车站前也很冷清。如今，高楼大厦和饭店林立，俨然变成了一个大城市。

我快步穿过车站前广场。熟悉的警笛声传入耳朵，有轨电车从右侧的大博路驶了过来。轨道上方架设的线像网子一样。电车的导电器紧压着架线，两节车厢的有轨电车驶了进来。于是，我加快了脚步。

电车车站的安全岛比路面高了一截，好像马路上的小岛。已经有将近十个人排在乘车口附近。

我确认了那辆电车的行进方向，果然是前往天神方向的。电车停了下来，门一打开，车上的乘客几乎都下了车。大部分都是提着百货公司购物袋的女人。

我排在队伍的最后面，跟着人群上了车。有轨电车上是面对面式的座位。驾驶座后方的座位刚好空着，于是我就坐在那里。

发车铃声“叮、叮”地响了起来。

“四点五轨电车准备出发。发车。”司机大声说道。

随着一阵低沉的马达声，电车摇晃着驶离车站。不一会儿，背着黑色背包的售票员“啪嗒啪嗒”地玩着手上的票夹走了进来。他在摇晃的车内灵巧地保持着身体平衡，慢慢行走在乘客之间。持联票的人需要检票，没有联票的人就要买车票。不一会儿，他就走到我的面前。

“请给我一张普通票。”

我抬头看着售票员的脸说道。身穿制服、戴着制帽的售票员有一张少年般的脸，也许比我还年轻。他用熟练的动作从皮包里拿出普通票。我交给他两枚十日元硬币。

“普通票要二十五日元。”售票员怯生生地说。

什么时候涨价了？我慌忙从钱包里找出五日元，放在售票员的手上。我的手指碰到了他的手心。我和他视线交会。虽然只有不到一秒的时间，但年轻的售票员注视着我的脸。他眨了眨眼睛，向我微微欠了欠身。

“下一站人参町，人参町。”他大声叫着，走回通道。

电车驶入了住吉路。电车的轨道刚好夹在上行和下行车道之间，好像被两侧行走的车辆夹在中间。博多的人口众多，交通量也惊人。小客车、货车、出租车和公交车把道路挤得水泄不通。电车喀隆喀隆地前进着，不时超越汽车。一辆红色跑车驶到电车前方，在轨道上行驶。司机拉响警笛，电车顿时放慢了速度。

过了柳桥后不久，电车右转进入了渡边路。沿着这条路直走，就是福冈最繁华的地区天神。天神有……

这时，我才终于意识到自己想去哪里。

电车在盘井屋前站停了车。我拿着皮包下了车。有一大半的乘客都在这里下车，纷纷走向盘井屋。我也随着人潮进入盘井屋。

盘井屋这家百货公司是天神的象征。整家百货公司就是给人一种“高级”的感觉。小时候，只要有同学去天神的盘井屋，就可以成为班上受欢迎的人物。当然，不可能穿着平时的衣服，一定要精心打扮后，才能踏入这个圣地。

我搭电梯来到顶楼。顶楼是游乐场，放着许多弹珠台，一个梳着包头的男人正玩得不亦乐乎。旁边放着青蛙和大象的电动车，只要丢十日元硬币，电动车就会往前开，但现在没有人坐，僵硬的笑脸看起来格外落寞。走出游乐场，便是阳光普照的屋顶。

盘井屋的屋顶是儿童广场。广场上，设置着狭窄的轨道，感觉像是运动会的跑道。应该在轨道上行驶的迷你新干线百无聊赖地停在起点，看起来像是司机的中年男人正和一个拿着扫把的老太太谈笑风生。这里也有卖冰激凌和果汁的摊位，但生意都很冷清。

以前，父母曾经带我来过盘井屋。我记得是小学一年级还是二年级的时候，但不记得久美和纪夫有没有一起来。当时，久美曾经在福冈的医院住院了一段时间，也可能是去探视她回家的路上，顺便来这里看看。当时，母亲比平时更浓妆艳抹，衣服上有着浓浓的樟脑丸和香水的味道。我也穿着外出时才会穿的红色裙子和白色长袜，只有父亲一如往常地穿着西装。我在餐厅里吃了有生以来的第一块松饼，我还记得当时幼小的心灵受到了极大的冲击，原来这个世界有这么好吃的东西。之后，当我来到屋顶，看到恍如隔世般的大都会，再度感到极大的震撼。

我跨过迷你新干线的轨道，穿越广场正中央，走向铁丝网。我双手抓着铁丝网，把脸贴了上去。下方是明治路，但眼前的风景已经和当时迥然不同了。我记得前面是一幢屋顶是砖瓦的矮房子，挂了一块阿多福面具的广告牌，如今却耸立着一幢比盘井屋更高的银白色大楼。这幢镶着铝合金的现代化大楼就是福冈大楼。为什么会出现在这里？那栋建筑物到底去了哪里？

我的脑海中顿时陷入一片混乱。

对了，在我学生时代，中央邮局已经拆掉，改建成福冈大楼了。为什么我会产生错觉，以为以前的建筑物还在？

我闭上眼睛，摇了摇头。

当时，我坐在父亲肩上，从这里往下看。由于太高了，我害怕得抓住父亲的头发。父亲叫着“好痛，好痛”，却笑了起来。听到父亲的笑声，我也高兴起来，顿时忘记了害怕，一次又一次抓着父亲的头发。父亲惨叫着，却笑得很开心。当时，久美的病情很不理想，陷入了危险的状态。父亲整天愁眉不展，在家的时候也很少有笑容。我以我的方式，努力为父亲加油，然而，当我发现父亲的眼中依然只有躺在病房中的久美时，我感到更加悲伤。这也是我第一次发现，对父亲来说，久美比我更重要。

“小姐，你怎么了？失恋了吗？”

一个声音仿佛从天而降，我不禁回头一看。

头上绑布的男人靠在铁丝网上，用充满好奇的眼神看着我，他刚才无所事事地在冰淇淋卖场摸鱼。

我把皮包用力抱在胸前。男人把手上的纸杯递给我，里面装的是柳橙汁。

“送你。”男人露出亲切的笑容。

我接了过来。橘色的液体轻轻摇晃着。我迟疑了一下，还给男人，摇了摇头。

男人露出困惑的表情，接过杯子。

“你真有家教。”

“失礼了。”我鞠了一躬，快步离开。我离开了屋顶，背部感受到福冈大楼反射的阳光和男人的视线。

走出盘井屋，我停了下来。人潮不停地移动，汽车拼命地按着喇叭，在路上争先恐后。又有一辆有轨电车驶进车站。是单节车厢的电车。车门一开，乘客便溢了出来，顿时带来一阵喧嚣。我好像被一股无形的力量推着往前走。

噪声、人的声音、喇叭、有轨电车的警笛。走在街上，就会被声音的洪水所吞噬。一呼吸，废气蔓延了整个肺部。

我的头昏昏沉沉的。每走一步，疼痛就越发剧烈。我找到一家小药店，买了头痛药。继续往前走，前面有一家咖啡店。我冲了进去，点了一杯咖啡。用凉开水吃下两颗头痛药。店内播放着流行民歌，音乐也令我感到刺耳。头痛仍然不见好转，我又吃了两颗头痛药，喝着咖啡吞了下去。

不一会儿，心脏开始剧烈跳动，不停加速，仿佛已经不是我的心脏。我无法继续坐下去，只喝了半杯咖啡，就冲出了咖啡店。

我抱着皮包，大步走着。路上的行人无不讶异地看着我。我的肩膀不知道撞到什么东西，我晃了一下，不以为意地继续往前走。

“妈的，走路不长眼睛吗？”

背后传来男人的怒骂声。我没有回头。

我来到西大桥。架设在那珂川上的西大桥呈现平缓的弧度，走过全长一百米左右的这座桥，就来到日本屈指可数的娱乐场所中洲。对岸密密麻麻的霓虹灯令人想起贴在墙上的海报。

我在桥的正中央停下脚步。呼吸急促，胸口渗着汗水。我把皮包放在桥的栏杆上，凝望着那珂川的流水。年轻的情侣坐在船上，神情愉悦地笑着。

不如死了算了。

一阵寒意袭来。我缩起肩膀，握紧拳头，身体不停发抖。我用力深呼吸，终于慢慢平静下来。我深呼吸，睁开眼睛，再慢慢吐气。

死了太不值得了。不值得为这种事而死。我一次又一次地告诉自己。

“啊……”

头痛消失了。好像启动了某个开关，脑海中的云霭突然消失了。我可以清楚地感受到，我恢复了往日的自己。

我再度深呼吸。

我的确从藤堂草的钱包里拿了钱，但问题是我没有放进自己的口袋，而是为了袒护龙洋一。身为教师，这种行为或许很肤浅，但并不是做了什么逆天悖理的事。至于礼品店的失窃事件，我根本是无辜的。只要能够证明这一点，大家就会谅解我所采取的行动。我没有做任何遭人唾弃的行为。

首先，要证明礼品店的失窃事件中，我是清白的。在这个世界上，只有一个人可以证明我的清白。

我感到身体内慢慢涌起力气。我咬紧牙关，迈步走向博多车站。

修学旅行的前一天，我曾经造访龙洋一的家。他的父亲是渔夫，但在喝酒的时候被卷入纷争，左眼遭刺，导致失明，无法继续跑船。他在朋友的铁工厂帮忙了一段时间，但持续了不到一年。之后，他整天游手好闲，借酒浇愁，有一天晚上出门后就没有再回家。一个星期后，在筑后川发现了他的尸体。这件事在当地引起了轩然大波，成为街头巷尾的热门话题。当时我只有十五岁，在学校也和其他同学一起发挥想象力，讨论这件事。最后，我记得警方确定他为自杀。他的遗孀也经历了数次的再婚和离婚，这是母亲和邻居在聊八卦时被我听到的。目前，她一个女人抚养着长子龙洋一和长女。听说，长女是第三次结婚的男人所带来的拖油瓶，和龙洋一并没有血缘关系。当然，这也只是传闻而已。

龙洋一的家住在大川市内老旧住宅密集的区域，矮小的木造平房整体看起来黑漆漆的，镶着磨砂玻璃的拉门上吊着一盏长夜灯，上面粘着昆虫的尸体。

我深呼吸后，把拉门拉开一条缝，把脸凑了过去。

“有人在家吗？”我对着屋内问道，然后，屏息等待里面回应。里面虽然没有回应，却有人的动静。

“有人在家吗？”我又叫了一次。

传来一阵脚步声。

从昏暗的屋内走出来的是龙洋一。他穿着一件皱巴巴的格子衬衫和一件及膝短裤，光着脚。一看到我，顿时瞪大了眼睛：“你怎么又来了？”

龙洋一本来就比我高，站在木板地上，感觉更高了。我抬头看着龙洋一，感受到一种压迫感。

“你今天怎么没去上课？”

“我不舒服。”

“有没有和学校联络？”

龙洋一把头转到一旁。

“你妈妈呢？”

“出去了。”

我轻轻叹了一口气。

“我有话要对你说，可不可以进去？”

龙洋一默默地点点头。

我跨过门槛，踏进了龙家。走进去的地方有一小片泥地，脏脏的运动鞋和拖鞋随意放置着。我犹豫了一下，关上拉门。隔绝了外面的声音后，顿时安静多了。龙家比想象中更昏暗。

我差一点叫出来。一个十岁左右的女孩子躲在柱子后面偷看。女孩子剪了一个妹妹头，倒三角脸，抱着柱子的黝黑手臂像木棒般纤细。身上只穿着圆领衫和棉质内裤。虽然还是个小孩子，但这绝对不是适合走出玄关的穿着。

然而，令我浑身僵硬的是女孩子浑身散发出的一种异样的压力。她那双和脸蛋不相称的大眼睛是压力的来源。大大的眼眸似乎忘了眨眼，动也不动地凝视着我。她的脸一动也不动，仿佛一张假面具。这张假面具一言不发地看着我。

我对着女孩露出笑容：“你好。”

女孩毫无表情地用一双大眼睛看着龙洋一。

“是我学校的老师，不用担心。”龙洋一发出根本不像他的温柔声音。女孩的嘴角微微放松下来。她看着龙洋一，眼中闪动着和十岁女孩不相称的光芒。

“你去里面吧。”

女孩轻轻点了点头，消失在柱子后方。我没有听到她的脚步声。

“你妹妹吗？”

龙洋一回答说：“对。”

“我也有一个妹妹，比我小五岁，从小就体弱多病……”

龙洋一将双手插入口袋。他驼着背，站着倚靠在墙上。整幢房子微微震动了一下。龙洋一看着自己的脚。

“你有什么事？”

“修学旅行的旅馆所发生的那件事……”

龙洋一没有反应。

“你实话告诉老师，是不是你偷了礼品店的钱？”

“是又怎么样？”他不耐烦地说完，撇着嘴。

“……是吗？你承认了？”

龙洋一抬起头，用挑衅的眼神看着我。

“对啊，我承认。是我偷的钱。”

“老师这么相信你，你为什么要做这种事？”我忍不住叫了起来。

龙洋一怒目相向，嘴唇和脸颊不停地发抖。

“你赶快去自首。如果你隐匿实情，会变成老师偷了钱，我会被当成小偷，必须辞去教职！”

“为什么……”

“为了袒护你，我说是我偷的。否则，你现在可能已经在警局里了。”

“既然这样，为什么现在要我自首？难道你不怕我被警察抓走吗？”

“旅馆方面已经答应不报警。但学校方面无法通融，如果不说服校长，我就……”

龙洋一哼了一声，扬起下巴，用轻蔑的眼神瞪着我。

“你为什么要做这种表情，为什么这么不听话！”

我用力甩了龙洋一一记耳光。昏暗、狭小的空间内，响起清脆的巴掌声。

龙洋一用手摸着脸颊。

我吃了一惊，握起右手。

一阵慌乱的脚步声。抬头一看，一个白色的东西扑了过来，用指甲抓我的脸，是刚才的女孩子。这个女孩子在我身上乱抓，露出虎牙的嘴巴发出能够扯断神经的尖叫声。我咬紧牙关，用力把她推开。女孩跌倒在泥地上。“住手。”龙洋一大叫一声。他抓着我的手臂，把我推到墙角。我的背部受到重重的一击，令我无法呼吸。眼前一片黑暗，我喘着粗气，忍不住叫了出来。当我放松时，空气终于进入了肺部，视野也明亮起来。龙洋一的脸，一张粗犷的男人脸庞就在我的面前。

一阵尖锐的哭声响起。龙洋一松开我的手臂，转身把女孩子抱了起来，紧紧搂在怀里，在女孩的耳畔轻声说着什么。女孩的哭声渐渐变小了，女孩纤细的手臂绕在龙洋一的背上。

“……对、对不起，她突然扑过来，我就……”

龙洋一转动脖子，抬头看着我。女孩已经停止哭泣，大大的黑眼珠看着我。两个人充满恨意的眼神令人不寒而栗。

“你走吧。”

龙洋一抱着女孩，从泥地站了起来。

“下次你再来，我就杀了你。”然后，他头也不回地走了进去。

我愣在泥地上，抱着一丝期待，希望龙洋一会再走出来，然而，我的期待落空了。我心灰意冷地走了出去。手握着小型自行车的把手，双脚却无法移动。我伸手摸了摸刚才被抓的脸颊，手指上沾有血迹。不知道是否药效已经过了，脑袋深处又开始疼痛起来。

“我还以为是谁，原来是你啊！”

听到背后的声音，我不禁心头一惊。

龙洋一的母亲龙美代子站在我的身后。

龙美代了的脸颊有点下垂，那是因为年龄的关系，皮肤有点松弛，但又小又厚的性感嘴巴、大眼睛和染成褐色的鬈发都散发出强烈的女人味。她身上那件镶着褶边的黄色洋装上印着鲜红色的扶桑花。

“今天来有什么事吗？”

龙美代子双手叉着腰，扬着下巴看着我。她的双眼散发出的敌意，令人有一种内心被看穿的恐惧。“你这个坏坯子，根本就是人渣。”她的眼神似乎在这么痛斥我。

“不，没事。我走了。”我欠了欠身，推着自行车准备离去。

“对了，对了，听说你在修学旅行的旅馆偷了钱。”

我停了下来，转头看她。

“你不要露出这么可怕的表情，当我知道像你这么高高在上的女人，结果和我们一样会偷鸡摸狗，真的松了一口气。”

我转头看着前方，骑上小型自行车，微微抬起腰，用全身的重量压在踏板上。我什么都不想，用力踩着踏板。身后传来龙美代子高亢的笑声。

我一回到家，就用饭碗装了自来水，吞下了四颗头痛药。

看到我比平时早回家，母亲感到十分讶异。我告诉她，我有点感冒，所以早退了，明天也可能会休息。我绝对不敢提起我在修学旅行的旅馆偷钱，在校方决定处分之前要闭门思过。一旦说了，她绝对会苦苦逼问、发脾气、叹息和大哭大闹，而且父亲也会知道。父亲会怎么看必须在家闭门思过的女儿？

我直接冲回自己的房间，甚至忘记在祖先牌位前报告，没有换衣服就趴在床上。

龙洋一承认钱是他偷的。但这句话无法由我说出口。如果不是他亲口承认，根本没有意义。

我闭上眼睛，开始幻想。

龙洋一主动去校长室，把事实和盘托出，说是他偷了礼品店的钱。川尻老师是为了袒护他，所以他含着眼泪说，如果要惩罚，就惩罚他。于是，田所校长就觉得不能对我处罚太重，最多只有口头警告而已，然后我会向藤堂草道歉，把四千日元还给她。当我舍己救学生的事迹公开后，藤堂草也不好意思再生气。况且，她上次把成人杂志占为己有的把柄还抓在我手上，在重要关头时，我可以暗示她这件事。她一定会红着脸，努力讨好我。佐伯俊二将再度邀我约会，我虽然对佐伯俊二翻脸像翻书的行为感到失望，但应该还是会接受他的邀约。到时候，一切都圆满落幕，再度恢复正常的日常生活，就好像什么事都没发生过。

我用手遮住脸，声音从嘴巴里漏了出来。

我很清楚，这种事不可能发生。看龙洋一今天的样子，就知道他不可能去自首。惩戒免职是我唯一的出路。引发丑闻而引咎辞职的女老师怎么可能在这个乡下社会生存。不，辞去教职根本无所谓，但我无法忍受让父亲知道这件事。

我从小就拼命读书，只要我在学校考取好成绩，就可以博取父亲的欢心，获得父亲的称赞，赢得父亲的认同，这是我最大的动力。因为我觉得，只有努力成为父亲眼中理想的女儿，才能从久美身边把父亲抢回来。所以，考大学的时候，我原本想考理科系，但最后还是按父亲的期望，考了文学系。毕业后，我也听从父亲的建议，在离家不远的中学当了老师。

我尽自己最大的努力响应父亲的期待，成为父亲心目中理想的女儿。然而，最后还是久美赢了。父亲一回家，在去祭拜祖先牌位前，会先去二楼看久美，询问她的身体情况，对她说尽温柔体贴的话，在我面前，却吝于展露笑容。遥远的过去，在盘井屋的屋顶上听到的笑声，成为我记忆中父亲最后的笑声。我不断努力，只为了再听一次他的笑声。如果这次成为问题教师遭到免职，我这十五年来的努力就泡汤了。

谁来救我。上帝……

有人叫我的名字。

母亲在楼下叫我。

“松子，学校打电话找你！”

翌日早晨，我像往常一样，和金木淳子搭同一班渡船去学校。金木淳子在船上喋喋不休，感觉比平时更加开朗，似乎有点刻意。也许，她也听到了偷窃事件的传闻，想要为我加油打气。

昨天，学校打来电话，叫我今天早晨去学校。电话是杉下学务主任打来的。我问他，处分是不是已经决定了，他只回答说，只要来学校就知道了。

昨天晚上，我第一次发自内心地祈求上帝。对我来说，这是一种新鲜的经验。我觉得心情似乎轻松了一点。也许，上帝真的会助我一臂之力。当接到学校的电话时，我已经对此深信不疑。

一定有什么事发生了。

在其他老师好奇的眼神注视下，我从教职员室走进了校长室。校长室内，除了田所校长和杉下学务主任以外，还有一个高大的男学生……

当我发现是龙洋一时，我差一点欢呼起来。看吧，奇迹果然发生了。龙洋一终于良心发现，说出真相了。上帝真的帮助了我。

我无法克制内心深处涌现的欢喜，自然而然地露出笑容。

田所校长从椅子上站了起来。

“川尻老师，龙同学都告诉我了。”

“是。”我抬头挺胸地回答。

“我感到很羞愧，竟然录用了你这样的人到我们学校。”田所校长满脸不悦地说道。

我感觉到刚才的兴奋突然消失了，一种莫名的不安油然而生。

“……他对你说了什么？”

杉下学务主任开了口：“川尻老师，你不是恐吓龙同学，要他帮你顶罪吗？还特地去他家。”

“什么……”

“而且，还把他妹妹推倒在地，害她受伤了。”

我注视着杉下学务主任的脸。田所校长，以及……龙洋一凝视着地上的一点，一动也不动。

“川尻松子小姐，”田所校长语带沉重地说，“你不仅行窃，还试图把罪行嫁祸给自己的学生，我对你太失望了，我不知道你是这么卑劣的人。而且，一旦得知自己的阴谋无法得逞，还恼羞成怒，对毫无关系的小女孩下毒手。我不得不说，你身为教师，不，身为社会的一分子，都严重失格。”

“不，不是这样的。这是……龙同学，你赶快说实话。”

“你还在说这种话！今天找你来，是要你主动提出辞职。虽然也可以对你采取惩戒免职的处分，但考虑到你的将来，决定网开一面，让你主动辞职。”

“等一下，怎么会……”

“到此结束吧。”田所校长转过身，站在窗前。

“你可以回教室了。”杉下学务主任对龙洋一说道。

龙洋一快步走了出去。从头到尾，他都没有看我一眼。

我走出校长室，步履蹒跚起来，赶紧用手扶着墙壁。

教职员室内鸦雀无声。佐伯俊二用手托着下巴，背对着校长室。即使我站在他身后，他也视若无睹。

我走出教职员室。

金木淳子站在教职员室的鞋柜前。可能是从教室一路跑过来，她上气不接下气，拼命眨动的眼睛直直地注视我。

“我听同学说……”她说不下去了。

“啊哟。”

门口传来说话声。抬头一看，原来是三宅满太郎来上班了。他把皮包夹在腋下，右手插在长裤口袋里。他露出一丝冷笑。

我赶紧垂下双眼。

换拖鞋的忙乱声音后，便传来啪嗒啪嗒的脚步声走向教职员室。

等三宅满太郎走远后，金木淳子开了口：“老师，你想嫁祸龙同学的事，是真的吗？”她用快哭出来的眼神看着我。

我有一种冲动，很想狠狠打这张稚嫩的脸。

“老师？”

我扬起嘴角，向金木淳子投以轻蔑的视线。

“对啊。不然，我就无法继续留在这所学校了。”

金木淳子的泪水夺眶而出。她转身离开了，用手擦着眼睛。她的脚步越来越快，终于跑了起来。跑过转角，消失不见了。我听到她的哭声。

我怎么会说这种话？伤害一个还不到十五岁的孩子，竟然令我感到快乐。金木淳子或许相信我，她或许愿意了解我，然而，我却把她拒之门外。

我怀着纠结混沌的感情走向自行车停车场，把小型自行车推了出来，却无力骑上去。我推着自行车，一步一步走了起来。

走出校门时，回头一看，学生和老师们站在校舍的每一扇窗前俯视着我。我终于忍无可忍了。

太可笑了。

我用鼻子哼了一声，一股无法克制的笑的冲动涌起。

我坐上自行车，微微抬起腰，拼命踩着踏板。我张开嘴巴笑了起来。上学途中学生无不瞪大了眼睛。

经过筑后川，一回到家，就把自行车放在一旁，走进家里。

母家不在家，似乎去买菜了。

我冲上二楼，拿出修学旅行时用的黑色皮革旅行袋，把贴身衣物、衣服和化妆品等生活用品装了进去。还有邮局存折和印章，里面有成人式的时候家人给我的十万日元定期存款。这笔钱，可以暂时作为目前的生活费。我在桌子里翻找着，找到一个旧信封，里面是我成人式时的照片。由于拍得不理想，我并不喜欢，但我不想留在家里，便丢进了旅行袋。

“姐姐？”久美站在门口。她仍然穿着睡衣，没有披外套，“姐姐，怎么从学校回来了？”

我一边把行李塞进旅行袋，一边回答说：“我已经辞职了。”

“真的假的？”久美轻声嘀咕了一句，“为什么……你和爸爸商量过吗？这些行李是干吗的？”

“你真啰唆，赶快回到床上，自慰也好，做什么都好！”

我大吼一句，才停下手，慢慢转动脖子，抬头看久美。

久美的脸涨得通红，低头咬着嘴唇，垂着的双手紧握拳头颤抖着。

即使看到妹妹忍受耻辱的样子，我也不觉得她可怜，反而令我有一种难以形容的快感。我在心里小声地说，活该。

我拉上行李袋的拉链，拿着把手站了起来。

久美抬起头：“姐姐，你要去哪里？”

“我要离家出走。”

“为什么？”久美挡在我面前，双手放在胸前。

我无视久美的存在，从她身旁走了过去。

“姐姐，不要走，拜托你！”久美从身后抓住我的手臂。

我回头狠狠地瞪着久美。久美的手指用力掐住我的上臂，抓得我都有点痛了。这么纤瘦的身体，哪来这么大的力气？久美紧抿着嘴角，令人嫉妒的美丽的大眼睛瞪得更大了。

我和久美动也不动地静静瞪视对方。

全都怪她。

“放手！”

我甩开她的手臂，双手一伸，用力把久美的身体推开。久美哭了起来，倒在床上。我把旅行袋丢到一旁，坐在久美身上，把手伸向她纤细的脖子。我用双手掐住了她的脖子，大拇指压在她的喉口。

“姐姐……”

久美瞪大眼睛看着我。她的嘴唇发抖，眼眶中含着泪水。我的大拇指用力，久美的喉咙发出像呕吐般讨厌的声音。久美用两手握着我的手臂，两脚拼命蹬着。我将力气压在大拇指上。久美闭上眼睛，眉毛痛苦得皱了起来，脸色也发黑。泪水从眼角滑了下来。久美的双手滑了下来，垂在被子上，发出很大的声音。

我终于回过神来，松开久美的脖子。久美吐出舌头用力咳嗽着，闭着眼睛哭了起来。她瘦弱的身体随着悲恸的痛哭痉挛着。我走下床，心脏快跳出来了。

我差一点杀了久美。我到底……

“姐姐，不要！”久美嘶吼着。

我捡起行李袋，走出房间，冲下楼梯。

“松子，发生什么事了？那不是久美的声音吗？”

母亲双手拿着蔬菜站在玄关。或许察觉到事有蹊跷，母亲的双眼转个不停。

我没有回答，穿上了鞋子。

“松子，等一下，这些行李是干吗？等一下！”

母亲抓着行李袋。我用力一拉，母亲向前倒下，趴在泥地上，动也不动。

我倒抽了一口气。

母亲呻吟着站了起来。

我松了一口气。

“对不起，不要找我。”

我冲出家门，扶起倒在一旁的自行车。我试图把行李袋放进自行车前的篮子里，但行李袋太大，放不进去，只好放在篮子上面，用一只手压着。

“姐姐！”久美在二楼的窗户叫着。她的脸涨得像猴子屁股般通红，泪流满面。

我骑上自行车，冲了出去。不走筑后川，走早津江桥吧。然后，去很远很远的地方……

自行车一转弯，刚好遇到附近的家庭主妇在街上聊天。一看到我，立刻压低了嗓门。我用力踩着踏板，从她们身旁经过。

邻居大叔刚好从家里走出来。小时候，他经常陪我玩。一看到我，便露出惊讶的表情叫道：“喂，小松！”

我说了一声“再见”，继续骑自行车。

第二章 流转

1

处理完松子姑姑遗物的第二天，我和明日香去了府中市。那个男人掉的《圣经》上印着教会的地址，那所教会在府中市。我建议报警，却被明日香阻止了。明日香坚持说："他不可能杀松子姑姑。"

我试图反驳："明日香，这只是你一厢情愿的想法，并不是所有看《圣经》的人都是好人，警察不也在找他吗？"

"如果因为他刚出狱就怀疑他，未免太可怜了。"明日香否决了我的意见。

最后，我们决定把《圣经》送去教会，顺便打听那个男人的下落。也许，他在那里当牧师。曾经误入歧途的人幡然悔悟，从此为基督教献身的故事不是很常见吗?

原以为教会是在尖塔上挂着十字架的建筑物，但事实却不是这么一回事。如果那幢窄小的四层楼高的工商大楼，二楼窗户上没有写着大大的"友爱耶稣基督教会府中分部"，谁都不知道那里竟然是教会。

一楼是玻璃橱窗的展示室，放着电动床和移动式马桶等看护用品，上面挂着"秋日元护理用品感谢您深厚的情谊"的广告牌，应该和教会没有关系。

推开展示室旁的门，就有一个楼梯。从信箱上的名字来看，只有二楼才是教会。三楼和四楼是从来没有听过的公司。我和明日香走上充满潮味的楼梯。

二楼的门向内敞开着。木门上挂着一块"友爱耶稣基督教会"的塑料牌，还贴了一张用手写的纸：欢迎入内。

我站在门口向里面张望着。五坪大的房间内铺着塑料地砖，中央放着两张学校会议室常见的长桌子，墙边放着折叠钢管椅。天花板上的灯关着。正面的墙壁有着另一道门，里面好像也是房间。

"有人在吗？"

明日香在我身后叫了起来。我转过头，把食指竖在嘴上。

“我们又不是小偷。”

“那是没错啦……”

“请进。”

听到声音，回头一看，通往里面房间的门打开了，一个戴着银框眼镜的男人站在那里。花白的头发三七分，穿着黑色斗篷般的衣服，左手拿着《圣经》，一眼就看出他是个牧师。

“你们第一次来这里吗？”

“嗯，呃……”

“这里面是礼拜堂，请自由入内祈祷。如果想谈谈上帝，我可以……”他走了过来，脸上始终带着笑容，右手伸向内侧的房间，示意“请进”。

“不，不是。”

明日香向前跨出一步，拿出之前那本《圣经》。

“这本《圣经》是这个教会的吗？”

牧师看了一眼《圣经》，说了一声“失礼了”，从明日香手上接过《圣经》，翻开封皮背页。

“对，这的确是本教会使用的《圣经》。”牧师将《圣经》还给明日香。

“这本《圣经》是某个男人遗失的。”

“遗失的？”

“他高高瘦瘦的，脸很长，大约四十岁。”

“戴一顶麻质帽子。”我也努力回忆后说道。

“这位先生怎么了？”

“我们在找他。”

牧师偏着头。

“知道他的名字吗？”

明日香摇了摇头。

牧师说：“再把《圣经》借我看一下。”

明日香把《圣经》递给他。

牧师翻开版权页，挑起两道眉毛。

“这应该是本教会捐赠给府中监狱的，绝对没错。这是二十年前印制的，那一年，我曾经去那里布道。”

明日香用力点点头：“失主可能是当时在监狱服刑的人。这本《圣经》可不可以寄放在这里？我想，对失主来说，这本《圣经》很重要，也许他会想起这所教会。”

“好，我会负责保管，但请你们不要抱有过度的期待。”牧师露出困惑的表情，“这里和监狱只有咫尺之遥，已经出狱的人，恐怕不会想来这里。”

我和明日香互看了一眼，然后我对着牧师说：“可不可以拜托上帝，把他召唤到这里……啊，好痛！”明日香踩了我一脚。

牧师瞪圆了双眼。

明日香垂着眼睛说：“对不起，说这么失礼的话。”

牧师摇摇头。不知道为什么，他显得很高兴。

“咦？等一下。”我忍不住叫了起来。

“怎么了？”

“这本《圣经》是捐赠给府中监狱的吗？”

“对啊。”

“怎么了？”

“因为听刑警说，那个男人一个月前才刚从小仓监狱出狱。为什么他会有府中监狱的《圣经》？”

明日香喃喃地说：“哦，对噢。”

“会不会他以前也在府中监狱服过刑？”

“也可能是曾经在府中监狱服刑的人转送给他的？”

我们实在想不出其他的可能。

“嗯……”牧师插嘴说，“你们要不要祈祷？上帝一定会帮助你们的。”

礼拜堂比刚才的房间大，窗帘都拉了起来，天花板的荧光灯照在正面的讲台上，墙上挂着耶稣十字架。讲台旁放了一个古老的风琴，我有一种似曾相识的感觉，后来才发现很像小学音乐教室的风琴。

耶稣像对面设置了两排长桌子，各四张，每张桌子周围各放了三把钢管椅。房间内没有彩色玻璃，也没有赞美歌声。一阵风吹来，原来是天花板附近的空调吐出的冷空气。

礼拜堂里已经有两个人了。

其中一人只能看到背影，好像是个中年妇女。她坐在最前排的桌子旁，双手交握，低垂着头。站在我们的位置，也可以听到她喃喃祈祷的声音。

另外一个是三十岁左右，看起来像是业务员的男人，他坐在最后面的桌子旁，上衣挂在旁边椅子的椅背上，衬衫上渗着汗水。他双眼紧闭，但从他挺拔的鼻子和端正的嘴来看，应该是个帅哥。他左手放在桌上的《圣经》上，端坐默祷的样子散发出一种威严。

一阵惨叫。

坐在前面的女人将交握的双手高高举起，头在桌子上磨来磨去，大哭大叫着，但完全听不懂她在说什么，好像不是日语。穿西装的男人不为所动。牧师依然面带微笑地做着“请进”的动作。那个女人不知道是嘶吼还是祈祷的声音响彻整个房间。

我已经失去了耐心，正想对明日香说“走吧”，发现明日香已经坐在椅子上，低着头，双手交握。

我把嘴巴凑近明日香的耳朵：“你在干吗？”

明日香没有回答。

“上帝，请让我再见到那个人，拜托你。”

她很认真地祈祷，丝毫没有开玩笑的样子。我转头看牧师，牧师一脸满足地点着头。无奈之下，我也拉了把椅子坐下来，学明日香的样子，握着双手，闭上眼睛。但我没有向上帝祈祷，而是在心里想“如果祈祷可以解决问题，大家都不用辛苦了”，这种想法恐怕会遭到天谴吧。

那个中年妇女依然又哭又叫的。

有完没完啊。我在心里咒骂着，转头看明日香，她仍然紧闭着眼睛，专心祈祷的样子。

她已经不像刚才那样念念有词，不知道她到底在祈祷什么，但她要祈祷的事还真多。女人真贪心。正当我这么想的时候，明日香微微睁开眼睛，睫毛前端亮晶晶的。明日香用手指擦了擦眼睛，转头看着我。她的眼眶泛红。

“笙，你祈祷完了吗？”她的声音带着鼻音。

“嗯，对啊……”

“走吧。”明日香站了起来。

我和明日香向牧师自我介绍后，留下了联络电话。经明日香的提醒，我才发现牧师并没有问我们的名字。牧师说他姓增村。

我们离开教堂后，漫无目的地走在车站前的商店街上。

非假日的中午过后，路上的行人几乎都是家庭主妇。

“明日香，我可不可以问你一件事？”

“什么事？”

“你为什么那么在意松子姑姑的事？”

明日香低着头走路，没有回答我的问题，但她的眼神格外有力。

“我知道你很同情她被杀这件事，但川尻松子对我来说是姑姑，而且我们也在同一块土地上长大，可是对你来说，她根本是毫无瓜葛的陌生人。”

“……我也不知道。”

明日香小声地说。沉默片刻后，又深深吸了一口气，吐了出来。

“不过，刚才在教会祈祷时，我有一种豁然开朗的感觉。”

“啊——？”

我有一种不耐烦的感觉，我们似乎在各说各话。

“笙，你觉得真的有上帝吗？”

我停下脚步，凝视着明日香。

明日香也停了下来：“我觉得，上帝在我们的心里。”

我把手掌放在明日香的额头上。

明日香推开我的手：“别胡闹了，我是认真的。”

“你在教会听到上帝的声音了吗？”

“也许，那里并没有上帝。我想，礼拜堂是坦诚面对自己的心灵，倾听心灵声音的地方。于是，内心烦恼的事自然会找到答案。”她似乎在对自己说。

“明日香，你在烦恼什么事吗？”

“笙！”

“怎……怎么了？”

“我要回家了。”

“什么？”

“虽然我们原本约好要一起过暑假，但我还是决定回老家。”

“为什么……”

“我现在说不清楚。”

“这种事，你怎么说变就变……”我嘟着嘴，露出生气的表情。

“对不起。”明日香很干脆地向我低头道歉。平时遇到这种情况，她都会反唇相讥。

“那个男人的事呢？”

明日香的双眼笑了起来：“不管了。”

“……”

“因为，我已经交给上帝，就不关我的事了。”然后，她用极其温柔的声音说，“对不起。”

这完全不像明日香的作风。

如此这般，明日香当天就整理行李，搭第二天早晨的新干线回长野了。

我送明日香去东京车站后，在月台的自动贩卖机买了可乐，喝完把罐子丢进垃圾桶后下了楼梯。走出检票口，旁边的柱子上贴着京都大文字烧[①]的海报。我背靠着柱子，顺着柱子滑下，坐在地上，呆呆地看着来往的行人。即使看到像是外地刚到东京的年轻女孩的大腿，或是昂首阔步的小姐裸露的背部，我也无动于衷。

原本打算趁暑假和明日香一起玩个痛快，所以我把打工的工作也辞了，根本无事可做。虽然可以重新找地方打工，却又提不起劲来。八月下旬“海洋生物学 II”要开课，明日香会在此之前赶回来，但还有足足一个月。

我看了看左侧，地上掉着香烟的烟蒂。我站了起来，把烟蒂踢了出去。烟蒂在地上滚了几下，停了下来。

明日香这家伙到底在想什么!

我和明日香第一次说话是在刚进大学不久，上“生物化学 I”的课堂上。

那天，我像往常一样漫不经心地听着老师上课，发现旁边一个不起眼的娇小女孩认真地看着黑板，拼命抄笔记。

(如果和她搞好关系，或许考试的时候可以向她借笔记复印。)

心术不正的我瞥了一眼她的笔记，顿时目瞪口呆。

她的笔记竟然都是用英文写的。如果是上英文课，我应该不至于这么惊讶，但这是生物化学，接二连三出现许多陌生的专业名词，想要用英文记录，必须相当精通生物化学的知识。至少，以一般高中水平的英语来说，根本不可能应付。

我带着“这家伙是何方神圣”的表情看着她的脸。

或许是感受到我的视线，她转头看着我。

我忍不住问：“你是归国子女吗？”

---

① 京都夏天的盛会，五山送火仪式。在山上将堆成“大”字的木柴熊熊燃烧，敬奉祖灵。

她一脸惊讶的表情："不是，我是在长野出生、长野长大的。你为什么会这么问？"

"因为你都用英文记笔记。"

"哦，那是因为这样比较轻松。"

"轻……松？"

"因为写字速度比较快，单字量也比较少。"

"哇塞……你好厉害！"

"只要习惯以后，谁都可以做到。"

"但专业名词……"

"喂，那里不要讲话了！"讲师的怒骂立刻飞了过来。

"惨了。"我赶忙耸了耸肩。

我一转头，发现她吐了吐舌头，露出好像小女孩捣蛋被抓到时的表情。

下课后，我们分别自我介绍，又在学生餐厅聊了一个小时关于学英语的方法和对大学的印象。我当然没忘记向她要电话。几次吃饭、出游后，在暑假前，我们发展成可以称为情侣的关系至今。

回想起来，我对明日香知之甚少。除了她老家在长野以外，我对她家里有几个兄弟，孩提时代过着怎样的生活，父母是否健在也一无所知。和明日香交往一年多，做爱不计其数，却几乎像是陌路人。

我不理会刚才踢到一旁的烟蒂，掉头走了。

干脆去泡一个妞，找一个可以共度这个暑假的对象。我不禁抱着这种想法环顾四周，发现其他女人不是马铃薯就是地瓜。明日香称不上是美女的脸却不时在我眼前闪现。我向来以为自己很花心，搞不好其实很专情呢。

走出车站，柏油路面上冒着潮湿的热气。我停下脚步，眼前是出租车乘车点。后方是汽车、公交车和出租车熙来攘往的大马路，高楼大厦挡住了废气和热气，放眼望去，到处都是人潮、人潮、人潮。

（真不愧是……东京）

这是我从福冈来东京的第二个夏天。去年的这个时候，我已经和明日香交往了，所以，今年是我独自在东京度过的第一个夏天。

我回想起之前和老爸一起来东京的事，从佐贺机场搭飞机只要一个半小时，但老爸有飞机恐惧症，我们坐了整整一天的新干线。当天晚上住在商务饭店，第二天就到处找房屋中介公司，寻找公寓。我们努力找寻上课方便，又有卫浴设备，而且租金便宜的房子，却无功而返。房屋中介的人还笑我们，哪儿可能有这种房子。老爸为东京市中心房租之贵而脸色苍白的表情，至今仍然深深烙在我的脑海里。无奈之下，只好增加预算，在西荻洼找到了公寓。我到现场看了房子后，确定日后带女孩子回家没问题，就二话不说地决定了。

从外地来的父子奔走在东京街头找房子的身影固然温馨，但一定很滑稽。我和老爸拼命虚张声势，避免自己被东京的气势所震慑。如今的我，却也摆出一副老东京人的架势。

（早知道应该让老爸在家里住一晚的）

我有点懊恼自己三天前的言行。

我再度迈开步伐，看到红灯时停了下来，却被人群往前推。如果我现在停下脚步，来往的人潮恐怕会满不在乎地把我推倒，踩在我身上走过去。

我冷笑了一声。再度独自来到东京开始独立生活后，在东京车站附近徘徊时，也曾经有过相似的想法。如果要体会东京，照理说应该去涩谷、池袋和新宿，但对刚从家乡来到东京的我而言，东京车站因为有前往博多的新干线，感觉和故乡之间有着某种维系。看到有这么多人生活的城市中，竟然没有一个和自己有关的人，不禁令人产生一种既不像是解脱，也不像是寂寞的奇妙感受。

我突然“啊”了一声。

并不一定如此。

也许，在我来东京时，松子姑姑曾经住在东京。我们可能曾经在哪里擦身而过，却完全没有发现彼此有血缘关系。

“川尻松子……”

松子姑姑从什么时候开始住在东京的？当初她一个人来东京的吗？还是和那个同居男人一起来的？当她第一眼看到东京这个城市时，不知有何感想？至少，应该做梦都没有想到，自己会在这个城市被人杀害。

原本认为松子姑姑如同陌路人，但听到她看着荒川流泪后，这种感觉就消失了。我看到荒川时，也不禁想起故乡的筑后川，内心感慨万千。

她到底度过了怎样的人生？

或许受到了明日香的影响，我突然想更进一步了解松子姑姑的事。然而，只有那个男人知道松子姑姑失踪后的消息，他和松子姑姑同居后，因为杀人罪入狱服刑，最近才出狱。

虽然我们的相遇方式有点像是上帝的恶作剧，但我无法忘记当我指着他说他是杀人凶手时，他脸上的表情。只有真正受到打击的人，才会有那种表情。他的精神受到了极大的打击，才会连重要的《圣经》掉了，都来不及捡起来。

他的《圣经》有看过很多遍的痕迹。当他悔改自己的罪行，努力重生时，却被人指出以前的重大罪行……

也许我做了极其残酷的事。虽然不至于因此承受良心的苛责，但如果有机会再见到他，首先要向他道歉。

如果那个男人没有杀松子姑姑，那他在那里干什么呢？难道是刚好在荒川的堤防旁看《圣经》时巧遇我们吗？

也许是因为他听到我提到“川尻松子”这个名字。他为什么拼命试图接近我们？难道是那个男人也在找松子姑姑？如果是这样，那个男人的所有行为都有了合理的解释。

我不知道那个男人和松子姑姑之间到底发生了什么事，也不知道那个男人所犯下的杀人案是否与松子姑姑有关。然而，那个男人至今仍然在找松子姑姑，完全不知道她已经不在人世了。这种感觉越来越强烈。

我决定了。

我要找到那个男人。

那本《圣经》是唯一的线索。既然他信奉基督教，应该会去某个教会。

“等一下。”

既然那个男人是在找松子姑姑的时候遇见了我们，他或许也会想到来找我们。那个男人不知道我们是何方神圣，他和我们唯一的交集……

我停下脚步。

我猛然回头。一个像上班族的男人怒气冲冲地避开了我。

我面对人群，喃喃自语道 :“就在荒川的堤防。”

2

昭和四十六年（一九七一年）十二月

经理的视线离开我的履历表，抬起头。一头乌黑的头发梳得油油亮亮。他很矮小，脸也只有巴掌大，脸颊深深凹了下去，但眼睛炯炯有神。眼尾有点下垂，却完全没有丝毫可爱的感觉，反而令人觉得他的猜疑心很重。

经理垂着嘴角，注视着我。缠人的视线扫遍了我的全身。

我浑身僵硬地坐在已经软趴趴的沙发上。发尾外翘的发型已经落伍了吗？我的眼影太浓了吗？毛衣、牛仔裤的打扮不适合眼前的场合吗？我放在腿上的双手握得更用力了。

“你以前是学校的老师？”

他的声音有点沙哑，却很高亢，甚至有点像女人。

我默默地点头，膝盖仍然在发抖。

“你一年多前就辞去了教职，是因为什么呢？”

“因为……发生了一些事情。”

“之后，在博多的茶馆当了半年的服务生，怎么突然想做这份工作？”

“我需要钱。”

“为了男人吗？”

我垂着眼睛。

“这种女人很常见。通常都是男人叫她们来这种地方工作。”

经理把履历表丢在桌上。履历表在玻璃板上滑了一段后，停了下来。经理的身体往后仰，靠在沙发背上，响起一阵皮革摩擦的声音。

我吸了一口气，抬起眼睛。

“不是，是我自己决定的。”

经理嘲笑似的哼了一声："通常都是先去酒店当酒家女，才会来这种地方。你的落差还真大，或者说做出的选择很极端。"

"我不擅长招呼客人……"

"我们这里也是服务业。"

经理离开了沙发的靠背，探出身体。

"你知道这是什么地方吗？要把自己奉献给客人，让客人感到舒服，并不是做爱那么简单。我认为这是服务的极致，甚至引以为傲。你了解吗？我不希望你小看这份工作。当然，礼仪和服侍客人的方法学学就会了，但如果心态不对，就会把事情搞砸。"

我的泪水涌了出来。

"你的男人是这个吗？"经理用食指摸了摸自己的脸颊。

"……什么？"

"我问你他是不是在道上混的？"

"不，不是的，是老实人。"

"普通人吗？"

我点点头。

经理叹了一口气。

"我劝你好好想一想再作决定。我不会骗你的。首先，要自己的女人在这种地方工作的人，绝对不是什么好东西。不就是所谓的小白脸吗？如果是混黑道的还另当别论，我劝你早一点和这种男人分手。这是为你着想。"

"不行。"

"什么？"

"我一定要做这份工作。"

经理眼睛直直地看着我。

"那你把衣服脱下来。"

我的心脏剧烈跳动着。

“在……这里吗？”

“对啊。我要看看你到底有多少商品价值。赶快脱吧，连内衣也要脱掉。”

经理努了努下巴。

我从沙发上站了起来。我双脚发软，赶紧用手扶着沙发。我站得直直的，经理的双眼露出好奇的眼神。

我闭上眼睛，脱下毛衣。毛衣下是皱巴巴的衬衫，衬衫下面只有一件内衣。我把毛衣丢在沙发上，用颤抖的双手抓着衬衫的前胸。然而，我无法伸手去摸扣子，费了九牛二虎之力才忍住呜咽。

“如果连脱衣服也觉得丢脸，要怎么做生意？来，赶快脱衣服，接下来，我还要教你很多事。”

我解开第一颗扣子，一阵风吹进了我的胸前。我又解开第二颗扣子，胸部露了出来，可以看到里面的内衣。

我感觉到动静，不由自主地把衣服拉紧。抬头一看，眼前是一张女人可怕的脸。经理拿着镜子，站在我面前。

“你好好看看自己的脸。嘴唇发抖，流着鼻水，眼睛都哭肿了，这副样子能看吗？你认为这种表情能够让客人满意吗？”

“但是，我……”

“不及格。”

经理放下镜子。

“这是我面试的方式。如果可以咬紧牙关，很有魄力地脱光身上的衣服，抬头挺胸，就是一百分。事实上，这种女孩子的确会成为店里的红牌。如果一直拖到最后，仍然哭着不肯脱的人也算及格。这种女孩子往往比较细腻，只要下点功夫，就会脱胎换骨。最糟糕的就是你这种不情不愿、最后才自暴自弃地脱衣服的人，通常会和客人发生摩擦，闹到警局。这是这一行最忌讳的事。像你这种原本当服务生，突然想投入这一行的女人太危险了，我无法录用你。”

经理把镜子放在桌上，在沙发上坐了下来。

“或许你以为自己已经抛弃了自尊心，但其实根本不行。如果你抱着半吊子的决心，只会给我们添麻烦。我也不是闲着没事做，请回吧。”

我哭着扣起衬衫的扣子，把毛衣穿好。拿起放在一旁的灰色外套，走向门口。

“给你一个忠告。”

我回头看着他。

“不要因为本店没有录用你，就去其他店。有些店打着‘欢迎无经验者’的名号，只要愿意陪客人上床就好，听到你曾经当过中学老师，就会张开双手表示欢迎。但那种地方的客人，层次水平很差，不会把你当人看待。说得坦白一点，会把你用过即丢，最后让你身心受创。搞不好，会把你卖到新加坡。日本人通常可以卖到好价钱。”

经理撇着嘴。

“算你幸运，第一次就找到这家店。时下的土耳其浴女郎竞争很激烈，光是学技术就很辛苦。如果你没有充分的觉悟，就不要来这种地方。”

经理从口袋里拿出香烟，叼在嘴上。

“这是你自己织的吗？”

“什么？”

“毛衣，你身上的毛衣。”

“对。”

“你的手真灵巧。”

“没有啦……谢、谢谢你。”

“就这样，你回去吧。”

我转身面对经理，双手放在前面，鞠了一躬，离开了办公室。

走出那幢建筑物，听到不知道哪里传来的圣诞音乐。傍晚时分干爽的风吹在流汗的身体上冷冷的。我穿上外套。由于是男式外套，可以遮住屁股，感觉很温暖。

这时，棒状灯管围起的广告牌突然亮了起来，“白夜土耳其浴”的文字浮现在暮色中。其他店的霓虹灯也像收到暗号似的纷纷亮了起来，原本冷清的小巷顿时变成一个灿烂的世界。客人模样的男人从远处走来。单行道的标识映入眼帘。旁边的电线杆上贴着川岛性病医院的珐琅广告牌。不远的地方，竖了一块新店开张，招募土耳其浴女郎的广告牌，还写着“欢迎无经验者”。“白夜土耳其浴”根本没有张贴招募土耳其浴女郎的告示。要不要去“欢迎无经验者”的店试试看？

“我……不要。”我低着头，走了起来。

走到名为国体道路的大马路上，听到堵车的噪声，忍不住抬起头，“呼”一声吐了口气。

学生时代，曾经有好几次和同学来过中洲看电影、在咖啡厅聊天，但从来没有踏入过国体道路南侧这一带名为“南新地”的地方。

我沿着国体道路往博多车站的方向走去。一个年轻女人从前方走来，身上穿着昂贵的毛皮大衣，肩上背着LV的皮包。走路时，染成褐色的长发也随之飘动着。迈着大步的脚上穿着红色高跟鞋，车子的车前灯像在她身后为她打灯光。我和她擦身而过后，忍不住回头看她的背影。她大大方方走进我刚才走出来的小路。

我用备用钥匙打开门，走进了昏暗的房间。彻也还没有回家。我拉开客厅的电灯开关，冷冷的灯光照着两坪多的房间。门旁的洗碗池里放着装拉面的面碗和单柄锅。面碗里剩着汤汁，单柄锅里还有一些面屑。

我把汤汁倒掉，把洗洁精倒在海绵上，洗完面碗和锅，用干布把水擦干后，把红通通的手放在嘴边哈气。

木板房间内散落了许多稿纸。我蹲了下来，拿起一页稿纸。“我想宣布一件重要的事”，如此开头的文章写到第五行就中断了，空白处用铅笔胡乱写了很多×。其他的稿纸也大同小异。我把稿纸捡了起来，客厅的窗户发出声响，窗帘的角落飘动着。我拿着稿纸，走进榻榻米的客厅。客厅里有一个壁橱，但拉门上满是污垢，还裂了一块，然而这个又冷又小的家是我唯一的栖身之处。

我用手拨开窗帘，发现窗户打开了一条缝。风就是从那里吹进来，吹散了放在桌炉上的稿纸。我关上窗户，转动螺丝锁。每转动一次，窗户就咔嗒咔嗒地响个不停。窗外是一片杂木林，如今被漆黑包围。对面是一家幼儿园，白天的时候，小孩子的声音不绝于耳。

我把稿纸整理好，正要放在桌炉上时，门铃响了。我隔着门上的花玻璃，看到门外的人影。

“请问是哪一位？”

“我是冈野。”一个很有精神的年轻声音回答道。

我急忙打开门。

冈野健夫可能刚下班，还穿着西装，手上拎着公文包。高大的身体穿米色的大衣，很好看。他一看到我，便露出笑容。

“嗨！你在干吗？穿得这么漂亮，准备出门吗？”

我摇了摇头：“我刚回来。”

“八女川呢？”

“今天不是要聚会吗？”

“今天并没有同好的聚会啊。”

“是吗……”

一阵沉默。

“啊，请进。我想他应该快回来了。”

冈野健夫瞥了一眼手表，说：“好啊，今天的天气真冷。”

他脱下鞋子，进了房间。

我插上桌炉的插头。

“请吧。”

“那我就失礼了。”冈野健夫坐进桌炉里。

我用水壶装水后开始烧水，这才脱下外套，折好，放在客厅的角落。

“我马上就来泡茶。”

“你不用客气。”

冈野健夫拿起刚才还吹落一地的稿纸，看着最上面那一页稿纸。他翻了一下，才瞥了第二页一眼，手就停了下来，轻轻叹了口气，把那叠稿纸放回原位。

他抬起头，露出笑容：“他还在写吗？”

“……是啊。”

“好像并不顺利。”冈野健夫看着稿纸。

“他很努力。”

“听说他辞掉工作，要专心写作，生活费都靠你吗？”

我点点头。

笑容从冈野健夫的脸上消失了。

“或许不关我的事，但我觉得你不应该太迁就他，不仅对他不好，你也……”

冈野健夫注视着我的脸。他的眼神十分锐利，微微偏着头。

“刚才你说你才回家，是去哪里？”

“呃……是去面试。”

“什么工作？如果不介意的话，说来听听。”

我移开视线。

冈野健夫离开桌炉，走了过来。

我把头别到一旁。

冈野健夫站在我的面前。

“我想应该不至于，但松子小姐，你该不会想去做一些奇怪的工作吧。”

我想回答说“不是”，却说不出口。

冈野健夫叹着气说：“果然不出我所料，去酒店陪酒吗？”

“不是……”我低下头，觉得脸颊红了起来。

“你该不会打算去……土耳其浴那种地方吧？”

“但这份工作可以赚很多钱。”

“太荒唐了！”

听到冈野健夫的怒斥，我吓得瑟缩起来。

“你知道土耳其浴是什么地方吗？”

“那家店很正规，我去面试后，经理把我刷了下来，但我明天打算再去一次。那里的经理很可靠，我想，我在那里应该没问题……”

冈野健夫摇着头。

“你太天真了，竟然会相信这种人的话。”

“但是……”

“他是不是说其他店的坏话？是不是说幸亏你去了他的店，如果你去其他店，就会被卖到国外。”

我哑口无言地看着冈野健夫。

“我就知道。听我说，这是为了不让你去其他店所采取的战术。他看你的样子，就知道你还会再去。当你回家考虑后再度主动上门，就代表已经下了决心，会全心全意投入工作。”

我的脑海中一片空白。

“八女川叫你去做这种工作吗？”

我一言不发地垂下眼睛。

冈野健夫咋了一下舌头。

“八女川也真让人伤脑筋，你最好和他分手。你很聪明，不应该这么糟蹋自己。老实说，他已经……”

“我怎么了？”

门不知道什么时候打开了，彻也站在门口。穿着紧身牛仔裤的双腿交叉着，双手插在我买给他的黑色外套口袋里。中分的头发长及肩，狭窄的额头下，那双像少年般的眼睛愉快地笑着。可爱的虎牙从他红色的嘴唇下露了出来。

冈野健夫红着脸，右手伸向领结，刚抓了一下，又很快放下来。

“不，没事。我在等你。”

"真的吗？你们不是在开我的公审大会吗？"

彻也倚靠在敞开的门旁，瞪着冈野健夫。

"你回来了。"我搓着双手说道。彻也脱下鞋子，走进房间。我向后退，彻也大步走了过去，突然伸手抱住我。

"彻也，冈野先生在这里，不要这样……"

我的嘴被彻也堵住了。他的嘴唇好冷，有一股酒精的味道。我被他紧抱在怀里，几乎无法呼吸。彻也疯狂地渴求着我的嘴唇，我终于放弃般闭上眼睛。

"八女川，那我先告辞了。"

远远传来冈野健夫的声音。我在心里呐喊，不要走。

彻也的嘴唇离开了我。我从束缚中获得解放，腿一软，蹲在地上。

"菅野兄，这就要回去了吗？你不是有事来找我吗？"彻也语带开朗地说。

"我只是来了解你写稿的情况，因为你是我最大的竞争对手。"

"喂，松子，有没有听到？菅野兄说我是他最大的竞争对手。"

彻也笑着拍手："但看到我完全没有进展，你应该放心了吧？"

"没这回事。"

"别骗人了。"彻也的声音变得低沉。

一阵沉默。

彻也一阵刺耳的笑声打破了沉默。他像是心情愉悦的幼儿般拍着手，轮流看着我和冈野健夫的脸。

"干吗？为什么你们的脸色这么难看？菅野兄，多坐一会儿。我们来聊天吧，就像以前那样。"

"下次再说吧。"

"啊，对哦，菅野兄，你太太还在家里等你。喂，松子，你可不能因为菅野兄长得帅就爱上他。"彻也虽然带着笑容，眼神却很阴险。

我的身体僵硬，无法动弹。

彻也看着我，一屁股坐在地上。他冷笑了一声，靠在墙上，低着头，发出鼾声。

“八女川醉得很厉害。松子小姐，你一个人可以应付吗？”

听到有人叫我的名字，我才回过神来。冈野健夫用真挚的眼神凝望着我。

请你留下。我在心里大叫，然而，脱口而出的却是“没关系”。

“他不喝酒的时候很文静……越是懦弱的人，喝醉酒的时候越麻烦。”冈野健夫叹了一口气，“我改天再来。我刚才说的事，请你考虑一下。”说完，冈野健夫就离开了。

门关闭的同时，彻也的鼾声也停止了。他抬起头，看着冈野健夫离去的门口。

“去，自以为是……”

“彻也，你又装睡。”

“他刚才说什么？”

“没事啊。”

彻也的两脚拼命敲着地板：“怎么可能没说什么！别把我当小孩子！”

“是工作的事！”

彻也默然不语地抬头看着我。

“我今天去了那家店，经理帮我面试……”

彻也低下头，“你告诉他了吗？”

“因为他问我。”

“……他是不是很看不起我？”

我含糊其词，努力用开朗的声音说：“没这回事。”

“反正他那种人不会了解的。”

“不了解什么？”

彻也没有回答。他看着自己的手掌，嘴里喃喃自语着。即使我叫他的名字，他也没有回答。

我悄悄叹了一口气，环视狭小的房间。瓦斯炉上的火仍然开着，水壶口冒着热气，盖子发出嗒嗒的声音。我呆呆地看着这一幕。一阵匆促的脚步声，有东西挡住了我的视野。彻也的背影走了过去。随着咔嗒一声，开水沸腾的声音消失了，彻也把火熄了。

“什么时候开始上班？”彻也背对着我问道。

“彻也……对方没有录用我，说我不适合这份工作。”

彻也转头看我。

“所以呢？”

“所以什么？”

“所以你就回来了吗？”

“因为……”

一记耳光。我倒在地上，趴在榻榻米上，只看到地面和彻也的脚尖。他的大拇指从袜子里伸了出来。要记得帮他缝，这个想法顿时浮现在我脑海。

“明天，你会去其他店吧？”彻也的声音在我头顶响起。我抬头看着他。

“我还是不想……在那种店里上班。”

彻也蹲了下来。他带着笑容，抚摸着我的头。

“怎么了？昨天，你自己说要去的，不是吗？”彻也抓住我的头发，“是不是冈野……那家伙对你说了什么？”

彻也的声音变得狰狞。

“没有，冈野先生只是担心我和你的事。不要！”我的头被压在地上，“彻也，求求你，不要……”

彻也的手放开了。

我用双手把身体撑了起来。我的头发垂在前面，挡住了视线。

“他一边上班，一边写作，是个半吊子的家伙。我把自己献给了文学，不要把我们相提并论。”

我上气不接下气地点头。

“你开始袒护冈野，他对你做了什么？你们是不是趁我不在的时候……”

彻也停了下来。

一阵不祥的寂静。

“你是不是和冈野上床了？”

我拼命地摇着头。

“我知道了，你谎称今天去面试，其实是和冈野幽会。对不对？他妈的，大家都把我当傻瓜！都在嘲笑我！他妈的，他妈的，他妈的！”

一阵慌乱的脚步声。我大惊失色，拨开头发。彻也的手已经伸向水壶。

“彻也，不行，不能拿！”

彻也惨叫一声，握着把手的手弹了起来。水壶被抛向空中，在空中转了一圈后，盖子飞了出去。沸腾的热水像有生命般喷了出来。我双手掩面，尖叫起来。一阵金属声，然后一切恢复平静。

我慢慢将手从脸上移开。眼前冒着热气，水壶倒在地上。彻也蹲在地上，左手握着右手，呻吟着：“好痛，好痛呀！”

“彻也！”我正想冲出去，脚底一阵剧痛。我叫了起来。原来是不小心踩到地上的开水。我差一点跌倒，但勉强用手扶着墙壁站稳了。热水渗进袜子，烫到脚底的肉。我咬紧牙关，坐在彻也的身旁。彻也仍然蹲在原地，弯着腰，不停地呻吟着。我抓着彻也的右手，试图打开他的手掌。彻也甩开我的手，咬着嘴唇，狠狠地瞪着我。我也回瞪着他。

“把手给我看看。”

“不要，都怪你。”

“别说了，给我看看！”

听到我加强了语气，彻也心不甘情不愿地伸出右手。他的表情好像在怄气的小孩。

他的手掌红红的，但只是抓到水壶时被烫伤而已，并没有被热水烫到。

“最好用冷水冷却，等一下我再帮你搽点油。”

“我不要搽油，黏黏的。”

“反正先要冷却。”

我扶着彻也站了起来，走到洗碗池前。

“小心不要踩到热水。刚才我不小心踩到了。”

彻也转头看着我。

“没事，我没事。来，把右手伸出来。”

我打开水龙头，把彻也的手掌放在流动的自来水下。

“松子，好痛。我的手，我的手……”

“忍耐一下。你是男生啊。”

停顿了一下。

“我不是男生，是男人。”

“对哦，彻也已经是男人了。”

彻也低着头，肩膀抖动着，转过头，他的眼眶湿湿的。彻也不知道叫着什么，跪了下来。他用手抱着我的腰，用湿湿的手抱住我，把脸埋在我的胸前，泣不成声。隔着衣服，可以感受到他的呜咽。

“彻也……你怎么了？”

“松子，你为什么这么温柔？”

“……你在说什么？”

“我这种男人不是很过分吗？既没有才华，会对你动粗，又不去工作，根本不值得你对我好，我根本就是像蝼蚁一样的男人，你总是……”

我无言以对。在一股冲动下，用力抱着彻也的头。把脸颊贴在他那头散发着小孩子味道的头发上。

“彻也，你真是傻瓜。”我喜极而泣。彻也了解我，这样就够了。

“松子，你不要抛弃我。如果你离开我，我就活不下去了。”

“我怎么可能抛弃你？”

“真的吗？”

“真的。彻也，我永远不会离开你，不用担心。”

我忘了关水龙头，自来水不停流着。我用全身感受着彻也，看着流水。

彻也发出均匀的呼吸。我让彻也躺了下来，用洗碗池旁的擦手毛巾浸湿后，包住彻也的右手。彻也熟睡的脸庞扭曲了一下，但并没有醒来，然后，我用抹布擦干洒在地上的热水。热水已经变冷，我洗完抹布，才把水龙头关起来。水声消失了，顿时安静下来。

我从壁橱里拿出被子，铺在榻榻米上。我身体的痕迹成了茶色的污渍，留在泛黄的床单上。我从身后伸进彻也的腋下，在榻榻米上拖行，让他躺在被子上后，盖上毛毯。彻也的眼睛周围闪着泪光，口水从他张开的嘴角无力地流了下来。我用手指擦去彻也的泪水，亲吻了他的嘴唇，然后站了起来。检查了一下钱包里的钱，我穿上彻也的外套，走出家门。

公寓附近的马路几乎都没有整修，走了几步，就踩到了小石子，一阵剧痛从右脚底直冲脑门。我疼痛难耐地在街灯下停下脚步，这时，我才发现自己穿着橡胶夹脚鞋，难怪这么不好走。我用手摸着脚底。抬头一看，一群飞虫聚集在白色路灯周围。这么寒冷的夜晚，仍然有飞虫。

疼痛仍然没有消除。我吐了一口气，再度跑了起来。

在距离公寓五分钟的地方，有一个岔道口。栅栏已经降落，警铃响起。红色的警示灯随即开始闪烁。四节车厢的电车慢慢加速，经过眼前。车厢内的光线溢了出来，可以清楚看到抓着吊环的乘客所戴的领带图案。电车经过后，四周再度暗了下来。警铃停了，栅栏升了起来。走过岔道口，有一个药店。药店门口有一部红色电话。我在红色电话前停了下来，一个看起来像是上班族的中年男子正在打电话。他涨红着脸，对着电话咆哮，突然挂了电话，对着电话骂了一句“王八蛋”后，转头看着我，嘴角露出卑微的笑容。

“啊，我打完了，请用，请用。”男人的视线看着我的脚，“你住在这附近吗？这样穿会不会冷？”男人用熟络的语气问道。

我瞪着男人。

男人撇着嘴。

“瞪什么瞪？小心嫁不出去。”男人悻悻然地撂下这句话，步履蹒跚地走向车站的方向。

男人的身影走过街角后，我拿起电话，从钱包里拿出十日元硬币，投了两枚。犹豫了一下，又加了一枚。

我在嘴里默念着电话号码，慢慢地按下按键。

铃声响了五次后，我听到“咔嗒”的声音。

“喂，这里是川尻家。”熟悉的声音令我喘不过气来。

“爸爸……”

电话的那一头安静下来。

“姐姐吗？”

“……纪夫吗？”

“果然是你，事到如今，为什么……”

早知道就不打这通电话了。当我意识到这一点时，为时已晚了。我的脑海中浮现出彻也熟睡的脸庞。我吸了一口气。

“可不可以见个面？”

再度陷入寂静。

“纪夫？”

“见了面能怎么样？”

“我有话要对你说。”

“现在还有什么好说的……”

“拜托你。”

再度的沉默。

“下不为例。”

“下不为例也没关系。在佐贺车站见面怎么样？”

“不行。你到这里来,可能被附近的人看到。我去你那里。你现在在哪里？”

“博多的……”

“你说哪里？”纪夫提高了嗓门。

“盘井屋的屋顶，可以吗？”

“你怎么选这么奇怪的地方。算了,明天是星期六,我下午两点左右可以到。”

“我知道了。”

“那我挂了。”

“等一下……爸爸好吗？”

我听到纪夫的呼吸声。

“你怎么不问久美的事？”

“久美怎么了？”

“见面再说吧。还有老爸的事也一样。”

电话挂断了。

走回公寓的路上,我发现自己吐出的气都是白色的。右脚的脚底阵阵抽痛,脚尖冻僵了，完全没有感觉，但我并不是因为疼痛和寒冷而发抖。

回到公寓，一打开门，顿时倒吸了一口气。

彻也背对着门口，在被子上盘腿而坐。

我努力用开朗的声音说：“彻也，对不起，我去车站前打电话……彻也？”

彻也一动也不动。

我慌忙走进屋里，忍着右脚的剧痛，跑向彻也。

彻也低着头，看着自己的右掌。手掌上浮现出紫红色的斑驳图案。

“会痛吗？”

即使我问，彻也也不回答。

“怎么了？我没告诉你，就出门了，你生气了吗？”

“松子。”彻也仍然低头看着自己的右掌，静静地说，“你回家去吧。”

他的声音平静得令我感到害怕。我吸了一口气，看着彻也。

“为什么……你为什么这么说？”

“松子，你和我在一起会完蛋，会完蛋的。”

彻也抬起头。他的眼白又红又浊，对我露出笑容，“我已经够了。”

"什么够了？"

"已经够了。"说着，他再度看着自己的手掌。

我不禁感到害怕，上前抱着彻也。我用力抱着他，否则我担心他会消失不见。

彻也依然凝视着自己的手掌。即使我抱着他，他也没有回抱我。

"你怎么了？彻也！钱的事，我会想办法，我一定会想办法。拜托你，让我留在你身边，拜托你……"我哭着央求彻也。

彻也没有说话。

第二天早晨，当我醒来时，发现我和彻也在同一床被子里相拥而睡。好温暖，好想这样一直睡下去。正当我再度闭上眼睛时，想起了和纪夫的约定。我伸手拿起时钟一看，发现已经快中午十二点了。我慌忙准备起床时，彻也的手伸了过来，搂着我的身体，抓住我的乳房。正当彻也想爬到我身上时，我在他耳边轻声嗫嚅："对不起，彻也……我要去面试。我昨天不是去打电话了吗？"

彻也很难得放弃了，立刻松开手，闭上眼睛，再度钻进被子。

我为自己对彻也说谎感到良心不安。下床后，便开始打扮，准备出门。

一踏进盘井屋的屋顶，我立刻后悔起来。我忘了每到星期六下午，这里就成为上班族和粉领族下班后的约会地点。我不敢正视那些身穿流行服装，和男朋友谈笑风生的同龄女人。至于我，身上仍然穿着彻也的旧外套。

我站在铁丝网前，避开情人们的卿卿我我。半年前，我也曾经来过这里，但如今已经没有迷你新干线的轨道，原本是商店的地方放置了自动贩卖机，只有眼前的银色福冈大楼依然没变。

"找我有什么事？"

听到声音，我回头一看。纪夫穿着黑色毛衣，灰色西装。我已经半年没见到他了，他原本瘦削的脸颊丰腴起来，甚至颇有威严，但他的双眼失去了以往的快活。

“好久不见。”我笑得很僵硬。

“有话就快说吧。”纪夫板着脸说。

“我想向你借点钱。”

纪夫把头转到一旁，哼了一声。

“我缺钱，不管多少都可以。”

“你也算是女人，不怕赚不到钱吧。”

“纪夫！”

“不要这么大声。”

“我……去了土耳其浴店。”

纪夫惊讶地看着我。

“没有被录取，对方说我不适合。”

纪夫轻轻地叹了口气：“外套是男人的吧？”

我点点头。

“你们同居吗？”

我又点了点头。

纪夫看了一下四周，“黑道吗？”

“不是，是未来的作家，很有才华。”

纪夫哼了一声：“原来是这样。好了，轮到我说了。”纪夫转向正面，“爸爸死了。在你离家出走三个月后，一个天气闷热的早晨，他昏倒在厕所，之后就没有醒过来，是脑溢血。”

“不会吧……”

“还有久美。”

“久美也死了吗？”

“你对久美做了什么？从那之后，她的脑筋就出了问题，听医生说，是因为受了精神打击。不，不光是久美，妈也突然变老了……我也是！”纪夫用拳头敲着铁丝网，“结果，把弟弟找出来，竟然是借钱。”纪夫撇着嘴。

“我要结婚了。”纪夫的声音突然低沉下来，“对方也了解久美的情况，愿意同住。姐姐，你明白我的意思吗？”

我摇了摇头。

“希望你不要再进那个家门。姐姐，你已经破坏了那个家。你应该无法想象那件事之后，我们是怎么熬过来的。我们很认真地考虑过要离开大野岛。可以说，爸爸就是因此而死的。现在，我要重新组织一个家庭，所以不希望你来搅局。”

“搅局……”

“我想说的就这些。你以后不要再来找我，妈妈也不对你抱有任何希望，当作你已经死了。事到如今，不要再折磨她了。”

“等一下。”

“这是你自己的选择，即使陈尸街头也随你的便，只是不要再给我们添麻烦了。”纪夫从西装内袋里拿出一个褐色信封，“我就猜到是这么回事。”

他把信封塞到我的手里，“从此以后，我们不再有任何瓜葛。”纪夫说完，转身离去。

我打开信封一看，里面有五张一万日元。

回到公寓，彻也不在家。

被子还铺在地上，但他写到一半的稿纸不见了。我想起来了，星期六晚上，他都会和写作同好聚会。

我蜷缩在黑漆漆的房间角落，外套也没脱，茫然看着排在面前的五张一万日元。

为什么我哭不出来？

我最爱的父亲死了。即使得知这个消息后，也无法涌现悲伤的感情。我并非没有受到打击，但却和听到哪一个国家的总统遭到暗杀的新闻时，所感受到的冲击差不多。

我在脑海中想象着父亲的脸庞，微笑的父亲、生气的父亲、温柔的父亲。然而，无论怎么想，都无法“悲伤”。

时钟的秒针声音格外刺耳。抬头一看，已经晚上十点多了。

(彻也怎么这么晚……)

我发现外面在下雨，雨声很大。

白天的天气那么好。

“啊……雨伞。”我站了起来，没有把一万日元纸钞收好。彻也一定在车站等我。

我听到一阵脚步声。门铃响了。

“彻也，对不起，我正打算去接你……”

打开门一看，发现站在那里的是冈野健夫。他手上拿着撑开的雨伞，头发却被淋湿了，纠结在一起。颤抖的红色嘴唇吐着白气，脚上都是泥水。

“彻也还没有回来。”

冈野健夫的脸扭成一团，脸颊痉挛着。

“松子小姐……大事不好了。”

“怎么了？”

“八女川……”

“啊……”

“总之，你跟我来，赶快！”

我穿上鞋子，拿起雨伞，走出房间。

“在车站……车站……”

冈野健夫带着哭腔重复着莫名其妙的话。

我拿着雨伞跑了起来。地上的泥泞害我差一点跌倒，冈野健夫拉了我一把。他抱着我的肩膀，我又再度跑了起来。

路面变成了柏油路，我看到岔道口了。许多人聚集在那里，夜空下绽放着许多伞花。

我冲了进去。“妈的，推什么推！”有人骂道。

“请让一下，我们认识这个人。”冈野健夫叫道。

人群让出一条路。我跌跌撞撞地走了过去，一刹那，我突然来到一个空荡荡的空间。有好几名警官，都穿着黑色雨衣。有人站着，有人坐着。所有人都转头看着我，我停下脚步。

“我们认识这个人！”冈野健夫的声音从背后传来。

警官们面面相觑。

我迈步向前，眼睛情不自禁地被地面吸引。

我看到了彻也的脸。我只看到他的脸。头部以下被埋进了柏油路下。雨点无情地打在他苍白的脸庞上。

原本坐着的警官站了起来，张开双手，挡住我的去路。这个五十岁左右的男警官五官十分严肃。

“不要看！”有人用力把我拉开。我身不由己地离开了那里，人群中的每个人都看着我。

“松子小姐……”

冈野的脸出现在我的眼前，泪水从他红着的双眼中流了下来。冈野健夫抱着我，雨水打在头上的雨伞上，听起来格外冷漠。

回头一看，身穿雨衣的人围着彻也的脸。一个人用照相机对着地面拍摄。闪光灯亮了一下。在撕裂黑夜的一闪中，我似乎看到了彻也。

我的眼前一阵发黑。

远处传来冈野健夫的声音。

3

我送完明日香后，直接前往日出町。

荒川的堤防是唯一可以见到那个男人的地方。如果那个男人也在找我们，绝对会再度现身。

我按照房屋中介说的路径，再度站在光明庄前。

光明庄依然静悄悄的。有好几个人正在隔壁兴建中的建筑工地工作，不时发出很有气势的声音，令光明庄显得格外寂寞。

看着这幢老旧的公寓，竟然想起了早就过世的久美姑姑。久美姑姑是老爸的妹妹，也是松子姑姑的妹妹。听说她天生体弱多病，经常卧床不起。偶尔我送饭去她房间时，她总是露出平静的笑容表示欢迎。她圆圆的脸上，一双大眼格外漂亮。身体比较好的时候，她也会去庭院走走，这种时候，她总是茫然地望着远方。不知道久美姑姑会不会想起松子姑姑。不知道她怎么看待这个失踪的姐姐。现在想起来，久美姑姑也很可怜。葬礼的时候，老妈告诉我，久美姑姑变成了天上的星星。年幼的我不知道老妈为什么哭，但我记得那天的第一颗星星特别大。

“嗨！”

有人拍我的肩膀。我吓了一跳，回头一看，刚好看到大仓修二的胡楂儿脸正嬉笑地看着我。他穿着运动背心和短裤，手上拎着便利商店的塑料袋。可乐瓶从袋子里探出头。和两天前唯一的不同，就是塑料袋里还装了一碗泡面。可见他的饮食生活有多寒酸。

“年轻人，怎么了？忘了什么东西吗？”

“没有啊。”我转身走开了。

身后传来动静。

“你眼睛湿湿的，该不会是在哭吧？”

“怎么可能？”

“上次那个凶巴巴的女孩呢？”

“和你没有关系。”

“原来被她甩了。”

我转过身，停了下来：“她才没甩我，别以为每个人都和你一样。”

大仓修二晃着瘦削的肩膀笑了起来。

“笑什么？”

“你不要这么咄咄逼人。你几岁？”

“十九。”

“还是小鬼嘛。”

“那你呢？”

“怎么可以问别人的年龄。对了，你在这里干吗？”

“和你没有关系。”

“我说了，你不要这么咄咄逼人。”

我不理他，自顾自地走了起来。

大仓修二仍然跟着我，便利商店的塑料袋声音很刺耳。

“你干吗跟着我？”我边走边问。

“如果你要去荒川，走这里比较近。”

我情不自禁停下了脚步。

大仓修二愉快地笑了起来。

“不出我所料，你这个人很单纯嘛。”

我的脸顿时热热的，不顾一切地跑了起来。大仓修二没有跟过来。

荒川的水位比两天前略高，水也似乎比较浑浊，但荒川堤防旁的道路上，有一种似曾相识的光景。有人带着狗散步，有人带着孩子，也有人把帽子反戴，正在跑步。绿地的足球场上，当地的高中生正在练习传球。穿着蓝色运动衣的男人应该是体育老师吧？然而却遍寻不着戴着麻质帽子的男人。

我在堤防顶上叹着气。事情不可能这么顺利。我走下石阶，朝荒川的方向走去，在之前男人坐的地方坐了下来，心不在焉地看着荒川的流水。

“啊，我到底在干什么！”

正当我差一点被自我厌恶的波涛吞噬时，感觉到背后有一股杀气，同时，脖子被人用手臂勒住了。

“呜哦！”

我试图站起来，却动弹不得。我的喉咙好难受，眼前的风景在摇晃。我无法呼吸。我快死了。正当我闪过这个念头时，那个手臂松开了。我终于可以呼吸了。当我站起来，瞪大眼睛回头一看，竟然又看到大仓修二的胡楂儿脸。他双手拍着大腿哈哈大笑着，手上没有拿便利商店的袋子。

“啊，不好意思。看到你，忍不住想多管闲事。”大仓修二像猴子一样跳下石阶。

“你干吗纠缠我？”

“有什么关系，不要这么斤斤计较。”

“当然要！我还以为我快死了。”

我调整呼吸后，摸着自己的喉咙。大仓修二捧腹大笑。

干吗，这个死胡子。

下一刻，原本张大嘴巴的大仓修二表情突然僵住了。他的双眼看向我身后的石阶上方。

之前也发生过相同的情况。当时是明日香。

我顺着他的视线望去。

一个巨大的身体站在堤防顶上，低头直视着我们。今天，他没有戴麻质帽子。

我的心脏再度狂跳。

（啊哟！真的猜中了！）

男人注视着我，眼中流下了泪水。

“喂，他……”不知什么时候跑到我身后的大仓修二语带颤抖地问。

“我知道。你先闭嘴。”

男人双手合十后，用右手画了一个十字，喃喃地说了声：“阿门。”

我走上石阶，在男人面前停了下来。

“请问……”

“我祈祷上帝，希望可以再见你一面。”男人静静地说道。

“我也在找你，我希望可以向你道歉。”

“道歉？”

“上次，我突然逃走……还说你是杀人凶手。”

男人摇摇头。

“该道歉的是我。我失去了理智，突然去追你。况且，我是杀人凶手这件事也没有说错。”

远处传来小孩子欢笑的声音，接着是年轻女人的笑声。男人朝声音的方向看了一眼。我也转头一看，路上是一个小女孩和看起来像是母亲的女人边走边玩。

我收回视线。

“你在找名叫川尻松子的女人吧？”

男人点点头。

“你是松子的……？”

“川尻松子是我的姑姑。”

男人张大眼睛，嘴角漾起笑容。

“这么说，你知道松子住在哪里？我只是听人说，她住在日出町，但不知道她住在日出町的哪里。虽然这里并不大，但要找人却不容易……”

男人停了下来，收起笑容。

“……为什么你看到我，知道我杀过人？”

“因为，刑警给我看过你的照片。”

“刑警……为什么刑警……该不会是松子……”

我垂下眼睛，吸了一口气，抬头看着男人的脸。

“松子姑姑过世了。”

男人目不转睛地看着我的脸。

“我也是三天前才得知消息。在此之前，做梦都没有想到姑姑住在这里，应该说，我根本不知道有一个名叫川尻松子的姑姑。结果，老爸，哦，是我的老爸突然莫名其妙跑来我家，说姑姑死了，叫我去帮忙整理房间。”

“死了……松子死了。”男人的双眼失去神采，好像变成了玻璃珠。

大仓修二戳着我的手臂。

“这到底是怎么回事？”

“你闭嘴。”

大仓修二嘟起嘴巴。

“自杀吗？”

男人的声音很低沉。

“……不，好像是他杀。”

男人的眼睑抽搐了一下。

“他杀……是谁？”

“凶手还没有抓到。”

男人的眼睛骨碌碌地转动起来。

“警方好像怀疑是你干的，还说如果看到你，要立刻报警。”

“这么说，你已经报警了？”

男人不经意地环顾周围。

“不，我没报。”

男人轻轻地点了点头。

“那好，我会主动去说明。”

男人用力闭着嘴，眨着眼睛，似乎强忍着不要让泪水流下来。

“松子姑姑以前住的公寓就在这附近，要不要去看看？”

男人犹豫了一下，点点头。

男人站在光明庄前。他走进停车场，一步一步走向那幢房子。

我和大仓修二站在停车场外面看着男人的背影。

“竟然在这种地方……”男人的声音传了过来。

大仓修二喃喃地说：“这种地方得罪你了吗？”

男人垂着头，腿一弯，坐在地上。他的身体前后摇晃着，像小孩子般哭了起来。

我的目光无法离开男人的背部。

你是什么时候、在什么地方认识松子姑姑的？在你的眼中，松子姑姑是怎样的女人？你犯下的杀人案和松子姑姑有没有关系？为什么松子姑姑必须在这里结束她的一生？

我有一肚子想问男人的话，却无法启齿。

身旁传来咔嚓的声音。

大仓修二叼着烟，点了火。他吐了一口烟，把七星牌香烟递了过来。我摇了摇头。大仓修二缩起肩膀，把打火机放进烟盒，塞进短裤的口袋。

男人的痛哭渐渐平静下来。他站了起来，背对着光明庄，走了过来。他在我的面前停了下来，轻轻鞠了一躬。

我必须说点什么。正当我不知所措时，突然灵机一动。

“对了，我有东西要给你。”

“是我遗失的《圣经》吗？”

他一语提醒了我。我早就把《圣经》的事忘得一干二净了。

“那本《圣经》寄放在府中的教会，因为《圣经》上印了地址。”

“你特地送去教会吗？”

“嗯，对啊。”

“太谢谢了……”男人又向我鞠了一躬。

“呃……我要给你的不是《圣经》，而是……”

男人一脸纳闷的表情。

“下次我会拿给你。你现在住哪里？”

“我住在杉并区的一家教会。”

“当牧师吗？”

“不，我住在那里，负责打杂的工作。”

“我叫川尻笙。可以请教你的名字吗？”

男人没有马上回答，眯了眯眼睛。

“如果你不想说……”

男人正视着我，吐了一口气，露出笑容，然后，慢慢地说：

“我叫龙洋一，是松子的学生。”

4

昭和四十七年（一九七二年）五月

我睁开眼睛，呼吸还有些急促，但热情已经平静，满足的疲劳感贯穿全身。

“整整一年了。”

“什么？”

耳边响起冈野嗫嚅的声音。

“我离家出走至今。”

“是吗？”

“但感觉好像已经过了十年。”

“因为你经历了很多事。”

冈野坐了起来，拿了一支烟，点了火。火光照亮了我们裸露的身体。冈野吐了一口烟，我把枕边的烟灰缸递给冈野。

“第一次看到你的时候，我没想到会和你像现在这样。”

“我也是。”

“当时，我太惊讶了。我做梦都没想到，八女川会带女朋友来。”

“他也没告诉我会有其他朋友……彻也向来我行我素。”

“对啊，连最后也是。”

“……”

“对不起，我不该提这些。”

“没关系……彻也刚自杀时，我不敢相信他已经死了，如今，这点感伤已经无所谓了。”

“那就好。他已经成为过去了，我们必须活在未来。”

“你很矫情呀！”

“是吗？”

“有时候，你会一脸若无其事地说一些矫情的话。”

“我倒不觉得。”

“你生气了吗？”

“没有啊。”

“太好了。”

冈野把烟熄灭了，把烟灰缸放在榻榻米上，再度躺进被子。

我把脸贴在冈野的胸前，闭上眼睛。

“我可以问你一件事吗？”

“什么事？”

“你为什么会喜欢他？”

“彻也吗？”

“对。”

“我也不太清楚。”

“你们是在哪里认识的？”

“你想知道吗？”

“对。”

“为什么你以前都没问？”

“不好意思问啊。”

“对谁不好意思？”

“我想……应该是八女川。”

“你们是好朋友。”

“对，既是好朋友，也是竞争对手。”

“男人啊。”

我笑了起来。

“你笑什么？”

"没什么。我在茶馆当服务生时，彻也是店里的老主顾。他每次都点红茶，然后，不是写稿，就是看书。每次都是看太宰治的书。有一次，我把红茶端给他时说:'你很喜欢太宰治吧！'他很惊讶有人对他说话,但立刻很严肃地说:'我是太宰治再世……'是不是很好笑？一开始，我以为他在开玩笑，就问他，你怎么知道？他说，在看了《人间失格》这本书后，他就确信是这么回事，而且他是在太宰治跳入玉川上水的第二天出生的，于是我就知道他不是开玩笑，而是认真的。这次，轮到我惊讶了。"

"的确，他的作品在很大程度上受到了太宰治的影响。"

"以后，他每次来店里，我们都会聊几句，每次都聊太宰治。我曾经当过国文老师，对文学略知一二，他也觉得找到了知音。在我第一次和他说话的一个月后，他就搬到我的公寓。当时，他说的话真绝，他一脸严肃地说：'我被赶出公寓了，你要照顾我。'"

冈野扑哧地笑了起来。

"没想到八女川竟然会这么说。"

"对啊，人不可貌相，他很强势。也许，我就是因为这样才喜欢他。"

"松子。"

"嗯？"

"你终于可以笑着聊八女川了。"

"……对啊，我相信是因为有你的关系。如果没有你，我或许会随他而去。"

我睁开眼睛，用食指摸着冈野的乳头。

"对了，我也不知道你和彻也的关系。你们是从什么时候开始交往的？"

"从大学时代，当时，八女川就想当作家。我也对文学很有兴趣，所以算是志同道合吧。不过，我喜欢的不是太宰治，而是三岛。"

"你们读同一所大学吗？"

"对。但我重考了两年，他是应届的，所以我年纪比较大，八女川总是叫我菅野兄。"

“菅野？”

“我是入赘女婿，菅野是我的旧姓。”

“是吗？”

“所以，我也很客气地叫他八女川……松子，这样会痛。”

“啊，对不起。”

我停下手指的动作。

“你之前也写小说吗？”

“是受到八女川的刺激开始写的。”

“我好想看看。”

冈野摇摇头：“根本不好意思拿给别人看。当我开始写作后，我就知道自己没有才华。相较之下，八女川真的很有才华。”

“可惜他死了。”

“他太追求完美了，才会被自己的才华毁灭。”

“你怎么知道彻也的想法？”

“只是这么觉得。”

“我至今无法理解，他为什么非自杀不可？想起来实在很懊恼。”

“我可能很嫉妒他。他有才华，可以专心投入自己喜爱的文学，又有像你这么魅力十足的女朋友。”

我凝视着冈野的侧脸。冈野直直地看着天花板。

“彻也也嫉妒你。”

冈野看着我。

“他这么说过吗？”

“不，但我相信是。其实，彻也根本不想继续走文学这条路，所以很羡慕你可以摆脱文学的束缚，重拾自由……因此为了逃避文学，他只能选择死亡。”

“果然是你比较了解他。”

“没这回事……”

冈野的双眼黯淡下来。有时候，冈野会露出这样的眼神。

“你在想什么？”

冈野恍惚地眨了眨眼睛。

“不，没事。我该回家了。”

“哦。”

“我开灯喽。”

天花板上的荧光灯闪了一下，刺眼的灯光洒满房间。我把被子拉到胸前。

冈野站了起来，四角裤遮住了他瘦巴巴的白屁股。他穿上圆领汗衫和蓝色袜子。他为什么背对着我穿衣服?

冈野穿上西装，整了整衣襟，捡起皮包。

我走出被子，裸着身体，用力从背后抱着冈野。冈野转过身，用力抱着我，亲吻着我。

“我真的要走了。”冈野用双手推开我的身体。

“又要等两个星期……我都等不及了。”

“我也不好过。”

“我知道。对不起。”

冈野露出惯有的笑容。

“再见。”

“记得打电话给我。”

“好。”

冈野穿上鞋子，走了出去。

脚步声渐渐远去。

我急忙穿上一件薄质毛衣和牛仔裤，穿上鞋子，灯也没关，就走了出去。下了铁楼梯，跟在冈野的身后。我的脚步声在柏油路上产生了回音。

在路灯的灯光下，我看到了冈野的背影。我停下脚步，躲在电线杆后面。冈野在国道前停了下来，看了看左右，快步过了马路。我也离开电线杆，追了上去。冈野经过派出所门口，转过街角的酒店。我跑了起来。

当我转过街角的酒店时，冈野正走上西铁杂饷隈车站的楼梯。我等了一下，混在人群中跟了上去。冈野出示月票后，经过检票口。我在自动售票机买了车票。我曾经看过冈野的月票，我知道他要去哪里。

春日原。

就是杂饷隈的下一站。

电车到达春日原车站。车门打开后，我跟着中年男子下了车。我躲在男人背后，目光追随着冈野的背影。

冈野走出检票口往左转。我原本担心，万一他搭公交车或出租车就惨了，但冈野迈开步伐走了起来。路上没有其他行人，我跟在他身后，努力不让脚下发出声音。

这里似乎是新兴住宅区。新建的独栋住宅井然有序地排列着，每户人家的窗户都亮着温暖的灯光。

走了十分钟左右，冈野走进了一幢大房子。门柱上亮着圆形的电灯。两层楼的钢筋水泥建筑。我听到门铃的音乐。玄关的门开了，灯光泄了出来。“你回来了，辛苦了。”一个女人的声音传来。冈野走进光线中。门关上了，灯光也消失了。

我推开院子门，发出一声“吱”的刺耳声音。沿着铺石路前进，踏上砖砌的楼梯，站在玄关门口。

这就是冈野的家庭。冈野和妻子生活在这里。在这里吃饭、洗澡、上床。在和我做爱的晚上，他会不会和妻子相拥？冈野的妻子也会在他的怀里发出愉悦的娇声吗？有朝一日，会在这个家为冈野生儿育女吗？

我伸手按下画着音符符号的按钮，立刻响起门铃声。

门开了，一个身穿围裙的女人出现在门后。

看到她的脸，我差一点叫出来。之前我认定冈野的妻子是比我更优雅、更美丽的女人。然而，眼前的女人或许比我年轻，但身材微胖，一点都不漂亮。椭圆形的脸，正中央是一个像丸子的鼻子。左右脸颊鼓鼓的，显示出她强烈的自我。

“请问是太太吗？”

“对。”她用狐疑的眼神看着我。

“这么晚打扰，不好意思。请问这附近有没有姓川尻的？”

“好像没有。你是……”

“是吗？不好意思。”

我客气地欠了欠身，转身离开了。走到大门的地方回头一看，发现女人仍然看着我。我面带笑容，再度鞠了一躬。

我赢了。我赢过这个女人。

夜色中，走回车站的路上，我无法克制脸上漾出的笑容。

彻也死后，我立刻搬了家，帮我找新房子的正是冈野健夫。一室一厅，附卫浴。房子的房东是他朋友的亲戚，所以租金价格比一般的行情便宜。

我开始在车站前超市当收银员。因为冈野对我说，如果整天无所事事，心情反而会更加郁闷。

这个超市的收银台与众不同。收银台旁有一个长一米左右的传送带转动着，收银员只要把已经计算价格的商品放在传送带上即可。所有商品都集中在传送带的另一端，于是客人就可以把商品放入自己的购物篮，付钱结账。

光是这样，只能称为最新式的收银系统。值得一提的是，每个收银台前有三条平行的传送带。

也就是说，当第一位客人在钱包里找零钱时，收银员可以为第二位客人所买的商品算账，把商品放在第二条传送带上。当告诉第二位客人总计金额时，可以转身和第一位客人结账。这时，找零的钱必须心算。当第一位客人把商品装进购物篮，第二位客人从钱包里拿钱时，就要为第三位客人购买的商品结算，放在第三条传送带上。然后，就依序按照这个方式结账。

所以，收银员必须同时面对三名客人。创业者所设计的这个系统是为了加快结账速度，但所有打工的人中，没有人可以同时使用三条传送带。大部分都使用两条而已，第三条暂停使用。理由很简单，大家不是圣德太子，没有人能够有办法发挥这种像杂技的本领。

于是，其他打工的人和上司开始对我刮目相看，因为我可以轻松自如地同时使用三条传送带。大家都说是开店以来的创举，我听了不禁暗自得意。

的确，我从小就很擅长计算。小学时，我就考取了珠算一级，心算更是易如反掌。只要习惯后，同时应付三名客人根本不是问题。只是注意力必须十分集中，每天从上午开始工作，等我回过神时，已经傍晚了，也因此根本没有时间去想彻也的事。

不久之后，即使独自在家时，也不再会想起彻也的事。收银员的工作令我乐在其中，有生以来，我第一次充分发挥自己的能力，并获得周围人的认同。

冈野健夫每两个星期会来看我一次，在我家装了电话后，他几乎每天打电话给我。

我过了一阵子有规律的平静生活。但慢慢地，我开始坐在电话前等冈野的电话。我发现，当我和冈野在一起时，最能够令自己心情平静；我更发现，他回家后，是我最痛苦的时候。无论睡着还是醒着，他的脸都浮现在我眼前，每当我想象自己在冈野怀里，就难过得不能自制。他来看我的时候，我用心化妆，喷香水，敞开衬衫的领子，穿上迷你短裤，甚至假装不经意贴近他的脸。然而，冈野没有动我一根手指头。我几乎快抓狂了。

某天晚上，我终于哭着哀求他。

“请你抱抱我。”

从那一刹那开始，我抓住了身为女人的幸福。即使无法成为他的妻子，当他的情妇也无妨。当我躺在冈野的怀里，发自内心地这么想。

这已经是四个月前的事了。

门铃响的时候，我正在吹头发，身上只包了一条浴巾。我关掉吹风机，看了一眼时钟。晚上七点。我包着毛巾，走向门口。

“哪位？”

“是我。”

是冈野的声音。我的脑海中闪现昨晚的事。

“等一下。”

我回到客厅，急忙穿上衣服，坐在镜子前，用手梳了梳头发，然后用发带绑住。没时间化妆了。我冲到门口，打开门，身穿西装的冈野走了进来。

“怎么了？”

冈野一言不发脱了鞋子，走进屋里。他背对着我站着，却没有放下皮包。

我想帮冈野脱下西装。

“不用，我马上就回去。”

冈野回过头，紧抿着嘴，凝视着我。

“昨天，你有来我家吗？”

我期待冈野知道那件事，否则，我不可能提到川尻这个姓氏。当一个欲望得到满足时，就会产生下一个欲望。我不想永远当一个见不得光的女人，我希望无论走到哪里，都可以抬头挺胸。为此，就必须为日复一日的平淡生活增加一些小插曲。

“对，我去过。”

“你跟踪我吗？”

“对。”

“你想干吗？当初说好你不干涉我家里的事，只要我每两个星期来这里一次就好。”

“我想看看你太太是怎样的人。”

冈野重重地叹了一口气。

“你生气了吗？”

“那还用问吗？”

“你太太发现了吗？”

“她很敏感，一直逼问我。”

“结果呢？”

“……有什么办法。我之前告诉她，每两个星期就要参加同好的聚会，所以会晚回家。我老婆叫我带她一起去见见这些人，确认之前是否真的有聚会。”

“你可以和朋友先统一口径。”

“到时候，她会去向朋友的家人确认。她就是这样的女人。”

“这么说，你太太已经知道了。”

“……没错。”

“那更好。”

冈野瞪大眼睛。

“第一次和我在一起的时候，你不是说，你根本不爱你太太，你和她一开始就没有感情吗？而且，她根本配不上你。”

冈野面无表情。

“你干脆和你太太离婚，和我结婚吧。我们在一起，绝对可以幸福。”

“你别异想天开了！”冈野怒吼道。

我听到崩溃的声音。为了消除这个声音，我拼命地笑了起来。

“你为什么生气？你不是爱我吗？我们不是相爱吗？”

“……不是。”

我怀疑自己的耳朵。

“你刚才说什么？”

“我说不是。我根本不爱你，你不自量力也该有个限度！”

“因为……”

“我不会再来见你了。我们的关系结束了。是你破坏了约定，是你搞砸的。”

我的双脚发抖。怎么会这样？怎么可能会有这种结果？一定是什么地方搞错了。

“不，我们的关系不可能这么轻易结束。你在说谎。我们彼此相爱。我知道，因为……”

“你不要说这些像小女生的话。我们是成人之间的关系。的确，我很享受和你的关系，但你不也很乐在其中吗？你忘了吗？第一次是你邀我上床的。我只是回应你而已。而且，你也充分满足了你的肉欲，不是吗？”

“你和我上床，只是为了应付我吗……”

“我没这么说。我想和你上床，所以才这么做了。我也很享受，这一点我承认。因为，你的身体……很棒。”

“这就是爱啊。你果然爱我，不可能不爱……”

电话响了。我正准备冲过去，才突然惊觉一件事。

冈野就在眼前。

冈野拿起电话，放在耳边。

“对，是我……我正在和她谈……非要这样不可吗……知道了，我叫她听。”

冈野把电话递给我。

我用颤抖的手接过电话。即使我用眼神询问：“是谁？”冈野也没有回答。

“喂？”

“你就是川尻松子吧？”电话里传来一个强势而毫不客气的声音。

“对。”

“我是冈野的妻子。”

我感受到一阵发自内心的寒冷。

“昨天晚上，我们见过面。”

“……是。”

“冈野都告诉我了。”

“是。”

“无论如何，你不要再和冈野见面了。”

“……”

“听到没有？如果你再和冈野见面，我就会找律师告你。”

“我……”

“我要说的只有这些。可以叫冈野听电话吗？”

“我和健夫彼此相爱。你才……”

刺耳的笑声刺进我的耳膜。

我手上的电话被抢了。

冈野拿着电话，瞥了我一眼，放在耳边。

“……我知道。她也很激动……这样够了吧！”

他咆哮一声，放下电话，一动也不动。

一阵令人心里发毛的宁静。

“请你说实话，你是不是爱我？你是不是想离开你太太？”

冈野看着我。刚才的怒气已经消失，眼神中只留下……同情。

“事到如今，我不妨老实告诉你。我从来没有爱过你。”

“……你只是贪图我的身体吗？”

“就是这么回事。不，不完全是。我只是想占有你，只是想占有曾经是八女川彻也女朋友的你……”

“为什么……”

“基于对八女川彻也的……嫉妒。”

冈野露出自嘲的表情。

“我始终无法赢他。无论对文学的热情还是才华，都无法和他一较高下，所以我放弃了文学。虽然我对他说，我在写作，但其实心里早就放弃了。我很懊恼，但却使我不得不接受挫败。所以，我希望自己出人头地，赚很多钱，争一口气。我和我太太是相亲结婚，我岳父经营女性服装品牌，我也辞去了原来的贸易公司，去我岳父的公司上班。我太太是独生女，我们当初就说好，那家公司早晚会交给我，所以我才会结婚。条件是我必须入赘，我一口答应了。我岳父、岳母为我们买了一幢大房子,就是你看到的那幢房子。我一帆风顺。当时，八女川为了立志成为作家，仍然过着贫困的生活。我经常去看他，也曾经拿钱给他。我确信我赢了。虽然我的才华不如他，但我的人生赢了。我甚至可以从容自在地同情他的落魄。这时候，你出现了。你年轻、漂亮、聪明，他发自内心地爱你。而且，令人难以置信的是，即使你遭受了那样的打击，仍然含情脉脉地看着他。我的优越感顿时烟消云散了，真的很惨。我竟然为了半吊子的地位和财产，和自己根本不喜欢的女人结婚，还以为自己赢了。我希望你离开他。这么一来，我就不会在他面前感到自卑了。没想到，他竟然跳轨自杀了。他的人生很惨吗？根本不是。他充满才华，年纪轻轻，就带着他的才华死了，带着你这么漂亮的女人的爱……在我眼中，他的人生闪闪发亮，令我羡慕不已。这不是投身于文学的人最漂亮的死法吗？

“八女川死后，我永远都赢不了他了。我所剩下的唯一方法，可以消除对他的自卑的唯一方法，就是把你对他的爱占为己有。”

我呆呆地不停摇头。

“我听不懂……我完全听不懂你在说什么。你怎么可以这么做？你怎么可以有这种想法？”

“你是女人，所以不会懂的。”

“我当然不懂！”

“总而言之，我不爱你，也从来没有想要和你结婚。我和你上床，只是为了向八女川炫耀，只是为了确认自己的胜利。确认现在你爱的是我，我把你从八女川彻也手上抢了过来。”

冈野从西装内袋里拿出一个厚信封，放在餐桌上。

“我知道很对不起你，无论如何，是我玩弄了你。”

我的视线从信封移开，瞪着冈野。

“这是什么？”

“只是略表心意。”

“开什么玩笑！”

我把信封丢了过去。信封打在冈野的胸口，掉在地上。

我浑身发抖，无法克制身体内涌起的情绪。

“我去死。”

冈野转身，穿好鞋子，准备开门。

“我会死给你看！”

“随你的便，你已经和我没有关系了。”

冈野静静说完，走了出去。他没有回头。门关上了。脚步声越来越远，终于听不到了。我竖起耳朵，没有任何声音。

我哭了。一边哭，一边打开洗碗池下的柜子门，拿出刀子，打开水龙头，将左手的手腕朝上，放在水流下。好冷。我把手拿到眼前，被水淋湿的手腕发着光，青色的血管在发抖。我用刀子一划，手腕上绽开了红色的花。

当我醒来时，发现自己正倒在厨房的地板上。我听到水流声，站了起来。一阵头晕，但我抓住洗碗池，支撑着身体。我伸出右手，关上水龙头。

我看了一眼左手。左手一片鲜红。伤口湿湿的，但已经没有出血。地上有一摊脸盆大的血。

我看着电话，电话没有响。我又竖起耳朵，没有脚步声。我再看了一眼左手的伤口，用自来水把血冲干净。我以为自己割腕的时候很用力，但伤口却像头发丝那么细，长度也只有三厘米左右。

我拧干抹布，擦着地上的血迹，却无法擦得很干净。我撒上去污粉，用力擦拭。气泡染红了，稍微变干净了一点。可能因为身体活动的关系，呼吸变得急促起来。我浑身发热，汗水渗了出来。地板上又出现了新的血迹。左手腕的伤口又开始流血。我不再擦地，洗了手。擦干后，用嘴巴吸着伤口。舌头碰到伤口时，一阵锥心的疼痛。我像爱抚般舔着伤口，满嘴都是血的味道。我一边舔着伤口，一边回头看着电话。电话还是没有响。

信封掉在地上。我蹲下来，拿起信封。沉甸甸的。我把里面的东西拿了出来。发现全都是一万日元纸钞。我把最上面的一张撕成两半。然后，又撕了一张。再撕一张。当纸片掉落在地上时，我拿起下一张，撕成两半。一张又一张，都慢慢被撕成碎片。撕完所有的纸钞后，地上堆起了一座纸屑小山。我抱起纸屑，跑到窗旁，打开落地门，撒了下去。黯淡的纸花随着夜风，消失在夜色中。

第二天，我辞去了超市收银员的工作。

久违了半年的街道。

中午过后，街上没有客人的身影。在五月灿烂的阳光照射下，这个街道的魔力似乎枯萎了，但只要太阳西沉，这里将再度充满妖魅的灯光。

我走进南新地的小巷，站在“白夜土耳其浴”门口，然后毫不犹豫地走了进去。

一个年轻男人正在擦地。他停下手，抬头看着我。我大摇大摆地走过他身旁。擦地的男人一言不发，继续做自己的工作。

我之前来过这里，所以知道经理办公室在哪里。我没有敲门，就推开那道熟悉的门，看到那个经理正和一个比我稍微年长的女人坐在沙发上讨论事情。

经理用严肃的眼神看着我。他的脸上浮现惊讶的表情。

我开始脱衣服。连内衣裤也脱了，丢在地上，然后双手张开，抬头挺胸，扬着下巴，展示我的裸体。

经理瞪大了眼睛，不停地眨着。坐在一旁的女人也张大了嘴巴。

“请你让我在这里上班。”

我的声音镇定，连我自己都感到意外。

女人笑了起来，用双手掩着嘴，笑得肩膀不停颤抖。经理苦笑着，用手抓着头。

我完全没有感到难为情。

“赤木经理，你认识她吗？”

女人用银铃般的声音问道。

经理看着我，点了点头。

“你，”女人转头看着我，“第一次从事这一行吗？”

“对。”

“你现在最需要什么？”

“钱。”

我不假思索地回答。

女人笑着，起身走到我身旁。

女人的身材娇小，比我矮一点。洋装下的双腿很纤细，但脸颊和嘴唇很饱满，内双的大眼充满温柔的光芒。

女人拿起我的左手。

“你的手指很灵巧……”

她没有说下去。女人的目光停留在我手腕的伤痕上。然后，抬起头，露出慈祥的笑容。

“你受苦了。”

“不……”

女人转头看着经理。

“你就雇用她吧。她长得不错，身材又好。手指也很纤细，看起来很灵活。最重要的是，她很有胆量。”

“女人的这种胆量才可怕。好了，我知道了，你赶快穿衣服吧，我都不知道该看哪里了。”

“赤木经理，你别装了，你看女人的裸体都看腻了。”

女人握住我的双手。

“你要加油。即使女人单身，只要有钱，就可以幸福。我认识一个人，是川崎的第一把交椅，自己造了一幢大楼。”

“……哦。”

“我叫齐藤澄子，花名叫绫乃。”

“花名？”

“就是在店里叫的名字，有点像艺名。我比你早进这一行，你可以叫我绫乃姐。你叫什么名字？”

“川尻松子。”

“你长得这么漂亮，名字倒很朴素嘛。赤木经理，我帮她取个艺名，好不好？”

“随你啊。”

“那么，叫雪乃怎么样？你皮肤很白，又有一对凤眼，瞪人的时候很可怕。”

“那就是雪女[①]啰。”经理说。

“你觉得怎么样？”

“很好听。”

“就这么决定了。赤木经理，我觉得她很不错，只要好好调教，不只可以成为这家店的红牌，也许可以成为中洲的头号。”

“红牌是你，不然，我怎么会特地去千叶把你挖角过来？”

“总之，玩3P的时候，我会找她搭档。可以吗？”

“喂，喂，刚才我也说了，目前还没有决定要不要增加3P的节目。”

“你还在说这种话，现在别的地方哪里还有只打手枪而已，都是玩全套的。”

“这么一来，价格就要提高了，也要为客人的荷包考虑一下，很难做到两者兼顾。”

“不管是荣町还是堀之内，高档店的生意都很好。以后，不是靠价格，而是要靠服务内容决胜负。你也是为了这个目的才找我来的，不是吗？”

经理抱着手臂。

“但是，如果特别照顾某一个人，其他女孩子会……”

---

① 日本北方的传说中，以穿着白色和服的女人样子现身的雪精灵。

“星期二有学习会吧？到时候，我会好好指导大家，这就公平了吧？”

“好吧，那就接受特别顾问绫乃姐的建议。”

经理双手放在腿上，站了起来。

“你要去哪里？”

“撒尿。”

经理正准备开门。

我对着他的背影问：

“请问……你知道我还会再来吗？”

经理转过头：“什么？”

“我第一次来的时候，你面试后说我不适合这一行，也叫我不要去其他的店，是不是因为你知道我一定会再度造访，到时候，就会卖力工作，所以才阻止我去其他店？”

经理张着嘴，表情僵住了。随后，哈哈大笑起来。

“真可怕。你这个人比我还阴险，我根本没想到这一点。这一招倒是不错。”

他笑着走了出去。

我回头看着绫乃。

“赤木经理没这么坏。他虽然一脸凶相，说话很毒，对工作要求也很高，但不是那种会算计的人。否则，我也不会特地从千叶来这里。”

绫乃退了几步，用鉴赏的眼神看着我的裸体。

“你真的好漂亮。来，赶快把衣服穿起来。万一感冒了，就不能赚钱了。做这一行的，身体是本钱。”

说着，她窃笑起来。

我穿好衣服后，坐在赤木经理刚才坐的沙发上，面对着绫乃。眼前的桌上放着喝过的茶杯和烟灰缸，烟灰缸里有一个折弯的烟蒂。

“等一下，赤木经理会告诉你接客的规矩，我先简单向你介绍一下。”

绫乃的表情严肃起来。

“请回答我。”

“哦，好。”

“首先，必须全心全意让客人舒服。从迎接客人到最后送客，一秒也不能松懈。如果以为只要让客人射精就大功告成，就大错特错了。只要偷懒，客人绝对会感受到，真切到令你感到害怕。这点一定要铭记在心。其次，这是有关技术的问题。从今天开始，早上也好，晚上也可以，每天都要练二十次伏地挺身和下蹲。无论再累，都要坚持。干我们这一行的，为了让客人舒服，控制压在客人身上的体重分量是关键，太轻或太重都不行，必须充分锻炼手臂和腰、腿的肌肉，才能妥善控制。”

“下蹲是什么？”

绫乃站了起来，站在沙发旁，张开双腿，双手抱在脑后，挺直背部，弯曲膝盖蹲了下来，又立刻站了起来。她重复着相同的动作，裙摆翻了起来，大腿都露了出来。她的小腿很瘦，但大腿的肌肉却很有力地跃动着。她做了十次左右，终于停了下来。绫乃并没有气喘吁吁的，而是面无笑容地问：

“懂了吗？”

“……哦。”

“回答我。”

“是。”

绫乃的眼神缓和下来。

不一会儿，赤木经理回来了，立刻为我开始新人进修。所谓新人进修，就是在实际接待客人的浴室，面对充当练习对象的男人，实习如何服侍客人。

我跟着赤木经理走向浴室。绫乃也跟了过来。

首先要在更衣室换上工作服。更衣室的地上铺了地毯，还放着床、梳妆台、电话和音响，感觉像是一间小型单人房。工作服是有点像浴衣的薄质尼龙和服，只遮住腰部而已，大腿都露了出来，穿在内衣裤外。绫乃也换上了工作服。

在更衣室旁的浴室有两坪多大，铺着黑色瓷砖，浴缸差不多可以容纳两个人。正面的墙壁上，是一大面镜子，映照出我们三个人。右侧的墙壁上，竖着一块像海滩垫的东西。

我们回到更衣室，终于开始进修。首先要学习迎接客人的方法和脱衣服的方法。练习的对象不是别人，正是赤木经理。绫乃把赤木经理当成客人，示范给我看。

绫乃温柔地脱下赤木经理的衣服，也脱下自己的工作服，接着脱下内衣裤，不时露出羞涩的眼神。即使在我这个女人的眼中，也觉得她的动作很美、很勾魂。

然后，赤木经理穿上衣服。这次轮到我了。我用生硬的动作重复了好几次，好不容易脱下了赤木经理的衣服，自己也一丝不挂。终于及格后，才走进浴室。

绫乃再度示范。她让赤木经理坐在椅子上，将肥皂在手上搓出泡沫后，均匀抹在他身上，赤木经理立刻有了生理反应。

我的心脏猛烈跳动，差一点昏过去，然而他们却不以为然地继续进行着。

“雪乃，你有在听吗？”

绫乃瞪着我。

“……有。对不起。”

“等一下就轮到你了。”

“好。”

我抿紧嘴唇。绫乃继续进行着。我站得笔直，仔细地看着绫乃的举手投足，仔细记住她说明的每一句话，完全忘记自己身上没穿衣服。

椅子的部分结束后，接下来是用海滩垫进行服务。赤木经理平躺在海滩垫上，绫乃将肥皂泡抹在自己身上，然后，趴在赤木经理的身上，用胸部和腰在他身上摩擦，右手不时抚摸着赤木经理的命根子。

我一言不发地看着眼前的光景。

“雪乃，听好了，这时候的体重控制很重要。如果不锻炼自己的手脚，只会让客人感到不舒服。”

“是！”

在绫乃示范结束后，终于轮到我了。我在赤木经理和绫乃一个动作、一个动作的教导下，总算大汗淋漓地完成了。我的手臂和腰腿肌肉极其酸痛，抽筋了好几次。有生以来，我第一次这么拼命。最后，由我在上面。当我在绫乃的指导下，加快腰部动作时，躺在海滩垫上的赤木经理突然发出呻吟，把我的身体推开。同时，温热的液体从我的下腹冲向胸部。

“啊哟，赤木经理！”绫乃欢呼起来。

赤木经理盘腿坐在海滩垫上，垂头丧气地叹着气。

“啊，怎么会这样……我竟然会受不了。”

他落寞地喃喃说道。

绫乃抱着我的肩膀。

“你好厉害，竟然让赤木经理射精了。”

我莫名其妙地看着绫乃。

“在这一行，作为练习对象的男人绝对不能射精，否则会变成假公济私。对经理来说，这是最屈辱、最丢脸的事。所以，雪乃，这件事不能告诉别人。”

“绫乃，你会帮我保密吗？”赤木经理抬起头。

“我会保密，但你欠我一个人情。”

“雪乃呢？”

“我也不会说。”

“谢啦，太好了！”

赤木经理对我做出作揖的动作。

“你也欠我一个人情。”

听我这么说，赤木经理和绫乃异口同声地笑了起来。

第二天，我就去上班了。下午五点到店里后，和休息室里的其他土耳其浴女郎打招呼后，领到一个装着乳液和毛巾的篮子。

这天，除了我以外，还有其他六个土耳其浴女郎，有几个比我更年轻。绫乃五点半左右才姗姗来到。六点之后，客人陆续进来了，指名绫乃。绫乃走出休息室。其他土耳其浴女郎也陆续遭到点名，最后，休息室内只剩下我一个人。一种近似焦虑的心情越来越强烈，我很担心永远没有客人找我。

七点多的时候，终于有了第一名客人。是四十多岁的上班族。我满脑子不安，都在担心万一搞错步骤怎么办？万一无法满足客人怎么办？万一客人生气怎么办？根本无暇害羞。正式面对客人时，身体却不由自主地动了起来，当我回过神时，已经在送客了。我完全想不起来自己到底做了什么。

在整理浴室时，我觉得这种感觉似曾相识。仔细一想，才发现和在杂饷隈的超市收银台同时使用三条传输带时的那种充实感十分相似。

“雪乃，情况怎么样？”

“应该没有问题。”

“刚才的客人临走前，问了你的名字。下次会点你的名哦！要记住客人的长相。”

“是！”

“很好！”

赤木开心地笑着走出休息室。这时，戴着领结的男人走了进来。就是昨天擦地的男人。

“雪乃小姐，麻烦你了！”

这一天，我服侍了三位客人。每个人入浴费五千日元，外加八千日元服务费。我可以领到七千日元。第一天，我就领了两万一千日元。前一天，我领了五万日元预支金。只不过短短两天的时间，就赚了七万多日元，远远超过了我当老师时的月薪。

那天，直到深夜十二点才下班。我搭店里为我安排的出租车回到杂饷隈的公寓。出租车很贵，但第一个星期由店方支付。

一踏进家门，就觉得肚子饿得咕咕叫。在店里的时候，可以利用接待客人的空当儿吃饭，但我根本吃不下。我烧了开水，泡了一碗面。吃着冒着热气的面，我觉得自己可以胜任这个工作。

填饱肚子后，顿时产生了睡意，很想倒头就睡，但还是咬咬牙，在地上做伏地挺身。虽然每做一次就休息一下，但仍然按绫乃的指示，完成了二十次。然后，慢慢做了二十次下蹲。我气喘如牛，手脚都在发抖，一天总算结束了。

一个星期后，我离开杂饷隈的公寓，搬到住吉的公寓。搭出租车，只要五分钟就可以到南新地。

每个星期二，大家都会以绫乃为中心，交流新的服侍技巧。由赤木或绫乃介绍新的技巧，或是由土耳其浴女郎讨论自己的创意。虽然并没有硬性规定每个人都要参加，但几乎所有“白夜”的土耳其浴女郎都会参加。我也从不缺席，有时候，也会发表自己的创意，被大家采纳。

听其他土耳其浴女郎说，“白夜”基本上不录用没有经验的人。即使有相关经验，也只有赤木看得上眼的人才能进这家店。所以，“白夜”的土耳其浴女郎和其他店的土耳其浴女郎对工作的态度迥然不同。

在这里，几乎没有欺侮新人的情况发生。绫乃认为，这应该是赤木经理在暗中发挥了作用。

从第二个月开始，点我名的客人渐渐多了起来，也有人是听到别人的议论上门的。我终于可以轻松自如地完成伏地挺身和下蹲动作，也学会了控制体重的技巧，经常受到客人的称赞。差不多是在那段时间，我和绫乃一起搭档玩 3P。

所谓 3P，就是两个土耳其浴女郎服侍一个客人。由于必须付加倍的钱，而且如果配合不佳，就无法达到物超所值的效果，因此赤木迟迟不肯答应，但在绫乃的强力说服下，终于答应引进。没想到很受客人好评，一个星期后，我们还接受了街头晚报的采访。我和绫乃两个人哈哈大笑，看着标题为“绫乃、雪乃，锐不可当的美女搭档”的体验报道。报道中提到了我曾经是中学老师的事。这是我在采访时，不小心说漏了嘴。

这篇报道刊登后，客人经常半开玩笑地问我："听说你以前是中学老师？"

每次听到别人这么问，都令我感到很不是滋味，但我从来没有表现出来。令人讽刺的是，从此之后，冲着我来的客人突然暴增。由于被点名，我可以领到的报酬也会增加，因此收入也急速增加。第二个月，我的月收入就超过了一百万日元。

第三个月，点名要我服务的客人大排长龙，必须事先预约。虽然也有其他店来挖角，但我总是一笑置之。

当我结束一天的工作，正准备离开时，店里的一名店员叫住了我。

"经理找你。"

"是吗？谢谢你。"

今天的薪水我已经领了。到底有什么事？我倍感不安地走进经理室。

赤木正在办公桌前看账簿。他戴着眼镜，手上夹着一支已经点了火的烟。

"经理，听说你找我？"

赤木抬起头，熄灭手上的烟，摘下眼镜。

"原来是雪乃。不好意思，耽误你下班了。"

"有什么事吗？是客人投诉？"

"不是……"

"请你说清楚。我一定努力改正。"

赤木点了两次头。他打开办公桌的抽屉，从里面拿出一个褐色信封。信封很厚。他拿着信封，走了过来，站在我面前。他的表情变得柔和起来。

"雪乃，我知道你很努力。"

"什么？"

"你八月的业绩是第一名。所以，这是额外的奖金。"

赤木双手拿着信封递给我。我张着嘴，轮流看着赤木的脸和信封。

"拿着吧。雪乃，这是你靠自己的身体赚的钱。"

我拿着信封。信封很重。

“我……第一名？”

“对，雪乃，你终于成为了这家店的红牌。恭喜你。”

赤木伸出手。我握住了他的手。

“谢……谢。”

“就是这件事。路上小心。”

“好，我告辞了。”

我走出经理室，走路的时候，感觉轻飘飘的。

我是红牌，我是第一名。

我在嘴里喃喃自语着，浑身充满了前所未有的充实感。

5

“学生……松子姑姑是学校的老师吗？”

“是国文老师。”

“该不会是……”

“大川第二中学，你知道吗？”

“二中。我就是读那里的，龙先生，原来你是我的学长。”

龙先生脸上浮现出笑容。

“松子姑姑是怎样的老师？”

“很漂亮。不光是男生，就连女生也都很喜欢她。有一个女生刚好住在松子家附近，每天一起到学校。她还为此向其他同学炫耀呢。”

“是哦，惹人厌的松子这么受欢迎吗？”

我狠狠地瞪了大仓修二一眼。

大仓修二转过头。

“松子姑姑当了多久的老师？我听说她失踪了。”

龙先生扭曲着脸。

“应该是她当老师第二年的五月。全都怪我。松子的人生被我毁了两次，第一次就是那个时候。”

“她失踪是因为……”

“那个，”大仓修二插嘴说，“我有点事……”

他举起右手，瞥了龙洋一一眼，转身跑了。他打开家门，走了进去，回头看了我们一眼，用力关上门。

他在搞什么？

我将目光移回龙先生身上。

“龙先生，你等一下要去哪里？”

“没有想好。”

“那我们边走边聊吧。”

我们不约而同走向荒川。

我一边走，一边瞥着龙先生。龙先生心不在焉地看着地上。

“我刚才也说了，我直到最近才知道松子姑姑的事。我老爸叫我来整理时，老实说，我心里很不乐意，因为我们从来没见过面，感觉就像陌生人。但我女朋友，她叫明日香，不知道为什么，她很在意松子姑姑的事，所以就陪我一起来了。”

“就是上次和你一起来的女孩子吗？”

“对。”

“今天怎么没有来？”

“她回老家了。”

“是吗？”

龙先生抬头看着天空。我也抬起头。公寓的阳台上晒着被子。有两条大被子和一条小被子。

“龙先生，你也是大川市出生的吗？”

“对，十五岁以前，我都在那里。”

“之后呢？”

“因为伤害事件，进入佐世保的少年感化院。十八岁去了博多，参加了当地的组织……”

我和龙先生绕过托儿所，走上荒川的堤防，经过外侧的道路，走上堤防的石阶。当我站在堤防顶时，停下了脚步。

我们并排站着，看着荒川的流水。

“当我听说松子姑姑看着这条河流泪时，突然觉得她不再是陌生人。”

“和筑后川很像。”

我抬头看着龙先生的侧脸。

“对吧？”

我又将视线移回河面。

“在那片土地上生长的人，只要站在这里，都会有相同的感受，然后会怀念自己的故乡……想到松子姑姑是抱着怎样的心情站在这里流泪，连我都忍不住难过起来……”

一阵风吹来，吹动着堤防的绿意。

“我想进一步了解松子姑姑。想知道她过着怎样的人生，才走到这一步……我不知道该怎么说，只是觉得，如果可以了解松子姑姑，她应该也会比较高兴。”

龙先生缓缓点点头。

“松子无论是辞去教职，还是失踪的事，都是因我而起。那是在我发生伤人事件进入少年感化院前不久的事。我在修学旅行的旅馆偷了钱。虽然我家很穷，但当时我并不缺钱。只是看到有人把钱随意放在那里，就忍不住偷了，完全没有罪恶感。相反的，还觉得最好让校方伤脑筋，因为我在学校向来被视为问题学生。但偷窃事件立刻被发现了，在教师中也引起了很大的风波。担任班导师的松子可能猜到是我干的，于是就来找我，问我真相。我假装不知道这件事。松子或许觉得自己有责任，就说是自己偷的，并赔偿了店家，终于使事情落幕了。然而，这件事还是被校方知道了，真的当成是她偷的……松子来到我家，要求我认罪。当时，她已经被逼到绝路了。我冷淡地把松子赶走了……马上打电话给学校，说川尻老师刚才来我家威胁我，要我帮她顶罪……”

龙先生痛苦地停顿下来。

“你讨厌松子姑姑吗？”

“才不是这么回事。我喜欢她，也暗恋她。至今我仍然搞不清楚当时为什么会那么做。也许是因为自己喜欢的女老师认定自己是小偷，觉得自己被她抛弃而感到自暴自弃吧。最后，我的告密成为松子被赶出学校的决定性因素。听说，她之后就离家出走，不知去向了。得知这个消息后，我真的不知道自己做了什么。我既喜欢松子，也痛恨她。想到她竟然为这种事闹失踪，就感到格外生气。

我的脑筋乱成一团，当我回过神时，发现自己已经把其他学校的学生打倒在地。”

“你们什么时候重逢的？”

“那时候，我二十七岁，所以是十二年后。就在东京的市中心。”

“有没有人知道她那十二年期间的消息？”

龙先生看着我的脸。

“松子曾经向我透露过一些，但我不想谈。如果你非知道不可，去问一个叫泽村的女人吧。”

“泽村？”

“就是她告诉我松子住在日出町的。”

龙先生在石阶上坐了下来。

“要不要坐一下？”

我在他身旁坐了下来。

“我坐了十四年的牢，出来后，第一个想向松子道歉，为我两次毁了她的人生道歉。我不认为她会原谅我，但我无论如何想见她一面，当面向她道歉，可是我完全不知道松子的消息，于是我就去找泽村女士，我想，她应该知道松子的下落。当我去找泽村女士时，她大惊失色，狠狠地瞪着我。这也难怪。我跪在地上，泪流满面地哀求她。泽村可能感受到我的诚意，终于告诉了我。其实，泽村女士也已经有二十年和松子没有来往了，刚好几天前偶然遇到，当时听松子提到，她独自住在日出町的公寓，但不知道她的详细地址。”

龙先生站了起来，从屁股后方的口袋里拿出钱包，拿出一张名片：“我已经不需要了。”

我接过名片。上面印着“泽村惠”的名字。头衔是“泽村企画董事长”。

“她是老板吗？”

“她是个很有个性的人，一个女人家，很有魄力和手腕，在业界很有名。”

“她怎么会认识松子姑姑？”

“我无法告诉你。”

我看着名片。

我实在无法将松子姑姑住的破旧公寓，和被誉为业界名人的女老板名片联系在一起。泽村企画到底是什么公司？我好像有看过，却又好像没看过。

名片上出现了阴影。

我回头一看。

两个身穿西装的男人站在那里。

我站了起来。龙先生也站了起来。环顾四周，发现有许多不属于这里的男人。

“你是龙洋一吧？”

其中一个人亮出警察证。

“有事想请教你，可不可以跟我们走一趟？”

“你们怀疑松子的事是我干的？”

刑警们互看了一眼。

“没错。”

“好，我跟你们走。”

“龙先生……”

龙先生看着我的脸，点点头。

“龙先生，你千万不能承认你没做的事。不能把责任感发挥在这种地方。”

“我知道，阿笙，谢谢你。”

龙先生跟着男人走了。走下石阶。我站在堤防顶端，目送着龙先生的背影。龙先生只回了一次头，向我微微欠了欠身。

“你怎么没有通知我们？”

我心头一惊，回头一看，上次那个戴太阳镜的刑警，也就是后藤刑警站在那里。

“杀松子姑姑的不是龙先生。”

“我们会调查清楚的。”

“你们怎么知道他在这里……”

我恍然大悟。

“那个死胡子！一定是他报警的！对不对？”

“我不能告诉你，这是规定。上次的女孩子怎么没来？你被她甩了吗？”

“才不是！”

“你不要那么生气。对了，刚才那个男人给你的名片，可不可以给我看一下？”

我用双手握紧名片。

“不要，除非你带搜查令来。”

后藤刑警耸了耸肩。

“那就算了。我直接问他好了。”

后藤刑警吐了一口气，看了一眼荒川，拍了拍我的肩膀。

“拜拜，小伙子，要胸怀大志哦。”

他丢下这句莫名其妙的话，走下堤防。

我独自站在堤防顶端，看着龙先生给我的名片。回头看了一眼，后藤刑警已经不在了。我拿起手机，拨了名片上的电话号码。电话很快就接通了。

“喂，这里是泽村企画。”

电话里传来柔和的男人的声音。

“请问，泽村惠女士在吗？”

电话的彼端安静下来。

“不好意思，请问你是哪一位？”

“我叫川尻笙。”

“请问有何贵干？”

“川尻松子是我的姑姑，我想请教一下有关她的事。”

“请稍候。”

他似乎有点不太情愿。接着，我听了一分钟左右的钢琴音乐。

“我是泽村。”电话里传来一个慵懒的女人的声音。

“呃，我叫川尻笙。”

“听说，你要问松子的事，你是松子的什么人？”

“侄子。听说，你最近见过松子姑姑，所以……”

“谁告诉你的？”

“一个姓龙的男人。”

“哦，你已经见过他了。我不知道她住哪里，我已经告诉那个男人了。”

“不，地址我知道，我只是想了解你见到松子姑姑时的情况……”

“既然你知道地址，为什么不直接去问她？松子在哪里？我还等她跟我联络呢。”

“那个……松子姑姑死了。”

“什么？”

“松子姑姑已经死了。”

“什么时候？”她的声音低沉下来。

“一个星期前被杀的。”

“被杀？被谁杀的？”

“凶手还没……”

“你没有开玩笑吧？如果你胡说，我可不饶你！”

“没、没有。她真的死了，她的公寓还是我帮忙整理的。”

“是哦……松子死了……”

我听不到声音。

“请问……”

“所以呢？”她的声音高了八度，“你找我干吗？”

“我对松子姑姑一无所知。如果有人知道松子姑姑生前的事，我希望可以见一面，了解一下……”

“那又怎么样？”

“……也许，我可以多了解一下松子姑姑。”

"是哦。"

"你愿意告诉我吗？"

"我的事，是那个男人告诉你的吗？"

"对。"

"他也知道松子死了这件事吗？"

"我已经告诉他了。"

"他有没有说什么？"

"他哭了。说是他毁了松子的人生。"

我听到一声叹息。

"你刚才说，你叫川尻笙？"

"对。"

"怎么写？"

"……竹字头，再加生命的生。"

"原来是笙。真是个好名字。"

"谢谢。"

"四点后，我有十五分钟的空当儿。如果你有空，可以这个时候见面。"

"谢、谢谢你。我去这家名叫泽村企画的公司找你吗？"

"不，我等一下要出去和别人见面。这样吧，你去皇宫饭店的大厅等我。"

"皇宫饭店？"

"就在皇宫的正对面。如果你找不到，就去问警察。下午四点。只要你迟到一分钟，我就走人。"

"请问，要怎么找你……"

"找大厅里最漂亮的女人。那就是我了。"

电话挂断了。

6

昭和四十八年（一九七三年）五月

我回到公寓，立刻打开彩色电视机。今天的深夜剧场要播美国西部片。我看着英俊男主角的特写镜头，脱下衣服，只剩下贴身内衣裤。听着流利的英语和不时传来的枪声，练着伏地挺身、腹肌、背肌运动和下蹲各三十次。脱下内衣裤，站在镜子前，检查自己有没有赘肉，体形有没有改变。洗完澡，为全身擦了乳液后，套上蚕丝睡衣。睡衣的颜色根据每天的心情决定。今天穿的是米色。我从碗柜里拿出杯子，倒了一杯轩尼诗，右手拿着从金库里拿出来的存折，左手握着杯子，躺在沙发上，一边看存折，一边浅酌着轩尼诗。我的一天终于结束了。

存折上显示着我一年前根本难以想象的金额。我真的觉得自己可以造一幢大楼了。

我把存折和今天领的薪水放进金库，点了一支烟，用力吸了一口，慢慢地吐了出来。我听到女人的呼吸声。电视画面上，英俊潇洒的男主角正和性感的女人接吻。我关掉电视，房里顿时恢复了寂静。我喝着轩尼诗，抽着烟，站在窗边。眼下是一片沉睡的街道，以及在黑夜中静静流逝的那珂川。

佐伯俊二邀我约会那天的夕阳、我离家出走的那天早晨、和八女川彻也共同生活的日子，以及对冈野健夫朝思暮想的夜晚，都已经是遥远的过去了。川尻松子这个名字令我感到怀念。如今的我，是“白夜”的雪乃，是众所公认的头号红牌。我有钱，可以买任何想要的东西。再过两个多月，就是二十六岁的生日。去养条小狗吧。

第二天，当我走进店里，看到一个穿着西装的陌生男人。虽然顶着一个鲔鱼肚，但年纪很轻。他的五官轮廓很深，不太像日本人，所以会让人有这种感觉吧。我一眼就看出他不是客人，是因为还没到营业时间，还有就是他肆无忌惮地在店里指手画脚，对店员发号施令。

“早安。”

我和他打招呼。一名男店员告诉男人，这位是雪乃小姐。

男人皮笑肉不笑地看着我。

“哎哟，哎哟，本店的红牌小姐这么早就来上班了。”

我客气地笑了笑，用眼神问旁边的男店员。

“这位是今天开始担任本店经理的吉富先生。”

我屏住呼吸，看着这个名叫吉富的男人。

“我叫吉富，这次，由我负责管理这家店。”

“赤木先生呢？”

“他辞职了。”

“这到底是怎么回事？”

吉富撇着嘴。

“这和你没有关系吧。不管谁担任经理，你只要和以前一样认真工作就行了。”

“但赤木先生一直很照顾我。”

“嗯，总而言之，就是因为他在本店的经营方针问题上，和老板产生了对立，所以等于是被解雇了。”

“解雇……赤木先生日后该怎么办？”

“这我就不知道了，反正也和我们没关系。”

吉富说着，转身离开了，好像无意多聊。

这一天，在休息室内，大家聊的都是有关赤木经理的话题。

“他这个人很顽固，觉得和老板吵架根本无所谓吧。”

“没想到，赤木经理竟然会离开，真的好难过哦。”

“新来的那个叫吉富的，你觉得怎么样？”

“他好像是混血儿。”

“身体那么胖，却有一张像女人一样的脸，真不讨人喜欢。”

“绫乃姐，你有什么看法？”

听到有人问她，绫乃抬起沉思的双眼，努力挤出一丝笑容。

“我更在意的是，为什么会解雇赤木先生？”

“听说是和老板的经营方针对立。”我回答说。

“这家店的经营方针会怎么改变？”

绫乃的话令大家都陷入了沉思。

那天深夜，当我搭出租车回家时，发现公寓前停了一辆车子。那是一辆外形像瓢虫的老爷车。里面坐了一个人。我下了出租车，正准备走进公寓，那个人下了车。是个男人，正朝我走来。我浑身冒着冷汗，正准备拔腿就跑，听到一个熟悉的声音。

“雪乃。”

我停下脚步，回头一看。

“赤木先生！”

赤木缓缓地走了过来，双手插在长裤口袋里。

“你听说了吗？”

赤木的嘴角露出像害羞的孩子般的笑容。

“你怎么辞职了？”

“说来话长。”

“没关系。不要站在这里说话，进来坐吧。”

“不，我向来不去店里女孩子的家里。”

“你已经不在那家店工作了。”

“问题不在这里。今天因为没有机会向你道别，所以才在这里等你。”

我默然不语地凝视着赤木的脸。

“雪乃，谢谢你的照顾。”

“是你照顾我。”

“我干这一行很久了，在新人进修时把持不住的只有那一次，感觉像是把处子之身献给了你。”

我流着泪，笑了起来。

“赤木先生，你日后有什么打算？”

“我打算回老家。”

“你老家在哪里？”

“八云……你不知道在哪里吧，就在函馆的北方。”

“北海道吗？”

“对，北海道。”

“好远。”

“很远。”

赤木温柔的双眼看着空中。满天的星星，没有一朵云。

“真的很远。”他喃喃自语着，叹了一口气。

“反正，就是这么回事。”

“赤木先生……”

“那个叫吉富的，人还不错。”

“哦。”

“多保重。再见了。”赤木转身准备离开。

“赤木先生。”

赤木举起右手，好像叫我别送了。他坐进车子，发动引擎。车前灯亮了起来。他按了一声喇叭。

我对他鞠躬。车子启动的声音，越来越远，终于听不到了。只留下废气的味道。

“谢谢。”我低着头大叫着。

绫乃所担心的经营方针的改变在一个星期后出现了。

那天，进来三个新人。这三个正在大学就读的学生都没有经验，在新人进修时，我示范给她们看，三个人都害羞地聒噪起来。吉富经理规劝她们，这样没办法接客，她们却不以为然。结果，实际接客之后，客人的反应却出乎意料地好。尤其三个人中，客人都点名要那个艺名叫玲子的女孩，晚报也介绍了她。一个月后，她超越了我和绫乃，成为店里的头号红牌。

玲子二十岁，圆脸、短发，一看就是学生。笑的时候，弯成半圆形的眼睛和若隐若现的虎牙很可爱。但据晚报的介绍，“一旦她脱下衣服，一百七十公分的高挑身材和像两颗哈蜜瓜般的丰满乳房，以及圆圆的白臀，绽放出神圣的光芒。玲子小姐的幼齿脸蛋和性感身材的不协调，强烈挑逗着男人的色欲”。

有一次，客人指名我和玲子一起玩3P，玲子完全不用技巧，只是听任客人的摆布，一味发出令人忍不住想捂住耳朵的娇喘声。需要体力的服务完全都由我承担。之后，那个客人开始单独指名玲子。

以前，有一位老主顾经常指名绫乃和我双人组玩3P，这位开朗的老板经常说，来这里玩一次，可以保持一个月的锐气。我正在想，这位客人好久不见了，结果发现被玲子抢走了。至于我为什么知道，当然是因为玲子“好心”告诉我的。

“雪乃，今天我可以去你家住吗？”

我正在收拾东西，准备下班时，绫乃问我。以前从来没有这种情况。

“我有事想和你聊。如果你方便，想请你听一下。”

“好啊。”虽然我对她突如其来的要求感到纳闷，但还是答应了。

我们一起走出店里后，看到南新地的巷子内，霓虹灯都熄灭了。每家店都打烊了。小巷内，到处都是等人的出租车和高级车。通常，出租车都等在店门口，高级车停在离店有一小段距离的街角。开高级车的通常都是土耳其浴女郎的小白脸。有人来接的土耳其浴女郎趾高气扬地坐上高级车，没有人接的土耳其浴女郎和员工则三三两两地走向出租车。眼前的光景，散发出一种疲劳感。

我和绫乃随便叫了一辆出租车。

“住吉的精华女子高中。不好意思，这么近的距离。”

我对司机说。司机确认了一次：“是精华女子高中吗？”就把车子驶了出去。

到了精华女子高中后，在下一个十字路口右转，往前行驶不久，就到了我住的公寓。深夜的路上没什么车子，一转眼的工夫就到了。我付了出租车钱。

进门后，绫乃先卸了妆，洗完澡。她带了贴身内衣裤，我拿了一套蚕丝睡衣给她。

接着，我也洗了澡。换好睡衣回到客厅时，绫乃站在窗前，看着窗外。

“这里可以看到那珂川，好漂亮。”

绫乃笑着离开窗户，在沙发上坐了下来。

“绫乃姐，要不要喝酒？”

“你有白兰地吗？”

“有轩尼诗。”

“太好了，对了，今天晚上你不要叫我绫乃姐，就叫我的本名澄子，好吗？”

我把轩尼诗酒瓶和杯子放了下来，看着绫乃的脸。

“那你也不要叫我雪乃，叫我松子。”

“当然……没问题。但是学生时代，大家都叫我小澄。”

“哇噢，太好了。那我就是小松。”

绫乃，也就是澄子笑了起来。

我在澄子的对面坐了下来。把轩尼诗倒进杯子，举了起来。

“小松和小澄，为女人的友谊干杯！”澄子用开朗的声音说道。

“为女人的友谊干杯！”

我们的酒杯碰在一起，发出清脆的声音。

澄子举起杯子，一饮而尽。她皱了皱眉头，拼命地眨着眼睛，然后瞪大眼睛，重重地叹了口气。

“赤木先生是不是也来找过你？”

“是。”

“小松，现在不需要回答‘是’。我们不是寻常的关系，已经把彼此身体的每个角落都看透了。”

我忍俊不禁：“那倒是。”

“对啊，不需要装模作样。”

“绫……澄子，赤木先生也去找过你吗？”

“对啊，突然来我家，说多谢我的照顾。我哭了出来，很想把他拉进自己的家里。”

“但是赤木先生却不愿意进去。”

“对。他这个人不懂得通融。虽然从事这一行，做事却很一板一眼。不愧是昭和初期出生的人。”

“这就是他的优点啊。”澄子笑了起来。

一阵沉默。

我连续喝了好几口酒。

“我，”澄子凝视着杯子说道，“我想辞去那家店的工作。”

我并不感到惊讶。

“一到二十八岁，无论精神和肉体上都变得很吃力。”

“好寂寞，绫乃姐……”

“叫我澄子。”

“你离开这里，辞职以后，有什么……打算？”

“先回老家仙台。我爸妈还在，只是他们还不知道我在这里当土耳其浴女郎。”她的嘴角露出自嘲的笑容。

然后，迅速抬起眼睛。她的眼中，露出像少女般的光芒。

"我有一个梦想。"

"梦想？"

我探出身体，似乎被这句话的光芒吸引了。

"什么梦想？"

"我想开一家小餐厅。虽然赚的钱不多，但可以长长久久，即使再过三十年、四十年，等到我变成弯腰驼背，步履蹒跚的老太婆，也可以继续开。你不觉得很棒吗？"

澄子说得手舞足蹈。我也不禁兴奋起来。

"太棒了，真的太好了。如果你开店，记得通知我。我一定会去。"

"当然，我会第一个通知你。"

"好羡慕你，有这么明确的梦想。"

"小松，你呢？你对自己的将来有没有什么打算？有没有梦想？"

"梦想……我的梦想……"

我陷入了思考。虽然我很努力地想，却想不出来。于是，我挤出一丝笑容。

"我还要留在这里继续努力一下。然后，存点钱……对，结婚，生个孩子……很普通啦。"

"结婚、生孩子……好羡慕哦。"

澄子很感慨地说。

"松子，你知道赤木先生是单身吗？"澄子漫不经心地问。

"是吗？"

"听说，他太太十五年前生病死了。"

"孩子呢？"

"好像没有。"

澄子看着我："赤木先生喜欢你。"

我笑了起来："怎么可能？"

"当然，他不会因为这样对你特别照顾，他不是这种人。但我可以察觉到，他对你有意思。”

“是吗……”

“要不要去找他？”

“什么？”

“赤木先生还在博多。”

“是吗！？”

“但好像明天就要出发了。”

“北海道。”

“对，他会搭飞机去东京，再搭火车。所以如果你想去追他，只有明天而已。”

“……我去追他，这……”我不知道澄子为什么突然说这些话。

“你有没有把赤木先生当男人看过？”

“我……只把他当成很值得依赖的兄长或是父亲。”

我说不下去了。从自己口中说出的“父亲”这两个字投射在我的心头，我的心脏开始剧烈跳动。

“明天十六点三十分，福冈出发前往东京，东亚国内航班三二六班次……啊，真讨厌。”澄子怄气地说完，斜眼瞪着我。

我瞪大了眼睛：“赤木先生告诉你的吗？”

“对，他叫我告诉你。其实，我今天来，就是专程说这件事的。”

我说不出话。

“你终于知道了吧？赤木先生希望你去找他，但他直到最后，都无法自己说出口。所以就轮到我出场了。”

困惑和怒气同时涌上心头。

“赤木先生……太狡猾了。”

“真的很狡猾。总之，我已经转告你了，接下来，就由你自己决定了。”

“我……该怎么办？”

“我也不知道，我唯一知道的是，这种工作，不可能永久持续。”

“小澄，如果是你，你会怎么做？”

“那还用问，当然去追他喽，再用绳子绑住他的脖子，绝对不让他逃走。”澄子开心地笑了起来。

翌日正午前，我就醒了。澄子没有吃早餐就走了，没有再提赤木先生的事。我独自留在家里，不想吃东西，也没有看报纸。只是坐在那里发呆，思考着自己的想法。我什么都不知道，时钟的针无情地走着。

已经下午三点了。如果要去福冈机场，现在还来得及。

我洗了澡，换好衣服，化了妆，用电话叫了出租车。听到出租车的喇叭后，走出家门。

我看着电梯的灯，眼前浮现出赤木的脸。走出公寓，出租车的门开了，我坐上车了。

“请问要去哪里？”司机问我。

我吸了一口气，闭上眼睛。

“南新地。”

绫乃走进休息室，一看到我，便露出苦笑，似乎在说：“真伤脑筋。”我站了起来，走到绫乃的面前。

“绫乃姐，昨天谢谢你，对不起。”我低着头道歉。

“雪乃，这是你的决定。我没资格说什么。”

绫乃露出慈爱又同情的眼神。我抬头看着时钟，已经傍晚五点多了。

“现在，他正在云端上。”她落寞地喃喃自语着。

一个星期后，绫乃辞职了。她回仙台的那一天，我去机场送她。我是唯一为她送行的人。在即将出发之际，绫乃泪流满面，我也忍不住哭了起来。我和绫乃握着手，约定要相互写信，才终于分手。

继绫乃之后，又有好几个土耳其浴女郎辞职，店里的一个男店员也没来上班了。不知不觉中，我成为“白夜”里最年长的土耳其浴女郎。同时，行之多年的学习会也停止了，因为吉富经理宣布：

“现在是清纯的女孩子更受欢迎，不需要卖弄手指的技巧。”

我的老主顾接二连三被玲子和其他新来的年轻女孩抢走了，我在休息室等待的时间越来越久了。那个月的收入是一年来第一次不到一百万日元。

“雪乃，你一个月可以赚多少钱？”

这两个月来，几乎每周都来点我名的男人在临走时问我。他年纪三十岁左右，个子很高，有着拳击手般肌肉发达的体格，充满野性。他总是穿着暗色衬衫和白色西装外套，腋下挟着卷起的周刊杂志。他从来不会要求我提供变态的服务，是付钱很爽快的好客人。南国系的黝黑脸庞很帅气，有时候会说一些很有趣的笑话，他不可能缺女人。我知道他可能想挖墙脚，如果是之前，通常会敷衍几句，但这次却老实地回答说：

“一百万日元左右。”

我跪坐在门口准备送客，男人在我面前坐了下来，直直看着我的脸，用低沉的声音问：

“雪乃，要不要和我搭档？”

“搭档？不是挖墙脚吗？”

“我是跑单帮的。”

“搭档后要怎么做？”

“我们一起去雄琴。”

“雄琴？”

“在滋贺县的琵琶湖畔，比这里更好赚。如果是你，一个月赚两百万日元绝对不是问题。”

“你当小白脸吗？”

“我当你的经纪人兼保镖。你坐车时，我负责开车。每天由我负责接送你上下班。三餐也由我准备，如果店里的人欺负你，我不会善罢甘休。你可以安心工作，也可以存到钱。”

“你为什么选我？玲子和其他小姐都很红啊。”

男人轻轻触碰我的肩膀。

“那些女人只是年轻而已，听凭客人摆布，自己也乐在其中，还以为自己真的在工作。我最讨厌那种人，但是雪乃，你和她们不一样。你具有职业道德，或者说是对客人有诚意。我就是喜欢你这一点。”

“你真会说话。”

“我说的是真心话。”

“谁信啊。”说着，我的嘴角放松下来，“好，我会考虑的。”

“下次什么时候休息？”

“星期二。”

男人从口袋里拿出一张纸，随手画了简单的地图，并写下“Dean”的名字和电话号码。

“星期二下午三点，你来这家咖啡店，我等你。”

男人在我脸颊上亲了一下，便转身离开了。

我第一次穿上黑色内衣裤，站在镜子前。及肩的波浪头发是在美容师推荐下尝试的新发型，和黑色内衣裤相得益彰，性感的样子连我自己都忍不住感到脸红心跳。

我心满意足地穿上黑色丝袜和黑色迷你裙，上半身是尖领白衬衫，我打开四颗扣子，胸前的内衣若隐若现。这件衬衫的腰身收了起来，可以将胸部衬托得更加丰满。反折的袖口像鸟的翅膀，也就是所谓的翼形袖口，正是我喜欢的设计。我在衬衫外披了一件黑色蕾丝外套，只扣了腹部的三颗扣子，不经意地强调纤细的柳腰。左手上的罗内•星多雷是一款设计简单的纯银手表，那是一个老主顾去欧洲旅行时买回来送我的，最后，为嘴唇擦上心爱的香奈儿口红。

在黑白色的装扮中，香奈儿的红色格外耀眼。我发现镜子中的红色嘴唇不由自主地露出笑容。

我吐了一口气，拿起白色凯莉包站了起来。穿上黑色皮革高跟鞋，走出公寓。潮湿的风拂过脸颊，抬头一看，天空一片阴森森的。

店里禁止小姐和客人在外面见面。万一被店里知道了，很可能立刻遭到开除。我在约定的时间前往“Dean”咖啡店。我把地图出示给出租车司机，他立刻知道了。

“Dean”是一家感觉像红砖屋的咖啡店，门口挂着星条旗。在可以容纳三辆车的停车场内，停了一辆红色跑车。走进店内，立刻传来美国民谣。

“欢迎光临。”

一个沉稳的男人的声音招呼道。看起来像是老板的瘦男人站在吧台里擦杯子，头发和胡子都白了，但腰挺得很直，穿着牛仔衬衫，很有气派。

店里只有一个客人。他没有坐在吧台前，而是坐在角落的桌子旁。穿着polo衫和棉质长裤，一副轻松打扮。看到我时，露出惯有的笑容，合上正在看的周刊杂志。

我走到男人的桌旁。男人的咖啡似乎还没喝。

“我就知道你会来。”

我还以微笑。

我向老板点了杯冰咖啡。

我从凯莉包里拿出香烟，拿了一支叼在嘴上。我正在找打火机，Zippo打火机递到我的面前。男人打开打火机的盖子，为我点火。我把香烟前端凑了过去，用力吸了一口，看着男人。

“谢谢。”

“不客气。”

男人把打火机丢进衬衫口袋里，神情愉悦地看着我。

“真是惊为天人，我还以为是哪里的电影明星呢！”

“不用拍马屁了。”

“我不是拍马屁。平时都没看过你穿衣服的样子，真是让我刮目相看。”

男人笑了起来。我下意识看了老板一眼，老板默默做着自己的事。我瞪了男人一眼。男人双手合十,做出向我求饶的动作。我轻轻地骂了他一声:“白痴。”

冰咖啡端了上来。我把烟熄灭了，把糖浆和奶精都倒了进去，用吸管搅动后，喝了一口。

“啊，真好喝。”

“对吧？这里的老板真的是行家，和你一样。”

我扑哧一声笑了起来，又喝了一口冰咖啡。男人也拿起杯子喝了一口。

“我叫小野寺保。”

我在嘴里重复着男人的名字。

“我叫川尻松子。”

“松子吗？叫起来很不顺口。”

“如果你喜欢，叫我雪乃就好。”

“那我就叫你雪乃。”

“我要怎么称呼你呢？”

“可以直接叫我小野寺。”

“好，我知道了。”

小野寺轻轻地挑了一下眉毛。

“雪乃，你进入这一行多久了？”

“一年多。”

“那应该赚了不少吧？”

“还好啦。”

“你有拿去利滚利吗？”

“我听银行行员的建议，存了定期。”

小野寺用鼻子哼了一声。

“你还真谨慎，换作我，会去买公债。剩下的钱，就用股票大捞一票。不过，公债应该最可靠吧。”

“你很精通吗？”

“算是吧。以前我曾经在金融相关的公司上班。”

“是哦。”

“如果交给我打理，两年就可以帮你翻一倍。”

“不好意思，我没这个打算。”

“不过，你今天来这里，代表你打算和我搭档吧？”

我犹豫了一下，“对，应该是吧。”

小野寺笑了起来：“我不会让你吃亏的。”

我不发一语地注视着小野寺。

“怎么了？”

“我相信你没问题吧？”

“那当然。”小野寺面露愠色。

我注视着小野寺。

小野寺没有移开视线，迎接着我的目光。

“好，小野寺，我相信你。”

小野寺的表情放松下来。

“既然已经决定了，那就先相互熟悉一下吧。”

小野寺拿起账单，站了起来，低头看着我，温柔地笑着。

“你意下如何？”

“好啊。”

走出咖啡店，我坐进红色跑车的副驾驶座。小野寺帅气地握着方向盘，把车子驶了出去，车子加速时，身体被压到座位上。我看着小野寺的脸庞，心想，以后可能会经常坐这辆车子。

“啊，下雨了。”

雨滴打在挡风玻璃上，而且雨滴越来越多，雨越下越大。雨刷动了起来。

“可能会下雷阵雨。”

我听着雨刷有规律的声音和轮胎驶过水洼的声音，呆呆地看着窗外。

陌生的街道。我完全不知道自己身在何方。

我坐在座椅上时，意识突然模糊起来。梦想和现实的境界渐渐模糊的那一刹那，一张苍白的脸掠过脑海。寒冷的夜晚，任凭雨点打在脸上……

“你怎么了？”小野寺的声音问道。

“什么？”

“你刚才不是叫了一声‘不要’？”

“　　没事。我好像睡着了。”

“做噩梦吗？”

“差不多。”

“如果有什么事，尽管告诉我，我们以后是搭档。”

“都是下雨的原因。”

“下雨？”

“下雨总是没好事。”

“是吗？”

“……”

车子行驶了一段时间，小野寺转动方向盘，车子驶进了宾馆。

走进四面墙上都镶着镜子的房间，他突然亲吻我，用力抱着我，在我的耳边嗫嚅：“我爱你。”我问他：“真的吗？”小野寺一边说：“真的，我爱你。”一边脱下我的衣服。我很顺从地配合小野寺，接受着他的爱抚，觉得好久没有被男人抱在怀里了。好奇怪，虽然为超过一千个男人提供过性服务，虽然曾经和小野寺有过数次肉体接触，却从来没有做爱的感觉。那只是我的工作。最好的证明，就是每当结束时，虽然有充实感，却从来没有得到性的快感，然而，此刻躺在小野寺的下面，就有一种浑身酥麻的兴奋感。

小野寺做爱时很狂野。我时而在上面，时而在下面，在床上翻来覆去，完全没有喘息的机会。我一次又一次地冲向巅峰，以为自己快死了。

小野寺射精后去洗澡时，我在床上躺成大字。意识很朦胧，全身的骨头快融化了。

小野寺洗完澡，就开始穿衣服。

“我们一个星期后出发，你做好准备。”小野寺说，“你要睡到什么时候？赶快去洗澡。”

我摇摇晃晃地听从了小野寺的指示。

离开九州岛的前一天，我独自坐国铁长崎本线南下。我在佐贺车站下了车，在车站前叫了出租车，告诉司机目的地。

“去大野岛。”

车窗外的光景从建筑物林立的市街渐渐变成郊外的田野风光。到处都可以看到两年前还不曾有的建筑物，道路也已经修整。终于，出租车左转，来到早津江桥前。驶过跨越早津江川的桥后，就是大野岛了。

“桥造好了吗？”我问出租车司机。

“桥吗？”

“就是架在筑后川上，连接大野岛和福冈县本土的桥，很久以前不是就造了吗？”

“哦，原来是新田大桥。桥梁工程已经大致完成，但要到明年春天才会通车。”

“这么说，现在过筑后川，仍然要坐渡船吗？”

“这位小姐，你是大野岛的人吗？”

“对，我已经有两年没回来了。”

“原来这一带也有改变啊？”

“对，信号灯好像变多了。请在下一个路口右转。”

司机等对向来车经过后，右转进入好不容易可以容纳两辆车的小路。

车子沿着我离家出走的路逆向行驶着。当时我骑自行车，花了一小时才到佐贺车站。那已经是遥远过去的事了。

我看到了熟悉的红色瓦屋顶。我从凯莉包里拿出太阳镜，戴在脸上。

“请在那幢两层楼房子前停一下。”

车子停了下来。

“我马上回来，请在这里稍微等一下。”

我拿着凯莉包下了车。站在家门前，抬头看着。睽违两年的家。已经老旧的木造两层楼房。

两只黑鸟交错飞过，停在屋顶上方的电线上。尾翼很长，肩膀和腹部都是白色，是喜鹊。这是我从小熟悉的鸟，但我从来没有在博多看过这种鸟。

家门口没有看到自行车。母亲好像出去了。我站在玄关，拉开门。一股怀念的味道。我拿下太阳镜。地板上的黑斑，柱子上的伤痕，一切都没有改变。

我脱下鞋子，走进屋里。脚步下意识走向放着祖先牌位的房间。

站在祖先牌位前，看到祖父母的照片旁放着父亲的照片。我拿起父亲的照片。

“他真的死了。”

我把父亲的脸印在脑海中，把照片放了回去。

祖先牌位旁的壁龛，放着一个纸箱。暗绿色的盖子上印着茶的品牌，但文字已经剥落了，看不太清楚。我蹲了下来，把箱子拉出来。箱子很重，打开盖子后，发现里面装满了笔记本。最上面的笔记本封面用钢笔写着“昭和四十六年”。是父亲的字。下面的笔记本上写着“昭和四十五年”。我打开“昭和四十六年”的笔记本，是日记。我完全无法想象，父亲竟然有写日记。

我寻找最后一篇日记。是昭和四十六年八月二十七日。

早晨起来，就觉得不舒服。没有食欲，难道是夏天的关系？

没有松子的消息。

无论前一天，还是再前一天，最后一句话都是“没有松子的消息”这行字。

继续往前翻。我翻页的手渐渐颤抖起来。我离家出走的那一天，父亲到底写了什么？

“谁？”

我下意识地合上日记。回头一看，一个穿着围裙的年轻女人站在那里，萝卜从她手上的菜篮里探出头来。她戴了一个玳瑁的发箍，黝黑的瓜子脸，五官还残留着稚气。她绝对算不上是美女，但她紧闭嘴唇，眼神有一种威严。

“你在干吗？怎么可以擅自走进别人家里……”女人倒吸了一口气，“你……该不会是松子姐吧？”

我把日记放回纸箱，站了起来，戴起太阳镜，把头发拨到后方。

“你不用担心，我不是回来找麻烦的。”

“呃……幸会……我是纪夫的……”

“我不想听。”

我从凯莉包里拿出信封，递给女人。

“这个代我交给纪夫，说我连利息一起还给他了。”

女人放下菜篮，看看我的脸，又看看信封，接了过去。

“你可以看。”

女人看了信封里的东西，顿时瞪大了眼睛。

“这么多……”

“你不必在意，对现在的我来说，这只是小钱。”

“姐姐，你到底……”

“你不用叫我姐姐，总之，记得交给他。”

女人用双手把信封还给我：“我不能收。”

我用鼻子哼了一声：“你在说什么？这是我还给纪夫的钱，和你没有关系。”

“当然有关系，我是他的妻子。我从来没有听他提过这件事，不能擅自收下这么一大笔钱。”

“你太自以为是了！”我把信封打在地上，举起手。

女人露出怯懦的表情，但随即睁大眼睛，握着拳头，把脸伸到我面前。

“你想打就打吧。但这些钱请你自己交给他！”

我甩了女人一巴掌。

女人叫了一声，用手摸着被打的脸颊，用充满怒意的眼睛看着我。

我握起右手，再度挥起手。

就在这时，一阵慌乱的脚步声从楼梯上滚落下来，冲进房间，站在我的面前。

我的身体好像被铁链绑住了，动弹不得。

“久美……”

“果然是你。”

久美张着嘴，痛苦地呼吸着。苍白的圆脸肿得很难看，但遗传母亲的那双眼睛依然美丽。她用那双眼睛凝视着我。泪水渐渐涌入她的眼眶，随即从她的脸颊滑落。

“姐姐……你终于……”她的脸挤成一团，就像小孩子即将放声大哭般。她举着双手，嘴里大叫着，抱紧我的脖子。

“太好了，姐姐回来了，姐姐回来了！”

久美的味道。从小所熟悉的久美的味道。

“姐姐，姐姐回来了！”

久美的叫声刺入我的脑髓。

我发出惨叫，一把推开久美。久美跌倒在地上。

“久美！”

女人冲向久美，把久美抱了起来。

“你干什么？！久美是病人！”女人尖声叫着。

久美做出不知道是在哭还是在笑的表情，大叫着：“姐姐回来了！”

我搞不清自己到底在干什么，只感到十分可怕。我不知道自己害怕什么，也不知道为什么感到害怕。但颤抖从脚底爬上背脊，我几乎快抓狂了。

我冲了出去，慌忙穿上鞋子，跌跌撞撞地冲出家门。背后传来久美哭喊的声音："姐姐，姐姐。松子姐，你不能走，快回来。姐姐，姐姐……"

我用双手捂住耳朵，跑了起来，坐上等在门口的出租车。

"走吧，快走！"

"去哪里？"

"别管了，先开车再说！"

车子发动了。

我转过头，拿下太阳镜。

女人和久美冲出家门，两个人都光着脚。女人看着我，从背后抱住久美。久美张大嘴，大声哭喊着。她们的身影越来越小，渐渐远去。

我再也不会回到这里。

我没有理由回来，也无家可归。

第三章 罪

1

昭和四十九年（一九七四年）一月

我坐进副驾驶座后，用力将车门关上。一个粗哑的声音在弥漫着酒臭的空气中响起。

“辛苦了。”

小野寺将“Lark”的烟盒递到我面前，我抽出一根，叼在嘴里。小野寺便用镀金的打火机为我点烟，火焰照亮了他的脸。

“你换打火机啦？”

“这是Dupont的，Zippo太土了，很逊。”

我吐了一口烟，靠在座位上，闭上眼睛。

“能不能帮我把暖气关掉？”

“太热吗？”小野寺伸出左手将暖气的开关关上。送风的声音便消失，只剩下引擎震动的声音，挂上挡后，车子便开始启动。

“听说这里叫作千路林村。”

“那是什么？”

“我也不知道。但是觉得这个名字和这里很搭配呢！”

我睁开眼睛。

大街上的建筑物，不论是外观、大小、颜色都非常不一致，有些是城郭式的建筑，有些又是西洋宫殿式的建筑，还有些是四不像的建筑。

我想起第一次看到这块土地时的情景，那是我坐着小野寺的跑车，展开三天两夜的旅行时，在途中经过的。我们从京都越过逢坂山，穿过滨大津，一边眺望着右边的琵琶湖，一边走国道一六一号北上时，在一望无际的水田的另一头，看见了建筑物的聚落。那些建筑物的外型都非常奇特，是我从未见过的，我心想那里会不会是游乐园。但是就在这时，小野寺开口了。他说那是雄琴的土耳其浴特区，面向大正寺川和琵琶湖西岸的一隅，已成为土耳其浴合法经营的地区，目前已有十家的土耳其浴场，现在还在盖新的店，听说一年后光是土耳其浴场就会超过四十家。

这一带没有一户人家，只有土耳其浴场，还有让员工及土耳其浴女郎住的公寓、汽车旅馆，小白脸聚集的麻将馆，以及让他们祭五脏庙的餐厅。

“是千路林村……啊！”

车子从雄琴的大街上开往国道一六一号。从这里左转越过大正寺川后，有一栋四层楼的建筑。听说这是因为变卖土地而致富的农家专为土耳其浴女郎修建的，我和小野寺就住在里面的二〇二号房。那间房子有两个房间，分别是三坪和二坪四分之一大，再加上铺了木头地板的二坪大饭厅和厨房，还有卫浴和厕所。我住在三坪大的房间，小野寺则睡在二坪四分之一大的房间。

回到屋子里，我将今天赚的钱交给小野寺。小野寺数了数就走回自己二坪四分之一大的房间。我喝了一杯自来水，便回到三坪大的房间，将衣服脱掉，趴在床上。过了一会儿，小野寺也进来了。他坐在我床上开始为我按摩，从我的肩膀、背、腰、腿一直到小腿肚。当我的疲惫消除后，便想要睡觉。

“怎么了？”小野寺问。

“我要睡了。”

“那空调呢？”

“就开着吧！”

小野寺下床，替我盖好棉被，把灯关掉。然后好像就走出房间了。我叹了口气。

又过了一天，我心想。

接近中午时我醒了过来。流了一身的汗，喉咙好痛，好像是忘了关空调。我在内衣外面披上一件毛衣，关掉空调走出房间。

在餐厅的餐桌上，我看见了一张纸条。打开冰箱后，将用保鲜膜包好的三明治拿出来。撕开保鲜膜后，便大口嚼着三明治。里面包着煎蛋和切碎的小黄瓜，以及能使芥末酱充分发挥效用的美奶滋。小野寺看不出来这么会做菜，尤其是他处理鱼时的刀法，真是一绝。

我从冰箱将牛奶拿出，往喉咙里灌。牛奶从嘴角流下，我用手擦了擦嘴。上完厕所后将毛衣脱下，便开始淋浴。

我身上裹着浴巾走出浴室。犹豫了一阵子后，用杯子装满了自来水。从冰箱里取出 0.1 克的小包、掏耳棒和针筒。我用掏耳棒从小包里挖出米粒般的小块儿，丢进针筒里。将针筒中间那根棒子拿出来放进杯子里泡水，然后再放入针筒中，将那一小块儿压碎。再将针放入杯中吸水，用手指搓着针筒。接着我用毛巾绑住左上臂，用手指轻拍血管。右手拿着针筒，将针头贴着我已偾张的血管。

唉！我怎么又想要打了，不可以这样啊。

我抹去那几秒钟的苛责，将针头插入我的血管。然后我将中间那根棒子往后拉，血液便开始逆流，整个针筒都染红了。我用嘴将毛巾取下，慢慢将那根棒子推进去。

我闭上眼睛。

脚底变冷。

全身起鸡皮疙瘩。

头发竖立。

身体飘飘欲仙。

我睁开眼睛。

世界变得多姿多彩。

“喂！你又在注射啊？”

小野寺站在门那里。照理说他今天应该是要一大早就把我昨天赚的钱拿去银行存的。小野寺走回自己的房间，我听见开关保险箱门的声音。他又立刻走回来。

“正好我也想要。”

小野寺很熟练地做好准备后，就往自己的手臂注射。凹陷的双眼开始闪闪发亮，呼吸声也变得急促。

“我们会不会打太多了？”

“这样应该还OK吧！真正上瘾的人一天要打两三次，而且冰毒这种玩意儿之所以对身体不好，是因为会不想吃东西。我们如果都有按时吃东西的话，就没关系。”

“今天你还要去打麻将吗？”

“是啊。”

“你真是打不腻呢！”

“因为也没别的事做。”

“是吗？”

我解开胸前的浴巾，丢到地上。小野寺笑着将我抱起，走进三坪大的房间，倒在床上。

我在店前的转角，从小野寺的跑车下来。

当我走过大街时，似曾相识的两人，上演着似曾相识的戏码。车子全都是国产高级轿车或是进口车。男人穿着意大利或法国制的西装，配上价格好几万日元的衬衫。

我钻进一块黑底上有着“帝王”两个金字的招牌下，“帝王”是我来到雄琴第一次去面试的店。和我一起面试的是一个五十几岁的女人，金发、大浓妆、紫色织有金线的洋装包裹着她丰满的身躯。我告诉她我之前在中洲的南新地工作，她从鼻子里喷出烟，嗤之以鼻地说：“那种地方已经落伍了。”

我听了很生气，叫她一定要看我的技巧。于是我便和一个四十五岁左右的副经理当场真枪实弹演出，那个副经理不到十分钟就射精了。我因此被录用，花名为雪乃，而那个副经理则因此被炒鱿鱼。

即使被录用，土耳其浴女郎之间的竞争是非常激烈的，我还是无法成为第一红牌。经理说雄琴集结了从全国各地而来的经验老到的土耳其浴女郎，包括薄野、川崎、横滨、千叶等土耳其浴繁荣的地方，每天她们都会变出新鲜的花招。在中洲的“白夜”我已是第一红牌，但是在这里，不过是这许多人当中的一人。

不过，即使当不成第一红牌，我的收入还是暴增了好几倍。因为每个客人的单价都很高，而且一天可以给不少客人服务。

这一天我的第一个客人是当地的土财主。肥肚秃头，一笑起来金牙就闪闪发光。打完一炮后，这个秃头便很恶心地笑着对我说：“怎么样？我每个月给你三十万日元，你做我的情妇吧？”

“我要问一问我家里的那个人。”我冷冷地回答后，他的脸一下子就垮了下来，说道：“什么？你也有小白脸啊！算了，我再找别人。”然后就悻悻然离去。这个人在土耳其浴女郎间很有名，听说他很喜欢包养情妇，而他的太太在京都也倒贴小白脸。

第二个客人是出差来大津的上班族。看起来是一本正经的那一型，但是听说他只要出差就一定会去当地的土耳其浴场报到，也是一个好色之徒。我跟他说我也来自博多，他便夸赞我说博多的土耳其浴女郎最热情、最棒。我听了很高兴，便用心地为他服务。

第三个客人是在外面跑的业务员。身材细瘦，脸像青葫芦一样，虽然很年轻却满腹牢骚。而且一上了床还霸道地命令我这命令我那，粗鲁得要命。我快痛死了，拜托他轻一点，结果他气得火冒三丈，我几乎想叫店里的男人来帮忙。

第四个客人一看就知道是个流氓。不知道是哪家店的土耳其浴女郎的小白脸，可能是来这里打发时间吧！或许是因为工作性质的关系，这样说又好像很怪，但是他这种人对女人特别温柔，给的小费也很多，让我可以放松地跟他玩。

第五个客人有点眼熟，他是曾经点名我好几次的常客，也曾对我提出好几次约在外面见面的要求，好像是希望我能包养他。我婉转地拒绝后，他就丢了一句：“我认识你的小白脸噢，你可能不知道吧！他在山科的公寓里包养一个女人，而且是十九岁的年轻女孩，是女学生哦！”

谁会相信他说的鬼话。

每次做完第五个人时，我就感到很疲劳，那个地方都麻了，腿和腰变得好沉重。

第六个人是醉客，满脸通红的四十岁左右的上班族，喝了酒以后反而乖乖地回家了。

第七个客人也是喝醉的，是个年过五十的大胖子。他说他在祇园和同事喝过酒后再坐出租车杀过来的，一副很拽的样子，是我最讨厌的类型。

第八个客人没喝酒，让我松了一口气。好像是一个年轻的学生，不知道是不是因为不习惯这种场所，从头到尾都心神不宁的。

第九个客人又是喝醉的，声音和态度都很夸张，今天真是倒霉的一天。

第十个客人也喝醉了。只要到了这种时间，就不可能奢望客人没有喝醉。每当酒臭扑到我脸上时，我都会暗自在心中大叫“去死吧！”我的精神和肉体都已达到极限，但还是得装出笑脸。

第十一个客人是个年轻的醉汉。他应该是已经快要不支了，一进入更衣室就睡着了。因为这是我的工作，所以我还是得叫他起来，但是叫不醒。当我告诉他时间已经到了时，他竟然哭着说：“今天我本来打算要失去童贞的。”

我嘴里虽然安慰他，但是却偷偷吐舌头庆幸自己逃过一劫。

我送走最后的客人，仔细地淋浴后，又将泡沫舞使用的沐浴乳冲洗干净，这个东西只要残留在皮肤上，皮肤就会立刻变得很粗糙。

我换下工作时穿的衣服，穿上自己的衣服，已经筋疲力尽。经理将今天的薪水交给我后，我走出店里时已经是凌晨两点了。小野寺的跑车就停在距离我店三十米的路边。我一走近，车门便打开。我长叹了一口气，坐进副驾驶座。

“辛苦了。”

小野寺将“Lark”递给我，我摇摇头。小野寺将“Lark”收起来，发动车子。

“你知道吗，听说这里叫作千路林村。”

“那是什么？”

“我也不知道，但是我觉得满搭配的不是吗？”

“千路林村啊。”我看着车窗外，“之前你是不是已经说过了？”

“是吗？我有说过吗？”

“是啊，这是第二次了！”

不，可能是第三次了。

算了……

“明天休假要去哪里？还要去琵琶湖兜风吗？”

“已经看腻了。”

“那去京都玩？”

我摇摇头。

“你累了吗？”

“当然喽！”

“今天赚的钱呢？”

“包含小费十五万日元。”

小野寺吹起了口哨。

“拜托不要吹口哨。”

“对不起。”

“这个月赚了多少？”

“超过两百五十万日元。”

“创新纪录？”

“没错。”

“所以才很累啊。”

“我又买了新的冰毒，这次的货很棒，丢进水里还会发出滋滋的声音。”小野寺愉快地说。

我心想与其给我冰毒还不如让我休息一个月。

即使过了正午我还没起床。我也没吃饭就一直裹在棉被里。小野寺死乞白赖地要求我和他上床，但是我拒绝了。他可能是不高兴吧，出门了。又是打麻将吗？还是会去土耳其浴场呢？难得的休假我却不能陪他，觉得有点不好意思，但是我的身体不听话。

电话铃声响了，我决定不要接，如果是小野寺打来的话，我就骗他说当时我在洗澡。

电话铃声一直响个不停，震耳欲聋。

我下床，披上毛衣走到厨房拿起话筒。

“是谁？”

“是雪乃吗？”

我睁大眼睛，是我熟悉的声音，一个令人怀念的声音。

难道是……

“是赤木先生吗？”

“你还记得我啊？”

“赤木先生？真的是赤木先生吗？”

“是啊，我是赤木，我好像把你吵醒了呢！”

“没关系，我本来就打算起来了。”

“你好像过得不错，雪乃，不，我不知道你现在是用什么名字。”

“我还是叫雪乃，赤木先生，你好吗？现在还在北海道吗？”

“哦，托你的福，我还在北海道，雪乃你呢？”

“我也是……”

“太好了，我放心了。”

“你居然找得到我！”

“我是之前听绫乃说的。”

“啊，绫乃姐！好想她哦，她现在在做什么呢？我好久没看到她了。”

“那个，雪乃……”

赤木的声音变得很小声。

我不知不觉整个身体僵硬起来。

“绫乃……死了。”

我屏住呼吸。

“你骗人！”

“我想还是要先通知你比较好。”

“骗人吧……骗人的吧，赤木先生……开这种玩笑太过分了哦，是真的吗？”

“我不是在开玩笑。”

我低头看着黑色的电话，眼睛盯着转盘上的数字看，心跳越来越快。

“雪乃？”

“……是怎么死的？”

“听说是被男人杀死的。”

我吸了一口气。

“你还记得浅野辉彦吗？”

“浅野？”

“就是‘白夜’的那个年轻人。”

我脑海里立刻浮现出那个擦着地板的年轻男孩的侧面。他只有二十岁左右吧！做起事来很认真，话很少，我记得在工作之外不曾和他说过话。这才想起绫乃辞了“白夜”之后，浅野也跟着没来店里了。

“那个浅野和绫乃姐……？”

“听说在仙台的公寓里同居，不知是从什么时候就开始交往，还是辞了店里工作后才开始的？我想可能是辞了店里工作后才开始的吧！”

“但是为什么浅野要……”

“浅野那家伙沾上了冰毒。”

一股凉意窜入我的背脊。

“听说冰毒使他头脑变得不正常……他一直追杀绫乃到屋外，在大马路上杀死了绫乃。绫乃的胸部被刺，几乎是当场死亡。”

“绫乃姐也注射冰毒吗？”

“不，绫乃好像没有。”

值得庆幸的是，至少绫乃没有注射冰毒。

“雪乃？”

“绫乃是什么时候死的？”

“听说是两个星期前，老实说最近我梦到了绫乃呢，但不是什么好梦，所以我心里一直觉得怪怪的，就在这时候接到了吉富的电话。听说浅野是在注射冰毒之后杀死绫乃的。今天警察还有来店里调查绫乃和浅野。警察可能也会去找你，你就说你和店里没关系，‘白夜’之前就是严禁冰毒的，浅野当时应该还没有注射过，因为沾上冰毒的人一眼就可以看得出来。”

“那浅野现在人呢？”

“在警察局。”

“……”

“本来我也不想告诉你这件事的。”

“不……谢谢你。”

“雪乃，你不要逞强哦，听说雄琴那里的店都很忙，千万不要沾上冰毒哦。”

“……”

“喂！难道你？雪乃……”

“不，我没有。我一直谨记在‘白夜’时赤木先生的教诲。”

“是吗？这样就好。”

“对不起，让您担心了。”

“不要说那么见外的话，听好了，雪乃，如果你有任何困难，不要客气尽管说。我随时都可以过去帮你，我告诉你我的电话和地址，你记一下。”

我照着赤木说的写下来。

“……雪乃，我啊……”

"是。"

"我很喜欢你。"

"嗯。"

"所以我希望你幸福。"

"……谢谢，赤木先生。"

我听见听筒那一头传来的啜泣声，紧接着是很勉强的笑声。

"对不起，说了不该说的话。"

"怎么会。"

"就这样了，要好好加油哦！"

"赤木先生也是，请好好保重。"

"谢谢，再见。"

"再见。"我轻轻挂断电话。

我回到了自己的房间，从梳妆台的抽屉拿出记事本。翻开通讯录，再回到电话旁。我一边看着澄子老家的电话号码一边拨号。

电话大约响了四声，有人来接了。

"喂？"一个中年女人的声音，我觉得很耳熟。

"请问是齐藤家吗？"

"是的。"

"……我是澄子小姐的初中同学，我叫川尻，澄子小姐在家吗？"

"你找她有什么事？"

"那个……听说要开同学会，所以要通知她。"

"澄子已经死了。"

我闭上眼睛，紧咬双唇。

"她过世了吗……"

"是的，她把父母的脸都丢光了，就这样死了。"

电话挂断。

我将听筒放回到电话上。无法动弹。

她明明和我约好要写信的。就只寄了一封搬家通知给我,连通电话也没有。明明还不到半年，我却连绫乃的脸都想不起来了。

我跌坐在地上。

哭泣。

等我哭干了泪水后，环顾房间内。凌乱的床、脱了一地的内衣，还有飘散在空气中若有似无的我们体液的味道、冰箱里的安非他命。到了明天我又要到店里去和十个以上的男人交易肉体，拖着疲惫的身躯回到房间，一觉醒来就注射冰毒，然后和小野寺做爱，再去店里接客。周而复始。我完全体会不到工作的充实感，每天只是身心的消耗。

我在这种鬼地方到底过的什么日子?

那天晚上，小野寺没有回来。

我一整晚都坐在餐桌旁的椅子上发呆。

窗外变亮了。

一道光线射了进来。

空气里的灰尘静静地飘浮在光线中。

我有多少年没看过早上的太阳了？我的身体干巴巴，神经紧绷，没有食欲也睡不着。我知道只要来上一针就可以轻松快活，但是我无法再将杀死绫乃的冰毒往自己身体里注射。也可能是我为对赤木说谎感到内疚。

上午十点多，公寓的门开了，小野寺哼着歌出现了。

小野寺看见我不好意思地笑了笑。

“你怎么起来了？还早不是吗？”

小野寺在水槽漱口，把咳出来的痰吐在排水口，用毛巾擦了擦嘴。

“怎么了？你看起来没有精神，还没打吗？这次的货很棒哦，丢进水里还会发出滋滋的声音……”

“小野寺。”

“什么事？”

“我有话跟你说，你坐一下。”

“怎么了？”

小野寺哼了哼鼻子，在我对面的椅子坐下，他看了我一眼就垂下眼睛。

“干吗那么严肃的表情？”

“我想要辞职。”

“辞什么？”

“工作啊，土耳其浴女郎。”

小野寺的眉毛一下子挑得老高。

“辞了以后怎么办？”

我将双肘撑在桌上，身体往前倾。

“小野寺。”

“啊？”

“你有没有想过去考厨师执照？”

“厨师？”

“这样我们两个就可以开一间小餐馆，我负责招待客人。当然我也会去考厨师执照，也做料理。这样一来，不仅可以赚钱，还可以做长久的生意，怎么样？很不错的主意吧？”

小野寺转向旁边，将手肘放在椅背上。

“开店需要钱吧？”

“那一点钱我现在应该已经存到了吧，应该需要三千万日元吧，只要有那么多钱就可以开一间小店……”

小野寺移开了目光。

我知道我的脸已经变得没有血色。

“小野寺。”我的声音在颤抖。

“你搞什么鬼！”

“存折拿给我看！”

“现在吗？”

“对，现在马上。”

“为什么？你不是说钱都交给我管吗？”

“我想要确认一下，看现在有多少。”

小野寺叹了口气，咂了咂嘴。

“快去拿来给我！”

小野寺心不甘情不愿地站起来，走进自己的房间，不一会儿就回来了。他将手里的存折丢到我面前。

我翻开存折，一直盯着上面的数字看。

我抬起头。

小野寺闹别扭似的转向旁边。

“这是什么？”

“是存款簿啊，你不会看啊！”

“我不是问你这个，为什么我的存款减少了！”

我站起来，椅子便往后倒下，发出很大的声音。

小野寺斜眼瞪着我。

“这也是没办法的啊，现在经济不景气，什么东西都涨价，这里还得付房租，而且冰毒也很贵呀！”

“听起来好像很有道理，可是我每个月赚两百多万日元呀！”

小野寺不高兴地嘟囔着。

“你不要用那种声音掩饰，到底花到哪里去了？”

小野寺露出牙齿笑着说：“不好意思，我打麻将输了。”

“别闹了！”

“真的啦，真的是打麻将……”

“是女人吧！”

小野寺的笑容僵住了。

“除了我以外，你还有女人吧！是花在那个女人身上的吧！”

“喂！你在胡说什么！我怎么可能会有女人！我每天都跟你在一起的啊！”

“听说在山科的公寓里，你养了一个十九岁的女学生？”

小野寺的脸瞬间变得惨白。

我对于小野寺的反应也感到不解，我本以为他会一笑置之，或是对我说句“太可笑了，你在胡说八道什么！”之类的。

然而，小野寺却是脸色铁青……

“……是这样吗？是真的吗？我和别的男人在一起时，你真的去和那个女孩约会吗？”

“不……这个，不是这样的。”小野寺的眼珠子转个不停，似乎不知该如何是好。

我哭倒在床上。

“太过分了……你居然把我用身体赚来的钱花在那个年轻女孩身上……你把我当作什么了！别欺人太甚！”

小野寺蹲在我身旁，抱着我的肩：“不好意思，对不起。”

“不要碰我！”

“我不会再有外遇了，我会和那个乳臭未干的小女孩彻底分手的，从现在开始我就只有你一个，所以拜托你再做一年就好，这次我一定会把钱存起来的，然后我们一起去开小餐馆。”

“不要，我办不到，我累了。肌肤粗糙了，身材也走样了。”

“雪乃你还可以的。哦，对了。”

小野寺站起来，从冰箱将针筒和冰毒拿出来。像往常一样放入针筒里压碎，再用自来水溶解。

“雪乃，不管多累，只要打了这个就会有精神，恢复到原来那个雪乃。”

小野寺将针朝上，于是针筒前端喷出了液体。

我一边摇头一边往后退。

“我不要，我不要再打了……我不要冰毒……”

小野寺用难以置信的眼神看着我。

“为什么？这次的货很棒，和之前的不一样。”

“我不要……我不要再打冰毒了。”

小野寺抓住我的手：“总之试一次吧，你一定会喜欢的。”

“不，放开我。”

“你乖一点。”

“不要！”我打了小野寺一巴掌。

小野寺发出哀号，我便从他的手里挣脱出来。

“雪乃，你这浑蛋！”

我绕着餐桌跑到水槽。将脚边的门打开，抽出带有木柄的刀子，我举起沉甸甸的双手，与小野寺对峙。

小野寺嘴角扭曲，带着冷笑：“喂！把菜刀放下。”

我喘着气瞪着小野寺。

“这下子有趣了，你杀我试试看，你敢杀我就来啊！”

我冲向小野寺，闭上眼睛伸出刀子。

“你不要小看男人。”

我的手腕被抓住、被扭转，无法动弹。小野寺的脸就在我眼前。

“怎么样？你这样有气无力的，怎么杀人啊？”

我心有不甘泪水盈眶，朝着小野寺吐了口口水，口水从小野寺的脸颊滑落下来。

小野寺用怜爱的眼神看着我：“我们也该是分手的时候了。不好意思，请你让我去那个山科的女大学生那里吧，她叫作利香子，利香子之前就说想和我住在一起，而且我也想和利香子定下来。”

小野寺的眼里闪烁着不友善的光芒。

“利香子和你不同，她很老实，又很坚强，而且还很清纯。你知道吗？你明明是个土耳其浴女郎，却还那么傲慢，妓女还要装清纯，装模作样！趁这个机会去找个新男人，重新开始怎么样啊？老实说，有人跟我说要我把你让给他，我可以先和那个人谈好条件吧！这也是为彼此好，对吧？”

“畜生……我要杀你，我要杀死你……”

“白痴！”

我的手腕被掐住，手指失去力道，菜刀从手上掉落到地板上。接下来那一瞬间，小野寺的嘴巴张得好大，发出惨叫声，并放开了我。从我手上掉落下来的菜刀刀尖刺进了小野寺的脚指甲，小野寺蹲下来拔出菜刀，血滴了下来。

“好痛，去死吧，好痛！”

小野寺按住脚痛得在地上打滚，被拔出来的菜刀掉落在地上，整个刀尖都染红了，我捡起菜刀用双手握住，高举过头。

“雪乃、雪乃，医生、帮我叫医生，喂……”

仰望着我的小野寺的脸已经僵硬。我边叫着边从上往下砍他，刀子卡在他的头和右肩之间，我双手握住刀柄，将刀子拔出来，一屁股跌坐在地。小野寺的脖子喷出鲜血，他的眼睛瞪得好大，嘴巴一开一合动着，像是慢动作一样地慢慢倒下。血液配合着心脏跳动的节拍汩汩流出。

“救……救护车……”他发出微弱的声音。

小野寺的手脚开始痉挛。不久后，便停止了。

安静下来了。地板上、墙壁上到处溅的是鲜红的飞沫。我脚边有一大摊血。

我蹲在小野寺身旁：“小野寺……小野寺？”

小野寺没有回应。

我站了起来，将菜刀丢在地上，发出铿锵的声响，我吐出一口气，身体颤抖着。

我的人生就这样结束了吧！

我脱下被血染红的内衣，走进浴室照着镜子。我看见镜子里那个女人散乱的长发披在苍白的脸上，眼睛往上吊，嘴巴微开，脸颊上都是血。

我冲了个澡，将身上的血洗净。从浴室一走出来，就闻到空气中飘散的血腥味，浑身是血的小野寺仍然睁着眼睛倒卧在那里。我心想要不要帮他把眼睛合上，但最后还是作罢。

我回到自己的房间，用吹风机把头发吹干，穿上新买的内衣后开始化妆。我打开衣橱挑选衣服，在衣橱的角落挂着一件灰色的夹克。我将它拿出来，那是彻也的衣服，是他在博多时穿过的衣服，我还没扔掉。

那段时光真是美好。

虽然没钱，但是有彻也陪伴我。即使他常对我施暴，但是他需要我，而我也需要他。现在回想起来，那段日子我们彼此慰藉，为什么会那么美好呢？彻也会像个孩子似的哭倒在我怀里。即使我和其他男人睡觉、打安非他命能得到短暂的快乐，但是我却无法像那个时候一样满足。

我选好了衣服，下半身穿牛仔裤，上半身则穿白衬衫配手织的毛衣，然后再穿上彻也的夹克。这样不伦不类的打扮最像我，是不是啊？彻也。

我将内衣、仅剩的现金、存款簿和其他一些杂物塞进了运动袋里。

我打电话叫了出租车。电话旁放着那张我昨天记下的便条纸，上面是赤木的地址和电话号码。我盯着那张纸看，看了好一会儿，然后我将那张纸撕碎丢进马桶里冲掉。

我听见汽车的喇叭声，拿起包包走到门口，我正要转动门把手时回头看了一眼，小野寺那像假人的眼睛瞪着天花板。

“再见了，小野寺。我也会立刻过去，但不是去找你，再见。”然后我有点犹豫，又追加了一句，“对不起，但是小野寺你也有错。”

我一打开门，阳光便洒进来。我快步走出公寓坐上出租车。

“到雄琴温泉车站。”我告诉司机。

我在雄琴车站坐上火车。南下琵琶湖西岸后，在大津下车。我原本是打算在这里换车，但是我还没决定要去哪里死。

在车站内漫无目的地走着，我走出人潮，站在柱子的背后。嘈杂声不绝于耳。“绿色窗口”的字样映入我的眼帘。

我还没有坐过新干线。新干线还没通到博多，而且当初我是坐小野寺的跑车来雄琴的，所以没有坐过新干线。只在电视上看过的梦幻超特快车，坐上去后只要几小时就可以到东京。

东京。

那是我一次也没去过的大都市。如果能去那里的话，或许会有些转变。或许能逃离我所有的过去。

我在绿色窗口买了去往东京的车票。电车加上对号入座的特快车套票，花了我四千多日元。我从大津坐上东海道本线，在京都下车。从月台爬上楼梯，走过横跨铁路的便桥，再下到写着往东京方向的新干线月台。

下午一点十三分（Hikari 三十二号）开往东京的列车进站了。我心跳加速地踏上了 Hikari 列车。座位在通道左边靠窗，隔壁没人坐。我坐下后，将包放在腿上，Hikari 号便开始慢慢行驶。

我将身体靠在椅背上，脑袋一片空白，不久后便坠入梦乡。

我醒来时，觉得自己做了一个讨厌的梦。

我怎么会梦到我拿菜刀杀人呢？我还记得那个人叫作小野寺，而且我还去做土耳其浴女郎耶，真是可怕的梦。是彻也吗？连那个男孩也出现了，比我小一岁的可爱男孩，还有一个叫作赤木的老头子，脸长得很凶，但是我感觉他是个好人。还有一个人，名字我想不起来了。算了，我该起床了，否则上学要迟到了。

不对。这个震动和声音，我现在是在火车上。为什么？啊！对了，是去勘查修学旅行的目的地吗？还是真正的修学旅行？不是已经结束了吗？

我睁开眼睛。

在车窗的另一头富士山高高耸立着，皑皑白雪覆盖着苍郁的山头，我的睡意全消。富士山美得令我惊叹，我深深为它着迷。

为什么富士山会……难道我还在做梦吗？

我看了看自己的衣服，还有放在腿上的运动袋，又看了看我的手，指甲缝里还残留着暗红色的污垢，这所有的一切都是真实的。

我打心底里感到绝望。

我抓住夹克的领子，将夹克紧紧裹住身体，猛吸夹克上的味道，让我觉得彻也好像和我在一起。我眼眶发热，几乎落泪。

彻也。

我的心快要崩溃了，我无可救药地思念彻也。

于是我决定了自己寻死的地方。

下午四点多，我在东京下车。我找到车站的一位工作人员，向他询问如何去三鹰。我按照他教我的换乘中央线电车，大约过了四十分钟就到了三鹰。当时太阳正要落山。

我从三鹰车站的月台走下楼梯，一走出检票口时，就看到挂着一块周边地图的广告牌，上面写着车站前的商店名称等，我在地图上发现玉川上水就在车站的旁边。

彻也如果是太宰治转世投胎的话，那我就是山崎富荣。为什么当时我没有追随彻也呢？如果当初我和他一起死了的话，就不会遇到这些事情了。不过，没关系。我现在也已经走到终点站了，我也要追随彻也的脚步而去，彻也一定已经等得不耐烦了吧。

我走出车站往左转。沿着步道种植的好像是樱花树，我透过枝叶间往下看，可以看见缓缓倾斜的土坡。在那底下横卧着一条用石材组合建造而成的像是水渠的沟。宽两三米，深一米左右，但是沟里并没有水在流动。太宰当时是在哪里投河自尽的呢？如果要自杀的话，应该水量要很丰沛才对吧！

天色越来越暗，我沿着玉川上水走。不管我怎么走，都看不到标示着太宰治和山崎富荣自杀地点的石碑之类的东西。而且不管我怎么走，水渠里都没有水，也听不见流水声。从樱花树的枝叶间看到的水渠底部，只有附着泥土的干枯树根盘根错节。

难道是我弄错了吗？这会不会是另一条也叫作玉川上水的什么地方呢？

我很疑惑，继续走着。水渠从车站前的商店街来到了整片农田的地方。经过一个小弯道后，进入像是公园的森林。穿过森林时太阳已经完全落下了。因为没有路灯，所以我看不清楚四周。

走出森林后我又走了一阵子，来到了一座石桥前。栏杆上刻着“新桥”两个字。太宰治和山崎富荣的尸体，不就是在新桥旁被发现的吗？听说他们两人的腰上绑了红色的绳子。

我站在桥的正中央，俯瞰着黑暗的下方。在下方三米的水渠里并没有任何声音传来。我只听到偶尔传来过桥的汽车声。

“你在做什么？”

我吓了一跳转过头一看，是个矮胖的男人站在那里。年纪四十岁左右吧，身穿一件灰黑的夹克。个子比我还矮一点，头发剃得很短，脸的轮廓虽然有棱有角，但是他的眼神不知为何看起来有些哀怨，薄薄的嘴唇抿成一条线，向前弯着身体看着我。

“你是谁？”

“我在前面不远的地方开店，因为我没在这附近看见过你，心说你一个人愁容满面地站在桥上，觉得不太对劲……如果打扰了，对不起。”

我转头看着旁边：“如果可以的话，可不可以告诉我……”

“什么？”

“这里是玉川上水吗？”

“是的。”

“太宰治和山崎富荣就是在这里投河自尽的。”

“你也是太宰治的书迷啊？”男人扑哧一声笑了出来，看得出来那个男人松了一口气，他的眼睛望向河底，“是吗？原来是因为没有水，所以和你预期的不一样啊，这里以前也曾经有绿茶色般的水缓缓流动呢！虽然河川不是很宽广，但是河水的颜色却很深，越是河底流动得越快。一旦掉入河里就爬不上来了，所以成了自杀的名地，也称为食人河。据当地的人说，太宰死的时候，那一年有三十具左右的溺死尸体浮上来，小孩子都不敢靠近这条河。是在七八年前吧，上游的取水场被关闭后，水就不流下来了，就变成你现在看到的这个样子。”

“那玉川上水不会有水了？”

“是的。”

我呆若木鸡，扑哧一声笑出来。我受不了了，干脆蹲下来，抱着包一直不停地笑，笑得肚子都痛了，差点喘不过气来，但我还是无法忍住不笑。

我不知自己笑了多久，调整好呼吸后抬起头来，那个男人还站在那里。他脸上浮现出担心的笑容看着我。偶尔驶过的车子头灯照亮了这个男人的样子。

“对不起，因为实在太好笑了，不晓得多少年没有这样笑过了。”

我站起身，将头发往后拢。

“你是九州人吗？”

“你怎么知道？”

“我听你说话的口音，因为我也是在长崎出生的。”

“我虽然算是福冈人，但是我离佐贺比较近。”

“哪里？”

“大川市你知道吗？”

“我知道。那个家具很有名的地方。”

“对，我家就在大野岛，是筑后川和早津江川之间的三角洲。靠近有明海，早上一起来就可以听见远处渔船的引擎声……”

我深深吸了一口气。

“我本来打算在这里死掉的。”

男人点点头。

“你是因为这样才和我说话的吗？”

“即使不可能投河自尽，但是从这里跳下去也会受重伤，如果不能动弹的话，或许会冻死在这里。”

“谢谢，不过现在已经不要紧了，我已经不想死了。”

“你有地方住吗？”

“我可是打算来这里寻死的啊。”

“如果你不嫌弃的话，就来我家吧？”

“这样对你家人不太方便吧。”

“我独居啊。家里虽然很小，但是还有地方睡。”

我看着男人的脸。

男人不好意思地将目光移开。

“你不要误会，我并没有别的意思，只是想你会不会正愁没地方住……”

“我知道了。”

男人看了看我。

“谢谢，既然你这样说，那我就叨扰了。”

“我叫作岛津贤治，可以请问你的名字吗？”

“我叫作雪……”

“雪？”

“不，是松子。我叫作川尻松子。”

岛津贤治的家是一间理发店。店前的三色旋转灯没在动，玻璃门上挂着“公休日”的牌子，门的上方挂着一块“岛津理发”的招牌。

岛津贤治用钥匙将门打开，屋内弥漫着发胶的味道，日光灯是开着的，左边的镜子前摆放着两张理发椅。

我看见了镜中的自己，用手抓着过长的头发。

岛津将暖炉点上火，再将水壶装了水后放在暖炉上。他穿上水蓝色的工作服。

“坐啊，你可以告诉我你想要剪什么样的发型，不过我不太会剪时髦的发型。”

“可以吗？今天是公休日呢！”

“我特别为你服务。”

我笑了出来，坐在椅子上：“总之帮我剪短，发型就随你剪。”

“如果是这样就简单了。”

岛津站在我身后，将毛巾围在我脖子上，然后为我罩上白色剪发衣。

“会不会太紧？”

“不会。”

岛津用喷壶将我头发喷湿，将我头发梳开后，用手指夹住我的头发，然后用剪刀剪去前端的头发。黑色的发块纷纷掉落，岛津的手指像被施了魔法一样，开始动了起来，黑色的头发从我的头上不断掉落下来。

我闭上眼睛，将自己融入有节奏的剪刀声和岛津手指的触感。

我听见时钟的秒针声音，店里的墙壁上应该挂着时钟吧！

“你不问我吗？”

“什么？”

“为什么我想要去死？”

“如果你想说的话，你自己就会说。”

“那我可以问你吗？”

“嗯，可以啊！”

“你一个人住吗？”

“是的。”

“那你的家人呢？”

“我曾经有太太和一个六岁的儿子，但是三年前两个人都过世了，死于车祸。”

“对不起。”

“没关系。”

“那你要听我的故事吗？”

“嗯。”

“我曾经有一个喜欢的人，那个人常说自己是太宰治转世投胎的。他自杀了，被电车碾过。”

岛津的手指默默地在我发间移动。

“后来我经历了很多事……我也决定要去死。我想要去找那个人，所以就想死在玉川上水。他如果是太宰治转世投胎的话，那我只要死在太宰治自尽的那个玉川上水，应该就可以找到他吧！但是我来到这里一看，才知道玉川上水已经没有水了，我真是倒霉的山崎富荣呢……很白痴吧！”

“要洗头了。”

“嗯。”

“这里和美容院不一样，要请你身体往前弯。”

岛津将镜子下面的把手往前倒下后，洗发台就出现了。我弯着上半身，淋湿头发后，抹上洗发精，然后润发。岛津不发一语地专注着自己的工作。他替我冲掉润发精后，用毛巾擦干我的头发，然后用吹风机将头发吹干，发型吹整好后就喷上发胶。

“好了。”

我睁开眼睛，不由得叫出声。

这是我有生以来第一次剪短发。头发在我耳旁垂下，刘海轻轻覆盖在前额。看起来聪明利落，就像是换了一个人似的。

我左右地看着自己，镜中的我正在微笑。

“我觉得这发型很适合你。”

“谢谢，很漂亮。”

“太好了。”

“多少钱？”

“不要钱啦。”

“怎么可以。”

岛津的肚子咕咕叫，他不好意思地搔了搔头。

“老实说刚才我本来是要去我常去的那间小餐馆吃饭的。”

我的肚子也叫了。

“我也从昨天开始就没有吃任何东西，对了，我弄些什么来吃好了。”

“我平常很少自己煮，所以家里没有什么东西。不过如果走到车站前，那里有一家营业到很晚的居酒屋。”

“三鹰车站吗？”

“不，井之头线的井之头公园车站，走五分钟左右。”

“那就走吧，我来请客，算是谢谢你替我剪头发。”

“不，这个……”

“你能不能先等我一下？”

“怎么了？”

“好不容易剪了个漂亮的发型，我想要化妆。刚才洗发时妆好像都掉了。”

居酒屋前挂着的红灯笼随风摇曳。柜台有四个座位，另外仅有两张像是幼儿园用的小桌子，是间小巧整洁的店。客人只有三个，全都是下班要回家的男人。

我和岛津坐到其中一张小桌，由岛津负责点菜。我们用啤酒干杯后，烤鸡肉串、马铃薯炖肉、鸡肉丸子、鲔鱼生鱼片、烤饭团陆续上桌。岛津似乎很饿，狼吞虎咽地吃着食物，他吃东西的豪气让我叹为观止。我仿佛也受到他的影响，开始大谈美食，心想真是美味。

岛津完全不想追问我的事，一个劲儿地说着他刚当上理发师时的事情。

“一开始我只是个学徒，薪水非常微薄，从早到晚一天工作十五小时，睡觉的时间少之又少。这就是拜师学艺的必经之路啊！”

“你没有想过不干吗？”

“我家从我祖父那一代开始就开理发店，所以我从来没有想过要做别的工作。”

“那你老家的店呢？”

“我哥哥他们继承了，而且还开了分店，在当地好像做得很大呢！”

“你不用去那家店帮忙吗？”

“发生了一些事情，我离开了那个家。我也是有骨气的，现在怎么能回去？”

岛津像个孩子似的噘起嘴巴。

“你很久没回去了吗？”

“十四五年了吧！”

“你不想回去吗？”

“……我只在意父母过得怎样。”

“我也是三年前离开家的。”

“所以才来东京？”

“东京是我今天才刚到，之前我去了很多地方。”

酒足饭饱之后我们便离开了那家店。最后是由我埋单，岛津原本想要付钱，但是我瞪着他，他就乖乖收回去了。

我和岛津缩着肩，一边颤抖一边回到家。

岛津替我烧了洗澡水，我在岛津之后才去洗。我说在我们家都是男人先洗，岛津似乎也能接受。

我洗完澡出来，他已经为我准备好了浴衣。

“如果不嫌弃的话，请拿去穿。”

我听见他的声音。虽然有点潮的样子，但是我还是决定要穿。我想那可能是他死去太太的遗物。

岛津带我到放了电视机的三坪大房间，那里已经铺好了一床棉被。四抽柜上放着医药箱和观光纪念品的娃娃摆设，墙边放着一张矮脚桌。

“你睡这里，很抱歉有点窄，我已经将电暖炉打开了。”

“你呢？”

“我睡对面的和室。”

“哦，谢谢你。”

“晚安。”

“晚安。”

岛津将玻璃门关上。

我拉了拉绳子，将电灯关掉。我跪坐在棉被上，竖起耳朵听。

仔细想一想，我已经很久没有住在普通民居了。从大野岛的家出来以后，我就一直住在公寓或是大厦里。民居里有每个住过的人生活的味道，也刻画着家族的历史，我心想这绝不是令人讨厌的东西。

这个家里不知哪里有挂钟，刚才传来十一声钟响。

我站起来，打开玻璃门，走到走廊上。好冷啊！我在紧闭的纸门前坐了下来。我侧耳倾听，将双手放在纸门上，轻轻地拉开。屋内点着淡黄色的夜灯，岛津闭着眼睛躺在被窝里，胸前上下起伏着。

我走进房间后将纸门关上。房间里面有神龛，我一直走到那里，那里放着一个女人和男孩的相片，我轻轻地将相片往下盖，然后将神龛的门关上。我转向岛津，脱下浴衣，解开胸罩，丢在榻榻米上。

岛津睁开眼睛，抬头看见我一丝不挂，吓得目瞪口呆。

“你……”

我坐下来掀开棉被。

“请等一下，我没有那个意思……”

我将食指放在岛津的嘴上。

“拜托，不要让我觉得丢脸。”

我低声说着，便往岛津的身体靠去。

第二天早上，我开始在店里帮忙，岛津从打扫的方法、蒸毛巾的准备、收款机的使用都一一教给我，我也全都记住。每一项事物都很新鲜有趣。岛津称赞我领悟力很好。

店虽然老旧，但是好像都是固定的客人。客人几乎都是男性，他们每次进来都会说，就照往常那样剪。

对这些人来说，我的存在似乎很令他们震惊。岛津好像也不知道该如何介绍我，只好说我是远房亲戚的女儿。客人当中有很多人不能接受这个说法，理着小平头的木工师傅就冷嘲热讽地说："喂！阿贤，你什么时候娶媳妇的？"岛津整个脸涨红了。最后大家发现我根本不是什么亲戚的女儿，而是他同居的姘头。但是客人也没批评我们，捧场的客人反而还对我们说："这样我就放心了，阿贤就拜托你了。"

和岛津在一起的每一天，真是令人难以置信的平静。我们早上一起起床，岛津准备开店，我做早餐。营业时间从早上八点到晚上七点，岛津负责理发，我负责洗发和收银。工作结束后打扫、整理完毕就吃晚餐。星期日晚上我们会去外面喝酒，晚上我们一起洗澡，在地板上做爱。累得很开心，睡得也很沉，日出就起床。这样两个月的生活，就如同幻象般过去了。

我盛了第二碗饭递给岛津，他对我说了声 Thank you 后，便将碗接过去。他每次吃饭时都像是将饭塞进喉咙里似的，整个脸颊鼓胀起来，拼命咀嚼，然后吞下去，就好像影片快进一样。

岛津鼓着腮帮子睁大眼睛，像是对我说，你在看什么？但是因为他嘴里都塞满了饭，根本听不清楚他在说什么。

我扑哧一笑："我觉得你吃饭的样子很有男人味。"

岛津从鼻子里哼出声音，又继续咀嚼。他将茶灌下去后说："我们家里有六个兄弟姐妹，我排行老五，如果不吃快一点，就没饭可吃了。所以从小我就养成吃东西很快的习惯，到了这个年纪已经改不过来了。”

“不用改也没关系啊，但是你不会噎着吗？”

“一年总会噎个两三次吧！”

岛津认真地说，我哈哈大笑。

“在店里我该怎么称呼你比较好？”

“叫我贤治不就好了吗？”

“但是我觉得工作和私生活要分清楚比较好。”

“你这个问题太严肃了，那你想怎么叫呢？”

“我想了想，叫师傅怎么样？”

岛津将刚喝进嘴里的茶喷了出来。

“我是师傅？饶了我吧！”

“不是吗？我去的那家美容院大家都叫师傅。”

“比起这么客套的称呼，我还是比较喜欢你叫我贤治或是老公这种比较亲切的称呼，即使是在工作时。”

“叫老公有点厚脸皮呢，我又不是你太太。”

岛津将筷子放下，将双手放在膝盖上，用很正经的表情说：“关于这件事……”

“啊？”

“如果要分清楚的话，不如趁着这个机会，我们去登记怎么样？”

我看着岛津的脸，将手里的碗和筷子放在桌上，双手交叠在前方。

“你的意思是说要和我结婚吗？”

“是，当然，不过如果你不愿意的话，我也没办法。就像你看到的，我已经不年轻了，而且只是一个乡下地方的理发师，即使你拒绝我，我也不会强求的。”岛津没有自信地看着地上。

我的心脏怦怦直跳，我不断压抑自己飘飘然的心，拼命挤出笑容。

“贤治，你根本就还不了解我，如果你知道我是一个怎么样的女人，你一定会瞧不起我的。我配不上你。”

“我不知道你有什么样的过去，如果你不想提以前的事，可以不用说。过去的事就让它过去吧，我只想和你一起生活。”

我无法压抑内心的澎湃，即使想要勉强挤出笑容，双颊还是不停颤抖。

“真是的，我没想到你会跟我说这样的话。”

我闭上眼睛趴下来。吸气、吐气。做个梦吧，只有这一刻我想做梦，不论将来会发生什么悲伤的事。

我做好了心理准备。

我睁开眼睛看着岛津。

“你好好跟我说。”

“说什么？”

“求婚的话。”

岛津挺直了背脊，看着我的眼睛。

“松子，请和我结婚。”

我内心波涛汹涌。

“好。”

我看着岛津，眼泪扑簌簌落下。

我一走进厨房，就可以听见屋外的鸟叫声。在朝阳的照耀下，窗户闪闪发光。玉川上水沿岸的樱花应该快要开了吧！

我系上围裙，从米柜里取出米，在水槽洗米。按下电饭锅的开关后，将锅里装满水，点燃炉火。然后利用水滚前的时间，将白萝卜放在菜板上切成薄片后，再对切成四等分，岛津最喜欢喝放了很多白萝卜的味噌汤。

我想起了昨天晚上我们的谈话，嘴角不自觉地上扬。我接受岛津的求婚后，便和岛津谈论着未来的事情。岛津说希望将来我也能考取理发师或是美发师的执照，这样一来我就可以和他一起理发，如果我考取美发师执照，就可以为他招揽女性客人，等存够了钱，就另外开一家美容院，这是我想都没想过的提议，而且是非常棒的提议，对我来说简直是做梦。

锅里的水滚了，我放入柴鱼片，当柴鱼片浮上来后，我便将火关掉，将柴鱼片滤掉。浓浓的香气随着白色的水气飘散出来。我深深吸了一口气，又再次将炉火点燃，将白萝卜丢入锅中。

“干什么，你们！”

我听见店里传来岛津怒吼的声音。我全身僵硬。当时距离开店还有一段时间，而且岛津很少会这么大声说话。

我将煤气关上，穿着围裙走到店里。

“老公，怎么了？”

店里站着两个穿着西装的男人，还有一个女警，三个人的视线都投向我这里。

我一动也不动。

“进去！”岛津转过头来对我怒吼，他的脸就像被热水泼到一样整得涨红。

“你就是川尻松子吧！”其中一名男子说。

我点点头，双腿不停颤抖。

男人取出警察用的记事本。

“一月二十八日在滋贺县大津市的公寓里，三十一岁的小野寺保被刺身亡的命案，已经发出了逮捕令。”

另一名刑警拿出一张纸给我看。

“后门也部署了警察，你死心吧！”

我看着岛津的脸，岛津嘴巴张开，眼睛一眨也不眨地看着我，我转向刑警。

“我知道了，我准备一下，请稍候。”

女警走过来，她虽然个子小、皮肤白，但是身材却很结实，小腿肚让人想起了京都的芜菁。

“我和你一起去。”

“我不会逃的。”

“不，让我和你一起去，因为不能有任何闪失。”

我和女警对看了一下，我先将目光移开。

“喂！到底怎么回事，松子做了什么？”岛津来回看着我和刑警们。

女警正要经过岛津身旁时，“喂！”岛津想要挡住她，但是立刻遭到两名刑警制止，女警若无其事地抓住我的手。

“快一点，人群快要聚集了。”女警看着屋前说。

“你以为我会自杀吗？”

她没有回答。

我走进屋内，从我背后传来岛津的声音。他在哭。

“你难道不知道自己已经被全国通缉了吗？”女警静静地说。

“你都没想过至少要用个假名吗？”

我没有回答，将自己的随身物品放入运动袋中。我坐在镜子前涂上口红。镜中的女警好像以为我会把口红吞下去，很凶地看着我。

“好了吗？”

“再等一下。”

我从今天早上刚送来的报纸中抽出一张广告单，我选的是一张背面空白且较厚的纸，我用口红在上面写下留言：

谢谢你。虽然我们在一起的时间很短，但是很幸福，请你忘了我。

松子

2

"她说她是大厅里最漂亮的那个女人……"

真不愧是位于办公大楼区正中央的饭店，大厅有许多像是商务人士的老外。我还是第一次踏进这么高级的饭店，令人感到不舒服。很担心会有人来撵我走，我走过暗红色的地毯时，看见粗大的柱子后面有沙发，所以我就先坐在那里。

我的周围都是穿着套装或是西装的人，我听到的英语好像比日语多，就连柜台的人及行李员们都轻松自若地说着英语。

我打电话给泽村董事长之后，回到光明庄，去胡了男的房间吃了闭门羹后，就前往北千住车站。因为还有时间，所以我就走进车站前的"依特利"。那天早上我第一次来到光明庄，和明日香一起吃早餐的店。仔细回想一下，才仅仅过了两天。

我以汉堡配薯条和可乐饱餐了一顿，然后走到日暮里车站，坐山手线到东京车站下车。在丸之内中央出口附近的派出所确认了一下地点，接着走在充满汽车废气的永代大道，来到了皇宫饭店。

我看了看表，已经快到约好的四点。对方的口气听起来应该是会守时的人，所以可能快到了吧！

柜台旁边的三座电梯中，最中间的那一座门打开了，一名北欧金发美女从里面走出来。她提着黑色皮包，身穿前开扣的白衬衫，眼睛就像翡翠般碧绿。我觉得她好像在对我微笑，然后就神采奕奕地从我身旁走过。我目送着她那秾纤合度的臀部，心想应该不是她吧！

"阿笙？"

我将视线从金发美女的臀部收回来，转过头一看，是一位东方美女站在那里。她的身高和我差不多，豹纹的紧身背心配上豹纹的及膝裙，足蹬一双黑色浅口鞋。裙子有开衩，可以看见大腿的曲线。露出来的胸口和肩膀雪白得令人目眩神迷。嘴角上扬的双唇红艳欲滴，描画得很完美的眼睛散发出魅惑的光芒。染得偏红的头发整个梳到后面，露出大大的珍珠耳环和细长的脖子。她应该是有在做有氧运动或是游泳，身材非常匀称，没有一点赘肉。可能三十岁左右吧？还是更年轻？或是更老？但是不管怎么说，她是个不折不扣的成熟美女。明日香和她比起来实在差太远了，简直就像个小孩子，让我觉得有点难过。

“你不是阿笙吗？”美女有些疑惑。

我有点畏缩地站起来：“是，我是阿笙。”

“果然是你。”她的声音有点沙哑。

“为什么你知道我？”

“因为你的装扮和这里最不搭。”

“……”

“我重新自我介绍，我是泽村。”

“我是川尻笙。”

泽村董事长笑了出来：“长得好可爱哦！”

“……啊。”

“我们到车上再说。”

泽村董事长立刻转身，朝着饭店正门走去。我也赶紧跟在她后面。

一走出饭店，便看见从地下停车场驶出的白色奔驰轿车停在我们面前。饭店门童立刻将后座的门打开，泽村董事长说了声谢谢后便坐上车，我也跟着道谢后上车。车门一关上，奔驰就启动了。驾驶座坐着一个年轻的男人。光从后视镜看到他的眼睛和侧面，就可以知道他的长相相当俊美。

高级饭店、白色奔驰、豹纹美女以及帅哥司机。我和她是完全不同世界的人。松子姑姑真的和这样的人往来过吗？

“阿笙，我们开始吧！”泽村董事长将双手交叠在肚子上，跷起长长的腿，裙子的衩开得更高了。车内弥漫着煽情的香水味。

“我再问你一次，松子真的死了吗？”

“是的。”

“听说她是被杀死的？”

“是的。”

“还不知道是被谁杀死的吧？”

“警察好像在怀疑龙先生。”

泽村董事长拿起细细的香烟，瞥了我一眼。

“啊，请抽，没关系。”

泽村董事长取出打火机，将香烟点燃。然后吐出一口烟。

“即使被怀疑也是应该的。”

“龙先生并没有杀死松了姑姑。”

“我知道，那个男人有说我什么吗？”

“说你有点怪，精明干练，在业界很有名。”

“嗯，只说了这些啊。”

泽村董事长不太感兴趣地抽着烟。

“阿笙，我看起来几岁？”

“……三十岁吗？”

泽村董事长伸出手抓住我的头，将我拉过去，紧紧抱住我。我的头被塞在泽村董事长的双峰之间，几乎无法呼吸。

“呼……嗯。”

我心想她的手终于松开了，但这次她居然亲了我。我终于被放开，她看见呆若木鸡的我，浮现满脸的笑容。

“很遗憾，正确答案是四十九岁。”

我目瞪口呆，下巴几乎要掉下来。

四十九岁的话，那不是和我老妈一样大吗……

“好了，招呼打完了，差不多该进入正题喽。”

泽村董事长收起笑容。

“你想问什么？我知道的话一定会告诉你。在意死人的想法也没什么意义。”

我用手擦了擦嘴，心脏还是跳得很厉害，我看了看后视镜，那个帅哥司机完全不动声色。

我用力吸了一口气，然后吐出。

“那个……你和松子姑姑最后一次见面是在什么时候？”

“岛崎，我去医院探望佳织是哪一天？”

“七月九日。”

驾驶座的美男子回答，声音非常轻柔。

“七月九日。”

“你能不能说一下当时松子姑姑的样子？”

“那一天，我去足立区的医院探病，因为我公司的一个女孩子住院。正要回去的时候，经过医院的候诊室前，听见收费处的人叫着‘川尻松子小姐……’，我不禁停下了脚步，往那里看。然后我看见一个女的从长椅上站起来，在收费窗口交钱。我心想会不会是同名同姓，但还是决定上前叫她。这是我隔了十八年再见到松子。”

“听说她变得很胖。”

“是啊，和以前比起来，胖了好多。头发又蓬又乱，身上穿着皱巴巴的T恤和便宜的裙子，几乎已经看不到她以前的样子了。如果不是听到她名字的话，我绝对认不出她来。”

“松子姑姑立刻就认出泽村董事长了吗？”

“应该吧，我又没怎么变。”

“……说的也是，不知松子姑姑当时过着什么样的生活？”

“这个我就不清楚了，她也不肯告诉我住在哪里，好像觉得被我看到会很自卑。”

“泽村女士当时和松子姑姑说了什么吗？”

“想想觉得有点蠢，但是我还是问了她要不要来我店里工作。虽然是因为实在不忍心看她这样，但是我也真的想找一个专属的美发师。”

“美发师？松子姑姑是美发师吗？”

“是的，她的手艺很好呢！你不知道吗？”

我摇摇头。

“我听龙先生说她曾经是学校老师，吓了一大跳……”

“学校老师？这我还是第一次听说。”

我和泽村董事长互看了几秒，泽村董事长便望向前方。

“算了，我们说到哪里了？”

“说到您游说川尻松子小姐到公司担任美发师。”

驾驶座传来的声音。

“谢谢你，岛崎。但是当然喽，她中间空白了这么多年，所以不知道是不是可以马上用她，但是我想要给她机会。我也对松子明说，只要她有心，我绝对会给她机会，这一切都看她。”

“那松子姑姑怎么说？”

“一开始她不太愿意，最后她说要考虑一下。我也不是牧师，无法拯救自己根本不想活的人，所以我将名片递给她，我说如果你想做的话给我电话，然后就分开了。”

“最后她也没打电话给你吧？”

“没有。如果人都死了，当然不可能打电话给我，要是打来了还真恐怖呢！”

泽村董事长落寞地笑了笑。

“但是，您还是打算等下去吧。”

“……我一直在等，因为我相信她，松子是个聪明人。我认为她一定会觉悟不能再这样下去。”泽村董事长眨了眨眼睛，她将烟叼在嘴里，嘬着嘴吸了一口，烟的前端亮闪闪。然后她又将烟在烟灰缸里弄熄。

“十八年前你和松子姑姑是什么样的关系？”

“松子很凑巧是我常去的那家美容院的美发师，当时是我立刻就认出了松子，但是松子好像并没有发现我。这也难怪……对了，那个男的应该也是在那家美容院碰到松子的。”

“嗯，是吗？那家美容院在东京？”

“是，现在还在银座。”

“当时松子姑姑还没发福吗？”

“对，她当时身材很好，一点都没变。甚至比以前还漂亮，或许是因为化妆的关系吧！”

泽村董事长的表情变得很柔和。

“她的眼神闪闪发亮，那个时候的她感觉好像整个人全神贯注在某件事情上，我最喜欢这样的人，充满了斗志呢！”

“但是松子姑姑为什么会成为美发师？”

“这个我也不知道……”

泽村董事长似乎是在装糊涂。

“刚才不是说过吗？她是技术一流的美发师，我每次去都一定会指名找她。尽管因为我和她是旧识，但也不完全是这样，她在其他客人间的风评也很好。”

“那泽村董事长和松子姑姑一开始是在哪里认识的？”

泽村董事长静止不动。

“我不是说在美容院……”

“但是当时你们应该已经认识了吧！”

“我说了吗？”

“你说她比之前还漂亮，还有旧识什么的。所以你们应该之前在别的地方就认识了吧？”

泽村董事长咂着嘴。

“那个，我再问一个基本问题好吗？”

“什么？”

“请问泽村企画是个什么样的公司？”

泽村董事长叹了口气。

“阿笙，你问这个问题很失礼啊，因为我好歹也是公司的高层，当你和公司的高层见面时，应该要事先查明这家公司的经营内容，这是最基本的。我们公司已经有自己的网页了，应该可以查得到的，你不要跟我说你没时间，这样只会显得你很无能。”

我觉得很不好意思：“……对不起。”

“算了，没关系啦。我们啊，是培训模特儿和艺人的经纪公司。”

“经纪公司……有很多有名的艺人喽？”

“阿笙，你真的没看过泽村企画这个名字吗？”

泽村董事长意味深长地笑了笑。

“我想阿笙应该也会喜欢的。”

“哦？”

“你也看成人录像带吗？”

“成……那么泽村企画底下的艺人就是……”

“没错，就是AV女优、脱衣舞娘，还有两小时电视剧集中知名女艺人的裸体替身，或是出现在男女混浴场景的角色。总之，主要是经营这一类艺人的公司。”

我全身冒汗。

那么也就是说……

“原来是这样，那松子姑姑就是你旗下的艺人？”

泽村董事长扑哧一声笑出来。

“不是、不是，完全无关。”

如果说松子姑姑曾经是泽村旗下的艺人，我还可以理解她和泽村董事长之间的关系。但是泽村董事长的表情看起来不像是在说谎，这样一来我就不懂了。

“你一定要我说吗？”

“是。”

“好吧！我本来是不太想讲的，但是我已经答应你不隐瞒任何事。”

泽村董事长慢慢抬起头往上看。

“那已经是二十七年前的事了，我和松子的相识……”

她的唇边漾起了坚毅的笑容。

“是在围墙内。”

“啊？”

泽村董事长眯起眼睛。

“你真迟钝，就是监狱啊！”

3

判决书。对被告处以八年有期徒刑。其中杀人罪处以七年有期徒刑，违反毒品取缔法处以一年有期徒刑。未判刑拘留日数一百一十三天亦列入本刑计算。

被告生于公日元一九四七年八月二日，为川尻恒造及多惠的长女，出生于福冈县大川市大字[1]大野岛。两年后弟弟纪夫、三年后妹妹久美相继出生。父亲在市公所总务课任职，是地方公务员，家庭经济吸入稳定，无任何问题。但是妹妹三岁时罹患重病住院，之后就常进出医院。被告从那时起就觉得父亲不再关心自己，想尽办法维系父女感情，更发奋读书，在班上总是名列前茅，还曾被选为班长。

即使进入高中，被告的成绩仍维持在前几名，想进入东大的理科就读，但是她父亲不同意，当被告知道父亲希望她报考当地大学的文科并取得教师资格后，便没有再坚持自己的理想，听从父亲的话，报考K大的文科，并获录取。

大学四年离开家，一个人在大学附近的公寓生活。这期间她也交到了同性好友，因此过着充实的学生生活，但是并未有特定的异性朋友。在读时即取得教师资格，毕业后如父亲所愿，进入当地的大川第二中学教授国文。

（略）

第二天早上，小野寺保回到家里。被告一晚没睡，她对小野寺表示想要辞去土耳其浴女郎的工作，两人一起去开小餐馆。小餐馆也是死去好友S的梦想，她想要代替好友完成这个梦想，但是小野寺对于这个提议面

① 日本市町村内行政区划之一，由小字集中而成的较大区域。

露难色。被告开始怀疑小野寺的态度，叫小野寺将存折拿来给她看，当她知道小野寺不仅把她交给他的薪水都花光，甚至还任意动用她之前的存款时，她觉得小野寺简直是在践踏她好友的梦想，因此大动肝火。在他们两人争吵之际，被告发现小野寺有别的女人，所以她想无论如何都要脱离这样的生活。但是小野寺根本不了解被告的心情，反而跟被告说只要注射安非他命就可以改变一切，并强行要替被告注射。为了从小野寺的手中挣脱，被告便拿起菜刀与其对峙，但是小野寺非但不害怕，反而挑衅地说："你敢杀我，就来杀啊！"因此被告便奋力挥动菜刀，但是却很快被制止住。小野寺还对被告说："我已经受够你了，我要和山科的女学生同居，有人要我把你让给他，你就去找那个人吧！"当被告知道小野寺简直不把自己当人看，而是像货物般处理时，便流下了悔恨的眼泪，可是她仍敌不过男人的力气。当她的手腕被扭痛的那一瞬间，菜刀掉落，刀尖很凑巧地刺入小野寺的脚指甲，小野寺惨叫并痛得在地上打滚。被告趁这个机会将掉在地上的菜刀捡起，朝着小野寺用力一挥，造成右颈动脉裂伤，失血过多致死。

（略）

律师说被告因为情绪激动而无法理性思考，以致简单判断后行凶，因此主张被告当时处于精神异常的状态，至少是精神疲劳的状态下。

（略）

确实小野寺保的言行举止应该遭到谴责，而被告面对身强力壮的男性欲强迫其注射安非他命，出于自卫拿出菜刀的行为，也足以被理解。此外，欲代替好友完成未完成之梦想，其行为本身亦可说非常良善。但是对于已经身负重伤无法动弹的男性，却用力挥刀行凶，的确非常残忍，且造成严重后果，已经超越正当防卫的范围。毋庸置疑被告责任重大。至于经常注射安非他命一事，当小野寺劝诱时，只要有心拒绝仍可拒绝，但是被告却抗拒不了以安非他命缓解疲劳的诱惑，这点必须予以谴责。此外，在经济环境较佳的家庭成长，且曾受过高等教育却落到这般下场，即使因为体弱多病的妹妹，得不到父亲充分的爱，值得同情，但是以自我为中心，任意而为，目光短浅地建立人际关系，被告的性格缺陷乃最主要因素，可以说是自作自受。被告的这种个性，使她在案发后没有想到去警察局自首，而是追随已死去的恋人，到玉川上水自杀未遂，却在偶然间和与其搭讪的S男发生关系，开始过着如同夫妻般的生活，种种行为均令人难以理解。

（略）

虽然安非他命未从尿液中验出，但是被告供认曾注射且住处冰箱里剩余的安非他命也为其所有，虽然被告有反省之意，但是却对被害人毫无歉意，且不认为杀人是严重的犯罪，并发自内心地反省。

（略）

经考虑以上对被告有利及不利的事实，认定判决书量刑合理，故最终按照判决书下达判决结果。

昭和四十九年（一九七四年）八月

“就是那个房间，你先进去。”

女子监狱刑务官的声音在我身后响起。身穿浅绿色外套和长裤的这个刑务官，是个戴眼镜、四十岁左右的胖女人，脸上的妆很厚。

我站在挂着“审讯室”牌子的房间前，将金属门打开。一踏进去我就停下脚步。整个房间好黑，“啪”的一声日光灯亮了，天花板上的电风扇也开始转动。

这间房间很窄。木制的桌子和椅子靠墙放着，中间的地板上画着两条白线，旁边放着两个像是洗衣篮的东西，其中一个里面放了灰色的衣物。

我走到房间正中央，刑务官也进来了，她将门关上并上锁。

“把你身上的衣服脱掉，我已经看到不想再看了。”

我点点头，将运动袋放在地上。相继脱掉毛衣、牛仔裤、内衣，放入空着的脱衣篮中。

"将腿跨在这两条线两边站好。"

我按照她说的做。

刑务官叫我转一圈。

"有没有哪里受伤？"

"没有。"

"穿上那里的囚衣。"

她指着灰色的衣物。

我想要去捡刚才脱下来的内裤。

"内衣裤也穿我们提供的。"

"这些衣服呢？"

"在你出狱之前由我们保管。"

所谓的囚衣是灰色的上衣和相同颜色的长裤。虽然洗过，但是皱巴巴的。

我遵照刑务官的指示，穿上像纸一样薄的橡胶夹脚拖鞋，拿着包走出房间。然后被带到隔壁的保安课。一走进门，保安课的职员全都看着我，我停下脚步，连电风扇的声音都听得见。

"请一直往前走。"刑务官在我后面低声说。

我低着头又继续走。

正面有一张放着"课长"牌子的桌子，那里坐着一个身穿深蓝色制服的女性，我一接近，她就立刻站起来。她大约四十岁吧，个子不高，但是炯炯有神的眼睛发射出锐利的目光，妆容很自然。

我站在桌前。

"我带她来了。"

刑务官在我身旁敬礼。

"辛苦了。"

女性也回礼。

"你是川尻松子小姐吧，我是保安课长濑川。请告诉我你的户籍、姓名、罪名、刑期，以方便我确认。”

“我的户籍是福冈县大川市大字大野岛 ×× 番地，我叫川尻松子，我犯了杀人及违反毒品取缔法，判处八年有期徒刑。”我倒背如流地回答。

濑川课长一边看着手边的资料，一边点头，她将资料放下后，抬起头来。

“川尻小姐，来到这里最重要的是听从工作人员的指示，因为这里是集体生活，所以不允许擅自行动。还有服刑是强制劳动的，所以只要没生病，都有工作的义务。一开始几天会观察工厂，分析你对工作的适应性，同时会由分类课进行智力测验、心理测验及面谈。在观察工厂这段时间，你住单人房，等工作分配好后就搬到多人间。总之，要认真，尽量不要和其他人发生冲突，请努力工作。现在你是四级，只要能通过每个月一次的审查会，就可以升级。只要升级的话，待遇就不同，而且可以提早假释。明白吗？”

“是。”

濑川课长叹了口气，看着我的脸。

“听说你是国立大学毕业的，也曾做过中学老师。”刚才公事公办的口气已经消失，“时代变了呢！”她的嘴角浮现出失望的笑容。“房间在第二宿舍的第三房，请带她过去。”她又恢复一板一眼的口气。

保安课的职员一一检查我包里的东西。我只拿了牙刷，剩下的行李全都和衣服一样寄放在她们那里。

和刚才不同的刑务官带着我走出保安课。这个刑务官比较年轻，看起来比我小，妆也画得比较淡。她在我身旁配合着我的步伐走。不知道是不是我的心理作用，她的表情很僵硬。

那栋叫作宿舍的建筑物看起来是用非常牢固的灰泥建造的。中央耸立着高塔，两层的房舍就从那里呈放射状延伸出去。我按照刑务官说的，打开入口的门走进去。

屋内非常安静，天花板异常高，明明是夏天却很阴凉。刑务官将门关上后，这个声音便在建筑物里回荡。

这里又有另一个刑务官，和一开始的刑务官明明是不同的两个人，但是都是胖胖的四十几岁妇人，妆也化得很浓。粗硬的头发有着强烈的卷度，配上画了眼影和睫毛膏的眼睛，简直跟鬼一样。

我被交到这个刑务官手上，并被赋予六号这个号码。然后被带到一楼的第三个房间。

房间约一坪大，四面都是水泥墙，装有铁栏杆的天窗是唯一的采光，榻榻米上有一套棉被，角落的地板上有一个简单的木桶便器、洗手台、洗脸盆及桌子。

"请先仔细研读一下《服刑人员管理条例》，没到就寝时间不得睡觉，明白吗？"

"是。"我答道。

刑务官将铁制的门关上，钥匙孔传来"喀锵"一声巨响。

我坐在榻榻米上，抬头看着那有光线射进来的窗户。

暗红色的光照射进来。

三天前我刚满二十七岁。小野寺应该就是在去年的这个时候成为我的客人。那是在赤木辞去店里的工作，绫乃也回仙台之后。我做梦也没想到一年后绫乃已经死了，而我也因为杀了小野寺入狱。

不，也不是完全没想到……

在我离开九州岛之前回到大野岛的家时，久美紧紧抱着我，让我感到很害怕。我隐隐约约觉得自己会不会从此以后往地狱走去。如果是这样的话，法官说得没错，这全都是我自作自受。

杀人这件事应该也会传到大野岛吧？警察应该去家里调查过吧！纪夫会怎么想呢？久美呢？妈妈呢？没有一个人来旁听判决，也没有人来看过我。据说我是全国的通缉犯，赤木应该也听说了吧？岛津贤治不知怎么样了？他应该很后悔曾经和杀人犯牵扯在一起吧？会不会因为和我的关系，使得他的店关门呢？我觉得很对不起他。

但是对于小野寺，到现在我还是不想向他道歉。只要一想到小野寺当时对我说的话，我对他的恨意就全苏醒了。我真的很奇怪吗？以自我为中心吗？任性而为吗？只会以短浅的眼光建立人际关系吗？真的是这样吗？我可能是个有缺陷的人吧？是个不会体谅别人的人吧？没有资格做人吧？或许是这样吧！随便别人怎么说都已经无所谓了。

我觉得后面好像有什么东西，转过头一看，从门上的视察窗口，我看见了刚才那个刑务官画得像鬼一样的脸。她不发一言，一直看着我。

嘈杂的铃声大作，然后又立刻恢复安静。是早上。我遵照《服刑人员管理条例》，洗完脸后，叠好棉被，简单打扫房间后，便朝着门跪坐。

“报名！”

我听见命令。

没多久后刑务官便出现在视察窗口。那是带我来牢房的年轻刑务官。我心想她的眼睛真漂亮。

“第三间，报名！”

我不明白刑务官的意思，想了一想。

“请说号码和姓名。”

“快一点！”

从年轻刑务官的后方传来的声音，好像是叫我脱衣服检查的那个胖刑务官。年轻刑务官战战兢兢地说：“号码和姓名，快点。”

“六号，川尻松子。”

年轻刑务官的脸离开了视察窗口。

“没有异常情况。”

我听见她跟肥胖刑务官报告的声音。然后两人的脚步声便移到隔壁去了。

过了一会儿，从送饭口便送进早餐。味噌汤、麦饭、腌菜，和拘留所的早餐没太大的差别。我默默地吃完，听到收空盘的号令后，便将餐具从送饭口送出。

“谢谢。”

视察窗口出现一位以三角巾当口罩围着嘴部的女性，她毫不避讳地看着我，没有化妆。我心想她应该也是服刑人员吧！

入狱的第二天，我将发给我的衣服和内衣都绣上了名字。之后就坐在榻榻米上，抬头望着窗户度过。在晚上八点之前是不能躺下来睡觉的。吃完晚饭后又再次点名，一天就结束了。

从第三天开始，我可以去观察工厂。早上七点半，我和其他服刑人员一起在走廊上排队，点过名之后，在保安课职员的监视下前往工厂。来观察工厂的新犯人，包含我在内共有十二人。在工厂里我被分配做纸工艺，在没掌握诀窍之前，我不知如何去做，但是一找到诀窍后，我就全神贯注于作业，做出来的成品还真不赖。

第四天下午，分类课替我做智力测验、心理测验和面谈。智力测验还是小学以来的第二次。

第五天教育课为新服刑人员上课。讲师是一名中年的男刑务官。上课内容主要是告诉我们如何在狱中生活。我对于升级特别感兴趣。

"有什么问题吗？"

最后讲师环视整个房间时，我举了手。

"请告诉我你的号码和姓名。"

我感到自己的心跳加速，站了起来。

"六号，川尻松子。"

"你的问题是什么？"

"如果表现好的话，可以立刻升级吗？"

"川尻，你的刑期是？"

"八年。"

"如果是这样的话，至少要观察一年。升到三级快的话一年，然后再过半年才能升到二级吧！你最好有心理准备，之后还要两年才能升到一级。"

"到了二级的话，就可以接受美发师的职业培训吗？"

讲师很高兴地眯起眼睛。

“关于这一点，我再稍做补充。确实这里有美发师培训，但是美容学校只有笠松监狱内有，所以有心者首先要在笠松学习美发一年，毕业后回到这里，在美容室实习一年后，参加国家考试，如果合格的话，就能取得美发师执照。只不过……”

讲师说到一半，停了下来，他以严肃的眼神扫视房间。

“要成为美发师前需接受审查，必须获得典狱长的许可。最低条件是初犯，且认真不违反纪律者。这个监狱里有四百位服刑人员，但是美发生，包含实习生在内只有十名左右，能去笠松学校的一年只有两三个人。明白了吗？这条路可是很艰辛的呢！”

讲师的表情和缓了下来。

“不吓你们了，我们来说些有希望的事吧！这里的美容室，也有许多外面的客人会来。为什么？这是因为价格便宜，而且美发师的技术卓越。有人在这里考取执照，出狱后就自己开店了。这里毕竟是监狱，有很多限制，但是只要你们有心，很多事都可以办到。了解了吗？川尻？”

“是的，谢谢。”我向他深深鞠一躬，然后坐下。

我很兴奋。在监狱里可以考美发师执照，这是我从没想过的。

虽然我知道这很没意义，但是我无法不做这样的梦。我和岛津贤治两人一起经营理发店，考取美发师执照的我去开拓女性客人，或许哪一天可以将店扩大，或是另外开一家美容院，两人一起努力追求幸福……

你别做梦了，想想你的刑期，就算是假释，也要五六年，岛津是不可能会等你的，不仅如此，他应该很后悔和你在一起的那些日子吧！难道不是吗？否则的话他为什么不来看你呢？从东京来很远？如果他真的爱你的话，距离根本不是问题。说穿了，你对岛津来说，只不过是一起生活了两个月的路过的女人。

我将这些理性的想法完全封闭起来。

即使是做梦也好，是幻想也好。这是我在最底层的垃圾桶找到的唯一一点生机、希望。我要紧紧抓住。不要考虑未来的事，不要考虑其他的事。

第九天下午，我被叫到保安课，被告知分配到第一工厂。这里是收容初犯的工厂，听说生产绅士运动衫等高档商品。我也由单人房搬到多人间。

晚餐后，我带着仅有的私人用品，走出单人房。眼睛很漂亮的那个刑务官带我走到第一宿舍的第十四号房。

第十四号房里已经住了四个人。

刑务官将门打开，大家都跪坐着。

“这位是从今天晚上开始，要和你们一起生活的川尻松子，请你们好好相处。”

“我是川尻。”我低下头。

四个狱友微微点点头，用看穿人的眼神抬头打量着我。

即使门关上后，刑务官离去，大家仍正襟危坐，也没有人开口说话，全都面向着门并排跪坐着。

我不知道这是怎么回事，站在那里不动，坐在最左边的狱友指了指她的左边。

“来这里跪坐。”她压低声音说。

最右边的那个狱友咂了咂舌。

我跪坐在她所说的位置上，于是立刻听见“点名！”的号令。

不一会儿，门就打开了。

出现两名女刑务官。两人都是我第一次看见，但也都化着浓妆。站在后面的刑务官手里拿着像是名册的东西和圆珠笔。

“第十四号房！”

站在前面的刑务官说完后，便听到从最右边的狱友开始报数：“一”、“二”……

一下子就轮到我了。

“嗯……五。”

站在前面的刑务官便对着手拿名册的刑务官说：“以上五名没有异常！”

在门关上的同时，我们便齐声叫道：“谢谢！”就在这时，大家一起放松身体，有人伸脚，有人转动手臂。

我也不太好意思地将腿松开。

从现在开始一直到九点就寝之前，是唯一的自由时间。

“听说你杀了男人哪！”刚才坐在最右边那个砸舌的狱友对我说。她将腿往前伸，将两手往后放支撑着上半身。她应该四十岁左右吧！微黑的皮肤，双颊鼓起，长得就像河豚一样。

“你是让他熟睡之后勒死他，再用菜刀分尸后丢弃吗？”

“什么？”我不由得反问回去。我看了看其他三个人的脸，全都以敬畏及害怕的眼神看着我。

“不是吗？”

“我是杀了男人，但是我没有让他熟睡，也没有分尸后丢弃。因为他强迫我注射冰毒，所以我就用菜刀砍他，刺进他的脖子……”

“啊！你讨厌冰毒啊？”

坐在最左边的，那个刚才叫我坐下的狱友大声说。她大概三十岁，消瘦的脸颊像是生病一样。

“因为当时没有那个心情。”

“真是奇怪啊。”

“你才奇怪吧！”

河豚脸一说完，两颊凹陷的那个人便斜眼瞪她，然后又将目光移回我身上。

“那你不会毒瘾发作吗？”

“在拘留所时会有一点。”

不可思议的是我和岛津贤治一起生活时，竟然没有毒瘾发作的情形。或许是因为我注射的时间并不长，所以连我自己都忘了我曾经经常注射安非他命。

只有在被警察逮捕时，突然非常想要安非他命，难过得在地上打滚。

“现在已经戒了吗？”

“是。”

“真好，我还没有，我一直好想打呢！”

河豚脸对着凹陷脸说：“出狱后最想做的第一件事就是？”

“先来上一针！”凹陷脸挺起胸，假装在手臂上注射。

“你没救了，笨蛋是怎样也医不好的。”

“当笨蛋也没关系。我早已有心理准备要和冰毒一起死，我已经决定了。”

凹陷脸干笑了一下。她没有门牙。

河豚脸呻吟着挺起上半身盘腿而坐。

“我来自我介绍吧，我叫作远藤和子。因为结婚诈骗入狱。”

我张大嘴巴。

“令人难以相信吧？这样的长相还可以结婚诈骗，我还真想看一看被骗的男人长得怎样呢！”凹陷脸拍着手叫嚣着。

“吵死了，我是因为待在这里才变胖的，该你说了，毒虫！”

“你应该看得出来吧！我叫作牧野碧，很像假名吧，但是这是我的本名。当然我是因为冰毒入狱的。”

“真是个大笨蛋！”

“你话太多了。”

凹陷脸牧野碧对着河豚脸远藤和子伸出舌头。

“你们也自我介绍一下啊！”远藤和子对另外两个人说。

坐在右边的狱友很年轻，大概二十岁吧！监狱里应该是规定了头发长度的，但是不知为什么，只有这个狱友的头发特别短，像个男人。不只头发，她那明亮的眼睛和紧闭的双唇，显得很有威严，轻松盘腿而坐的样子怎么看都像个男人，而且是相当俊美的男人。

“我是东惠，伤害罪。”

她的声音低沉，充满热情的眼睛对我微笑。我的心跳加速。

“我是川尻松子，请多指教。”

“东，别再抛媚眼了，她搞不好又要动刀子了。”远藤和子一副厌烦的样子说。

我看到最后那个人，大约四十岁吧！坐在墙边抱着膝盖。因为她低着头，所以我看不见她的脸。

“你也自我介绍一下，这个你应该会吧！”

被远藤和子一催，她慢慢抬起头来。她的脸虽然不消瘦，但是脸色苍白，没有精神。

“我是真行寺瑠璃子，我杀死了三岁的儿子。”

虽然她的声音小到几乎听不到，但确实是这么说的。

“好了，就这样吧，大家好好相处，努力早点获得假释吧！”

就寝前的一分钟是反省时间。听说是反省自己所犯的罪及这一天的行为，我则用这一分钟下定决心要成为美发师。

多人间大约三坪。我睡的地方就在厕所旁边，中间只隔了一张屏风。我做完所有的事情后就躺在棉被里。尿臊味阵阵传来。

过了三十分钟左右就到了熄灯时间，但是屋内并不是全黑。不久后我就听见打鼾声。

我以前是很难入睡的。可想一想我最近好像都没有做梦呢！不知不觉就睡着了，等醒来时已经天亮了。

起床后，我们立刻刷牙洗脸、叠棉被、打扫，然后朝着门跪坐成一列。和往常一样，传来了“点名”的号令，又重复和昨晚相同的点名。之后大家就将负责送餐的东惠送来的早餐分配好，默默地吃着。每次吃饭大家都是朝着门排成一列，没有一次例外。

到了七点半时，传来了“出监”的号令。服刑人员便在保安课前方的走廊上排成一列，经过点名和搜查，也就是搜身之后，大家就分别前往第一到第三工厂。新犯人培训时，他们说每间工厂都分配了八十人左右。

一到工厂，便随着音乐做体操。之后到各自的缝纫机前，开始做被分配的工作。我因为是第一天，所以只负责用剪刀剪掉突出的线头。虽然是单调又无趣的工作，但是因为意识到有人在监视，所以做得很认真。

若是要升级，就必须在每个月一次的晋升准备会时被提名，并通过审查。之后再召开晋升审查会，决定最后是否能升级，为了在准备会时被提名，我就必须从工厂职员这里得到好的分数。

工厂充斥着踩缝纫机的声音，完全听不见窃窃私语声。负责监管工厂的女性看守部长和另一名辅助的看守员眼睛非常锐利，一直监视着服刑人员的工作情形。我一边有意识注视着看守员的视线，一边努力工作。

九点五十分到十点这十五分钟是休息时间，我的身旁立刻围着四五个狱友。

“听说你用菜刀把男人大卸八块，再和垃圾一起扔掉呢！”

是我不认识的狱友对我说话，即使是休息时间，我仍可以感受到看守员的目光。我的内心虽然感到非常厌烦，但还是一本正经地纠正她们。

“只是这样吗？好无聊啊！”大家一下子觉得很失望，然后就离开了。

吃午饭是在工厂的餐厅，所有人一起用餐。时间是从十一点五十分到十二点半，但是只要先吃完，剩下的时间就可以自由活动，所以大家都吃得很快。只不过在所有人吃完之前不得离席，所以吃得太慢的话，就会被大家瞪着。我因为不想惹麻烦，所以会观察四周的状况，即使没吃完，还是会放下筷子。

下午也有十五分钟的休息时间，一直到四点半作业才结束。晚餐在工厂的餐厅吃完后，和往常一样，整队、点名后就返回宿舍。

回到宿舍后，在保安课前再次点名、搜身时，发生了一个小事件。

“这是什么？”那是保安课濑川课长的声音。

被叫到队伍外的是同房的东惠。她的嘴角往下撇，不太高兴。濑川课长将小纸条递到东惠面前。

“是谁把这个交给你的？”

“我不知道。”

濑川课长的眼神像鬼一样，瞪着东惠。

“带走！”

濑川课长一说完，保安课的职员便抓住东惠的手，不知将她带到哪里去。

“那个‘美男子’又要进惩戒房了，她也乐得轻松吧！”

我的背后有人在窃窃私语。

各自回房后，又再重新点名一次。我所在的第十四号房，少了一个人，现在只有四人。

点名结束后，就是自由活动时间。有人在房内看书或是聊天，有人参加茶道、花道、日本舞等社团活动，也有人埋头做别的事。洗衣服和剪头发也必须在这段时间内完成。当然去洗衣房和美容室都有看守员监视着，大家排成一列前进。

我侧耳倾听远藤和子和牧野碧的对话，她们两人好像没有参加社团。谈论的话题当然是刚被送进惩戒房的东惠，我现在才知道原来“磨磨蹭蹭”在监狱里是表示同性恋的意思。我听她们说，东惠是最受欢迎的T（男性化的女同志），所以来自P（女性化的女同志）的情书不曾间断过。即使被看守员发现，她也绝不会说出是谁写的。这样的男子气概反而更深得女人心，所以她总是无法升级。

“谈恋爱有什么好的？这个社会到头来还是钱最重要。”

远藤和子一说完，牧野碧一定会反驳：“胡说，最后绝对是冰毒最重要。”我被带到警察局之后，还是第一次笑出声音。真行寺瑠璃子仍然低着头不发一语。

不久后就是反省时间，然后就寝、熄灯。我躺在可以闻到尿臊味的棉被里，心想日子就这样一天一天过吧。

4

“松子姑姑曾经进过监狱啊？”

“她做了什么？”

“听说是杀了个小白脸。”

“杀人？……松子姑姑……”我觉得肚子很难受。

早知道就不问了。

“听说那个男的非常恶劣。要我说的话，我觉得他死有余辜，但是因为法官是男的，所以判了八年。一般顶多四五年吧！八年实在太长了。为什么她不让律师再上诉呢？我觉得很不可思议。”

我知道龙先生杀过人，但是我没想到连松子姑姑也曾犯下杀人罪。

我之前觉得松子姑姑是一个在社会角落生活，最后被不知名的人杀死的可怜女性。但是松子姑姑自己也曾经杀过人。不管有多大的事情，都不应该杀人的。所以她在寒碜的公寓里被杀死也是因果报应不是吗？

我越调查松子姑姑，越有可能发现她更黑暗的一面。这样一想，我急切地想了解松子姑姑的心便冷了下来。

“她在狱中很认真、很安分。只不过她可能因为太在意看守员的目光，所以循规蹈矩得几乎到了神经质的地步。即使在大热天拔草，她也可以一丝不苟地认真工作。其他狱友都随便拔一拔，混过看守员的耳目，只有松子不一样。这样的乖乖牌会惹人嫌是世间常有的事，其他人好像也很讨厌她，但是松子忍了下来。就我所知，她从来不曾和人吵过架或是违反规定……你怎么了？突然变得好安静。”

“会吗？因为我没想到松子姑姑曾经杀过人……”

“太震惊了吗？”

“是啊……”

“杀人确实是不好的事。但是阿笙，你很想了解松子吧？你也想体谅她吧？那么请你仔细去调查松子为什么要杀人，你认为呢？”

“但是杀人就是杀人啊！现在觉得对松子姑姑的事情……”

“你要说不想管了吗？”

我闭口不说话。

“阿笙，难道你认为松子是玉洁冰清的圣女吗？”

“……”

“松子也是一般人啊，她也会做爱也会拉屎，她会爱人也会伤人。阿笙，你也应该曾经说过谎，或是小小犯个法吧！”

“但是杀人……”

“你当然不会，但是也不能打包票说你绝对不会被情势所逼而杀死某人吧？”

“……”

“松子是杀了人，但是正因为是女人杀了男人，所以这其中一定有原因。如果你不去调查，只单方面责怪松子，我是无法认同的。总之，我已经被你拖下水了，请你不要因为这样就想喊停。你既然已经知道这么多了，就应该彻底调查清楚，用你的方式去了解松子活着时的样子，如果你不这样做的话……”

泽村董事长深深吸了一口气，喃喃自语地说：“你不觉得松子太可怜了吗？”

哐当。

这时我耳中响起之前松子姑姑的骨灰坛发出的微弱声音。

这好像是松子姑姑的灵魂在告诉我什么事情似的。

“怎么样？阿笙？”

我抬起头来。

泽村董事长用哀伤的眼神看着我。

我点点头。

“但是即使要调查……”

“如果想要了解案子的话，只要去看法院发出的判决书就可以了。”

“可以看吗？”

“可以吧！岛崎？”

“如果是刑事判决的话，去检察署申请应该就可以看了。”

“就是这样，详细情形你去问大津的地检署。”

“大津？滋贺县的吗？”

“因为松子是在滋贺县出事的。”

“松子入狱时，是我服刑的第二年，所以是一九七四年……吧。”

“那在美容院见面的时候是……？”

“应该是在东京迪斯尼乐园建好的前一年，所以是……”

“一九八二年。”

“谢谢你，岛崎，是一九八二年。”

“那家美容院现在还在吧！”

“还在，在银座，但是地点有一点不同。”

“我也要去那家店看看。”

泽村董事长脸上漾起笑容。

“还真巧呢！东京有那么多家美容院。”

“才不是呢！东京或许有多到难以计数的美容院，但是叫作‘茜’的就只有一家。不过现在已经改名为‘Rouge’了。”

奔驰减慢了速度，不知何时已经回到了皇宫饭店。刚才奔驰好像是在内堀大道上绕圈圈。

“阿笙，很抱歉，时间已经到了，我好久没和像你这样的孩子说话了，真的很高兴。下次再见面吧！”

泽村董事长一说完，便用双手夹住我的脸，然后又给我一个浓烈的香吻。

香吻的余韵使我头晕目眩，但是当我回到西荻洼的公寓时，就回过神来了。我以为去东京车站送明日香是很久以前的事了，但是其实不过是今天早上才发生的。今天发生了太多事，但是我还有很多事要做。

我首先在网络上查到了大津地检署的地址和电话。现在已经下午五点多了，但是我还是先打电话过去问问。

电话响了四声才接通。

“大津地检署。”一个生硬的男人声音。

“我想请教有关判决书的事。”

“阅览公审资料是吧！请你等一下。”

电话那头传来轻快的音乐，不像是地检署。

“喂，这里是总务部记录课。”这次是个女孩的声音，好像很年轻，但是和泽村董事长见过面以后，我决定不要在乎年龄了。

“我想知道有关判决书的阅览手续。”

“是已经结案的吗？”

“是，是一九七四年的……”

“那么久以前的案子啊，你是当事人吗？”

“不，我不是当事人……”

“那就不可以。”

“为什么？”

“《刑事诉讼法》规定，结案后三年就不得阅览，但是当事人或其关系者则另当别论。”

“我是当事人的亲戚。”

“亲戚是指？”

“应该说是本案被告的亲戚，她是我的姑姑。”

“是什么样的案子？”

“杀人案。”

“你的姑姑现在在做什么？”

“她已经过世了。”

“……啊，是吗？”

“我之前对于姑姑的事完全不知道，她是最近才过世的，但是我听说姑姑曾经因为杀人而入狱，我想要知道这究竟是怎么回事。”

“原来如此……我知道了。如果是亲戚，我想应该可以核准。只不过，不知道资料是否还保存着……”

“可能会丢掉吗？”

“是，太久以前的案子的话……我去查一下，你知道判决日、确定判决的日期吗？”

“我只听说是在一九七四年。”

“罪名是杀人罪吧！”

“是。”

“被告的姓名。”

“川尻松子。”

“川尻松子小姐……我在计算机上搜索，所以请给我一点时间。我待会儿再打给你。”

我告诉她姓名和电话后便挂上电话。

还不到五分钟，电话铃声就响了。

“刚才那件公审的资料还保存着。因为必须提出阅览申请书，所以请准备好身份证明文件、印章和一百五十日元印花税带过来。”

“印花税？”

“这里的一楼有卖，所以来这里买就可以了。”

“身份证明文件是指？”

“驾照或是保险卡，护照也可以。”

第二天早上我搭乘九点三分发车的“Hikari 一一七号”，离开东京。在京都车站换乘琵琶湖线，到达大津车站时是十二点半。在车站内的快餐店吃了咖哩猪排饭，便在车站前悬挂的周边地图上确认地点，然后就朝大津地检署走去。

大津地检署是在距离车站两百公里左右的法务局综合官厅内。综合官厅是栋五层楼的建筑物，除了地检署，大津地方法务局也在其中。这一带好像就是所谓的政府机关街，法院、县政府、县警局总部都聚集于此。

官厅的入口站着警卫。我告诉他我要去记录课，他跟我说去问里面的咨询窗口。咨询窗口在一进入官厅的左边，那里坐着一个男人，我向他请教后，便在商店买了一百五十日元的印花税，然后搭乘电梯到三楼。一走出电梯，右边有一间门是开着的房间。我看见墙壁上突出一块牌子，写着“检务官室”，下面的括号里写着小小的“记录课”。

我一走进房间，就看到穿着白衬衫打着领带的男性和穿着白衬衫的女性，他们不是在影印，就是在办公桌上办公，要不然就是在敲击电脑键盘。每张桌上都是堆积如山的资料。

“有什么事吗？”

皮肤有点黑的年轻男性站在我面前，声音非常温柔，但是我感觉他一直盯着我看。

我告诉他，我是昨天打过电话来询问有关判决书的人，于是办公桌那里发出“啊”的一声。我一看，一名身材姣好的女性站了起来。她大概有二十五岁吧！她说她是记录课的。

我再次告诉这名女性我想要阅览判决书，她便将阅览申请书的表格递给我。

我坐在检务官办公桌隔壁的一张大桌子上填写表格。被告栏我写“川尻松子”，阅览目的我勾选“其他”，与当事人的关系我写“外甥”。下方我写上自己的住址和姓名“川尻笙”。案件编号和确定判决的日期，则是由她告诉我在计算机上搜索到的结果，我再填写上去。贴上刚才买来的印花，并出示我的医保卡，交给承办的女检务官。

当我心想终于快要看到松子姑姑的判决书时，得到这样的答复：“这个案子的数据在仓库里，所以要明天才能看。”

“不会吧！”

我没想到阅览要等到第二天。如果是这样，应该事先在电话里告诉我嘛！我一边咒骂着，一边走出官厅。看了看钱包，扣掉回程车票的钱，大概勉强可以住一晚。

我先回到大津车站，车站前有一间派出所，所以我便问那里的巡查先生，哪里有便宜的旅馆。他告诉我走路大约五分钟，巡查先生很亲切，还帮我打电话到旅馆。

因为离登记入住还有一段时间，而且大老远来到这里，所以我决定要去琵琶湖逛逛。我走过车站前的环形喷水池，在行道树绿得耀眼的大马路上往北边前进，然后碰到一处平缓的下坡。慢慢走下坡，大约十分钟后，路就变得平坦了，前方是岔道口，栅栏刚好放下来，警铃大作。绿色电车通过后，我便穿越岔道口，来到一条大马路。正要过马路时，我闻到了湖水的味道。

怎么觉得我好像是来旅行的？我看见前方像海水一样湛蓝的湖面，不由得欢呼，并加快脚步。当来到湖边时，看到那里有一个用白色石板铺设的广场，有一条像是栈桥的步道从广场伸向湖面。

我毫不犹豫地往湖上的步道走。步道大约一百米长吧！当我站在栈桥的前端时，感觉自己就好像浮在琵琶湖的正中央，吹拂着湖面的清风洗涤着我的全身。我脚下的柏油路面传来了阵阵波浪般的震动。我的左边静静停泊着白色和黄色的帆船。遥远的湖面上有帆船驶过留下白色的航迹。天空是令人目眩神迷的蓝，上面飘浮着大朵的积雨云。

我突然想听明日香的声音，便用手机拨打明日香的手机，结果接到语音信箱，我挂掉电话，咂了咂舌。

第二天早上九点整，我再度来到了大津地检署，到了记录课告诉承办的女检务官我的来意，然后坐在昨天填写申请书的那张大桌子前。大约等了五分钟，承办检务官就抱着厚厚的资料回来了。

“你可以抄写，但是不能影印，这是规定。”

“那我可以在这里看吗？”

“可以。看完后请告诉我一声。”承办检务官回到了自己的座位上。

我看着资料，好厚。随意翻了翻，从调查报告、陈述书到判决书全都在这里。

这些发黄的纸上记载着松子姑姑犯下杀人罪的所有内容。

我决定从判决书开始看。检务官室有好几个人都是站着工作的，总是乱哄哄。但是当我看到“判决书”几个字的那一瞬间，所有的杂音都消失了。

那里记载的不只是案情，从松子姑姑小时候一直到命案发生时的所有经过都记录了下来，巨细靡遗的程度令人为之惊讶。一直认为父亲的爱全都给了久美姑姑的少女时期。没有贯彻自己的理想，反而压抑自己的青春时期。还有在修学旅行时发生的偷窃事件，应该就是龙先生所说的吧！果然因为这个事件，松子姑姑失踪了。之后她和一心想成为作家的Y青年开始同居，但是Y自杀了。她又和Y的好友O发生婚外情，被甩掉后自暴自弃去做中洲的土耳其浴女郎。所谓的土耳其浴就是现在的泡泡浴吧！我还没去过……松子姑姑在这家土耳其浴店认识了S女，并结为好友。她在土耳其浴店曾经有一段时间是第一红牌。就在她人气稍稍下滑时，被小野寺保这个客人劝诱，搬到了滋贺县的雄琴。雄琴的生活非常忙碌，为了消除疲劳，便开始使用安非他命。案发的前一天，她获知她的好友S被注射了安非他命的同居男友所杀，松子姑姑便下定决心要戒掉安非他命。她想要和小野寺保开小餐馆，但因此导致他们发生口角，她发现小野寺保只不过是把自己当作赚钱的工具，小野寺保想要强迫她注射安非他命，因此松子姑姑便拿起菜刀抵抗。她的手被小野寺保抓住，无法动弹，于是菜刀便从手中掉落，刚好刺进小野寺保的脚指甲，松子姑姑便将小野寺保杀了。之后她想要追随曾经同居的对象 Y 去自杀，所以去了玉川上水，但是自杀未遂。她开始和当时因为担心而向她搭讪的理发店老板 S 过起了同居的生活。两个月后，看到通缉照片及姓名的附近邻居报案，她被警方逮捕。

判决书上写着，松子姑姑的性格缺陷是导致这件案子发生的最主要原因。任性而为、以自我为中心、容易感情用事的个性，致使她误入歧途。

但是我不这么认为，从这份资料看来，不论是做土耳其浴女郎，或是和男人之间的关系，松子姑姑不过是直率到有点蠢而已。

也或许是我对姑姑有所偏袒吧！但是我不觉得姑姑像爸爸说的那样，是个无可救药的女人。

杀死小野寺保这个男人的经过，也是接近正当防卫不是吗？如同泽村董事长所说的，即使包含违反毒品取缔法在内，八年的刑期也太长了。

松子姑姑没有上诉，她去服刑了，出狱后成为美发师再出发。她之所以会成为美发师，与她被逮捕之前同居的那个理发师应该有关吧！然后她在美容院和泽村董事长再次见面了……

我看完所有的资料后，已经是下午两点多了。

我抬起疲惫的双眼，觉得松子姑姑就坐在桌子的对面。那张成人式的黑白相片上的脸，正拖着腮看着我，她的眼神好像有问题要问我。

我从大津坐上琵琶湖线，换乘新干线、中央线，回到西荻洼的公寓时，已经晚上八点多了。

我打开房间的日光灯，犹豫了一下，但还是打电话到明日香的家里。电话响了六声后被接起。

“这里是渡边家。”

明日香的声音。

“是我。”

“啊？”

“啊什么啊，我是阿笙，你忘了我的声音吗？”

“哦，是明日香的朋友吗？”

我涨红了脸。

“……不是明日香吗……”

“请等一下。”

电话的那头传来了笑声。

我听见“啪嗒啪嗒”的脚步声。

“阿笙？”

“明日香吗？刚才那个人是？”

“是我姐姐，她说你以为是我。”

“可是声音一模一样啊！”

“因为你没仔细听。”

“你在干什么？”

“我很忙，有很多事，你呢？”

“今天我去了大津地检署。”

“滋贺县的大津？检察署？阿笙你做了什么坏事吗？”

我便一一加以说明。

我碰到了那个掉落《圣经》的男人，他的名字叫作龙洋一，是松子姑姑教过的学生。龙先生被带到警察局。经由龙先生的介绍，我和演艺公司的泽村董事长见面，松子姑姑曾经杀人入狱服刑过。还有在大津地检署，我得知了松子姑姑在犯案之前的人生。

明日香光是听到掉落《圣经》的那个男人真正的身份后就已经惊叫连连，之后我说的事情她便不再有任何响应，只是安静地听着。

“松子姑姑杀了人啊……”

“但是那不是松子姑姑一个人的错，我觉得是被杀的那个男人的错。松子姑姑入监服刑后，成为美发师再出发。我觉得这很了不起。”

“……是啊，松子姑姑的人生完全超出了我的想象呢！”

“我要去松子姑姑出狱后工作的那家美容院看看，听说还在银座，搞不好还有人记得松子姑姑呢！”

“你知道地点吗？”

“我现在要查。明日香，你要在那里待到什么时候？还不回来吗？”

“嗯……”

“怎么了？发生了什么事情吗？”

“没有，我想要在这里多待几天。”

“是吗？明日香……”

“什么？”

“明日香不在，我真的很无聊呢！”

“……谢谢。我也是一直在想阿笙。”

我快要笑出来了，这不像明日香会说的话。

“是真的吗？”

“是真的。”

安静了下来。

“那我再打电话给你。”

“嗯，再见。”

我放下电话。

明明才刚听到她的声音，却反而觉得更寂寞。这到底是怎么一回事？

我理了理情绪，一边吃着从车站前的便利商店买回来的便当，一边上网搜索银座的美容院。现在只要稍微有生意头脑的美容院都会开设自己的网页。

搜索页面上列出了一长串美容院的店名。几乎都是英文字母，店名不是直接用英文就是法文。

美容院“Rouge”，只有一个。

第二天早上，我从西荻洼坐中央线，在东京车站换乘山手线，在有乐町车站下车。如果是新宿或是涩谷，我还曾经去过，但是银座就从来没去过了。于是我就去首都高速底下那间派出所询问“Rouge”的位置。我告诉戴着眼镜的巡警先生地址之后，他就摊开地图指给我看。

我按照他说的，在晴海大道上走了一会儿，过了银行后转进巷子里。可能是因为时间还早，路上的行人并不多。在我抬头看着左边的大楼时，发现了“银座 Crest 大楼”的字样。我一看上面挂着的电子广告牌,的确显示着“美容室 Rouge”在三楼。根据电子广告牌上的信息，这栋综合大楼的地下一楼是居酒屋，二楼好像是牙医诊所，四楼和五楼的商店名字很奇怪，但是没有看见任何店面。

我钻进狭窄的入口，搭乘电梯到三楼。一走出电梯就看到一扇门。在刻有复杂花纹的玻璃上，写着红色的“Rouge”。门上挂着“准备中”的牌子，但是因为里面的灯是亮着的，所以我想应该有人吧!

我试着推了推门，结果门开了。来客铃声“当当当”响起。

店里流泻出轻快的法国流行音乐。进门的右手边有一把像是圆形盒子的椅子。那好像是柜台，但是没有人。柜台里面，面向一整面镜子摆放着四脚椅。室内装潢以白色为基调，在各处交织着红色和蓝色。即使店名叫作“Rouge”，但是装潢好像并没有特别拘泥于红色。

椅子的另一边有一张歪斜的玻璃屏风。当我看见那后面的人影时，她立刻冲了出来。那是一个和我差不多年纪的女孩。身穿黄色 T 恤和白色长裤。手上拿着抹布，发色是令人吃惊的粉红色，发型是齐耳短发。

“对不起，还没开始营业。”

“我不是客人，我想要打听一些事情。”

女子站在我面前想了一下，额头渗出汗珠。

“我想问一下以前在这家店里工作过的，叫作川尻松子的人。”

“川尻松子小姐？我没听过，那是什么时候的事？”

“大约二十年前。”

那女孩笑了：“我怎么可能知道，我都还没出生呢！”

“不知道会不会有人知道？”

女子两手叉着腰。

“这样啊，那做了二十年以上的人，就只有大师傅了不是吗？”

“大师傅是指？”

“这个店的老板，创始人。”

“‘他’还会来这里吗？”

“现在就在啊！”

“真的？我可以见‘他’吗？”

“没有预约有点困难哦，我帮你问问看好了，这个帮我拿一下。”

女孩将抹布塞给我后，便走入写着“STAFF ONLY”的门内。这条抹布可能才刚用，很洁白，还微微散发着消毒水的味道。我一看脚下，地上有脚印。我心想既然有抹布，就赶紧用抹布擦掉脚印。我以为变干净了，谁知在稍远的地方又看见脏污。于是就顺便再擦一下，刚才那个女孩回来了。

“啊！不行！这不是用来擦地板的。”她将抹布抢了去，哭丧着脸说。

“这是洗发台专用的。”

“对不起，我不知道。”

“唉！算了，是我不应该把抹布交给你的。大师傅说可以见你。她说话的口气好像是一直在等你来似的，大师傅的房间就在那个门进去后，走到底右边的房间。”

我向她道谢后，便钻进工作人员专用的门，走到底看见右边的房间上挂着“店长室”的牌子。

我有点紧张。

敲了敲门后，从里面传来“门没锁”的响亮声音。

我说了声“打扰了”，便将门打开。

房间大约三坪大，正面墙壁的窗户上，挂着蕾丝花边窗帘。右边的墙边放着一张简单的办公桌。一位面向桌子的女性将椅子转了一圈站起来。

她的个子很矮，大概只到我的肩膀。香菇头闪闪发亮，就像黑糖一样。直条纹的衬衫配上黄绿色的紧身裤，脚上穿着低跟的浅口鞋。手脚都很细，如果只看头发和穿着的话，还以为是十几岁的女孩，但是她的眼角有明显的皱纹，脸颊也松弛了，嘴角往下垂。她的底妆很白，但是应该有六十几岁了。

“你是阿笙？”

“是的，你知道我？”

“泽村女士来过电话，说有一个叫作川尻笙的男孩可能会来我这里，叫我跟你说松子的事。她还说你不懂事，可能会说些失礼的话，叫我要原谅你。”

“那个人……”

“初次见面，我是内田茜，这家店的老板。坐吧！我和泽村女士不同，我有的是时间。”

5

入狱一年半后，我已经从四级升到了二级。当一确定升到二级，我就提出上美容学校的申请，并获得典狱长的同意。当年的九月底，我和另一名也成为美容生的狱友一起被护送到笠松监狱。从大阪车站到岐阜车站搭乘的是新干线。这时我才知道原来新干线已经通到博多了。

十月一日举行开学典礼后，我和其他从全国各地监狱前来的服刑人员一起正式成为美容生。之后的一年，我们除了学习剪发、烫发、洗发、护发等美发相关技术，日本发型、化妆、修指甲、按摩等美妆技术，以及穿和服的技巧之外，还被教授传染病学、消毒法、皮肤科学等卫生理论。

剪发练习使用的是人偶，除此之外美容生也会两人一组互相当模特儿练习。其中最困难的是用发卷将发束从发尾卷起的“上卷子”，还有将两厘米见方的发束从发尾卷起后固定好的“夹子卷”，以及用梳子和手指做出波浪的“指形波浪”。因为是上了护发乳之后再练习，所以一开始都会手滑，完全不成形。上了发卷的头发放下来后就直了，夹子卷的头发会变得毛毛糙糙。但是我每天不断地练习，终于做出很漂亮的发型，毕业时我上卷子的功力已经是全班第一了。

从笠松回来后，我就在监狱外的美容室做实习生。实习生的工作主要是扫地、冲洗头发、收拾杂物等。之后他们也叫我帮客人吹头发，但是刚开始时我曾经把客人的头发吹得像气球一样膨，赶紧请学姐帮我补救。吹发如果能做得好的话，就可以开始做头发，最后就可以替客人剪头发。

我服刑的那间监狱里有两道围墙。外墙的门上没有监视，任何人都可以进出，一进入这道门就可以看见老旧的灰色建筑物。这里是集中了庶务课、分类课、教育课和典狱长办公室等的重要基地。我在入狱的第一天曾被带到庶务课，按照惯例报出自己的户籍、姓名、罪名、刑期。这个重要基地的另一边还矗立着一道墙。

这道内墙上有一扇非常小的铁门，人几乎要钻着进入，而且严密地上了锁。这道内墙里除了宿舍、工厂之外，还有看守员们的司令塔——保安课、管理部长室和医务课。基本上服刑人员的生活起居都在这里面，只有少数的美容生可以将活动范围扩大到内墙外。

外面的美容室虽然是在监狱的用地内，但是是在内墙的外侧。挂着“茜”招牌的美容室，除了监狱内的职员之外，一般社会人士也可以光顾。美容生每天走出内墙去“茜”报到，出狱后便累积了许多实战经验。顺带一提的是，服刑人员被允许三个月剪一次头发，五个月烫一次头发。但不是在外面这间“茜”，而是在内墙内的服刑人员专用的美容室。这间美容室没有店名，不过由于服刑人员向往外面的世界，所以便称为“小茜”。这里也是由我们美容生负责。

我在“茜”实习一年结束后，通过了国家考试。同时我也升到了一级，被授予代表一级的红色徽章，也由牢房搬到了居室。

所谓的居室是一级专用的单人房，糊纸拉门的房间里除了桌子之外，还有一张小床及衣橱。门没有锁，不用看守员的同意就可以自由进出。

即使考取了美发师的国家执照，我们所学的也只是最基本的东西，离出师还很远。还好在“茜”里有许多技艺高超的前辈们，星期二和星期六还会请外面美容学校的校长来技术指导，我从这些人身上偷学了很多技术。

尤其是美容学校校长，除了教我们技术之外，还告诉我们接待客人的重要性。从接待客人、毛巾及布的披法、莲蓬头的拿法、热水的温度、洗发精的涂抹方法、手指力度强弱区分使用的重点等，要注意的地方实在太多了。

那位校长还曾说过这样的话：“在店内的任何地方，一定不要忘了客人都会看得到，客人的眼睛是很锐利的，即使松懈一秒钟，都会被发现。”

我听到这句话时，想起了在“白夜”时绫乃曾对我说的话。我心想在最严苛的风俗业都可以成为第一的我，在美容院应该也可以有很好的表现。

升到一级后，必须去帮忙图书借阅、排列课堂的椅子等狱中杂务。白天在外面的“茜”，晚上则在“小茜”挥动剪刀，所以每天都很忙碌，到了冬天也不觉得特别冷。

一转眼，我服过的刑期，包含未判决拘留期间在内，已经有五年五个月了。

美容生包含实习生在内共有十三名。大家排成两列，点过名后，通过内墙的铁门到达“茜”时，大概是早上七点五十分。那个时候大概已经有十位客人在门外等了。全都是一般的社会人士，且大多是附近的主妇，所以特殊行业的客人就特别显眼。

不过即使在“茜”，身后还是常有看守员盯着。就算是拿了盛情难却的客人给的一颗糖，最后还是会被立刻禁止进出美容室，同时被降级。此外，听客人的要求是允许的，但是严禁窃窃私语。

“川尻，喂！川尻，你没听见吗？”

是看守员的声音，我吓了一跳，转过头去。

今天负责美容室的刑务官是两年前从枥木县调过来的江岛。圆滚滚的身材，服刑人员给她取了个“不倒翁”的绰号。她三十五岁左右，尚未结婚。

“是，不好意思。有什么事吗？”

“分类课课长叫你过去，请马上去。”

“可是我的头发怎么办？”客人疑惑地说。

“对不起，我会请其他人来做。”

“可是我的发型只有这位姑娘会做。”

“对不起，这是规定。川尻快去。”

“是。”

我对客人鞠躬之后便离开了。在更衣室将白衣换下，换上囚衣，再由另一位看守员带往灰色建筑物。

两周前，我曾被分类课课长叫去。她告诉我可以假释。我自己也想应该差不多了，所以高兴得几乎跳起来。只不过我有些不安，因为假释时需要保人。保人确定后，经过面试，才可以正式审理，决定是否能核准假释。

我指定弟弟纪夫做我的保人。

从“茜”到分类课，要走五十米左右的石头步道。途中可以看见右边外墙上的门，门的对面就是国道，车水马龙的样子尽收眼底。门上没有监视，所以感觉好像只要稍微跑一下，就可以轻易脱逃，但是级别较高的服刑人员是不会考虑去做这么愚蠢的事的。与其企图脱逃被降级，还不如认真工作早点获得假释来得实际些。即使这样，走在这条石头步道上时，只要闻到随风飘散的汽车废气，就可以感受到墙外的空气，令人激动不已。

我和看守员走进分类课室，站在分类课课长清水麻子面前。这个四十几岁的女人也是单身，但是她和“不倒翁”不同，她是个不折不扣的美女。白皙的皮肤和深刻的轮廓，她以前一定就像电影里的女明星一样美，高高盘起的头发也很有品位。监狱里有好几个二十几岁的刑务官，但是就我待在监狱里这五年五个月的观察，没有一个能比得上清水课长。

这位清水课长用很严肃的表情抬头看着我。

“川尻，我想你应该知道我为什么叫你来。”她的声音很低沉。

我紧张得全身僵硬。

“是。”

“关于保人的事，福冈的保护观察所[①]向你弟弟确认过了，很遗憾，他没有意愿。”

“……是吗？”

这是我预料中的事，但是实际被拒绝时，比我想象的更难受。我的内心还是期待着纪夫能当我的保人来接我出狱。

---

① 对罪犯和失足青少年不予收容，而将其置于社会中进行监督、辅导和帮助，以希望其获得新生的部门。

“没有其他人吗？”清水课长温柔的声音残酷地响起。

我低下头。有种可以依靠的感觉，我在心中低声说着一个男人的名字。

岛津贤治。

我太自私了吧！明明写了一张字条叫他忘了我，现在却要叫他当我的保人。

但是……

你说你不在意我的过去，你说你只想和我一起生活，有生以来还是第一次有人对我说这样的话。你对我求婚，而我也接受了。没错，即使还没去登记，我还是你的妻子。现在的我已经有美发师的执照了，客人们的风评也很好。我一定可以帮你的忙。

我抬起头。

“岛津贤治先生，在东京三鹰开理发店。”

“你和他是什么关系？”

“是未办结婚登记的丈夫。”

“户籍尚未登记吧！”

“我们已经说好要结婚。”

“他有来看过你吗？”

“没有……”

清水课长脸色铁青。

“但是我想他一定会来接我的。”

“我知道了，既然你这样说，那我就联络东京的保护观察所，请他们去问问看他是否愿意当保人。”

知道我提出申请的岛津贤治会有什么样的表情呢？他会怎么想呢？还有，他会怎么回复呢？每次我只要一想，就觉得无法呼吸，心如刀绞一般。

我心想保护观察官应该已经去拜访岛津了吧？搞不好就是现在，那一刻即将到来。我只要这样一想，就无法专心工作。还会把洗发精和润发乳搞错，这是平常我绝对不会犯的错。当时只被口头警告，但是弄不好的话，可能会影响假释的审理。

五年的岁月实在太长了。他会为了一个只在一起生活了两个月的女人，而且还因为杀人入狱的女人苦等五年吗？这种事只是电影情节吧！越是冷静思考越是感到绝望。

但是……

岛津贤治是唯一一个对我求过婚的男人。他是个诚实、勤劳又体贴的男人。如果不能相信这个男人的爱，那今后我要相信什么过下去呢？但是如果被拒绝的话……

在结果出来前的每一天，我都觉得自己像是半个废人。我后悔找岛津贤治当保人，甚至曾经认真地想过要请他们撤销。

两周后。

当我在“茜”替客人上发卷时，接到了清水课长的传唤。

我被看守员带去分类课，应该是要和我谈保人的事。我从“茜”踏着石头步道往灰色建筑物走，心里反复说着一句话。

我相信岛津贤治的爱。

“我带她过来了。”

我站在清水课长面前。

清水课长抬头看着我。

“关于保人的事……”

“是。”

“听说岛津贤治先生拒绝了。东京的保护观察官向岛津先生确认过了，他的回答是没有意愿做保人。很令人遗憾。”

清水课长所说的一字一句都变成了现实的铅块，往我胸口重击。

“为什么……”

是店倒闭了？所以才没余力收留我吗？

“他的店还在吗？”

“听说还在，但是现在的情形和五年前已经完全不同了，我能说的只有这些。”

任何东西都静止不动了。我的身体在颤抖，我的胸口为之郁结，无法呼吸。

“怎么、怎么可能！我明明是他的妻子，他说想和我一起生活，还说要去登记结婚，还说他爱我……我一直相信他。会不会是弄错了，一定是把其他人当作岛津了。”

“川尻，请你冷静，岛津先生拒绝了，这是确定的。”

“那请去找赤木。”

“赤木？”

“是我以前工作的土耳其浴的经理，他说他喜欢我，还说碰到困难时随时都会来帮我，如果是他的话，一定会来接我的。”

“他的住址呢？”

“听说他的老家在北海道的八云，但是他的地址和电话我丢掉了……”

“那不就没办法了吗！”

清水课长用拳头敲着桌子，她吐出一口气，像是说教一样。

“川尻，和歌山有一间专为没有保人的服刑人员所设的更生保护院[①]。或许因为宗教的关系，有人愿意做你的保人。去拜托这样的人你觉得如何？当然请家人或朋友当保人，主审委员的印象会比较好，但是当事人没有那个意愿或是连地址都不知道的话，就没有办法了，不是吗？川尻你已经升到一级了，平常工作的态度也没话说，所以今后只要不犯规的话，一定可以假释的。你

① 日本更生保护制度下设置的帮助罪犯、失足青少年改过自新的部门。

觉得呢？”

我感到很失望，忍不住呜咽了起来。

“川尻，请回答。”

“……是，那就拜托了。”我好不容易回答了这几个字。

在清水课长的催促和职员的注视下，我离开了分类课。看守员带着我从灰色建筑物往“茜”走去。

秋高气爽，万里无云。被风吹落的枯叶在石头路上翻飞。

“川尻，你好像受到很大的打击。”

一旁的看守员说，五年前眼睛还很美的她现在妆越来越浓，身材走样，说话也变得不客气了。

“确实没有人来接的话很寂寞呢！但是这更证明了你所犯的罪对周遭的人造成了困扰。你要再好好反省，因为你杀了一个人。即使可以获得假释，也不要太高兴。”

我停下了脚步，向左看，可以看见外墙上的门，没有监视、任何人都可以自由进出的门。汽车、卡车就在外面的国道上行驶。

“怎么了？”看守员看着我的脸。

我双手推开看守员，迈出脚步，开始跑。

“站住。”是叫声，然后是尖锐的紧急哨音。我一直跑，就好像被人拉着一样，拼命地跑。

好像有什么东西压在我腰上，我脸朝下趴在地上，冒出白色火花。

“川尻，你疯了吗？”

我的手臂被扭着，压在地上。我拼命抬起头，门就在眼前。在国道上行驶的卡车车轮就从我眼前经过。

“你是笨蛋吗！这样就不能假释了，还要从美容室回去踩缝纫机，你知道吗！”

我被用力拉起来，是第一次看到的男刑务官，而且是两个人。我叫着“不要碰我”并奋力抵抗。上衣的扣子弹了出去,双手被男刑务官抓住,脚不断乱踢。

“你给我安分点！”

我被拖着带走。钻过内墙的铁门，被关入禁闭房，而不是惩戒房。

厚重的门被关上，发出很大的声音，然后是上锁的声音。我拼命叫着，声音撞到四周的水泥墙，又弹了回来。

在这个四周被水泥墙围起来的狭窄空间里，只听得见自己的呼吸声。没有窗户，只有墙壁高处有一个天窗。马桶也是水泥做的。四周都是田地，不管我再怎么叫、再怎么发飙,都没人听得见。我的声音传不到任何人的耳朵里。

我摔倒在地板上，然后躺成大字形。

“我真是笨蛋。”我对着水泥天花板大叫，泪水一直流个不停。

因为这次的事件，我被降到四级，又回到了多人间。作业场所也从美容室调回了工厂。

牢房原先的伙伴东惠在我入狱后的第十个月刑满出狱了。牧野碧也在一年多一点后获得假释，听说她出狱后不久就过世了。远藤和子和我一起升上了二级，刑期还剩下半年时获得假释出狱。她对我说了一句“我还会再来哦”，不知道是开玩笑还是认真的，但是至少到目前为止她好像没有回来。真行寺瑠璃子刚确定可以假释，为了适应社会生活搬去了专门的宿舍。

我又再次穿上四级穿得皱巴巴的囚衣，每天踩着缝纫机。多人间住着八个人。一开始没有一个人和我说话，在假释前脱逃未遂的事件一下子就传开了，我遭到大家唾弃。

之后，我冷漠地只看眼前的缝纫机度过每一天。由于我工作认真且没发生任何问题，所以一年后我又再次升上三级，再过了半年之后，我就变成二级了。在我的刑期还剩三个月的时候，我获得了假释。假释后的居住地我指定和歌山的更生保护院，这里大约有二十个房间，并提供最基本的衣食，但是不能一直住在里面。

我在这个机构度过了保护观察期之后，一个人前往东京。

那是一九八二年四月。

我三十四岁的春天。

我坐新干线在东京车站下车。然后换乘中央线来到三鹰。我和当时一样沿着玉川上水沿岸走。河里还是没有水，但是沿路已经铺上了柏油。

我来到新桥时，太阳开始西沉。我的双脚往岛津贤治的理发店走去。

过去道路两旁只有田地和水田，但是现在已经有住宅、店铺，甚至还正在兴建楼房。道路也拓宽了，上面画着橘色的分隔线。已经完全看不见当年的样貌了。我八年前的记忆似乎已经派不上用场。

当我心想我会不会走错地方时，理发店的旋转三色灯映入我的眼帘。我一边感到自己心跳加速，一边走近。我看见了“岛津美发沙龙”的字样。没错，这是岛津的店，已经改装了，和我记忆里的不太一样。后来我才发现，是店的位置移动了。这一瞬间，记忆和我眼前的景象交织在一起。过去“岛津理发”的所在位置，已经建了一家气氛更活泼的店。宽敞的停车场，写着二十四小时营业的文字。那是我前所未见的商店形态。老婆婆一个人顾店的香烟店也变成了烧烤店，以前是平房的住家也变成了两层楼的公寓。曾经长满草的空地现在则成了停车场。

我面向岛津的店站着，隔着马路从玻璃窗外看着店内的情形。理发椅有三张，客人只有一名中年男子，他坐在最靠外面的这一张椅子上，正在帮他剪头发的一定就是岛津贤治。我因为思念而情绪激动。他一点也没变。不，好像瘦了点，用认真的眼神看着客人的头发，客人似乎心情很好的样子，笑眯眯地看着镜子。岛津的刀法很利落，正因为我现在已经是美发师，所以才更了解。

我只想告诉他一句话。

我考取了美发师的执照。

我只想跟他说这个。如果就这样回去，我一定会后悔的。即使他的反应很冷淡也没关系。我要见他，我必须见他。

当我迈出步伐正要过马路时，岛津往店的后面探了探头。

我停下了脚步。

从店后面出现了一位和岛津穿着相同白衣的女人，个子娇小，长得很可爱。应该和我差不多年纪吧！她满面笑容地和岛津说着话。从那个女人的后面，探出了一个小男孩的脸。和岛津长得一模一样。他抓着女人的腰，抬头看着岛津。客人也一起和男孩说着话。我似乎听见了店内传出来的笑声。

我转身离开那家店，踏上往三鹰车站的路。

第四章 奇缘

1

和以法国国旗为设计主题的店内装潢相比，美容室“Rouge”的店长却朴素得近乎冷漠。但是我觉得这间店散发出的花俏气氛更甚于明亮鲜艳的店面。这可能是因为内田店长个性十足的关系吧！但是刚才在店里准备开店的那个女孩应该也算很有个性才对，可那女孩身上没有，而内田店长身上有的东西，说不定就是所谓的气势吧。

我一边想着这件事，一边照内田店长所说的坐在沙发上。

内田店长替我倒了一杯茶。

我向她道谢后喝了一口茶，很甜。

“我听说松子过世了。”内田店长开口说，“还很年轻不是吗？听说是五十三岁，人生不是从现在才要开始吗……”她的脸不甘心似的扭曲着。

“松子姑姑是什么时候来这间店的？”

“泽村女士打电话给我之后，我就把当时的日记翻出来，我重看以前写的东西，发现是在一九八四年四月。”

“你知道松子姑姑入狱过吗？”

内田店长点点头。

“我还知道她是杀人才入狱的呢！”

“是她自己跟你说的吗？”

“她在履历表上写的，说她在监狱里考取了国家执照，才出狱没多久。”

“在监狱里考取美发师执照吗？”

内田店长露出笑容。

“你应该也听说了泽村董事长的事吧！她也曾在牢里待过。不只泽村女士，从以前我店里的客人就有不少是坐过牢的，一看起来就像是大姐大的客人，在和我聊天时告诉我曾因为盗窃被捕，我听了也很惊讶，觉得很不可思议，泽村女士是什么时候告诉我的呢？听说在和歌山的女子监狱里，有一间给服刑人员做职业训练的美容室，店名就叫作‘茜’。我想阿笙应该也从泽村女士那里听说的吧！这里以前也叫作‘茜’，因此被关过的人都会因为怀念而来这里，我也很惊讶，有人问我会不会不喜欢和监狱的美容室同名。怎么会呢！听说监狱的美容室是让人最放松的天国。所以‘茜’这个名字一点也不会给人不好的印象，泽村女士说她自己也是受到店名的吸引而进来的。”

“但是之后为什么改了店名呢？”

“十三年前，我们之前所在的那栋大楼被拆掉了，所以才搬到这里来，刚好昭和时代也结束了，我想要以新气象迎接新时代的来临。虽然这个名字有点做作，但是我还是决定用法语的“Rouge”，“Rouge”同样也是红色的意思，但是是比较鲜艳的红色。我觉得时代应该要变得更加开朗，所以才取这个名字的，绝不是希望坐过牢的人不要来。”内田店长淘气地笑了笑。

“松子姑姑会来这家店，也是因为店名的关系吗？”

“我觉得是，但是没听她说。”

“出狱后，她立刻就来了这里吧！也就是说……”

“怎么了？”

“松子姑姑被警察逮捕时，曾和那个理发师同居。可能她在监狱里考取美发师执照，就是想出狱后和那个男人一起重新生活吧！但是出狱后她却立刻来了这里，表示那个男人……”

“经你这么一说，我想起来她在面试时曾经说过一定要争口气给他看呢！”

“争口气给他看……”

“我还记得松子第一次来这里时的情形。她突然走进店里，跟我说请我雇用她。一般都是看到招聘启事后才会来吧！当时店里除了我以外，还有两名设计师和一名学徒，因为不缺人手，所以我没有打算要招人。但是她还是对我说她很想在这家店工作。这么厚脸皮的人我还是第一次碰到。我一开始想要拒绝她，但是她的眼神很恐怖，是一种绝对不会放弃的眼神！让我觉得如果把她撵出去，她就会杀了我似的。所以我请她等到打烊，用模特儿做测试。所谓的模特儿，就是假人头。我这个人也很坏，出了一道很难的题目，当时就连店里的设计师都不见得会。一开始松子好像也不知所措，磨磨蹭蹭的，但是还不到五分钟，就展现出令人眼睛为之一亮的手法，就好像被什么东西附身似的，我终于了解令人难以靠近的气息就是指这个。她应该铆足了比别人多一倍的气力，做出来的成品虽不能说优秀，但是绝对可以算是及格了。她完成后，原本等着看笑话的员工全都为她鼓掌。当我听说她已经三年没拿过剪刀时，我更加惊讶，然后立刻进行面试，看了履历表后，决定用她。没有一个人反对。”

“你不会因为她坐过牢而拒绝她吗？”

之前一直很沉稳的内田店长脸一下子变了，用很凶的眼神看着我。

“喂！阿笙。”

“……是。”

“你这样低估我，实在很伤脑筋啊。”

不应该是老人会发出的恐怖声音。

“对……对不起。”我将双手放在膝上，低下头。

“只不过，松子的过去应该只有我知道，因为我觉得这没什么好大肆宣传的。”内田店长脸上可怕表情已经消失了。

“那个……她在店里工作的情形怎样？”

“她的手很巧，而且她本来就是个聪明的孩子，不过总是会在自己四周筑墙，感觉她在拼命逞强。但是她并没有惹什么麻烦，对客人也是笑脸相迎，而且口碑也很好。只要她认真完成工作，我就不会有抱怨。这样的状态大约持续了一年。”

内田店长深深吐了一口气。

“她不对劲是那个男的出现在店里之后。”

2

银座的“茜”位于综合大楼的二楼。有三张椅子，只有一个洗发台，是间小巧舒适的店。如果就店的面积而言，监狱内的那间“茜”还比较大一点。只不过室内装潢之高雅，是监狱内的那间“茜”所比不上的。

店长是位四十岁左右的女性，正因为她曾在巴黎学习技艺，所以在店门口醒目上地挂着法国国旗。墙壁上还挂着巴黎著名的“弗美拉美发学院”高级课程的结业证书，以及日本国内剪发竞赛的奖状，底下则放着金光闪闪的大奖杯。

我通过了测试和面试，从第二天开始就成为这家美容院的正式员工。除了店长内田小姐之外，还有三名员工。其中两名美发师分别是二十岁左右和二十五岁的女性，一个二十岁左右的女孩是学徒。三十四岁的我是里面年纪最长的。

即使年纪最长，只要是新人，一开始一定要一边负责洗发、按摩，一边学习店里的流程及接待客人的要领。一个星期后，我就开始做简单的剪发，等我完全掌握工具放置的位置和使用方法之后，就和其他工作人员一样行动自如了。

我放弃了和岛津贤治见面的想法。但是我想告诉他我已经东山再起了，并以美发师的身份重新出发。

看到岛津贤治过得很幸福的第二天，我去房屋中介找房子，决定在赤羽租房子。因为需要保证人，我便带着那张保护卡去保护观察所，请他们做我的保人。

我身上只剩下做土耳其浴女郎时赚来的钱和美发师的国家执照及技术。既然已经有心理准备要一个人生活下去，就只能自食其力。我的年纪已经无法再做土耳其浴女郎了，而且也不想做其他特殊行业，剩下的选择只有美发师。在赤羽的职业介绍所里，我看见美容院的招聘启事，但是没有一家店吸引我。反正决定要做美发师，我想去大都市考验自己的技术。突然一个念头闪过，我来到了东京。我翻着车站前公共电话亭里的电话簿，寻找美容院那一项时，看见了一家叫作“茜”的店，和监狱里的美容室同名。最后的三年我连踏进外面那间“茜”都不可以。我将这一页撕下来，走出电话亭。

事实上当我一走进“茜”时，便看到金色的奖杯。那时我才知道原来有剪发竞赛这回事儿。我心想只要参加竞赛获得优胜的话，至少可以在业界小有名气吧！消息也可以传到岛津的耳朵里去吧！

我直接去找内田小姐谈，请她测试我。在使用假发的技术测试中，她出了一道题目给我，就是用外层滑剪的方式，剪出发尾飘逸的发型。滑剪是指将发束打薄的剪法，是难度很高的技术。我曾在狱中的课堂上学过，但是实际上却没剪过几次，这不是我擅长的技术，而且我已经三年没碰剪刀了。但是我心想只能硬着头皮做，便认真地去做，结果好不容易在规定时间内完成。虽然没什么自信，但还是过关了。

内田小姐是剪发竞赛的常客，并好几次得到优胜，工作人员也很有心学习，打烊后还会在店里举行所谓的“研习会”，接受内田小姐的技术指导。当然我也会参加。这个时间是最快乐的，让我想起了“白夜”的技巧研习会。

听说竞赛内容不只剪发，还有上卷子竞赛，也就是比赛上卷子的速度和正确性。上卷子是我最擅长的，我原先想要参加这个项目，但想起做理发师的岛津贤治是不使用卷子的，一定对上卷子没兴趣。最后我还是决定要参加剪发竞赛。

我到“茜”上班后的第二个月，第一次有客人指名我。在“白夜”第一次被指名也是在到职第二个月时。我发现不论是接客的心理准备、打烊后的研习会，还是接受指名的流程，土耳其浴和美容院都有令人意想不到的共通点，这让我觉得很高兴。

点名要我剪发的女性将近三十岁，身穿白色丝质套装，脸颊丰腴，但五官轮廓就像女明星一样美丽，大波浪的发型使她显得更高雅。她好像是“茜”的常客，以前我也曾见过她，当时她是找内田小姐。

我推着自己那台小推车，站在她身旁。学徒已经为她披好剪发围巾了。

“谢谢您指名我，我叫作川尻。您希望做什么样的发型呢？”

“我想要有夏天的感觉，要剪短。”

我觉得这声音好像在哪里听过，但是我想不起来。

“短发是吗？您喜欢什么样的感觉呢？”

“麻烦你帮我设计，请你做出适合我的发型。”女人闭上眼睛。

“……是。”我觉得她是在测试我。

我专心地从各个角度观察她的脸，她应该算是圆脸，不过并不胖，五官长得很漂亮。大波浪虽然很适合她，但是给人的印象有点傲慢。如果希望短发仍保有相同感觉的话，那就要把刘海往后吹，露出额头，用手梳开并轻轻抹上摩斯后用吹风机往后吹即可。但是我觉得这位客人似乎适合更轻柔的发型。例如，剪短打层次后，再稍微将头发烫一下，一面用吹风机吹一面用手抓，做出蓬松的感觉……

我下定决心后，便从推车里取出剪刀和梳子。

我用剪刀大胆将她原本的波浪剪下，小心地打层次，平常的话，我都会和客人一边聊天一边操作，但是只要一想到她是在测试我的品位，我的神经就全都集中在她的头发上，没有继续再聊天。我看了看镜子，发现她并没有不高兴，眼睛闭着，嘴角还挂着微笑。

层次剪好后，我将烫发药水抹在头发上，卷起发束，然后把烘干机罩上，使烫发药水渗入。烫完之后，喷上定型液，一边用手抓一边用吹风机吹。

完成的那一瞬间，我吐了口气。这是我倾注自己的品位与技术的作品。不知道在银座是否能被接受。

我从推车取出镜子放在女性的身后。

“您觉得如何？”

她用严肃的表情看着镜子。

沉默了数秒后，镜中的女人抬起头来，流露出责难的眼神。

“你是哪所美容学校出来的？”

“……在岐阜的，学校。”

“是笠松对吧！”

我背上已冒出冷汗。

“您怎么知道？”

女性的表情变得柔和，并露出笑容。

“你终于实现了你的梦想，真是太好了。”

我盯着镜中映出的女人的脸看，一直眨巴着眼。

“小松，你还认不出我来吗？是我啊！”女人嗫嚅道，眼眶泛红地微笑着。

我吸了一口气。

“是阿惠！”我大声叫着，感觉店内所有的人都在看我，我对他们低头致歉。我小声问道：“你是东惠吗？”

“现在我已经结婚了，所以是泽村惠。”

“吓了我一跳。有没有看错，我完全没发现是你。”

“真的吗？”

“阿惠，你是什么时候认出我的？”

“上次来这里的时候。”

“那你为什么不叫我？”

“不好意思，我想要跟你开个玩笑。”阿惠吐了吐舌头，“小松，你一点也没变。”

“别胡说，我已经三十四岁了。”

“我没有胡说，你比以前更漂亮呢！”

“你还是一样会讨女人欢心。你说你结婚了，对方是男的吗？”

阿惠苦笑：“当然啰，美男子是在狱中的事了，在外面不能再做那种蠢事了。”

“恭喜你，我真的认不出你了，你变得这么有女人味。”

“不要这样说，我会害羞。”阿惠用手摸了摸头发，“小松，你这样的技术，绝对可以在银座生存下去的。我做梦都没想到我的脸可以变得这么柔和。”

我听了她这样说后，全身的紧张都消失了。

“太好了！”

“小松之所以会选这间店，是因为店名吧？”

我点点头：“虽然也不是怀念，但是我只想在这里。”

“我在去年之前是在别家美容院的，也是在银座，是一家由知名化妆品公司经营的美容院，光是员工就有五十人。真是好笑，他们完全采取分工制，剪头发的人、洗头发的人、修脸的人、按摩的人，总之每个人负责不同的工作。我觉得自己好像被放在输送带上。所以想要找一家可以令人放松的店，结果就发现了这里。”

“原来是这样！”

“我听人说，经营这间店的内田小姐，是辞去我之前去的那家大得离谱的美容院工作后，一个人到巴黎进修。听说她不喜欢那家公司的经营方式，和那里大吵一架后就离开了。我听了之后更喜欢这里了。而且还因此和小松再次重逢呢！”

“你现在在做什么？”

“我受够了橘子山[①]，但是我也无法满不在乎地去做上班族，想要快速致富又不犯法的话，就只有做特殊行业了。”

“你是做陪酒的吗？”

“一开始是，我是从这种比较单纯的工作开始，但是每当喝醉的老头子对我胡搅蛮缠时，我就很想逃离，实在难以忍受。”

我笑着说：“我懂、我懂。”

“我仔细想过，自己不适合做这种接客的工作。”

我压低声音说：“你没想过做土耳其浴女郎吗？”

“想是想过，但是因为之前听小松说过，我觉得自己无法胜任那样的工作，

---

① 主妇的文艺团体及职业介绍中心。

在小松面前说这种话有点不好意思，但是我不想为了钱沦落到那种地步……对不起。”

“你不用道歉，我也是这样认为的。但是也有人是抱着要成为个中翘楚的态度做那份工作的，我一开始就是这样，结果却迷失了自己。”

阿惠流露出钦佩的眼神点了点头。

“我讨厌出卖自己的身体，但是我不排斥让别人看我的裸体，所以我就成了脱衣舞娘。”

我睁大了眼睛。

“我本来就喜欢舞动身体，因为觉得不好意思，所以之前从未对人提及过，我学芭蕾舞一直学到上初中，我想跳舞应该难不倒我。”

“……真厉害，你出生在有钱人家吗？”

“在初中以前是，我父亲因为收受贿赂而被捕，从那之后，我觉得自己就好像往下坡滚一样，一直滚到了狱中。我做舞娘有很好的口碑呢！因为脱衣舞娘虽然很多，但是真正有舞蹈底子的人却出乎意料的少。而且我觉得在男人的注视下跳舞感觉很棒，不久之后，拍摄裸体写真集的工作也来了，我便正式和模特儿公司签约，当时的社长就是我现在的先生。”

“现在你还有工作吗？”

“怎么可能？我早已退休了。因为现在这个时代，二十岁的可爱小姑娘随便就可以张开大腿呢！大婶只有离开的份儿。”

“那你现在是社长夫人喽！”

“也不是那么轻松，待会儿我还必须去公司呢！下次再慢慢聊吧！你什么时候休假？”

阿惠是个不使用外交辞令的人，她说完“下次再慢慢聊”回去后，只过了三天，我就和她在银座的咖啡厅里见面，聊了很多近况。

阿惠的丈夫所经营的模特儿公司旗下有四个女孩，工作人员就是他们夫妻，还有一个年轻男孩负责接电话，是一家规模很小的公司。她老公亲自跑业务，阿惠则负责女孩们的经纪工作。

阿惠用汤匙搅拌着咖啡，并叹了口气。

“要推销女孩子，就需要专用的宣传照，光是拍摄这个，包含摄影师、化妆、摄影棚费用、咨询费在内，一天至少要十万日元，一般的模特儿公司都是由本人负担，但是像我们这种 AV 界的就没办法。可能是因为这些女孩们根本没有专业意识，如果不管她们，就没有人会去做这些麻烦事，令人伤脑筋的是，越是漂亮的女孩越是没时间观念，这个行业即使再随便，对于这一点还是很严格的，当然会惹麻烦的女孩，工作就会越来越少，这下子她又要把没有工作的责任怪到公司的头上……对不起，竟对你发了一堆牢骚。”

“好像很不好做呢！”

“我不只做经纪人的工作，还要当她们的恋爱顾问，但是她们常会找我哭诉：‘真是不了解他在想什么！’虽然我在狱中也是扮男的，但是就连我也不了解最近的年轻男孩的心理呢！”

阿惠摇着头笑了笑。她的笑容从脸上消失，用专心想事情的眼神往天花板看。

“只要一个就好，如果能签到一个可以大卖的女孩，我在业界就能扬眉吐气了，但是这样的人很难找。”

“干脆阿惠你再重出江湖怎样？”

我原本是随便说说的，没想到阿惠竟然认真地点点头。

“或许是该考虑了。”

“小松，你第一次做土耳其浴女郎时，是怎么样的心情？”

“这……总之就是拼命，没有空去想别的。等我想到时，已经在目送客人离去的背影了。”

“你不会讨厌吗？”

“当时我是被男人甩了，自暴自弃，自愿去做的，所以不会讨厌。只不过之前我曾去面试过一次，当时我是被同居的人逼去的，面试的人叫我脱衣服，我就真的觉得很讨厌，便哭了。”

阿惠嗤之以鼻：“让自己的女人去做土耳其浴女郎，怎么会有这种男人！”

“现在想想，或许是这样，但是对我来说，他曾是很重要的人，不过已经死了。”

“是吗……”

“确实，土耳其浴女郎是很累的工作，但是我时常会想要回到土耳其浴女郎的时期。不是在雄琴而是在博多的时候。”

阿惠的眼睛似乎在问为什么。

“在那里我不必掩饰我自己，到目前为止的人生，我觉得那段时间的我，是活得最忠于自己的。”

阿惠噘着嘴，我觉得她的眼睛霎时放射出锐利的光芒。

之后，我有一段时间没机会和阿惠见面。很久没来“茜”的她，在七月底时，又来店里让我给她剪发。

镜子里的阿惠，看起来整个脸小了一圈。原本丰腴的双颊消瘦了，在监狱里第一次见到她时的精明干练又回来了。

“阿惠，你瘦了吗？”

“看得出来吗？我在用控制饮食和有氧舞蹈减肥。”阿惠笑了笑，“我决定要复出了。”

我压低声音：“做脱衣舞娘？”

“不，是成人录像带，由我主演。”

“成人是指……”

“没错，就是色情片。”

我屏气凝神，看着阿惠的侧脸。

“你先生没有说什么吗？”

“他是反对，但是也无可奈何。等公司倒闭再后悔就来不及了，他应该也了解我的个性，只要一说出口，就不会再听别人的。”

阿惠看着镜子，回过头抬头看着我。

“小松，我觉得看起来就像是欲女的女人裸体一点也不稀奇，绝对不会脱的女人却脱了，才能提升商品价值。我的年纪没办法再当清纯玉女，但是我想要表现出高傲的成熟女人的感觉。你会做这样的发型吗？”

“嗯……你的脸颊消瘦，下巴的线条也变得明显，所以你觉得超短发如何？头顶稍微烫一下，我觉得这样会变得既成熟又可爱。”

阿惠紧闭双唇。

“那就拜托你了。”

天空乌云密布，天气有点凉，让我觉得夏天好像结束了。三十五岁生日在两个星期前过完了。我没收到任何人的祝福。

“茜”进入了一星期的暑假，内田小姐去巴黎旅行，员工们也回家或是去旅行，享受着休假。我没有任何计划。

这天上午，我看着电视度过，本来想把衣服丢进洗衣机里洗的，但是看到天空的样子和天气预报之后，便放弃了。冰箱里还有剩饭，所以我想中午就吃炒饭好了，当我正用茶漱口时，接到了阿惠打来的电话，她问现在可以去她那里吗，我回答她我也没别的事，随时可以过来。

阿惠在下午三点左右来了。白色的短裤配上前开襟的紫红色针织上衣。外面再罩上一件牛仔外套。她的打扮很休闲，手上提着车站前蛋糕店的盒子。

“看起来好像很好吃的样子，就买来了。”阿惠用特别开朗的声音说，并将蛋糕盒塞给我。

大大的蛋糕盒里有草莓蛋糕、芝士蛋糕、巧克力蛋糕和泡芙各两个。

“我们两个人吃得完这么多吗？”

“剩下的我吃。”阿惠若无其事地说。

我住的公寓是三坪大的起居室加厨房，并有卫浴设备，租金是四万三千日元。在起居室我用了一个单人的小炕桌当作桌子。

我用红茶包泡了茶，并和小碟子、叉子一起拿到炕桌去。

阿惠从盒子里拿出草莓蛋糕，放在自己的碟子上。说了声“我要开动了”，就用叉子将鲜奶油盛起，大口大口地塞入嘴巴，然后露出像小孩一样的笑容。

“嗯，好好吃！”

我选了巧克力蛋糕，一口放进嘴里，味道浓郁。

“小松，出狱的时候，你最想吃什么？”

“是什么呢，我已经不记得了。”

“真的吗？我还记得。我想吃有厚厚一层鲜奶油的鲜奶油蛋糕。在狱中时，我就决定绝对要吃十个。”

“吃了吗？十个吗？”

“当然，之后我就长了满脸粉刺，伤脑筋哎。”

我笑了。

“这是我在监狱里难以想象的事。我记得好像每次发大福饼时，阿惠都会送给相好的那个女孩。一个月才发一次的，你却说你讨厌甜食。被看守员发现后，你就被关进惩戒房。你以前真的很讨厌甜食吗？”

“怎么可能？我是在忍耐。”

“我之前就想问你，为什么要一直做同性恋者呢？你应该没有那个嗜好吧？”

“我确实不是，但是被人爱慕的感觉很好呢！即使是被女的。”

阿惠吃完鲜奶油蛋糕后，又伸手拿芝士蛋糕。吃了一口后，放下叉子。她的嘴巴一边动，一边从包里拿出一卷录像带交给我。

我吞下最后一口巧克力蛋糕后，接了过来。

包装盒上是阿惠的全身照，我帮她剪的超短发，配上灰色的男用夹克和紧身裙，双手抱着像是文件夹的东西看着我。鲜红欲滴的双唇，浮现着充满自信的笑容。她的站姿威风凛凛，看起来非常有魅力。旁边夸张地打上片名《水泽葵　董事长秘书超淫乱》，再旁边是更难以启齿的宣传文案。

我把盒子翻过来一看，心脏都快跳出来了。上面登了好几幅阿惠不雅姿势的照片，有自慰的兴奋画面，还有和 AV 男优激烈做爱的画面。

我看着阿惠的脸。

阿惠一副无所谓的样子，将芝士蛋糕放进嘴里。

“水泽葵是我的艺名，拍这一卷可以拿两百万日元呢。这个演出价码可以说是天价，不过拍摄时真的很累呢！”

“是真枪实弹做爱吗？”

“怎么可能？没有玩真的啦，如果这样的话，那我先生就太可怜了。”

我又看了一眼包装。

“你可以拿去看啊！”

我摇摇头，将录像带还给她。

“我家没有录像机。”

阿惠说了一声“哦”就将录像带收回去。

“阿惠你看过了吗？”

阿惠的表情好像在思考什么似的，然后她说：“我看了，但是……看到开始缠绵时，就不敢看了，然后就被我老公骂。”

我睁大眼睛。

“你先生也和你一起看？”

“不要那么大声啦！”

“可是，这样不是看得很清楚吗？”

“我先生说，如果今后我想要在这个行业混下去的话，自己觉得丢脸的画面也必须仔细观看，要了解公司那些女孩是以什么样的心情看自己的录像带的。”

“好严格的人哦！”

“在工作方面是如此，但是除此之外，他都很软弱。”

阿惠的眼神充满母爱。但是立刻她的表情又变得很可怕。

“确实，在舞台上裸体和在录像带里喘着气是截然不同的。因为在舞台上可以立刻感受到客人的反应，会觉得自己是舞者或是表演工作者。但是在拍摄录像带的现场却很没劲，越演越是清醒，觉得自己很惨，不过我没想到只拍一卷就可以赚两百万日元，如果想在舞台上赚同样的钱，要很辛苦呢！”

阿惠吐出一口气。

“总之，我学到了很多。我认为今后将是录像带的时代。”

“你还要再拍录像带吗？”

“很多人找我呢！我想要尽量去做。但是……最多只做一年吧！我也和老公约好只做一年，之后就要收山了。今后一定是AV女优出头的时代，我要找这种人才，好好赚一票。”然后她像是喃喃自语般说：“怎么能认输啊。”

阿惠看着窗外。

“下雨了呢！”

她的侧脸让我觉得刺眼，然后我只觉得没办法再和阿惠做好朋友了。

阿惠之后演了八部成人录像带。听说只要是“水泽葵”主演的录像带都会大卖。每次有录像时，我就会帮阿惠做头发。超短发是淫乱女优水泽葵的注册商标。如阿惠所说的，靠水泽葵一人，公司的经营得以喘一口气。听说因为找到了可塑的新人，她停止了录像带的演出。

我和阿惠的交往在表面上仍维系着。阿惠只要一来店里就一定会找我剪发。而且我们也时常在银座的咖啡厅或是我的公寓里聊天。

我只去过一次阿惠住的大厦，初次见面的阿惠的丈夫，就像相扑界的序二段[①]一样，是个壮汉，笑起来的脸就像惠比寿神一样。在丈夫面前的阿惠像少

① 序二段是相扑的名次之一。

女一样爽朗地笑着。之后她又一次约我去她家，但是我编了一些理由推掉了。

在“茜”的工作已经驾轻就熟，打烊后的研习会我也都参加。但是我没参加秋天在关东地区举办的剪发竞赛，每家店都有参加名额限制，“茜”只能有两人参赛，是由内田小姐和二十五岁的那个设计师参加。内田小姐得到第二名，那位设计师连前十名都没挤进去。

春天还有上卷子竞赛，所以内田小姐建议我去参加那个竞赛，但是我拒绝了。

我不想再想起岛津贤治，有时候我变得不知道自己为了什么坚持要做美发师。

平安夜我一个人过，在公寓的房间里盖上棉被，捂住耳朵。过年也一个人过，我没有吃年糕。情人节也一个人过，我没有买巧克力。觉得天气变暖和时，樱花也开了，我没去赏花。

半夜，觉得肚子好饿，打开冰箱一看，空荡荡的。就如同文字的叙述，冰箱里面什么东西也没有。我又饿着肚子回到被窝里。

3

“是那个男的出现在店里以后，她才变得怪怪的。”

“是叫作龙洋一的那个人吧。”

“我不知道他叫什么，个子很高，是个有点阴沉的美男子。”

“他是美容院的客人吗？”

“不，他是跟着一个女人来的。”

“是女朋友吗？”

“感觉不是……据我的推测，那个女人应该是哪个帮派的大姐大之类的，那个男的应该只是保镖或是司机。”

“帮派是指……”

“暴力集团。我想那个男的应该是暴力集团里的小喽啰吧！”

“他叫作龙洋一，是松子姑姑教过的学生。”

“你这样一说，松子在履历表上是有写过，她曾经做过中学老师，那他是那个时候的？”

“是的。”

内田店长慢慢摇着头：“……真是奇缘呢！”

“松子姑姑一开始就认出那个人是龙先生吗？”

“这不太可能吧！中学时期和长大后的样子还是有差距的，但是那个叫作龙洋一的男人好像认出松子来了。我记得他站在那里一动也不动，嘴巴张得大大的，一直盯着松子看，然后被跟他一起来的女人破口大骂：‘人家说话不好好听，还到处东张西望！’于是那个男的满脸通红地频频赔不是。”

“听说他们两人有同居，你当时发现了吗？”

“我不知道他们是什么时候开始住在一起的，但是因为那个男的会接送松子，所以我知道他们两人在交往。他从来没有进店里，都是站在门外。我才不管松子和谁交往，但是我后来想想，不知为什么我不太喜欢那个人。”

4

昭和五十八年（一九八三年）五月

那一天我没有参加店里打烊后的研习会，一个人独自回家。

我刚从店铺所在的那栋大楼走出去，就看到整条街像是庙会的晚上一样热闹。穿着西装的上班族红着脸笑着，身上包裹着流行服饰的年轻女孩，一副自以为是银座的女主角似的表情昂首阔步。

为什么他们可以那样笑呢？为什么他们的举手投足能那么有自信呢？到底有什么事可以那么高兴？

我看着和自己不太相关的景象，觉得头晕目眩，站了好一会儿……

这里或许不是我应该待的地方。对我来说，应该还有其他更适合的地方。一定有，应该有才对……

“川尻老师。”

我吓了一跳，转过头去。

一个个子很高，肩膀结实的男人站在那里，头发烫成小卷，身穿变形虫的衬衫和白色西装裤，脚上穿着深咖啡色系带皮鞋。

“果然是老师，是川尻老师吧！大川第二中学的。”

那个男的慢慢靠近我。我看见他的脸，总觉得在哪儿见过他。是昨天来“茜”的那个男的。他好像是跟着一个女人一起来的。因为被那个女的臭骂了一顿，所以我对他有印象。

我往后退：“你是？”

“你不认得我吗？是我啊！”

“……你是谁？”

“我是龙洋一，三年级二班的。”

我看着他的脸。他这样一说，感觉是有点像。

“龙？……真的吗？那个龙洋一吗？”

“是的，没错。”

我快要不知道自己身在何处，在做什么了。

龙洋一。

我已经有多少年没听到这名字，也没叫过这名字了。

我还记得和龙洋一最后一次的谈话。

“下次我一定杀了你。”龙洋一以憎恨的眼神看着我，撂下这句话。那天在校长室，不要说交谈了，就连互看都没有。

“我在美容院第一次看到老师时，觉得好像是你，但是又想应该不是老师……听到有人叫川尻后，我真的吓了一跳。”龙洋一高兴地咧着嘴笑。

我的表情僵硬。

“你在这里等我吗？”

“我想要跟你聊聊……那个，晚饭还没吃的话，我们一起去吃怎么样？”

我不懂龙洋一心里在想什么。

他不是很恨我吗？为什么那么高兴呢？

“对不起，我赶时间。”

龙洋一露出失望的神色，但是他立刻又恢复笑容。

“你要去哪里？如果可以的话，请让我送你。”

龙洋一看着停在路边的车子，那是一辆旧型的国产高级轿车。

“你真的在等我吗？”

“对不起，但是我想如果在店里叫你的话，或许会给你添麻烦……”

我的头脑一片混乱，不知该说什么。

两个人之间只有沉默。

龙洋一尴尬地低着头：“那个……不，我还是就此告辞了。能再见到老师我很高兴，真的很高兴。请多保重。”龙洋一低头致意后，就转身离去。

“等一下。”

龙洋一站住了，转过头来。那一瞬间所有的一切都静止了。

我挤出笑容。

“既然都已经来了，就请你送我回去吧！”

龙洋一的表情充满了喜悦。

“请！”

龙洋一将副驾驶座的门打开。他看到我坐好后，便以轻快的脚步绕过车子的前方，坐到驾驶座上。

我告诉他我公寓的地址。

“是赤羽吧！我知道了。”龙洋一的声音很愉悦。

我将身体靠在椅背上。龙洋一不时鸣着喇叭在银座的狭窄街巷里慢慢前进。从我车窗旁走过的人似乎都很快乐。

我望着龙洋一的侧脸。龙洋一瞥了瞥我，害羞地笑了。

“龙同学，你几岁了？”

“二十七岁。”

“你已经这么大了啊，难怪变得不太一样了。”

“老师你都没变啊。”

“你长大了呢！学会了这些露骨的恭维。”

“这不是恭维。”龙洋一大声地说。

“你母亲和你妹妹呢？”

“我妈和别的男人跑了。年纪都一大把了，还不吸取教训。我妹妹也失踪了……或许失踪的人是我吧！”龙洋一笑了出来。

“昨天和你一起来的那个女的呢？”

“那是老大的情妇。我是司机兼挑夫。”

“你当流氓了啊？”

“你一定会认为果不其然吧！”

我沉默不语。

我发现车内飘散着甜甜的香味。车子前方放着一瓶芳香剂，里面装满了红色的液体，正微微摇晃着。

“……龙同学，你杀过人吗？”

龙洋一毫不犹豫地摇摇头。

“没有。”龙洋一转过头看我，又赶紧转回去。

“我在雄琴做过土耳其浴女郎。用菜刀杀了当时的小白脸，被判处八年有期徒刑，一年前才刑满出狱。”

车子从狭窄的马路来到晴海大道上，速度稍微加快了。

“即使如此，你还能说我没变吗？”

“……都是我害的吧！”龙洋一的声音变小了。

“什么？”

“都是因为我，老师才必须辞掉学校的工作。但是我没想到事情会变成这样……”

“修学旅行时偷钱的人是你吧？”

没有回答。

“……是。”

“这样啊，真的是这样啊！”

“对不起。”

“都已经过去了。”

“但是……”

“还有一件事你要老实回答我。”

“是。”

“你就那么讨厌我、恨我吗？”

一阵沉默。

“老实回答我，可以吗？”

“不是。”

“但是最后你说要杀了我，我还是第一次被人用那么可怕的眼神瞪着。”

“我曾经喜欢过老师。”

像是好不容易说出口的话。

“啊？”

“我曾经喜欢老师，好喜欢，喜欢到无法忍受的地步。”

这是出乎我意料的告白。我的心跳加速。

“……那为什么那个时候？”

“我也不知道。”

“没想到龙同学会对我……”

龙洋一的眼睛闪烁着光芒，是一种清澈的光芒，一点也不像一个小流氓。

我突然想要整一整他。

“龙同学。”

“是。”

“你曾经喜欢我的哪里？”

“……全部。”

“好可爱的答案，我难以想象以前的龙同学会说出这样的话。”

“老师……”

“你曾经一边想象我的裸体一边自慰吗？”

龙洋一吞吞吐吐。

“请老实回答。”

“……是。”

“好吧！我跟你上床，算是给你的奖励。”

龙洋一屏住呼吸。

“反正我已经是大婶了，我这身体也被无数男人糟蹋过了，如果你觉得无所谓的话，我就跟你睡。当然是免费的。你不是一直很期待吗？”

“请不要这样说。”他似乎拼命压抑着情绪说。

车内越来越沉默。

“生气了？”

龙洋一没回答。

“对不起。”我低声说。重新坐好，茫然看着前方。

“我破坏了你的美梦，回忆还是停留在最美的时候比较好。你以前所喜欢的那个川尻老师和现在的我已经判若两人！”

龙洋一一句话也没说。

我是第一次坐车回家，所以车子已经开到哪里了，我完全看不出来。我心想他这样一直开可能是要带我去哪家饭店吧！但是我看到了自己熟悉的街道。

“下一个巷子右转。”

龙洋一照我说的打方向盘。

“在前面的两层楼建筑物前放我下来。”

车子停好后，我打开车门下车。朝驾驶座低下头说：“谢谢你！龙同学。老师也很高兴再见到你。”

龙洋一看着前方略微点点头，嘴角往下撇，好像快要哭了。

我将车门关上。

龙洋一的车没鸣喇叭就驶走了。

我目送着红色的尾灯，然后爬上公寓的楼梯，从包包里拿出钥匙进入屋内。

只要一打开起居室的电灯，便会浮现出寂静无声的空间。日光灯闪了一下。

我将包丢到角落，抱着膝盖蹲坐着。

“你曾经喜欢我的哪里？”

“……全部。”

我反复思索龙洋一说的话。

“你曾经一边想象我的裸体一边自慰吗？”

“……是。”

“好吧！我跟你上床，算是给你的奖励。”

我将脸埋在膝盖里。

为什么我会说出那样的话呢？

为什么我的个性会变成这样呢？

我听见汽车的引擎声。

我抬起头，往门口走。走出房间后，我俯瞰前面的马路。旧型的国产高级轿车停在那里。车灯是开着的，引擎也在转动。我屏气凝神，盯着那辆车看。不久后，车灯熄灭了，引擎也熄火了。但是应该还在车内的龙洋一却没有要下车的样子。

过了十分钟。

没有发生任何事。

那一定是龙洋一的车子，而且他一定还在车上。他到底打算做什么？难道他要等到天亮，跟我说要送我去店里吗？不，他应该已经发现我站在这里了。既然已经发现，为什么不下车呢？

过了二十分钟。

车内的人影动了。他是在看我这里吗？看起来很慌张，然后身体缩了起来。

我哼了哼鼻子，表情也和缓了下来。

“真是个麻烦的孩子。”

我走下楼梯，靠近龙洋一的车子，打开副驾驶座的门，往车内看。

“龙同学？”

“老师，我……”龙洋一的脸颊泛着泪光。

“我知道了，到屋里谈吧！”

我带龙洋一进到屋内，把我之前的遭遇一五一十地跟他说。

勘查修学旅行的地点时，差点被田所校长强暴。因为那样的争执，所以盗窃事件的责任也追究到我头上，一直到我失踪的经过。与彻也同居以及彻也自杀。与彻也的朋友冈野搞外遇及被甩。当土耳其浴女郎和小野寺结识，搬到雄琴去，开始沾上安非他命，以及杀了小野寺的事。我为了自杀来到玉川上水，认识理发师岛津并同居，岛津向我求婚后我就立刻被逮捕。在监狱里考取美发师执照，出狱后去岛津的店门前，看到岛津已经结婚生子，所以没有与他见面就回去了。在银座的“茜”上班，就这样过了一年。

龙洋一低着头默默听着。

“明白了吧！我是一个男人换一个男人地过生活，而且还杀了人，最后孑然一身，剩下的只有美发师的执照。我已经不是二中时的我了。”

龙洋一双手放在膝盖上握拳。

“那个田所校长居然对老师做出那样的事……我却只顾着讨好他，真是畜生！”

“龙同学，算了。”

“不可以算了！你知道吗？那家伙之后当上了县议会的议员，装出一副教育家的样子。我在少年感化院时，他还来视察呢！”

“拜托，不要那么大声！”

“对不起，但是……”

“你又折返回来，是有什么更重要的事不是吗？”

龙洋一的脸部表情僵硬。他重新坐好，将背脊挺直。不时低下头，呼吸急促。过了一分钟左右，他才稍微动了一下，我刚发觉他怎么一直眨眼睛时，他突然抬起头来。

“我现在也很喜欢老师。”

“然后呢？”我故意冷冷地回答。

龙洋一似乎很失望地看着地下。

“龙同学，请你好好看着我的眼睛说。”

龙洋一抬起头，嘴角紧闭。

“请……和我睡觉。”

"睡觉是指什么？"

"那个……请让我和你做爱。"

"你想将你曾经爱慕的女老师占为己有吗？"

龙洋一的表情看起来好像不懂我在说什么。

"只要和我做一次爱，这样你就满足了吗？"

龙洋一摇着头，很激烈地摇着。

"不是，我不是这个意思。我是认真的，我爱老师！"

"不要随便说什么爱不爱的。"

"我不是随便……"

"不过如果只是做一次爱的话，我会给你的，随你高兴。但是不要再说什么爱我这种话。"

龙洋一的脸上没有表情。

"我要说，"他低声说，"我爱老师。"

"不可以说这种话。"

"我是认真的。"

"龙同学，你不知道你自己在说什么，你是在说'老师，请把你的性命交给我'，对女人求爱就是这个意思啊！"

"我知道。"

我和龙洋一对望。

"老师才误会了我的意思，老师对我来说是一辈子一次的爱，所以我即使丢了自己的性命也……"

"笨蛋，"我勉强笑了笑，"我已经是大婶了！"

"我不在乎年龄。"

"我是和好几百人睡过的肮脏妓女！是个连杀人都干得出来的女人！"

"我不在乎什么杀人犯或是妓女。"

"这样的我，你还爱吗？"

“是。”

“真的？”

“我没有说谎。”

龙洋一的眼睛湿润，满脸通红，就好像又变回了中学生一样。

在我内心点亮了温暖的光，很久没有感受到的光是什么呢？这个让我内心纠结的甜蜜悸动是什么呢？这种坚定的感觉是什么呢？

“你会后悔的。”

“我不会后悔。”

“龙同学……”

我内心澎湃不已。我无法阻止，也不想阻止。

“你可以跟我做爱，但是我有两个请求。”

“请说。”

“不要叫我老师，叫我松子。”

龙洋一点点头。

“还有……”

“是。”

“从现在开始要永远和我在一起，可以吗？”

“在一起，永远在一起。”

“我要相信你了，真的可以相信你吗？”

“请相信我。我会永远和老师……松子在一起。”

我的身体里爆发了无法抗拒的冲动，我飞奔到龙洋一的胸前，将脸颊靠在他厚实的胸膛上，将手臂环绕他的背，闭上眼睛。猛烈的心跳声感觉真好。

龙洋一的手臂有点不好意思地抱着我。

“再抱紧一点。”

龙洋一的手臂用了力。

一股暖意渗透到我全身。包裹着我的心的外壳出现了裂痕，慢慢开始破裂，赤裸的感情破茧而出。

“你喜欢我吗？”

“喜欢。”

“你爱我吗？”

“爱。”

“会永远在我身边吗？”

“永远在你身边。”

“一言为定哦！”

“一言为定。”

“你要是失约的话，我会去死。”

“我不会失约，我爱松子。”

“龙同学……”

“嗯。”

“你再说一次。”

5

“松子曾经想要参加剪发竞赛，所以店里打烊后还留下来练习。但是自从和那个男的交往以后，就很少留下来。松子进来后，第一次碰到的竞赛是在秋天，但是我请她不要参加。当时每家店都有参赛名额的限制，我的店只能有两人参加，所以就由我和另一个年轻的女孩参加，因为我之前就答应那个女孩了，而且松子虽然是最年长的，但是还算是新人。所以我请她等到下一次。她好像不太高兴呢！就从这时候开始，她身上散发出来的光芒感觉变得黯淡了。这时候刚好那个男的出现，更助长了这一切。她变得和当初来店里时完全不一样。”

“为什么她会变成这样呢？”

“都是因为男人。有了男人后，有的人会更卖力工作，有的人则会陷得很深，工作也敷衍了事。松子好像就是属于后者。其实她好像原本就不是因为兴趣而成为美发师的，只不过是手比较灵巧一点，很快就学会了，领悟力也比别人好一点罢了。我不后悔用她，但是我感到遗憾。”

“之后她就立刻辞了店里的工作吗？”

“两个月以后，但是她并没有辞职。”

“那是怎么回事？”

“她本人并没有说不做，只是突然不来店里了。第一天她好像打电话来，说身体不舒服要请假。到这里还没什么问题，但是第二天还是没来，也没打电话，所以我就打电话到她的公寓，一个男的接的，说她感冒正在睡觉，暂时要请假几天。我心想即使这样也该打个电话来，不过，感冒也是没办法的事。但是那一天刚好泽村女士来找松子，我跟她说了实情，泽村女士好像很在意的样子，说傍晚以后要去松子的公寓看看，结果……”

“难道不是感冒吗？”

内田店长点点头。

“泽村女士没有告诉我在松子家发生了什么事，但是她说总之松子让她感到很失望，还说她错看了松子，以为她是一个有骨气的人。结果松子就从那一天开始没有再来店里。过了一个星期后，也没有任何联络。我有雇用她的责任，而且我也想做个了断，所以我带着她尚未领的薪水去到她的公寓。我本来想要劝劝她的，结果……”

内田店长皱起了眉头。

“我按了电铃，没人回应，但是门却没有上锁。可是又好像没有人在的样子，我觉得忐忑不安，试着走进屋内。我吓了一大跳。玻璃破了，到处都是鞋印，所有的东西都被翻过，就好像暴风雨过后的感觉，我赶紧打电话报警。”

“那松子姑姑呢？”

“连个影子都没看到。”

“……这是怎么回事啊？”

“我也不知道。三天后警察就到我店里来调查松子。我完全想不到发生了什么事，后来从泽村那里听说，松子被警察逮捕了，又被关进牢里。”

“又进监狱……这次又是因为什么？”

“我不知道，也不想问。我和松子就到此为止。泽村也很后悔，说早知道就算强迫也要把松子和那个男的分开，我所知道的就只有这样。”

内田店长不时地看着窗外。

“老实说，那个男的最近也来过这里呢！”

“龙先生吗？”

“他好像找过我的店，但是以前那栋大楼已经被拆掉了，所以他费尽千辛万苦才找到这里。他说因为他要找松子，叫我给他泽村女士的电话。他好像以为泽村女士会知道一些事情。当然我们是不能把客人的隐私泄露出去的，所以我本想要拒绝他，但是看他那么拼命地找，有点可怜，而且松子也是我以前的员工，所以我就将事情告诉泽村女士。然后他们就见了一面。泽村女士好像也有事情要问那男的。我是已经没兴趣了，所以就没去。”

内田店长吐了一口气，看着天花板。

“……松子已经死了啊！”

我从“Rouge”走出来后，在银座的大马路上漫无目的地走着。

松子姑姑和龙先生才交往两个月，就又行踪不明了。好不容易获得的美发师工作也丢了，房间被弄得乱七八糟，可能是被人绑架了吧！但是最后却是被警察逮捕。

松子姑姑居然坐过两次牢。第一次是杀人，第二次又是因为什么呢？从公寓消失踪影的松子姑姑到底发生了什么事？

龙洋一。

龙先生应该知道所有的事。无论如何我也要再和他见一次面。

我拿出手机和后藤刑警给我的名片，拨了名片上的电话。是一个女的声音，我说麻烦请找后藤刑警时，她便回答我后藤外出了，待会儿请他回电给我，我将自己的姓名和手机号码告诉她，便挂断电话。

过了十分钟左右，手机响了。

“喂！年轻人，有什么情报吗？”

“不是这样的……龙先生现在的情形怎么样？”

“哦，那个男的？因为不在场证明成立，所以已经放他回去了，听说他在教会当牧师的助手。”

“那间教会叫作什么？”

“等一下。”

我听见翻动纸张的声音。

“那个，这里写的是杉并的耶稣·基督教会……”

“杉并的哪里？”

“嗯，就在环八的神明大道十字路口向左转……吧。”

沉默了一下。

“喂？”

“不好意思，我告诉你电话号码，你直接打去问好了，我不太会说明地点。”

我将他告诉我的电话号码抄了下来。

“然后还有一个新的情报。被害人，也就是你的姑姑，好像不是在那间房间里被施暴的，是在别的地方被杀后抬到屋里去，或是自己走回去断气的，因为那个房间里没有打斗过的痕迹，所以我在考虑这个可能性。昨天目击者出现了，施暴现场已经可以大致确定。”

“是在哪里？”

“你知道千住旭公园吗？”

“我不知道……”

“是一个很大的儿童公园，但是距离被害人的公寓有一段距离，或许她晚上去那里散步，但是为什么会在半夜去那种地方？还是说她是被强行带去那里的？被诱拐出去的？这一点还有待调查。”

“凶手呢？”

“还没抓到，但是已经锁定目标了，最近就可以逮捕，你可以拭目以待。就这样，再见。”

电话被挂断。

我立刻拨打后藤刑警给我的电话号码。

龙先生确实在教会工作。我告诉对方我想和龙先生谈一谈，对方告诉我他现在和牧师一起外出了，下午两点左右应该会回来。我和对方确认教会的地点，他告诉我从京王井之头线高井户车站沿环状八号线北上，在神明大道的路口左转，再往西荻洼方向走，转进荻洼小学前的巷子，再走两百米左右就到了。

我仔细一想，我在西荻洼的公寓附近也有神明大道。我和明日香两个人曾经走过荻洼小学前的马路，我觉得不是很远。从我的公寓到龙先生的教会，应该距离不到两公里吧！

我赶紧回到 JR 有乐町车站，搭上山手线再转中央线，回到了西荻洼。在车站前的便利商店买了饭团和乌龙茶果腹后，拿起放在计算机旁边的茶色信封走出房间。稍稍犹豫了一下，走到公寓的自行车停车场，将自行车拖出来。这是我来东京后没多久买的，但是几乎没骑过一直丢在那里。我从钱包拿出钥匙插进去，听到“咔嗒”一声后，便将插在轮胎铁丝间的长锁取下来，拍了拍坐垫上的灰尘，跨坐上去。

教会是 L 形的平房。白色的墙壁、红色的屋顶，屋顶顶端有一个十字架，共有两扇门。后面的铝门紧闭，前面的门旁写着“耶稣 · 基督教会”，白色的木门是开着的，教会的入口应该是这里吧！

我从自行车下来，往里面看了看。长条椅整齐地排列着，正面的墙上有银色的十字架，前方放了一个大理石的讲台，讲台上银色的烛台泛着黯淡的光泽。

讲台旁的门打开了。

出现一个圆滚滚的女人，大约有四十岁吧！咖啡色的头发是烫过的，但是脸部皮肤黝黑，没有化妆，身上围着一件 Kitty 猫的围裙。

她看到我并没有露出吃惊的神色，对我微笑着。她快步走到后面的长条椅，弯下膝盖蹲了下去，手里拿着抹布开始擦拭长条椅，双手按在抹布上，让抹布慢慢滑过椅子。她的表情很认真。

“对不起……”

我叫她，她抬起头来。

“是。”她很高兴似的回答。

“我是来见龙先生的。”

“龙先生吗？他在里面！自己进去就行。”

女人又再继续擦椅子。

我走进女人刚才出来的那扇门。先看到水泥地，然后是铺着黑亮木板的走廊，右边是玻璃拉门，走到底就是厕所。

我从脚边的纸箱里拿出拖鞋换上。

“龙先生，有客人哦！”

我身后传来很大的声音。

刚才那个女人就站在我后面。我目瞪口呆地看着她，她便“嘿嘿嘿”地笑了笑，然后往长条椅那里跑去。

我将目光移回到走廊，里面的玻璃门开了，龙先生出现了。他身穿灰色长裤、白色 T 恤，打着赤脚，大步走过来，脸上带着微笑。

“阿笙！”

我轻轻点点头。

“你居然找得到这里！”

“是问刑警先生的，听说你已经洗清嫌疑了。”

“是的，这里的牧师替我做证。”

“我去见过泽村董事长了。”

“把松子过世的事……”

“我告诉她了，她似乎受到很大的打击。”

龙先生轻轻点点头。

“我想把这个交给你。”

我将从房间带来的茶色信封交给他。

龙先生收了下来。

“这个是？”

“是我在松子姑姑的房间内找到的，我觉得或许龙先生拿着比较好。”

龙先生将茶色信封内的东西拿出来。是身穿深咖啡色的和服的川尻松子。二十岁。

龙先生不发一语，盯着照片看，然后将照片收进信封里，吸了吸鼻子。

“谢谢你，阿笙。”

“她以前很美呢！”

“是啊。”

“我去过大津地检署了，为了调查松子姑姑的事。”

龙先生的两道眉毛抬了起来。

“龙先生知道松子姑姑杀过人吧？”

“我曾经听她说过。”

“龙先生出狱后，曾去过银座那家叫‘Rouge’的美容院吧。”

“是的，透过那里的内田女士，我才得以见到泽村女士。”

“我今天有件事要拜托龙先生。”

“……什么事？”

“刚才‘Rouge’的内田女士告诉我，龙先生和松子姑姑是在那家美容院重逢进而交往的。但是过了不久，松子姑姑就不去店里了，因为没有任何联络，所以她便去松子姑姑的公寓，结果看到房间乱七八糟，松子姑姑也不知去向，后来听说是被警察逮捕了。我的请求就是……”我吸了一口气，“当时龙先生和松子姑姑发生了什么事？可以告诉我吗？松子姑姑第二次是因为什么罪被逮捕的？还有……”

我犹豫了一下，然后接着说。

“龙先生所犯的杀人罪和松子姑姑有没有关系？你能告诉我吗？”

龙先生低下头，嘴里喃喃自语。

他又抬起头，用已经下定决心的眼神看着我。

“我们去外面边走边聊吧！”

我点点头。

6

从那一天开始，龙洋一就住在我的房子里。他之前好像交往过好几个女人，他说他都用钱打发掉了。

他和我同居的第三天晚上，我们正在做爱时，传来了“哔哔哔”的响声。龙洋一从被窝里跳了起来，抓起外套，将手伸进内袋里，拿出一个像小盒子的东西。叫声已经停了。

“那是什么？”

刚才在我正要达到高潮时却被推开，觉得很不爽。

龙洋一没有回答，他将小盒子放回去，赤裸着身子跑到电话那里，拿起听筒开始拨号。

“是我。”低沉的声音在昏暗中渲染开来。

我茫然地看着他背上一整面的天女和龙的刺青。龙洋一不时以很小的声音回答“是”或是“好”。

“常去的那家饭店的五二四房……我知道了。”

他放下听筒后，很慌张地穿上内裤，披上衬衫，再穿上袜子。

“怎么了？”我坐起来，用毛毯遮住胸部。

“我要出去。”

“现在？大半夜的。”

龙洋一将手穿过细条纹的衬衫，再穿上长裤，系好皮带，穿上麻质的外套后，在我前方坐下。

“这是工作，对不起。”

他用两手包住我的脸颊，亲吻我。我闭上眼睛接受他的亲吻，同时将他的右手放在我的乳房上，他用力捏了一下。

“好痛……”我叫出来，睁开眼睛，龙洋一很温柔地笑着。

“要小心啊。”

龙洋一点点头，站起来朝门口走去。

我只披上睡衣的上衣，跟在龙洋一的后面。在玄关那里，又和他亲吻一次。

“我走了。”

“路上小心。”

龙洋一打开门后便走出去。

我将门锁好后，又回到被窝里。在还残留着龙洋一体温的地板上，我三十五年来第一次自慰。当我满足后，瘫软地闭上眼睛。

那个时候我绝对无法想象我会和自己的学生龙洋一同居，如果金木淳子知道的话，会是什么样的表情呢？我心想人生真是令人难以理解。

我睁开眼睛，坐起身来。环顾房间内，龙洋一的旅行袋放置在角落，洗手台上放着电动刮胡刀和牙刷。这间房间确实是我和龙洋一在生活着。我再次感受到这一切都是真实的。

龙洋一回来已是两天后的事。我从美容院回到家时，他在棉被里打鼾。我捡起他脱下来的衣服，挂在衣架上。这时从外套的内袋里掉出一个信封，我小心翼翼地想要将信封放回口袋里，瞄到里面是一万日元的钞票，大约有三十万日元。我决定当作什么都没看到，将信封放回口袋里。

从那之后龙洋一每隔十天到两个星期就会被叫出去一次。呼叫器都是在半夜响起，他一出去没有两天是不会回来的。没有被叫出去的日子，他就会送我去“茜”，下班时他也会在外面等我。

他第一次来接我的那天，我们在外面吃饭，然后在涩谷的饭店住了一晚，天亮就直接去上班。那个做学徒的女孩小声跟我说：“川尻小姐昨晚没有回家是吗？”

我不知该如何回答，于是她又用手肘碰碰我。

“因为你穿了和昨天一样的衣服，我心想最近你怎么都不参加研习会，原来是因为这样啊！还真有你的呢！”

后来，我决定下班后即使是去住饭店，也一定要回公寓去。

我开始和龙洋一一起生活后，感觉好像终于可以在东京这个大都市安定下来。不只东京，只要能和龙洋一在一起，即使是到世界的尽头我相信也可以生存下去。我甚至认为或许自己现在是幸福的。

但是同居生活过了两个月后，我终于知道这一切都是梦幻。

那一天我从美容院回家，看见玄关有龙洋一的鞋子。

今天龙洋一不应该在家的，因为昨晚他才被叫出去。如果是平常，他应该是明天晚上或是后天早上才会回来。

我将自己的浅口鞋摆放在龙洋一的鞋子旁，走进房间。

龙洋一在棉被里睡觉。可能是工作比预定的时间早完成吧！真糟糕，我心想，回来时我没有买吃的。只有自己一个人，所以我本来打算简单吃一顿就好，如果龙洋一在家的话就不能这样了。

我打开冰箱，发现里面有三罐啤酒、一瓶牛奶、三片吐司、人造奶油、四颗鸡蛋以及未开封的火腿，还没有过期，好吧，那就做火腿煎蛋好了。

后来我才想起，必须先煮饭。

我将电饭锅的内胆放在米柜的出米口，按下两杯米的按钮。米应该会“哗啦哗啦”落入内胆中，但是只掉入一杯左右的米，便停止了。

完蛋了，米也没了。

我正在发愁时，忽然发现不太对劲。米柜旁边有一个小窗户，可以看见里面还剩多少米。我看见窗内的米满满的，难道是出米口堵住了吗？

我将米柜的上盖掀开，米还有好多。我将手伸进米柜里，指尖碰到了一个东西，但不是米。我抓出来，米粒便“哗啦哗啦”地掉落下来。是一个很厚的塑料袋，包了好几层。我看见里面的东西是透明结晶的，好像在哪里看过。

从我脚底窜起一股寒意。

我看着起居室。

龙洋一还在打鼾。

我拿着塑料袋，回到起居室。放在被炉桌上，跪坐在那里，等着龙洋一醒来。

龙洋一的鼾声停止了，换成安静的呼吸声。我一直凝视着他。

龙洋一在晚上十点多才终于睁开眼睛。看见我笑了笑，揉着眼睛坐了起来。

“怎么了？”

他看见桌上的东西，大叫一声跳了起来。将袋子拿在手上，看了一下，松了口气。

“这是什么？”

龙洋一瞥了我一眼。

“那是我赚钱的家伙。”

“是冰毒吧！这么多……是走私吗？”

龙洋一低头看着。

“阿洋你自己也在用吗？”

“……”

“老实回答我。”

“有时候。”

我吸了一口气。

“我不是告诉过你，我的朋友就是被吸毒的男人杀死的吗？”

龙洋一点点头。

“阿洋，你如果想继续做流氓的话就去做。其实我是希望你不要做，如果你想在那个世界混的话，我是不会反对的。但是只有冰毒不可以。”

龙洋一咬着唇。

“请你不要再用冰毒了，不要打也不要卖。”

“这个……”

“拜托你不要。”

“那钱怎么办？我都已经这个岁数了，现在也没别的本事。”

“既然这样，那干脆连流氓也不要做了。”

龙洋一抬头瞪着我。

“阿洋，你可以休息一阵子，我有积蓄而且我还在美容院工作，生活一定可以过得去，好不好，就这样吧？”

龙洋一没有回答。

“拜托，不要再沾冰毒了……不要用你碰过冰毒的手来碰我。”

呼叫器又响了。

龙洋一按下开关停止了响声，跑去电话那里，拿起听筒开始拨号。

“是我……是……不，我手上就有。没问题。你那里也没问题吗……我知道了。现在我拿过去。”

装着冰毒的包裹仍留在被炉桌上。我两手抓起抱在胸前。

龙洋一放下电话，看到我后，眼露凶光，伸出右手。

“我要出去，给我！”

我摇着头。

龙洋一仍伸出右手靠近我。

我站起来往后退。

“给我！”

“不要！”

龙洋一的脸涨得通红，伸出来的右手慢慢举起。

“阿洋……”

我身体僵硬，感到一阵风，眼前一片黑，眼冒金星，我的身体浮了起来。

龙洋一抓起装冰毒的包裹，一副要哭的样子俯瞰着我。他什么也没说就冲出房间，我听见脚步声越来越小，最后听不见了。

我仰躺在地上，茫然地看着吊在天花板上的日光灯。听见时钟的秒针“嘀嗒嘀嗒”地响。

我坐起来，左脸颊开始发烫，我坐到梳妆台前，打开三面镜。我的左脸颊整个肿了起来，变成了紫红色，嘴角渗出血来。

绫乃应该也知道浅野辉彦沾上了毒品吧！应该也曾想尽办法要阻止吧！应该也有被打吧！即使如此浅野辉彦还是戒不掉！被心爱的男人用刀子刺入胸口时，心里想着什么呢？我有一天也会被龙洋一杀死吧？即使如此我已经有心理准备要和他一起过下去吗？

Yes。

他答应过我，要永远和我在一起。他说他爱我的。我还需要犹豫吗？即使被杀也可以，我相信他，我要跟着他。我已经没有除此之外的生存之道了。

我用手擦掉嘴上的血。

第二天早上我打电话到“茜”去，我说身体不舒服要请假。那一天我一直待在房间里等着龙洋一回来。

龙洋一半夜十二点多才回来。满脸通红，全身酒气。一走进房间就从口袋里拿出一沓钞票撒在地上。

“松子，你看，这是钱啊，是我赚回来的，很厉害吧！”

他笑得好大声。

我站在龙洋一面前，咬着牙抬头看他。

龙洋一将脸贴近我。

“怎么样？有什么不满吗？”

“阿洋，拜托你，戒掉冰毒。”

“你又要提这件事是吗？这个世界，不是说什么‘好，我会戒掉，是的，好’这么简单的。”

我伸出颤抖的手抓住龙洋一的外套衣领。

“拜托，阿洋，这样下去真的会完蛋，好不好……”

我一睁开眼睛时，看见了天花板。歪斜的日光灯一直打转。我倒在地板上，我又被揍了，过了好久才清醒过来。我觉得肚子好痛，龙洋一正骑在我的肚子上，他手握拳头，从头顶上挥下来。日光灯的光融化了，看不见了。接下来的那一瞬间，黑色的拳头落了下来。

阿洋也真是的……再这样做的话，我会死掉的。

等我恢复意识时，已经睡在被窝里了。我的脸颊上敷着湿润的毛巾。

我看了看旁边，龙洋一正跪坐着。他担心的眼神看着我的脸。

"阿洋。"

龙洋一双手放在膝盖上低下头来。

"松子，对不起。"

"现在几点？"

龙洋一回过头。

"五点十五分。"

"早上吗？"

"是傍晚。"

"……我睡了一整天？"

我开始可以思考了。

"啊，店里。"

"他们打电话来了，我说你因为感冒正在睡觉，可能明天也无法上班。"

"这样啊……"

救护车的汽笛声由远而近。

"我昏倒了吗？"

龙洋一虚弱地点点头。

持续沉默。

我开始觉得脸好痛。

我闭上眼睛，又睡着了。

我听见电铃声，睁开眼睛。

龙洋一不在我身边。

难道是我在做梦？

“是哪一位？”

我听见龙洋一的声音。

我转过头。

龙洋一正从门上的猫眼往外看。

“我是泽村惠，听说松子生病了，所以我来看她，松子在吗？”

龙洋一转过头来。

我用手肘撑起上半身，头好痛，我皱起眉头，对龙洋一摇摇头。

龙洋一对着门说：“松子现在正在睡觉，能不能请你下次再来？”

“不可以，我要看着她睡觉，开门！”她猛烈地敲着门。

“这个浑蛋！”

龙洋一口出秽言，同时松开了门上的铁链。

我从被窝里跳起来，头痛欲裂，我强忍着走到门那里。

“阿洋，不可以！”

我抓住门把手。

“小松，你在里面吧？我担心你才来的，让我看看你吧！”

龙洋一面红耳赤，一直瞪着门。

“阿洋，你进去，拜托。”

龙洋一鼓胀着鼻孔，吐了一口气回到起居室。

我打开门锁，将门打开。

阿惠满脸惊恐地站在那里。衣服的下摆和领子都缀着亮片，深蓝色的丝绒长衬衫，配上合身的灰色长裤。妆也化得无懈可击，头顶的头发留长了，用挑染的方式做出多层次变化的俏丽短发，一看就知道是出自内田小姐之手。

阿惠看着我的脸，屏气凝神，叹了一口气后，嘴角往上扬。

"最近的感冒症状都是显在脸上呢！"

我挤出笑容。

"我就知道是这样，时间到了还没看到你来店里，打电话给你，一个男的说什么'感冒了在睡觉'，别开玩笑了！"

"今天你去店里了？"

"我之前就预约了不是吗？你忘了吗？"

"……对不起。"

"这个脸，是刚才那个男人打的吧？"

"不是。我走在路上时摔了一跤，脸磨到地上……因为觉得很丢脸，所以才叫他撒谎说我感冒的。"

"够了，小松在狱中时就最不会说谎了。"

"不是说谎……"

阿惠举起左手制止我。

"我来叨扰一下吧！"

她将右手拿着的东西塞给我，那是车站前的蛋糕店盒子。阿惠脱了鞋子走进去，她从我身旁走过进入起居室。

"阿惠，等一下……"我提着蛋糕盒紧跟在后。

龙洋一和阿惠在起居室瞪着彼此。阿惠在女性里算是高的，不过还是比龙洋一矮一个头。但是从她面对龙洋一毫不畏惧的表情看来，丝毫感受不到她害怕。

龙洋一的脸上闪过了疑惑。

"小松的脸是你弄的吧！"

"你有什么理由对我大吼小叫的，你要是说话再这么不客气，我可是连女人都不会放过的！"

阿惠看了我一眼，脸上浮现出苦笑，耸了耸肩。

"你那是什么态度！你以为我是谁啊！"

龙洋一抓着阿惠衣服的前襟，阿惠完全不为所动。

“阿洋，不可以伤害她！”

龙洋一看了看我。

阿惠仍然瞪着龙洋一，将他的手拨开。然后转过身去，背对着龙洋一，面向着我，用右手的大拇指指着背后的龙洋一。

“小松，你不可以和这个浑蛋再有任何牵扯了，立刻分手！”

“阿惠，不要说了，今天就到此为止。”

阿惠抓住我的肩膀，前后摇晃着。

“你醒醒吧！好不容易才找到自己的生存之道，不是吗？费尽了千辛万苦才当上了美发师！男人多的是，为什么偏偏要选这家伙！和这种男的在一起，会带你下地狱的！”

阿惠清澈的瞳孔里映着我的脸。

“……我，能和阿洋在一起的话，即使是下地狱或去任何地方都要跟着他，我已经决定了。”

阿惠脸部扭曲，将双手从我肩上拿开，瞄了一眼龙洋一，深深叹了一口气，斜眼瞪着我。

“随便你！”

她从我手里将蛋糕盒抢去砸在地上，转身走出房间。

关门声震动了屋内的空气。

我捡起地上的蛋糕盒，将盒盖打开一看，里面各式各样的蛋糕变得一塌糊涂。我将整个盒子丢进垃圾袋里，回过头看见龙洋一安静地低下头，我脸上挂着微笑。

“她好像很生我的气呢！”

龙洋一的脸色铁青，就像冰一样。

我尽量用很开朗的声音说话。

“刚才那个人是我在监狱里认识的朋友，在里面她总是打扮成男生的样子，非常受欢迎呢！很奇怪吧！”

“我这个人很差劲。”

“什么？”

“她说得没错，我还是不能和松子在一起，我……太差劲了。”

霎时，我看见龙洋一的脸上重叠着彻也的脸。

我靠在龙洋一的臂膀上。

“不要想那么多，我被打也无所谓，我不会难过的，所以你要永远和我在一起，不可以再一个人随便乱走了。”

龙洋一看着我。

“我打过你几次？”

“我怎么会去数。”

“那你打我，打到你高兴为止，拜托你。”

龙洋一跪下，闭上眼睛。

“拜托你，松子。”

我点点头，举起右手往龙洋一的左脸颊用力一挥，又举起左手，往右脸颊打。

“再来、再来，松子！”

我交替打着他的左右脸颊。

打在肉上的声音充斥着整间屋子。

龙洋一的脸颊变得通红，眼泪从眼睛里掉落下来。

我停下手，上气不接下气，手掌都麻痹了。

龙洋一眼睛仍然闭着，像小孩一样抽抽搭搭地哭了起来，还流着鼻涕。

我将龙洋一的头抱到胸前，将我的脸颊贴到他的头发上。

“阿洋，你答应过我，说要和我在一起，对吧？”

龙洋一在我怀里点点头。

“那戒掉冰毒吧！也不要做流氓了。即使没有朋友、没有钱，只要我们两个在一起，就可以活下去。”

龙洋一离开我的身体，跪在地上抬头看着我的眼睛。

“我知道了，我会戒掉冰毒的，也不做流氓了。我要和松子重新开始，只不过我需要时间，请再等一下，我会遵守约定的。”

龙洋一从皮夹里取出装安非他命的小包交给我。

“请你丢掉，这是我现在手上仅有的。”

我摇摇头。

“这个要阿洋自己丢。”

龙洋一看着眼前的小包，脸痛苦地扭曲着。

“不用现在也可以，但是一定要你自己丢，如果不这样，你还会从其他人那里取得冰毒的。”

龙洋一将小包放回皮夹，大颗大颗的眼泪滑落下来。

“真是丢脸，为什么我无法丢掉它，明明是很简单的事情。我一直认为自己没有上瘾，因为我看过太多上瘾的人，我还没那么严重，所以我告诉自己没关系。但是不知何时，没有这个东西就……”

他的声音听起来似乎现在才发现安非他命的魔力，并从内心感到害怕。

“没关系，你一定可以自己丢掉的，我相信你。”

龙洋一紧紧闭上眼睛。

翌日，我没去店里。这张脸实在没办法出门，而且龙洋一用颤抖的声音跟我说：“希望你陪我，如果剩我一个人的话，我可能又会去碰冰毒。”

上午我打扫屋子，顺便变动家中的摆设。龙洋一第一次帮我打扫浴室和厕所。中午叫外卖。龙洋一吃炸猪排盖饭，我吃亲子盖饭。龙洋一还分我一小块猪排。

下午龙洋一的样子开始怪怪的，腿抖得越来越厉害。即使叼着烟，点上火吸一口后就弄熄，然后又立刻拿起第二根烟。不一会儿，烟灰缸里堆满了烟蒂。

“你想要冰毒吗？”

龙洋一点点头。他从皮夹里拿出小包，不发一言地盯着看了一分钟左右。

“可恶！”

又将小包放回皮夹。深呼吸后，脸部痛苦地扭曲着，他摇了摇头。

我将房间的窗帘拉上，脱光身上的衣服，站在龙洋一面前。

龙洋一猛扑上来，将我压倒。他像是想要将冰毒从脑子里挥去似的，狂野地爱抚着我。

是否能戒得掉冰毒最后还是要看本人的意志力。我能做的只有这些。

办完事后，他好像稍微分散了注意力。说要出去买东西，因为即使想煮晚餐，家里也没有任何食材。我心想他可能是要出去注射冰毒吧！但是我立刻打消了这个念头。

龙洋一买了厚片牛排和红酒回来。他烤牛排给我吃，虽然有点烤过了头，变得很硬，但还是很好吃。

“只有今天。”龙洋一喝干了红酒说。

“什么只有今天？”

“不用冰毒的日子。”

“……明天又要用吗？”

“不是。我每天都告诉自己，只要忍耐今天一天，不要想明天的事。只要忍耐今天一天。如果能这样熬过去，我觉得应该就可以戒掉。”

我很感动，好不容易才回答一声：“嗯。”

“都是托松子的福。”

我很高兴，大哭了起来。

那天晚上我洗好澡出来，正在擦拭身体时，听见龙洋一从起居室传来的声音。他在打电话。声音听起来好像在争吵的样子，我听见他说“和约定的不一样”。

我将浴巾围在身上走出浴室。龙洋一已经放下话筒，他站在那里一动不动。

“怎么了？”

龙洋一吓了一跳看着我。

“不，没有什么。”

他勉强笑了笑。

两天后，龙洋一的呼叫器响了。他不知道给哪里打了电话，然后和往常一样开始准备出门。

我知道那是安非他命交易的相关暗号。但是我相信龙洋一说的，他需要时间，但是一定会戒掉。

换好衣服的龙洋一的脸上笼罩着不安的神色。

“阿洋？你的脸色不太好……”

“距离上次才没几天。”

“是指用呼叫器叫你出去？”

“每次都会隔十天以上，这种情形是第一次。”

“那怎么办？”

“只有去了，因为是上面的指示。”

龙洋一在水泥地上穿好鞋子后，面向着我。

“那我走了。”

“路上小心。”

“……嗯。”

龙洋一走出去。

我将门上的铁链挂好后，突然感到害怕。我变得非常不安，心脏也开始怦怦乱跳。我跑回起居室，打开电视机的开关，突然传来大笑声，我关掉电视，屋内悄然无声。

我睁开眼睛。

黑暗。

电话响了。

我抓起枕边的闹钟。

下午四点十二分。

电话还在响。

我的头脑冷静了下来。

跳起来冲向电话。

“喂？”

“松子，是我。”

是龙洋一沙哑的声音。

“带着钱赶快离开公寓，来圆山町的若叶饭店，我已经用‘大川’这个名字先住进来了，动作要快！没时间了！”

“圆山町的……”

“是若叶，就是从美容院回来时，我们第一次住的那家饭店。”

“我知道。”

“总之，赶快离开那里，知道吗！”

电话挂断。我望着听筒，想着龙洋一说的话。

我发出尖叫声丢下话筒，换上牛仔裤和衬衫。只涂了口红，然后将现金和存折放入包包冲出公寓。早上冷冽的空气轻拂我的脸颊，东方的天空已经亮了。我听见摩托车的声音，反射性地躲起来，原来是送报的。我等摩托车经过后就跑了起来。没有人追我，我一直跑到附近的便利商店，用公用电话叫出租车。在出租车来之前在店里假装阅读杂志。即使是这个时间，店里还是有几个像是学生的客人。

当出租车出现在停车场时，我走出店里，坐上出租车。

“到涩谷的圆山町。”

我告诉司机。后视镜中的司机用布满血丝的眼睛看着我。

“去圆山町是吧！”他以冷漠的声音回答。

爬下涩谷的道玄坡后，往右转，我就下车了。这条饭店街也和中洲的南新地一样，晚上和早上的模样完全不同。我凭着记忆，走下老旧的石阶后，走进小巷里，寻找若叶饭店。这一带的道路本来就高高低低起伏很大，而且路又弯弯曲曲。一下子我就迷失了方向，觉得自己好像在走迷宫，我停下脚步，环顾四周，终于看到了绿色的霓虹灯。我正要跑过去，从里面走出一对情侣。我躲在电线杆后面，那是一个身穿红色迷你洋裙的年轻女孩和身穿西装的中年男人。男人将手搂在女孩腰上，女孩则将脸靠在男人肩上。

等那对情侣走过去后，我便跑进饭店。

我走进房间时，屏气凝神，不敢说话。龙洋一的脸肿得发紫。左眼的眼睑下垂，遮住他的眼睛，嘴巴四周都是血。他踉踉跄跄，看起来举步维艰。

“被人跟踪了吗？”

“我想应该没有。”

“是吗……”

龙洋一将身体倒在大双人床上，发出呻吟。他仰望天花板，闭上眼睛。胸部上下起伏时，肺部就会发出声音。

我跑到浴室，将毛巾弄湿，敷在龙洋一的脸上。

“这是怎么了？怎么这么严重……”

“我完蛋了，被发现的话，一定会被杀死的。现在那间公寓也变得乱七八糟了。”

“发生了什么事吗？”

“我受到帮派的制裁，其实我现在应该已经被杀死了，是趁机逃出来的。”

“因为你说不要再走私是吗？”

“……可以这么说吧！”

“对不起。”我哭着说。

“怎么了？”

“因为我说了那些话……我没想到不要走私会变得这么严重。”

“不是的，不是因为松子。”

“但是……”

“真的不……”龙洋一脸扭曲着发出呻吟。

“阿洋！”

龙洋一轻轻点点头，反复吸着气。

“对不起，因为我的关系，把你也牵连进来。”

“……我们以后要怎么办？”

“先暂时待在这里，只要我们一有所行动就会立刻被发现。到时候我们再找机会离开东京……往北走好吗？”

“北……”

“你有想去的地方吗？”

“北海道怎么样？”

“不错。”

“北海道有我想找的人。”

“男的？”

“在中洲做土耳其浴女郎时，照顾我的人。是当时的经理。”

“你喜欢他吗？”

“不是，我只想谢谢他。”

龙洋一闭上眼睛。

“我这次想要踏实认真地过活，我已经非常厌倦做流氓了。”

龙洋一微笑着，立刻又转为痛苦的表情。

“我要继续做美发师。”

“嗯。”

“阿洋一个人我还负担得起。”

寂静无声。

龙洋一还是闭着眼睛。

“你睡了吗？”

“没有。”

“我想要小孩。”

龙洋一睁开眼睛，眼白部分都被血染红了。

“我的小孩？”

“那是当然的喽。不过我已经有年纪了，或许生不出来。”

“我和松子的小孩啊……”

“怎么样？”

“好啊，我也想要。”

“真的？”

“真的。”

“要生男孩还是女孩？”

“都好。”

“那一次生两个好了！”

“双胞胎吗？会很热闹呢！”

呼叫器响了。那声音听起来似乎是在嘲笑我和龙洋一的对话。

龙洋一只移动手臂将呼叫器拿出来，拿到眼前瞄了一眼，就丢到一旁去了。呼叫器撞到墙壁便安静了下来。

龙洋一皱着眉头站起来。将手伸向床头柜的电话，拿起听筒开始拨号。不发一语地贴着听筒，又放下话筒。转过头来，他的脸上浮现出了然于胸的微笑。

“被发现了……他们说只等我二十四小时。”

我感觉心脏好像被用力揪住一样。

“我们会被杀吗？”

龙洋一没有回答。低着头在思考。

“……会死吧，我们。”

我勉强笑出声音：“我是无所谓，只要和阿洋在一起，死也没关系。但是我绝对不要和你分开、被施暴后才被杀。”

“我一个人出去就行了，因为那些家伙的目标是我。”

我瞪着龙洋一：“不要胡说，阿洋一个人去死我会高兴吗？你觉得我是已经有心理准备才和你睡的吗？”

龙洋一咬着嘴唇，好几分钟一动也不动。

我们似乎可以听见彼此的心跳声。

龙洋一似乎想起什么似的抬起头，踉踉跄跄地走到冰箱那里。他取出罐装啤酒，又走回来，拉开拉环后递给我。

“帮我拿着。”

龙洋一从皮夹里拿出装安非他命的小包。弄破小包，捏出米粒般的结晶，丢进啤酒罐里，发出“滋”的声音。

我和龙洋一无言地看着银色的罐子。

“应该可以了，喝吧！”

龙洋一不带感情的眼神看着我。

沉重的时间慢慢流逝。

我将罐子就口，大口大口喝着。啤酒从嘴角滴下来，融化了冰毒的啤酒刺激着我的喉咙，进入我的身体。

龙洋一将罐子抢过去，大口大口喝了下去。喉结上下移动着，他将罐子丢在地上，吐了一口气，坐在床上。

我也将身体紧挨着龙洋一身边坐下。两个人都没开口说话。

不久后体内的冰毒便发挥药效。

世界变得好鲜艳。

我的身体浮在空中。

不愉快的感觉全都消失不见。

龙洋一刚才的憔悴都像是骗人的，他一下子就站起来了。

“我先去洗澡。”这样说着便往浴室走。

我和龙洋一连续交媾了好几个小时，好像要燃尽生命的激烈偏执的性爱。

力气耗尽后我躺在床上，从未有过的倦怠感侵蚀着全身，我用手指抹了抹我的下体，将两人混合的体液含在嘴里。房间里弥漫着无边无尽的平静，只剩下两人的呼吸声以及在我喉咙深处逐渐扩散的体液味道是真实的。

“我们就要死了呢。”

“你不想死吗？”

“……有点害怕，但是和阿洋在一起的话，我就不怕了，阿洋呢？”

“我也怕死，如果可以的话，我不想死。”

“没有办法吧！这就是我们的命运，该去准备了。”

我起身去淋浴。身上围着浴巾化妆。其实我只带了口红来。我仔细涂上口红后，穿上衣服。

龙洋一也已经穿好衣服，坐在床上看着我。

我笑了笑。

“要怎么死呢？如果可以的话，最好死得漂亮一点。”

“对不起。”

龙洋一拿起听筒拨号。

“是警察局吗？请来圆山町的若叶饭店二〇一号房……我杀了人。”

放回话筒后，电话发出“叮”的一声。

7

我和龙先生经过礼拜堂，走出教会。在单行道的巷子里慢慢走着。沿路都是很大的房子，不知从哪里传来小提琴的琴声，应该是小孩子拉的吧！还没脱离噪声的阶段。骑着自行车的老婆婆从后方超过我和龙先生，远处听得到汽车的喇叭声。

我在等着龙先生开口。

从十五岁开始，我就在少年感化院和少年监狱进进出出。在我快要二十岁的时候，加入了老家的某个帮派，成为独当一面的黑道分子。不过我的工作就是负责讨债、接听公司电话和打扫等杂事。

一开始时我为成为独当一面的流氓而感到高兴，但是习惯以后，就觉得这根本没什么，因为说穿了，我只不过是被差遣去跑腿儿的。生活立刻变得很无趣，令人感到郁闷。就在我非常厌倦的时候，刚好又惹了一点麻烦，必须离开老家，我来到了东京。我是和一个在博多认识不久的十九岁女孩一起走的。

即使来到东京，我一点也不想认真工作，要做的话，就只有做黑道。我让女孩去工作，自己每天游手好闲。

大约过了半年后，我在新宿的街头，碰到一个叫作古贺的男子，那是在博多时曾经和我一起混的人。古贺在东京某个帮派里负责走私冰毒，也就是安非他命。我透过古贺的介绍，成为帮派的一员，得以开始经手安非他命。

我染指安非他命的买卖后，在博多时难以想象的大笔金额在我眼前来来去去。我心想在东京和博多的规模还真是不一样。我觉得自己好像已经变成了大人物。

我第一次被关是在两年后。在交易的现场被抓，被判处一年十个月的有期徒刑。那个女孩在我被捕的同时就和我分手了。

我二十五岁出狱后，立刻回到了帮派，又开始涉入冰毒的走私。

当时的帮派是从名古屋的批发商购入安非他命，这个批发商是住在日本的韩国人，他从韩国私自密制冰毒的帮派走私安非他命，再卖给我所属的暴力集团，也就是中间商。中间商再将安非他命分装后卖给零售者，可以从中获取庞大的利润。帮派虽有规定禁止使用安非他命，但是那当然只是表面上而已。

我被指派的工作就是飞车到名古屋，拿钱交换安非他命，再回到东京。我被安排去指定的饭店，将钱交给等在那里的男人。男人拿到钱后，走到另一间房间，从里面拿出安非他命给我，然后我再带回东京。这是交易的流程，工作很简单。我在东京也可以独当一面地赚钱，应该感到满足了。但是我觉得一点也不有趣。

我确实可以经手大笔金额，但毕竟那些钱都是帮派的，我连一毛钱都不能碰。仔细一想，其实这跟我在博多时是一样的，只不过是帮派的跑腿儿而已。

不过我也没自信如果脱离帮派的话，一个人是否能找到赚钱的方法。一旦目睹过好几百万日元的赚钱方式，就无法再为了十万日元、二十万日元铤而走险，做些蠢事。在送走无数个烦闷的日子后，我终于也开始使用安非他命。

第一次注射安非他命时的情形，我还记得很清楚。安非他命成瘾的人为什么会花好几万日元在那种东西上，以前我觉得很不可思议，但是我自己试了以后，才终于了解。感觉变得非常神清气爽，自己就像是万能的上帝，在这个世界上什么事都不足为惧。后来我才听说，安非他命是在第二次世界大战时，日本政府让神风特攻队队员服用的。这种药连对死亡的恐惧都能消除。

当然安非他命对身体并不好，即使一开始是因为好奇心，一旦用过一次后，就不可自拔了，靠自己一个人的力量是绝对无法戒掉的。药效发作时非常舒服，但是一停药就很难受了。

那是当然的。

因为安非他命并不是为身体带来能量，而是将体内其他未使用的能量强行激发出来的毒品。

一旦停药后，副作用就来了。全身倦怠无力，一点点小事也会生气，不管做什么都觉得无趣。感觉自己就像在地狱里一样，为了摆脱这一切，就又继续使用。这是恶性循环。

渐渐地，即使注射安非他命也变得不像刚开始那样可以得到快感，于是就增加注射的次数或用量。当中毒越来越深后，停药时就会加倍痛苦。

刚才我提到那个叫作古贺的男人，后来也因为安非他命中毒而引起心脏麻痹死亡。但是他曾因为停药而痛苦得在地上打滚，他也为幻觉而苦恼，虽说是幻觉，但是听说对本人而言却像是真实般栩栩如生，甚至会产生被外星人追逐或是从墙壁跳出妖怪的愚蠢幻觉。

……还好我在尚未那么严重时，就已经被关进牢里了。

我们言归正传吧！

我之前已经说过我开始用安非他命之前的事吧！

有一个男人好像算准了时机来接近我。

他是厚生省的缉毒官——麻药G男。

他要我去做卧底，一般人都会拒绝吧！但是我却接受了他的要求。当然也是因为我在非法持有安非他命的现场被捕，如果做卧底的话，就可以不用去坐牢了！

虽然我是帮派的一分子，但是我本来就不打算效忠帮派。可能从一开始我的个性就与帮派这种东西格格不入吧！表面上我会说些为了大哥、老大我可以牺牲自己也在所不惜的话，但是那不是发自内心的。那只是为了快点赚到钱，所以我只是附属于帮派而已，我在利用帮派。

因此，我接受卧底的工作时，并不会觉得背叛帮派。如果成为麻药G男的卧底，就可以不用服刑，而且今后也不会再被送进牢房里吧，我这样算计着。

可能是这个缉毒官调查过我，知道我的心态，才会和我接触吧！

从那天起，我就成了麻药G男养的一条狗。每次交易时，我会按照指示的方法，对我的主人报告。但是不可思议的是，没有发生过一次在交易现场被逮捕的事。我问我的主人为什么不举报呢？他回答他有他的考虑。

后来我才知道，他对于几百克的安非他命没兴趣，他的目标是要消灭大范围的私售渠道。所以他做了长期的规划，我只不过是出场的几十人或几百人当中的一个。当然当时的我完全看不出来事情会变成怎样。

表面上我为帮派运送安非他命，背地里我提供情报给麻药G男，且自己也注射安非他命，就这样度过每一天，我与松子重逢就是在这时候。

我时常被派去做老大姐姐的司机兼保镖。那一天我陪着老大的情妇去美容院，没错，就是那家叫作“茜”的店。松子在那间美容院担任美发师。当时的情形就如同你从泽村女士和内田女士那里听说的。

就如我之前所说的，我从中学开始就喜欢她。她时髦、漂亮又聪明，生气时有一点可怕。我之后和好几个女人交往过，但是川尻松子老师对我而言是永远的女神。

松子好像并没有发现我是她曾经教过的学生龙洋一。我犹豫了一下，决定躲起来等她下班。我原本是想和她一起吃个饭，连餐厅都订了，但是因为被她拒绝，我只能送她回家。

我在车上向她告白。

松子却一个劲地说她之前的人生是怎么样过的……没错，她做过土耳其浴女郎，还杀了人。她把自己说成污秽不堪的女人，然后她还说可以免费跟我睡……

我将松子送到家后，一语不发地离开了。我从松子的公寓离开时，眼泪夺眶而出。我一直尊为女神的川尻松子老师竟然对我说出那样的话。

或许你会觉得坏事做尽的流氓在说些什么！但是我只希望川尻松子老师永远是圣洁的。或许正因为我本身污秽，这种想法才更强烈。

但是我在开车时想起来了。川尻松子之所以会离开学校，不都是我害的吗？她会做土耳其浴女郎，她会杀人入监，罪魁祸首不就是我吗？这样的我有什么资格去责备川尻老师？

另一个发现是，即使如此，我还是很喜欢老师。当我发现我对她的爱时，就更加焦躁不安。

我将车子掉转，折回松子的公寓。

松子让我进她的房间，在那里松子将她离开学校的经过，一直到后来的人生，全都告诉我。

那时我才知道当时的二中校长田所文夫先生对她强暴未遂的事。她之所以会被赶出学校，就是因为和田所校长发生争执。虽然未必全都是我的责任，但是却无法消除我的罪恶感。我只要一想到我居然还帮助对川尻松子老师做出卑劣行为的田所校长，就后悔不已。不过松子好像已经和过去的事情划清界限了。

我和我向往已久的人发生了关系。从那天开始，我就与松子同居。

我没对松子说我走私安非他命的事情。

只要安非他命的交易一敲定，我的呼叫器就会响。我会打电话到公司，接受指示，拿了钱后再开车到名古屋，去交换安非他命回来。

我将安非他命带回大哥的公寓，而不是带回公司。因为分装作业是在那里进行，所以每次我被叫出去都要两三天后才回家。

有一次，在名古屋拿到安非他命后，正在赶回去的途中，我的呼叫器响了，这是告诉我不要去常去的那间公寓，把安非他命藏到某个地方的暗号。后来我才知道，当时大哥的公寓已经被警察监视，我带着三百克的安非他命回到我和松子住的公寓。

我的皮夹里会藏一小包安非他命，就像是我的护身符一样。但是我还是第一次带这么多的安非他命回公寓。和松子同居以后，我只在大哥的公寓或是躲在车上注射，我把针筒装在塑料盒里藏在车上。因为我听说松子的朋友是被安非他命中毒的男人杀死的，所以和松子在一起时我绝对不注射。当然我也没想过要让松子使用。

总之，我必须在松子下班回来之前将三百克的安非他命藏在某个地方。我不知该藏在哪里，最后我决定将塑料袋埋在米柜里。因为埋得很深，所以从上面应该看不出来，我很放心地去睡觉了。

但是就在我睡着时，松子回来了，她发现了安非他命。我没办法，只好坦白我走私安非他命的事。松子很生气，她说请我不要碰安非他命，表情非常严肃。

但是当时的我无法体会松子的心情。可能是因为手上有这么多的安非他命吧，我的神经变得很敏感。如果这时被警察发现的话，可能得吃十年的牢饭，万一安非他命弄丢了，我可能会被帮派追杀。

就在这时，呼叫器响了，他们指使我将安非他命带去新的地点。我挂掉电话转头一看，松子抱着那袋安非他命。我叫她给我，她不肯。我心想这女的简直莫名其妙，如果我没有将安非他命送过去的话，我和她都会没命的。为什么她不能理解呢？我火冒三丈，将松子击倒，我竟然对那么深爱的人出手，然后我将安非他命抢过来，倒在地上的松子用憎恨的眼神看着我，我很后悔打了松子，但是当时将安非他命送过去比什么都重要。

我平安地将安非他命送到，并像往常一样帮忙分装。和兄弟喝了酒之后回到公寓时已是第二天晚上。

松子没有睡，在等我。

我很后悔打了她，但可能是因为体内的酒精在作祟吧！我没有说出一句道歉的话。不仅如此，因为松子啰里吧嗦地叫我不要碰安非他命，反而让我大动肝火，所以我又揍了她。这次不是一拳而已，我骑在她身上，一直揍她的脸。松子晕了过去后，我才发现自己干的好事，赶紧照料她。

我看着一直沉睡的松子，对自己感到绝望。我心想我不能再待在这里了。再这样下去，搞不好我会杀了松子。但是为什么我要这样伤害松子呢？我自己也不知道。明明我是那么爱她……

现在想想，可能是因为安非他命的影响，使我整个人变得不正常。

松子几乎睡了一整天。

晚上八点左右有人按了门铃，是泽村女士。那是我第一次和泽村女士见面，松子这个时候也醒了过来。

泽村女士看到松子后，好像就知道发生了什么事情。

泽村女士即使在我这种流氓面前也毫不畏惧。当时的我只要一生气起来，一般的人几乎都会吓得脸色发白，不断发抖。但是泽村女士却完全不为所动。

我反而开始害怕了，黑道的人只会虚张声势，其实是很胆小的。对于吃他那一套的人就更凶狠，但是对于完全不吃他那一套的人，就不知如何是好。在泽村女士面前的我就是这种感觉。

泽村女士对松子说如果不和我分手会很惨。

但是松子却叫泽村女士回去，还说只要能和我在一起，即使是地狱也要跟去。泽村女士气冲冲地离去。

松子选择了曾好几次对她使用暴力的我，而不是像亲人一样担心她的朋友。

这时我已经下定决心。

我答应松子不再使用安非他命，也不走私安非他命。我拿出我藏着的小包，叫松子帮我丢掉。但是松子说一定要自己丢掉。我很烦恼。这就是使用安非他命成瘾的人最可悲的地方，即使已经到了这个地步，还是无法亲手丢掉安非他命。这个心情或许是没有使用安非他命的人无法了解的。我答应她我一定会丢掉，又放回了皮夹里。

戒掉安非他命一切都要看自己。但是不要参与走私安非他命就不是那么简单了。当然要跟帮派说，但是在此之前，还必须先去拒绝一直让我提供情报的麻药G男。

我当时觉得应该不会有太大的问题。确实我是非法持有毒品的现行犯，但是前前后后已经提供给他相当多的情报了。即使现在我说不想做，他也应该会对我说声辛苦了吧！

我完全误判。

“是我。”

“怎么了？不是时间还没到吗？”

“不，不是的，我有话要说。”

“什么？”

“我不想做了。”

“……被发现了吗？”

“应该没有，不是因为这个，我想要洗手不干了，不论是做卧底或是走私冰毒。”

“什么……你在说什么，大哥。你打算将我进行了这么多年的计划付诸东流吗！”

“请你饶了我。”

“不行，我绝不答应！”

“但是……”

“听好了，如果你不干的话，我就向你的帮派揭发你是卧底的事。”

“怎么可以……池谷先生，这和我们之前说的不一样！”

如果被帮派知道的话，我一定会被杀死的。我这才发现我已经掉入了万劫不复的泥沼中。

这样下去我根本无法不参与安非他命的走私。如果是这样的话，我和松子就只能逃到某个地方去。但是可以逃得了吗？今后就只能过着不见天日的生活吗？在我思考各种情形时，时间就一分一秒溜走了。

两天后，呼叫器响了，是交易安非他命的暗号。我一打电话，接受的指示和平常一样，叫我带着钱去名古屋。因为距离上次交易才没多久，所以我觉得怪怪的，但还是只能听从指示。

如果我察觉到当时的异状，和松子一起逃走就好了。

我进公司去领取买安非他命的钱，遭到老大突如其来的攻击。这一瞬间我明白自己做麻药G男卧底的事被发现了，公司里的所有人全都对我拳打脚踢。到最后我连痛的感觉都没有了，意识逐渐模糊。我两手被抓住带出公司。当时天快要亮了，他们把我丢在汽车的后座，我想可能是要被带去不知名的深山活埋吧！我死心了，闭上眼睛。松子的脸孔在脑海中浮现。当我一想到再也见不到松子时，不禁流下泪来。

就在这时候，我发现四周出奇地安静，睁开眼睛，车内只有我一人，我坐起身，看见钥匙还插在那里。我一看车窗外，刚才踢踹我的那些兄弟们在不远处抽着烟聊天。

我没有时间思考。

我从另一边的门出去，跑进驾驶座，发动引擎后就将车开走。人即使快要失去知觉，但只要一拼命，身体还是可以动的。我听见怒吼声，但是没有时间往后看。

我根本不记得当时是怎么驾车、驶往何处的。我在安全的地方把车子弃置，用公用电话打电话给松子，叫她立刻离开房间。如果我真的逃走，那他们第一时间一定会先找到松子把她杀了。我叫她先离开公寓、然后来涩谷松子和我曾经住过一次的饭店。打完电话后我搭出租车去涩谷。

先进饭店的我打了一个电话给我的主人——缉毒官。我跟他说我被帮派追杀正在逃亡，请他救我。

“现在你在哪里？”

我犹豫了。会不会是麻药G男向帮派出卖我的呢？我的脑海里出现了这个疑问。现在想想，可能是因为使用安非他命的缘故吧，疑心病变得很重。我挂断电话。

一旦我无法相信主人，那么万事休矣。帮派的人正在东京拼命找我，如果被抓到的话，不只是我，就连松子都会被杀。我主动出来的话，松子应该就没事了吧！但是我办不到，我没有勇气，我害怕死亡。

不久后松子来了。

我跟她说我受到帮派的制裁，但是并没有告诉她麻药G男叫我做卧底的事。

我说可以观望情形离开东京，但是主要的车站、干道、机场应该都有帮派的人埋伏，要从东京平安脱逃简直等于奇迹。但是也只能赌一赌这微乎其微的可能……

这微乎其微的可能也立刻落空了。呼叫器响了，我打电话过去，是老大接的。他知道我在那家饭店，我太小看帮派的情报网了。我已经被包围了，逃不出去。他只能等我二十四小时，让我和松子可以尽情地搞，搞完后乖乖出来或是在房间里和松子自杀，这是他对我最后的仁慈，他是这样告诉我的。

你觉得我会做什么呢？

我将之前没有丢掉放在皮夹里的小包拿出来，将一颗安非他命丢进啤酒罐里融化，先让松子喝下，然后我将剩下的喝完。

这并不是为了消除对死亡的恐惧。

我和松子借助安非他命的力量做了最后一次爱。然后洗完澡穿上衣服后，我便打电话到警察局。我说我杀了人，请赶快过来。当然那是撒谎。因为我确实希望警察快点来，所以就这样说。而且我也确实需要被抓进警察局。

正如我的预期，大批警察赶来。

我将装安非他命的小包交给警察，因为当场发现安非他命，我以非法持有毒品罪遭到逮捕。松子也要求自愿同行，当然，警察没有拒绝的理由。

我和松子被警察团团围着走出饭店，帮派的那些人也无法出手。身为黑道的我居然会去求助警察，这是他们始料未及的。确实这在黑道会成为笑柄，绝不是什么值得夸耀的行为，但是我和松子为了生存下去只有这样做。

我在警察局接受尿液检查后，又加上了使用安非他命的罪状。松子也一样在尿液检查结果出来后，因违反安非他命取缔法而被逮捕。

我和松子分别被判刑。我被判处四年有期徒刑，关进府中监狱。松子也被判处一年有期徒刑，送进栃木监狱。不管是什么样的帮派，都无法追到监狱里。

至少松子的命是保住了。

我不知道自己会怎样，因为府中监狱里有许多和暴力集团牵扯的囚犯，隶属于我那个帮派的人也很多。我如果被人知道是背叛者的话，可能性命不保吧！

很幸运的是，监狱方面对我采取了保护措施。一般像我这样的囚犯，入监后不久就会搬到多人间去，但是我却一直住在单人间。

其实单人间的待遇比团体房更恶劣。建筑物老旧，而且房间很窄。窗户因为被遮起来，所以看不见外面，通风也很差。我不知道现在是怎样，但是当时的窗户不是玻璃的，只贴上塑料纸。这是真的。因为这样，夏天房间内就像蒸笼一样，冬天则像是冰箱。即使是独居的囚犯，白天大多也要去工厂工作，但是我是所谓的完全独居，一整天都必须在房间内糊纸袋。

在监狱生活没有说话对象本来就是很辛苦的一件事。但是对我而言，不用看到其他人反而好。如果是在多人间或工厂，我不知会遭到怎样的待遇呢！

虽然没有人跟我明讲，但是这可能是我的主人——缉毒官暗中帮我安排的吧！我到现在都还不知道出卖我的是不是那个主人，但是因为这样我得以生存下去。而且在我入狱三年后，麻药G男的计划完成了，将帮派一网打尽。不管到什么时候都会有想杀我的人，但是以帮派为名追杀我的却已经没有了。

只不过一旦被盖上背叛者的烙印，就无法在黑道的世界生存。在生死关头投靠警察也是死罪，所以全日本应该没有任何帮派会再搭理我了。

8

昭和五十九年（一九八四年）八月

一年刑期服完后，从栃木监狱出来的我和上次一样，拜托保护观察所当我的保证人，在国分寺市公日元町租了一间公寓。

只有一个房间，没有浴室。既狭窄又不方便，但是为了省钱也是没办法的事。

我在这间屋子住了一个星期后，便去东京地检署。在那里我阅读了龙洋一的判决书，并确认了刑期届满日。

龙洋一最终好像没有将结婚申请书寄出。所以在服刑时我们无法通信，出狱时也没办法去看他。

他到底在闹什么别扭？真是一个麻烦的孩子。

从公寓走到府中街道后，往南骑五分钟左右的自行车，左手边就会出现那道需要抬头仰望的府中监狱的水泥围墙。高五十米左右，沿着这条街绵延三百米以上。从那里再骑五分钟，就来到了 JR 武藏野线的北府中车站。

我新就职的美容院就在北府中车站前的综合大楼里，店名叫作“三田村剪发烫发”，店里只有老板和一名学徒，是典型的个人经营小店。因为刚好在招聘美发师，所以我只通过面试就被录取了。这家店不像银座的“茜”还要测试技术。老板三田村秀子看到我履历表上的赏罚栏后，似乎很犹豫，但是我强调：“绝对不会再碰安非他命。”之后，她就接受了。我适宜的装扮也替我加了分吧！

我的一天从早上七点半开始。

早餐吃面包、牛奶和香蕉，梳妆打扮好后骑着自行车去上班。

来到府中监狱前是早上八点半。

有一次我曾在早上散步时，大约是六点经过监狱前，当时路边停了一排黑色烤漆的高级外国轿车，聚集了好几百个长相凶狠的男人们。这一带有很多绿地，平常是很幽静的，但是那天早上却弥漫着不寻常的气氛。因为出动了好几辆巡逻车，所以我便问警察发生了什么事，警察告诉我是暴力集团的大哥级人物要出狱了。不一会儿，西门附近便传来像是大地震动的响声，聚集在那里的男人们全都朝向西门弯腰鞠躬，异口同声说着："您辛苦了。"警察立刻拿起麦克风进行劝说："请尽快离开！"我附近的几个人以可怕的眼神瞪着我。我感到很害怕，赶快离开。从那以后我就不在清晨散步了。

我每天早上去美容院的途中都会暂时将自行车停在府中监狱的西门前。抬头仰望隔着我与龙洋一的那道水泥围墙，说："早安，今天也要努力哦！"然后再踩着自行车踏板往美容院骑去。

"三田村"的营业时间是上午十点到晚上七点，但是从下午五点多开始是最忙的。府中监狱的对面有一家大电机公司的工厂，那里的女作业员有很多人都是下班后来店里。

这间店因为没有打烊后的研习会之类的东西，所以打扫完毕后，晚上八点就可以回家了。晚餐我在车站前的餐厅点了套餐打发后，骑着自行车走夜路回家。

府中监狱的围墙前到了晚上特别阴森，但是我还是会和早上一样抬头仰望围墙，低声道晚安。

回到公寓后，就带着盥洗用具去澡堂。在距离公寓五百米左右的地方有一间叫作"明神汤"的澡堂。我泡在大大的浴池里，眺望着墙壁上的富士山图样，一天的疲劳都消除了。洗完澡后，我站上磅秤，确认自己没有发胖。接着再仔细看着映在大镜子里的自己的裸体。因为美容院里的女性周刊上有一则报道说，每天要仔细看五分钟自己的身体，以防止身材走样并能保持肌肤年轻。

我从澡堂回家时已经超过晚上十点了，我在全身涂抹乳液，并在日历上将今天的日期打叉，一天就结束了。

即使回到房间也没有人等我。

我也没有朋友。

但是我不觉得寂寞。

现在的我有一个可以清楚勾勒出来的梦。

龙洋一就在距离我五分钟自行车车程的地方，再过不到三年他就可以出狱了。这样一来我们两人就可以彼此依靠着活下去。

龙洋一出狱的话，就可以搬去稍微宽敞且有浴室的公寓。

我想要往北走。

为了那一天我正一点一滴地存钱。

我将所有的生活目标都设定在龙洋一出狱的三年后。

9

事情的前后顺序有点颠倒，我从被起诉后到刑期确定前，都被关在东京拘留所里。

就是站在第一次碰到阿笙的那个荒川堤防上，可以看见对岸那栋非常庞大的建筑物。现在好像在改建，起重机从屋顶上伸出来，你还记得吗？

那就是东京拘留所，松子应该也在那里面的某个地方。

在拘留所时我接到松子的来信。拘留所是可以自由通信的，松子的信上说我们去迁户籍结婚吧！听说刑期确定并移送到监狱后，就只有亲人才能来会面或是通信。如果结婚成为夫妻的话，即使被送到不一样的监狱也可以通信，松子如果先出狱的话就可以来探视我。

我高兴得几乎落泪。我是一个不止一次搅乱松子人生的男人，她居然要跟我这样的男人结婚。

但是我在回信时，是这样写的，不要再和我有任何瓜葛了，我没有资格让松子幸福，而且也没那个能力。即使我们重新在一起，只会一再发生不幸的事。拜托你，忘了龙洋一这个男人，希望你重新开始过新的人生。

我立刻接到松子的回信。里面放着结婚申请书，我只要签名、盖章的话就可以提出，我心想她是来真的。

我很苦恼。

如果能和松子重新来过该有多好啊！光是想就令我感动不已，但是这样松子真的能幸福吗……

很遗憾，我的答案是否定的。今后我移送到监狱的话，或许性命难保，而且即使运气好没有死，回到外面自由的世界，我也没自信可以规规矩矩过日子。况且我还是个会把女人打昏的男人，我怎么想都觉得她不要和我在一起比较好。

我没有在结婚申请书上签名，就那样放着。

又接到了松子催促的信。我没有回信。因为我想说的话都已经写在第一封信里了。

不久后，我得知松子被判处一年有期徒刑，移送到枥木监狱。因此，我就没再接到松子的信。如果在结婚申请书上签名后提出的话，我们就可以再次通信，这一切都看我的决定。

我在被判决的前一天在结婚申请书上签名并盖了章。如果将这个东西对政府提出，我和松子就可以正式成为夫妻了。我一直看着印泥尚未干透的结婚申请书，将它深深印在我脑海里。然后将它撕成两半，揉成一团后放入口中吞了下去。

这就是我选择的结束方式。

我不想再去想松子了。这样松子应该也可以觉醒吧！如果她出狱的话，应该可以另外遇到一个好男人，重新开始吧！我打从心里希望她这样。

……啊，我真是自私的人。

在监狱里的生活，老实说并不是那么难过。如同刚才我跟你说的，至少不会感到生命受到威胁，而且因为不能接触安非他命，且过着正常的生活，所以我的身体变好了。

因为我原本就不喜欢集体生活，所以单独一个人住，也不觉得辛苦。

从刑期的第二年到第三年是我最适应狱中生活的时候。我不思考任何事，每天糊着纸袋度过，早上起床后就工作，一直到就寝时间时，才发现一天又过了。

一般在过了刑期的三分之二时，就会开始准备审查假释，但是我并没有。假释时需要保人，入监时的调查就要提出请谁来担任保人。一般都是请亲人担任，但是等于是没有亲人的我，便拜托更生保护会。暴力集团的人如果没有亲人当保人，是很难获得假释的。而且我又是累犯，被关入单人间，所以不太可能获得假释。但是我并没有因此而消沉，因为我本来就不想要假释。

第一次被判刑时，我等出狱等得望眼欲穿。因为这么一来我就成了有前科的人，好比镀了一层金一样。出狱的时候，老大还帮我庆祝。但是这次即使出狱，我也没地方去。

今后要如何生活？没有正经做过事的我可以在社会上生存下去吗？我心里只有不安。我从没有像当时那样害怕过外面的世界，如果可以的话，我甚至想一直待在监狱里，然而越是这样想就越觉得时间过得快。

不知不觉间我的刑期届满了，出狱的那天早上来临了。

我还记得很清楚。

那是一个万里无云的晴天。

10

昭和六十二年（一九八七年）八月

凌晨三点多我便起床了。我打开房间的灯，将棉被叠好。

我冲泡速溶咖啡，打开电视一看，播放的是电脑动画。在轻快的音乐中，小鸟等动物都入睡了。

我仔细一看，原来这是电视公司宣告今天的播映已经结束的节目。清晨三点左右还是深夜吗？

我拿起遥控器正想要关掉电视时，动画和音乐又开始了。刚才睡着的小鸟等动物慢慢地苏醒过来，并开始活动。这是宣告今天播映开始的开场节目。

动画结束后，一个我从来没看过的男艺人一边弹着钢琴，一边唱着歌。他的歌声中气十足且哀伤，十分能打动人心，歌曲唱完后就是天气预报。

今天关东地区天气晴朗。

我喝完咖啡站起身。

从冰箱里拿出昨天晚上就洗好的米放进电饭锅里，并按下开关。在锅里装满水后放在瓦斯炉上，用柴鱼片熬高汤，尝过味道后撒下干的海带芽，再将锅盖盖上就好了。同时电饭锅也开始冒出蒸汽。

啤酒已经完全冰透了，我不知道龙洋一会说想吃什么东西，但是我买了他最爱的牛肉，是松阪牛的牛排。我希望他能吃到热腾腾的煎蛋，所以决定等他回来再煎。两人一边吃着早餐，一边谈着今后的计划。

我看了看钟。

必须要加快速度。

我洗过脸刷完牙，脱下睡衣并换上新买的内衣，再穿上为了这一天所买的浅驼色洋装。

我站在镜子前仔细地抹上粉底并化妆。可能是因为睡眠不足吧，有点难上妆，真是没办法。

最后画上口红，头发则是旁分的短发，我对着镜子微笑，还不错，我做了一个认真的表情说："您辛苦了。"

然后我扑哧一笑，我已经好久没看到自己的笑脸了。即使如此，我看不出来自己已经四十岁了。这是因为我努力保持年轻的结果吗？还是说因为我没生过小孩的关系呢？

小孩。四十岁。

已经不可能了吧！

镜子里自己的笑容已经消失。

瞪着我。

"如果你这样愁眉苦脸的话，阿洋会讨厌的。"

我看了看钟，时间已经到了。

我走出房间，东方的天空出现鱼肚白。我没有骑自行车，而是沿着府中街道往南走。

黎明的街道上的车辆很少，就连行人也不多。行驶了一整夜的卡车偶尔会以超快的速度从我身旁经过。

府中监狱的围墙越来越近了。我的心脏怦怦直跳。我心想最好不要有暴力集团的人刚好今天出狱，不过没有看到像是来迎接的人影。

我站在西门前，对开的门是铁制的，高四米左右。我站在稍远的地方等着龙洋一。

天空的颜色渐渐由紫色变成蓝色。

西门就如其名，是朝向西边的，所以朝阳一升起来后，就晒不到太阳了。

我看了看手表。

刚好六点。

门还没开。

我在思考当龙洋一走出来时，我该对他说的第一句话。我想了很多，但是都觉得不好。

已经四年没见了。

我的身材和体重都和四年前一样。我每天骑自行车上班，饮食也很注意，皮肤的保养也不敢怠慢，这就是我努力的成果。我不想胖得太离谱让龙洋一幻灭。

龙洋一会变得怎样呢？会变胖吗？还是变瘦呢？应该会成熟一些了吧？

他看到现在的我，会对我说你很漂亮吗？

等我回过神时，周围完全亮了。

我看了看手表。

已经七点多了。

真慢！难道他已经假释出狱了吗？不，因为他是暴力集团分子，所以应该要由保人收留。但是他母亲和妹妹下落不明，又没有其他的亲人。

难道是我弄错了出狱的日子？不可能。我去地检署调查过的，昨天是刑满日，所以应该是今天早上出狱。

即使如此，还是太慢了吧？

难道是他在狱中过世了吗……

我听到“咔嗒”的金属声。

是从门那里传来的。

厚重的铁门慢慢往内打开。我从一点点的缝隙中看到一个高个子的男人走出来。

他穿着和四年前相同的衣服，除了剃得很短的头发，其他都没变。好像胖了一点吧！

他的后面跟着一个穿着制服的看守员。

理着光头的龙洋一对看守员鞠躬。

看守员点点头将门关上。

发出很大的声音。

龙洋一抬头仰望紧闭的铁门，吐了一口气低下头，望着地上转过身来。他朝向我迈出步伐。

他抬起头，停下脚步，瞪大眼睛。

11

早上七点，我在监狱外迈开步伐。

但是我的感觉是，与其说我又重回自由世界，还不如说是被丢了出来。我手上的钱只有被逮捕时带着的五万三千日元和糊纸袋的奖金六千日元，一共是五万九千日元。我必须用这些钱找到暂时居住的地方和食物。

即使站在门前也解决不了事情，所以我想先走到车站。

我觉得不太对劲，抬起头来。

我停下脚步。

松子站在那里。

她用温柔的笑容迎接我。

当时松子那庄严的美让人觉得不像属于这个世界上的。

当我越来越接近松子时，我的腿开始发抖。那是我之前从未经历过的恐惧。

没错，我感到害怕。

12

“阿洋。”

我靠近龙洋一。

我跑了起来。

我冲进他的怀里。

我放声大哭。

我的双手被抓住，从他胸口被拉开。

龙洋一的脸色苍白，嘴角抖动，他放开我的手臂。

“为什么你会在这里？”

“为什么……我当然是在等你啊！”

“你应该只关了一年就出狱了，那之后你在做什么呢？”

“我在附近的公寓租了一间房子，在车站前的美容院工作，每天早上会骑着自行车经过这里，去上班和回家时都会隔着围墙和你说话。你不知道吧！”

龙洋一用很害怕的眼神看着我。

“走吧，我早餐都做好了。”

龙洋一将目光移开。

“我写的信你没看吗？”

“信？”

“我应该写过，请你不要再理我了。”

“那应该不是你的真心吧，你以为我连这个都看不出来吗？”

龙洋一的脸颊开始微微颤抖。

“怎么了？冷吗？”

龙洋一没有回答。

他铁青的脸转向一旁，瞄了我一眼。

“什么事？”

“你有钱吗？”

“现在？”

“对。”

“……如果不多的话。”

龙洋一伸出手。

我将整个钱包给他。

龙洋一将钞票抽出来后，就把钱包还给了我。

“你要做什么？”

龙洋一看着我，用很哀伤的眼神。

他将钞票塞进裤子的口袋里，转身就跑了起来。

“阿洋，你要去哪里？公寓不是在那里。”

龙洋一头也不回，继续跑着。

他的背影越来越小。

龙洋一从我身边离开了。

离开了。

离开了。

离开……

“……为什么？”

我呆若木鸡，只能看着他离去。

我全身无力。

我跌坐在柏油路上。

“为什么？”

鸟叫声从我头顶传来。

13

我不习惯被爱。我害怕自己依赖松子的爱，我办不到。对于习惯了黑暗的我来说，松子的爱太刺眼，让我觉得好痛。

我抢了松子的钱逃走。我沿路一面跑一面哭。为什么我的人生会变成这样？一定是一开始就走错了。我心想如果可以的话，我要回到十五岁去，重新来过。

我的脚往我成长的故乡福冈走去。在那里我找到了出卖劳力的零工，像是要发泄所有不愉快似的工作着。即使如此我的心还是很乱，无法平静。

其实我真的想要和松子一起重新来过。但是我害怕松子的爱，无法靠近她，我也没自信能让松子幸福。我的心裂成两半，互相撞击，两败俱伤。我不费吹灰之力又再次接触安非他命，因为和我一起工作的劳工当中就有好几个人使用安非他命，他们把卖家介绍了给我。

对我而言，活着本身就是痛苦。但是我又没有自杀的勇气。我曾经爬上高楼的屋顶想要自杀，但是一往下看就两腿发抖，冷汗直流，怎么样都无法往前踏出一步。装什么黑道、装什么潇洒，我不过如此。为了摆脱痛苦，我又注射了好几次安非他命。

我感到精神方面的压力，在药效的妄想中，我看见了搅乱我和松子人生的元凶。不，只是觉得看到了。只要不除掉那个元凶，我的心就无法得到平静，松子也不会幸福。既然这样，至少要由我来除掉这个元凶，这是我唯一能为松子做的事。我一直这样认为。

我靠以前的门路弄到了一把枪。

14

我为龙洋一准备的饭和味噌汤仍然放在那里。我一个人也不想吃。中午时门铃响了，我赶紧跑去开门，原来是报纸推销员。我默默将门关上，推销员好像隔着门怒骂我。

第二天早上电话响了。我冲过去接，是三田村秀子，因为时间到了我还没去店里她好像很担心的样子。我说暂时要请假几天。

“川尻小姐，你不会又去碰安非他命了吧？”

我没有回答，就将电话挂断。

为什么龙洋一要离我而去呢？我无法理解。难道他已经厌恶我了吗？这是不可能的。

我想起中学时的修学旅行，在行进的列车中，龙洋一没有加入任何一个小团体，一个人无聊地看着窗外。即使我邀请他来玩扑克牌，他也表现出没兴趣的态度。但是龙洋一说他从那时候开始就喜欢我不是吗？十五岁的龙洋一隐藏自己的真心，装出一副坚强孤傲的样子。当时我要是再强拉他的话，或许他会加入打扑克牌的同学们。所以即使龙洋一在信中说要分手，我也不相信那是他的真心。我认为他是在对自己的心说谎。因为他和我约定好了，说会和我永远在一起，他说他爱我。

龙洋一一定会回来的。当他能诚实面对自己的心时，他就会回到我的怀抱，我一定会紧紧抱住他。

他如果想要回来的话，就应该会去查我的住址。如果龙洋一去问保护观察所的话，就一定会有人来跟我确认。如果我离开这里的话，或许就无法再见到龙洋一。所以我不能搬离这间公寓。不能离开这间公寓就表示我必须继续在这里生活。

我打电话到“三田村”，为刚才的失礼道歉，并说我从明天开始就会到店里去。三田村秀子对我说，这次可以原谅我，但是希望我不要再无故缺勤。

我吃了昨天就一直蒸在电饭锅里的饭和重新热过的味噌汤，但我没有碰松阪牛肉。在我咀嚼时，我的能量又一点一滴苏醒了。

我心想不要紧。

一个月后，当我一边看着电视一边吃着牛奶和玉米片的早餐时，我用遥控器切换频道后，在新闻节目的画面中，看到了一个很眼熟的名字。

> 昨晚十一点二十分左右，福冈县的县议员田所文夫在柳川市的私宅前，从出租车下车时，遭到前暴力集团分子龙洋一（三十一岁）枪击，送医后不久即宣告不治。嫌犯龙洋一当场被捕，以涉嫌杀人及违反枪支弹药法遭到警方逮捕。目前在警察局针对其动机接受详细调查，同时……

第五章 泡影

1

“后来的事我就不知道了。”

我和龙先生没有说话继续走着。

龙先生沉默不语。

我也不知道该说些什么，但是我的脑海里浮现出一句话。

“松子姑姑……太可怜了。”

龙先生默默地点点头。

“龙先生，当时如果你和松子姑姑重新开始的话，你觉得现在会变成怎样呢？”

龙先生停下脚步，闭上眼睛低着头，深深吐了一口气后，抬起头来。

“阿笙，请饶了我吧！”

“可是……”

“拜托。”

龙先生低下头。

“但是你后悔了吧？后悔逃走。”

“……我后悔。”

“为了忏悔，所以你成为基督教教徒？”

龙先生的表情好像在沉思。

“或许也不完全是。”

龙先生又迈开步伐。

“阿笙之前帮我捡起的那本《圣经》，是我在府中监狱时拿到的。在监狱里每个月有一次名为“教诲”的宗教教育，但是独居的囚犯不得参加，不过想要《圣经》的人可以得到《圣经》。当时我并没有考虑太多就拿了，然后就只是这样放在身边。偶尔无聊时拿出来看一下而已，即使看了也没什么感觉。所以我从府中监狱出狱，逃离松子回到福冈，一直到杀了田所校长，我的行李里一直放着这本《圣经》。如果在我精神状况最糟的时候，偶然间翻开过这本《圣经》，或许我就不会杀死田所校长了吧！我只要这样一想就觉得很后悔。”

“那是什么机缘使你再次翻开《圣经》的？”

田所校长有一个二十一岁的孙女，她来拘留所看我，是个非常可爱的女孩，她认真地看着我这样对我说：“我的祖父被你所杀，可能他曾经对你做了很过分的事，但是对我来说，他是代替父母抚养我长大，慈祥且无可取代的祖父。他是为了人们牺牲奉献，值得尊敬的了不起的祖父。”

我很想把耳朵捂起来，我不想听这些话，但是这个女孩之后跟我说了一句话。

“但是我原谅你，我会为你祷告。”

龙先生轻轻摇着头。

我不懂她在跟我说什么，老实说我觉得被羞辱了，自己最心爱的人被杀了，却跑到凶手面前，不但没有破口大骂，反而说什么原谅……世上怎么会有这种人，我当时是这样想的。这个女孩这样说完后就回去了，我当时只觉得气愤和疑惑。

我是在被移送到小仓监狱三年后又再想起这个女孩所说的话。我在就寝前的自由活动时间拿起这本《圣经》，这三年来我一次也没想要翻开，但是就在那天晚上，我拿了起来。我完全没有考虑到想要被救赎这类的事，我若无其事地翻着，刚好翻到了那一页，一句话突然映入我的眼帘。

神是爱。

我不懂这是什么意思，但是我无法将视线从这句话移开，“神是爱”，只有这几个字看起来特别大。不久后我生锈且已经停止的心，发出吱吱嘎嘎的声音，开始动了起来，我自己也知道它转动的速度越来越快。

我好像被催促似的从《圣经》的第一页开始阅读。我利用很短的自由活动时间，且花了好几天，逐字逐句看完。我有很多地方看不懂，又从第一页重读，觉得稍微懂了点，但还是有一大堆地方不明白。

我很想弄明白，想得不得了。我很想知道却无法知道，也没有人教我。我内心的着急及焦躁日益扩大。

小仓监狱也有“教诲”课程，牧师每个月会来一次。我在这里时就住在多人间了，所以我有参加的资格。我立刻报名参加，招生是半年一次，所以我必须等好几个月。这段时间，我又将《圣经》读得更透彻。我在怎样都看不懂的地方做记号。

“教诲”课程开始后，我便逐一丢出之前累积的问题。牧师一一为我仔细解答。我最想知道的是，“神是爱”这句话是什么意思。

牧师想了一下后这样说：“你在此之前有没有打从心里憎恨过谁？”

“有。”

“现在你能发自内心为那个人祷告吗？你能爱那个人吗？”

“这个……”

“可以吗？”

“不，不能。”

“这没关系。”

“可是……”

“人的内心是很脆弱的，根本无法为自己憎恨的人祷告，对吧？”

“……是。”

“但是只要依靠神的力量就可以做到，可以爱无法原谅的敌人，可以戒掉毒品，可以戒赌，这些都是依靠人类的力量难以办到的事。但是只要亲近神，这些事情都可以办到。”

“像我这种坏蛋，神也会帮助我吗？它不会对我说你是没有价值的人，然后拒绝我吗？”

“神爱世人。对神来说根本没有没价值的人，所有的人都是被尊重的。”

“所有的人……”

“是的，所有的人。”

“那神也会爱我吗？即使是这样的我也应该被尊重吗？”

“是的，你是被尊重的，神会爱你。”

“骗人！”

我不由得站了起来，看守员立刻冲过来，想要将我带出去。

“请等一下！”牧师用严肃的声音制止看守员。

看守员们面面相觑，将手放开。

“为什么你会认为是骗人？”

牧师很亲切地对我说。我像是洪水决堤般把我之前是如何伤害自己周围的人全都向牧师倾吐。我做过这么多的坏事，甚至还杀了人，这样的我应该不值得尊重。即使是神，也不可能会爱这样的人。

我几乎叫到声音沙哑。

牧师这样回答我：“你现在很痛苦吧？”

“是……”

“如果你是真正的坏人，就不会那么痛苦了。所以你是值得被尊重的，神会爱这样的你。”

我感觉犹如五雷轰顶。

“原谅不被原谅的人，这就是神的爱。只有神可以做到，或许社会不会原谅你，但是神早已原谅你了，最好的证明就是你对于自己做过的事已经真心后悔了，不是吗？现在的你已经被注满了神的爱，几乎要满溢出来了。这一点请你了解。你的心充满了神的爱，所以现在开始请你将这份爱分给周遭的人，用神的力量去原谅你无法原谅的人，去爱他们。这个世界上的人如果知道自己是被神爱的，内心充满了爱，然后再将这些爱灌溉周遭的人，彼此原谅、相亲相爱的话，这个世界就会变成天堂。你不觉得吗？”

我醒悟了。

田所校长的孙女心里有神，所以她才原谅了应该憎恨的我。松子心里也有神，所以她原谅我并一直爱我。

“不论在任何时候，神都会眷顾着你，请相信神。”

当我听到这句话时，我泪流不止。我发现和我一起上“教诲”课的其他囚犯，也全都哭了。

龙先生深深吸了一口气。

我们的左边看到了荻洼小学，操场上有孩子们在玩，欢笑声此起彼伏。

我和龙先生停下脚步，眺望着跑来跑去的孩子们。

“但是……”龙先生说，“一切都太迟了。”

从学校的扩音器传来钟声。孩子们停止玩耍，开始往教室走。不一会儿工夫，操场上一个人影也没有。

只剩下沙尘。

2

昭和六十二年（一九八七年）九月

我辞去了三田村的工作，老板三田村秀子曾为了留下我来公寓找过我一次，但是可能是看到我的情形后知道没用吧，待了不到五分钟就回去了。

失去龙洋一，我的生活就像是泡到水的方糖一样，完全崩溃。

我一觉醒来时是上午十点左右，上完厕所后又钻回被窝，一直睡到将近中午。因为肚子饿得受不了才起床。我喝啤酒配垃圾食物，一开始喝三百五十毫升的罐装啤酒就会头痛半天，无法动弹，但是连续喝两个星期后就习惯了。

到了傍晚我也不化妆就穿着运动服走路去便利商店，买便当、罐装啤酒、垃圾食物等，买到我高兴为止。我提着塑料袋坐在路旁的儿童公园长椅上吃便当。小小的儿童公园里除了长椅外，还有秋千、滑梯、攀登架、沙坑，游乐器材一应俱全。白天大多是妈妈带着小孩来玩，到了傍晚几乎都是小孩子们自己在玩。

我心血来潮才会去澡堂，大约三天一次。回到公寓后，我一边看着电视，一边吃着垃圾食物，有力气时就泡个面吃。我不断切换电视频道，一直看到深夜两点左右，睡不着时就来上一杯威士忌，这样就会立刻全身无力卧倒在被窝里。等我醒来时已是第二天早上。

十二月下旬，有一天我喝醉了，踩空公寓的阶梯，摔下去昏了过去。我被救护车送到医院，医生说我骨头没有大碍，但是有轻微脑震荡。不过我的肝脏肥大，医生叫我戒酒。我告诉医生没有酒我睡不着，于是医生开给我名叫佐匹克隆和氟硝西泮的药。听说佐匹克隆能加速入睡，而氟硝西泮能使睡眠持续。确实我吃了以后不用酒精就可以入睡，只不过晚上两点到上午十点这段时间，我感觉自己好像在时光隧道中游走，醒来后仍残留着刚入睡时的倦怠、疲劳、绝望。明明应该是睡着了，但感觉就像二十四小时都没有睡觉的样子。

在不知不觉间竟然过年了。电视机里的演出者全都穿上新年时的衣服，全体出场庆贺新年。

我没有关掉电视就走出房间，冷冽的空气刺着我的皮肤，红红的太阳正要西沉。我一个人走在逐渐暗下来的巷子里，走进了每次吃便当的儿童公园。

有一个四岁左右的女孩正在沙坑玩。她身穿白色短夹克、红色裙子和黑色紧身裤，头上绑着粉红色的蝴蝶结，身边没有父母跟着。

我坐在秋千上，踢着地面。秋千发出很大的声音，女孩转过头看我，一直盯着我看，眼睛滴溜溜地转，脸颊胖嘟嘟的，好可爱。我对她笑，但她的表情并没变，不感兴趣又转向她的沙子。

女孩握着红色的玩具铲子，很认真地默默挖着沙子。她的四周甚至弥漫着拒绝打扰的气氛。

太阳已经完全落下了，东方的天空慢慢变暗。空气越来越冷。

我从秋千上站起来，靠近沙坑，在女孩的身旁坐下来。

“你在做什么？”

“我在挖洞。”

“挖洞要做什么？”

“要进去。”

“……谁要进去？”

“小美。”

“小美？”

“就是我。”

女孩不停地挖。

“如果你进这个洞里的话，衣服会脏掉！”

“没关系。”

“那阿姨也来帮你，好吗？”

女孩停下手抬头看我。

“真的？”

“嗯，你的铲子能借我吗？”

“好啊！”

我拿着红色的铲子开始挖沙，洞越挖越深。女孩一直盯着洞底看。

我觉得好像是在挖自己的坟墓，这个女孩可能是要带我去地狱的死神吧……啊，我又在胡思乱想什么了。

我汗流浃背。

我停了下来。

“呼！好累啊！”

女孩嘟着嘴，我以为她是不高兴我停止作业。

“我肚子饿了！”

好可爱的口气，我笑了。

“你妈妈呢？”

“她叫我暂时先在外面玩，她来叫我之前，不可以回家。”

“那……你不冷吗？”

“有一点冷。”

“对啊，你要不要来阿姨家？我泡面给你吃。”

女孩脸上漾起了笑容。

“嗯！”

我牵着小美的手，走出公园。小美开始一边走着一边哼歌。虽然完全曲不成调，但是仔细一听好像是某部卡通片的主题曲。我也尽量跟着她哼，小美开始将握着我的手前后摆动，歌越唱越大声。她左脚右脚交互跳着前进，可能是觉得我在看她，所以赶紧停下脚步，不再哼歌，用不安的眼神抬头看我。

我对她微笑。

小美也对我报以放心的笑脸。

回到公寓后，我将水壶装上水，放在火上煮。在水开的这段时间，我将摊在地上的棉被叠好，收入柜子里。将堆积在屋内的空啤酒罐等垃圾放入垃圾袋中，拿到屋外去。将搁置在屋角的被炉搬到房间正中央，插上电源。因为好久没有活动了，我感觉上气不接下气。但是这样总算有了我和小美可以坐的地方。

泡面刚好还剩两碗，真感谢神。

我将热水倒入后，等了三分钟，我们就一起开动了。

小美吃得津津有味，吃完后还双手合十说 ：“我吃饱了。”

我将剩下的汤倒在水槽里，回到起居室时小美已经将脸靠在炕桌上发出鼾声。我拿毛毯过来，盖在她的背上，在小美身旁坐下。她的嘴巴微微张开，好天真的一张脸，怎么看都看不厌，我用手指戳了戳她圆圆的脸颊，真是柔软得令人难以置信。

小美皱起了眉头，睁开眼睛，抬起头，害怕地看着四周，用下垂的眼睛看着我，突然哭了起来。

“小美，怎么了？”

“妈妈、妈妈！”

“小美，你要吃什么吗？我有薯片！”

我的声音似乎传不到小美耳朵里，小美看着天花板一直叫着妈妈，大颗大颗的眼泪流下来，只是不断叫着妈妈。

我房间的电铃响了。

我来回看着门和哭个不停的小美，电铃又响了。

“小美你等一下啊！”

我跑到玄关。

“是谁？”

我从猫眼看见一名警官站在那里。

“这么晚了，很抱歉，我想请教您一些关于隔壁邻居的事。”

“现在我正在忙。”

“不会占用您太多的时间，一会儿就好。”

我没别的办法，只好打开门锁。

门一下子就被用力撞开。

“等一下，什么事……”

“美岬！”

从警官后面跑出一个哭肿双眼的女人，直接穿着鞋子走进我的房间。

“妈妈！”

小美跑到女人身边，女人紧紧抱住小美。

“美岬，对不起，对不起。”

“这是您的孩子没错吧！”警官说。

女人将脸埋在小美的头发里，大叫：“没错！”

我慢慢看着警官。

“可不可以麻烦你跟我回警局？”

“为什么要带我走？”

“因为你涉嫌诱拐幼童。”

“不是那么一回事……”

“我们回局里审讯。”

我一走出房间，就看见下面有巡逻车。红色的光照亮了周围，我看见乱哄哄的人影逐渐聚集过来，我在大家的注视下坐上巡逻车被带走。

在审讯室里我将事情经过说了一遍。因为那女孩一个人看起来很寂寞的样子，所以我就去跟她玩。她说又冷又饿，所以我就带她回家给她吃泡面，警官说为什么他来的时候女孩在哭，问我是不是虐待她，我回答我也不知道，可能是因为看不到妈妈而感到害怕吧！我绝对没有虐待她。我还说出自己曾被关过两次，我心想反正警察检查的话也会知道。可能是因为这样，他们要我去做尿液检查。当天晚上我住在拘留所里，拘留所很冷，我冷到鼻涕都流出来了。

第二天的侦讯是从中午开始，侦讯官告诉我尿液检查的结果是阴性，我的房间内也没搜到安非他命，而且我的供词和小女孩的证词一致。结果我只受到严正警告，就被释放了。

我从警察局被放出来后，走了一个小时回到公寓，我的房间各个角落都好像被搜查过了，所有的东西都稍稍移动过。

到了傍晚，房东来找我，他是一个六十多岁的老人，他说想要了解一下我被带去警察局的事。我就把我在警察局说的话重复一遍，即使这样，房东还是说希望我搬走，他单方面决定只给我一个星期的时间。

“到大野岛。”

我告诉出租车司机后，靠在座位上。我拉起外套的衣领，深深吐了一口气。我抬头看了看车窗外，看见“JR 佐贺车站”的字样。霎时我觉得自己好像看到了幻影似的，我将太阳镜取下。但是，没错，佐贺车站就在那里。为什么我会在这里呢？我要做什么呢？大野岛？我是想要回家吗？

出租车行驶在站前大道上往南开，在本庄町袋的十字路口左转，行经二〇八号国道，从光法的十字路口右转到二八五号县道后，我突然看见道路旁正在兴建饭店。穿过了书报亭和当地企业员工宿舍林立的街道后，便看到一望无际的田地。

一进入早津江，道路两旁的建筑物又逐渐增加了。和东京一样的便利商店也混杂在邮局和老店之间。

车子在早津江桥西的丁字路口左转，一下子就爬上了早津江桥。早津江缓缓流动的江水在我眼下展开来。

上次我回大野岛是和小野寺要去雄琴之前，所以我已经有十五年没有回来了。

“筑后川上的桥已经建好了吗？”

“那是新田大桥，早就已经建好了。它是一座很大的桥呢，长度有八百多米。”

“如果这条路一直走的话，可以到吗？”

“可以。”

“那么请你走那座桥。”

“可是那会过了大野岛呀。”

“没关系，因为我想要看一看那座桥长什么样子。”

车子下了早津江桥后，便进入大野岛。沿路都是陌生的建筑物，我完全没有回到故乡的感觉。

横贯大野岛的路全长不到两公里，转过左边一个平缓的弯道后，眼前出现了一个伸向天空似的笔直上坡。上坡的顶点有一个大红色的铁拱桥，就像神殿一样矗立着。其巨大的程度，是早津江桥所无法比拟的。

“就是那个啊。”

车子通过了桥前方的红绿灯后，开始爬坡。引擎的声音变得很大。

随着车子慢慢往上爬，我看见了筑后川的全貌。河宽三百米左右，淡茶色的河水高涨，原本应该从中央经过的导流堤都被河水淹没看不见了。

“最近这儿下过雨吗？”

“一月初时连续下了两天大雨，昨天下午终于停了。”

在右边的远方我看见了有明海，左边的正下方还残留着渡轮的码头。金木淳子还在这里吗？

“现在还有渡轮吗？”

“桥开通了以后没多久就停驶了。刚开始的时候，很多人害怕过桥就搭船，尤其是上了年纪的人。”

车子爬到了桥的最高点，混浊的河面离我好远，我觉得自己像是坐着飞机在空中飞。

车子开始下坡了。

“下了桥之后要怎么开？要绕回到大野岛吗？”

“不用了，在那里的红绿灯右转后就放我下来。”

从出租车下来的我，决定要徒步走新田大桥回到大野岛。

朝向西方天空笔直延伸的坡道大约有三百米长吧！在那前方高高突出的巨大拱桥看起来就像是浮在半空中似的。

我稍微感到些紧张，迈开步伐。当我的脚一踏上坡道，脚底就清楚地感受到倾斜。步道的宽度只有一个人可以勉强通过，而且和车道之间也没有栅栏，只是稍微比车道高起而已。经过的车辆就在身旁呼啸而过，如果一个人不小心伸出手的话，很可能会被撞出去。特别是沙石车经过时，因为风压的关系，整个人几乎要被拖走。难怪上了年纪的人会感到害怕。

大约爬了两百米，就来到了这座桥的主体，我的腿肌肉紧绷，心脏扑通扑通跳个不停。从这里开始步道的宽度变宽了，和车道之间也设有栅栏。我以桥的最高点为目标前进。

当我终于到达桥顶后，因为太高而感到头晕。刚才坐车经过时感觉不到，上空的气流、声音、震动，透过全身的皮肤刺激着我。与其说我在空中飞，还不如说我即将要从空中坠落，我陷入这样的错觉。我不禁站起来从栏杆俯视着下方，觉得自己好像要被底下那吞噬了冰冷雨水的河流吸进去似的。

如果从这里掉下去的话，我一定会当场死亡。

如果现在有谁从背后推我一把，数秒钟后我就死了。

我只要跨越这个栏杆，数秒钟后我就死了。

或许这一瞬间，是我有生以来最接近死亡的一刻。

强风吹着我，我的步履蹒跚，身体轻飘飘的。下半身有一股近似电流的快感流窜，我几乎要瘫倒了。我紧紧抓住衣领，呼吸急促，汗流浃背，心脏狂跳。

我很想笑，我的身体不想死，到了这时候，却还想活下去。

我对着有明海深呼吸，在风中我觉得好像微微闻到了故乡的味道。

已经不是我熟悉的红色屋顶了，变成了四方形的现代两层楼建筑。庭院里种着草坪，还设置了小花圃。停车的空地上停放着一辆全新的四轮传动休旅车。门柱上挂着的门牌确实写着“川尻”。

太阳正慢慢西沉。我看了看手表，已经下午五点多了，如果在东京，早就已经天黑了，但是这里的天空还是亮的。

我伫立在门柱前，也不知道自己要做什么，为什么会回到这里呢？是要乞求什么吗？

但是这间屋子里应该存在着一个我想要依靠的东西。

玄关的门打开了，一个小男孩走出来，他身穿黑色长裤和有帽子的夹克，我一看就知道他是纪夫的小孩。他朝着草地跑去，蹲下来捡起玩具之类的东西，拿着这个东西立刻想要走进屋子里，突然他停下脚步看着我。

“你好！”男孩子不好意思地低下头。

“你好！”我一边对他微笑一边走进门，在男孩的面前坐了下来。男孩清澈的眼睛里映着我的脸。

“你是这里的小孩吗？”

“嗯。”

“你叫什么名字啊？”

“笙。”

“笙这个名好酷啊，你几岁？”

“五岁。”男孩张开右手掌，伸出五根手指头。

“这间房子里住着你还有你的爸爸和妈妈吗？”

“还有奶奶。”

“那，阿笙，还有一个人……”

“喂！有客人吗？”

声音传来后，玄关的门也应声打开。

是纪夫。

他身穿灰色长裤配上咖啡色毛衣，可能是因为过年的关系喝了酒吧！他的眼睛四周泛红，嘴里叼着牙签，我觉得他看起来和上次在盘井屋的屋顶上见面时没什么改变。

我站起来。

纪夫睁大眼睛，抓起牙签，丢到地上，对着男孩说：“阿笙，快进去！”

男孩对我摇摇手说“拜拜”后才走进屋内。

纪夫看见门关上后，将手伸进裤子口袋里，然后掏出车钥匙。

“这里没办法谈话，上车吧！”

纪夫坐上四轮传动休旅车，我也坐上副驾驶座，纪夫转动钥匙，引擎发出很大的声音，他粗鲁地将车子开出去，车内酒气冲天。

“你回来做什么？”纪夫看着前方说。

“你还没原谅我吗？”

“都杀了人，还能原谅吗？你神经有问题啊？”

“刚才那个孩子是你儿子吧？”

“嗯……”

“那就是我的外甥喽。”

“你根本就不存在，你该不会跟阿笙说了些什么吧？”

“我什么也没说啊。”

“那就好。”

车子行经早津江桥，从二八五号县道北上。

纪夫保持沉默，面无表情地看着前方。

“纪夫。”

没有回应。

“久美现在好吗？”

纪夫瞥了我一眼，吐出一口气。

“她不住在那间屋子里吗？”

“久美已经过世了。”

“……过世？”

“是，久美已经过世了。”

牵着我手脚的那根线啪嗒一声断了，我清楚意识到自己最后想要依靠的东西已经不在这个世上了。

“去年秋天，因感冒引起肺炎，你知道久美最后说的一句话是什么吗？”

我摇摇头。

“姐姐，欢迎你回来，这样说完后，就笑着断气了。”

车子在光法的十字路口左转。

纪夫打开开关点亮了头灯，毫无意义的风景从我眼前流逝，引擎的声音听起来很吵，前车窗玻璃上挂着的太宰府天满宫的平安符摇来晃去，上面绣的金色文字闪闪发光。

等我发现时车子已经停了下来。

“下车。”

我抬头看见“JR 佐贺车站”几个字。

我下了车。

“纪夫……”

“不要再回来了。”

纪夫伸长身体将副驾驶座的门关上，发出很大的声音。

纪夫的四轮传动休旅车丢下我就扬长而去了。

3

我看了看钟，下午两点。我一摸T恤，发现很湿，我的背后全都是汗。

我起来打开日光灯，打开冷气后就去淋浴。洗完热水澡后，我打开罐装啤酒，坐在床上看电视。

我睡觉流汗不只是因为太热，也因为我做了梦。内容我已经忘记了，但是确实是梦到了松子姑姑。

现在的我应该比任何人都了解松子姑姑。不过只有龙先生离松子姑姑而去之后的那一段我还是不知道，如果从泽村女士的话来推测，她应该是过着自暴自弃的生活吧！但是她和泽村女士重逢后，应该曾想过要有所改变不是吗？我希望她是这样。

松子姑姑的人生到底是什么样的呢？我不想用悲剧或是不幸来形容她。她人生当中跌的第一跤就是当老师的第二年，在修学旅行地点发生的偷窃事件。不，应该是在那之前差点遭到校长强暴的事件。如果没有这些事件，她的人生或许会走得很平顺，或许也不会发生失踪的事，或许会和小时候的我一起玩，和我一起照顾生病的久美姑姑，然后找到一个好男人结婚，即使生了小孩，还是偶尔会回来玩，我也可以跟她的小孩玩……

我发现了一件事。

我现在还没走到松子姑姑第一次跌跤的年纪，所以可以事不关己地看待松子姑姑的人生，但是我无法保证未来不会碰到和松子姑姑相同的遭遇。就像泽村女士说的，可能因为某种因素而杀人，这无法说是绝对不可能的事。即使没有犯下杀人罪，人既然活在世上，就有可能遭遇许多自己意料之外的事吧！

不变的是，我也和松子姑姑一样，会随着时间变老，也有一天会死。时间是有限的。我该如何去面对这有限的时间呢？

我想我可能还不了解吧，不论是松子姑姑的悲哀还是她的人生。

（松子姑姑，对不起。现在的我已经尽了全力。或许等我再成熟一点，就能更了解你的心情。）

其实我好想在松子姑姑活着的时候和她见面。见面后听她说说话，也希望她听我说些什么。

（即使如此……）

到底是谁为了什么要杀死松子姑姑呢？父亲说她的死亡原因是内脏破裂，但是为什么要下这样的毒手呢？

松子姑姑已经化成骨灰了，杀死松子姑姑的凶手却还活着。我内心对于凶手的憎恨日益加深。

等我醒来时，窗帘已经透出白光，电视开始播映热闹的谈话节目。

我刚才好像又睡着了。

我揉了揉眼睛，坐起来。

“早。”

“早……”

明日香就在我的床边，她双手抱膝坐着看着我。

“你怎么会进来？”

“一个小时前，我按了电铃，但是没有回应，所以就用备份钥匙进来了。你真糟糕，门链都没有挂上。”

“刚才这段时间你在做什么呢？”

“看阿笙睡觉啊！”明日香嘿嘿笑了两声，“好可爱呀！”

“你不是回家了吗？”

“昨天晚上回来了。”

“这么早，我还以为你会再多待一些时间。”

“你希望这样吗？”

“那倒没有。”

我盯着明日香的脸看。

“怎么了？”

“不，我觉得人生有很多意想不到的事。”

“这是什么意思？”

“没什么，早餐吃过了吗？”

“已经中午了。”

“那午餐吃过了吗？”

“还没。”

“那我们去外面吃。”

“好啊！”

我们决定先走到车站前，然后再看要去哪家店吃饭。

一路上我将龙先生告诉我的事简单扼要地跟明日香说。

明日香不发一语地听着。我说完后，她才冒出一句话。

“阿笙，你变了。”

“什么？”

“因为一开始的时候，你明明说你对松子姑姑的事一点兴趣也没有，但是现在却好像说着已经过世的朋友的事情。”

“我自己也不知道，可能是因为有血缘的关系吧！”

“但是松子姑姑对你来说根本就像个陌生人啊！”

“话是没错，我听了龙先生说的话，所以……啊，对了，我想起来了。龙先生的教会就在这附近，待会儿我们过去看看好吗？”

“……不，不用了。”

我不禁看着明日香的侧脸。

明明之前向上帝祷告说想要和龙先生谈谈的人是明日香……

明日香嘴巴抿成一条线，用好像在思考事情的眼神看着前方。

“明日香，发生了什么事吗？”

“嗯……”

到底是什么事呢？我觉得我和明日香之间好像隔着一层透明的薄膜，明明只要我一伸手应该就可以碰到的，却没办法。

“最近我又重新思考一件事，那就是我完全不了解明日香。”

“为什么？”

“我不知道你有姐姐，也没听你说过你还有多少兄弟姐妹，家里有多少人？小时候是怎样一个小孩，你喜欢吃什么食物等。”

“那你以前为什么不问呢？”

“……一定是因为我当时认为，站在我面前的明日香就是全部的明日香吧！”

“现在不是这样吗？”

“嗯……这要怎么说呢，在这里的明日香从出生到现在，是累积了与很多人的往来及经验，才会存在的……我说的你明白吗？”

明日香扑哧笑了出来：“好像明白。”

“和明日香开始交往才发现，啊！原来明日香也有这一面。但是我觉得明日香还有许多令我惊讶的一面。”

明日香抬头看着天空，她挺起了胸膛，好像要吹走什么东西似的，长长地吐了一口气。

“我妈在我小时候就离家出走了，和一个男人一起。”她说话的口气就像是在谈论昨天的天气，“我，还曾经上过电视，就是以前常有的那种节目，老婆跑掉的男人流着泪大叫着：‘芳子，快点回来’，我已经记不太清楚了，但是好像是被亲戚强拉去的，我和爸爸、姐姐一起上电视呢！”

“……小时候是指几岁？”

“因为那时在上幼儿园，应该是五六岁吧！”

“那伯母呢？”

“到现在还下落不明。”

我终于明白了。

“明日香之前那么在意松子姑姑的事，搞不好是……”

明日香闷闷不乐地点点头。

“是啊，或许……我自己在不知不觉间，将松子姑姑当作我妈了。因为如果她还活着的话，和松子姑姑是相同的年纪呢！”

明日香一边眨着眼睛一边露出微笑。

“我很讨厌我妈，因为她为了自己的幸福，竟然丢下我爸和我们姐妹一走了之，不可原谅吧！”

“嗯。”

“……但是，我也不希望她不幸福。”

“为什么？”

“为什么啊，如果她非常不幸的话，我再去恨她，她就太可怜了。”

“你希望伯母幸福吗？”

“我想当初我妈一定也很烦恼，烦恼到最后还是选择抛弃家人和那个男人一起生活，或许这是她一辈子一次的重大抉择不是吗？如果她不能得到幸福的话，那我就不知道我们为何要这么辛苦了……我很奇怪吧？”

“不会。”

明日香露出了很久不见的招牌笑容。

“怎么样？吓了一跳吗？”

“是吓了一跳。”

明日香又恢复认真的表情。

“顺便我再让你更惊讶一下吧！”

“……什么事？”

“我做了一个很大的决定。”

我停下脚步。

明日香紧闭嘴唇。吸了一口气后，说："我决定要休学。"

"真的？"

明日香看着我。

"为什么？"

"我要重考，重新考入医科。"

我一下子说不出话来。

"医……"

"医科。"

"……你要当医生吗？"

"是的。"

"明日香要……"

"嗯。"

"别开玩笑了。"

"我是认真的。"

我不知该说什么，只好傻笑掩饰自己的情绪。

"但是明日香和医生好像联系不起来的感觉，你是一开始就想要当医生吗？还是因为伯母的关系？"

明日香摇摇头。

"和我妈无关，你知道弗雷德里克•格兰特•班廷爵士这个人吗？"

"弗雷德……不知道，那是谁？"

"是加拿大的医生，一九二一年他和助手贝斯特合力研究，只花了两个月的时间就成功萃取出胰岛素。"

"胰岛素就是糖尿病的……"

"没错，班廷二人将萃取出的胰岛素注射到因为糖尿病已经快要死的十四岁少年身上，八个月后他康复了。糖尿病在那之前是被视为绝症的，所以那是一项突破性的发现。两年后胰岛素的成果受到好评，班廷因而获颁诺贝尔生理医学奖。但是后来他在第二次世界大战时，因飞机失事而过世，享年只有四十九岁。”

“你这么一说，我觉得好像在生物课的参考书里看过这个故事。但是这个人和你要成为医生有什么关系吗？”

“班廷和贝斯特这两个人所发现的胰岛素，拯救了好几亿糖尿病患者的性命，今后还将会继续救人。发现者死后还能一直救人，你不觉得很了不起吗？”

“是啊，你这样一说……”

“高中的生物课时，老师就跟我们说过班廷的故事，当时我有个很强烈的念头，就是我也要做一件对这个社会有用的事，像班廷一样，想要在这个世界上留下自己活过的证据，因为好不容易生而为人。”

“所以你要当医生？”

“对，但是要应届考上医科，当时我觉得自己的能力还不够。虽然爸爸和姐姐叫我试着去挑战，但是我怎样都没自信，所以就选择了比较安全的那条路……”

“安全啊。”

顺带一提，我考上大学也让我高中的老师跌破眼镜。

“但是，在我内心深处，对于自己的妥协一直耿耿于怀。不过进入现在的大学，能遇到阿笙我真的觉得很棒。但是最近我终于明白了，如果这样下去，我死的时候一定会后悔的。后悔为什么当时我没有下定决心朝着自己的梦想前进，为什么不试试看自己的能力到底到哪里呢？”

明日香的眼睛闪烁着光芒。

“现在还来得及啊！”

明日香正要走向我手够不到的地方，我的直觉告诉我。我从现在开始将要体验别离的滋味，这可能是我人生最重要的一次别离。

“我明白了。”我说，“我会为明日香的梦想加油打气的。”

明日香脸上漾起了笑容：“谢谢。”

“是哪所大学的医科？”

“我还没决定，我不想来关东，如果可以的话，我想去名古屋大学，不过有点难呢！”

我很害怕问接下来的问题，但是我无法逃避。

“那我们怎么办？”

明日香低下头，沉默了一会儿后，冷静地说：“我们回到朋友关系怎样？”

我感觉两腿发软。

明日香开始要去规划自己的人生，我没有权力阻止，也不能阻止。

这不是很好吗？我应该为她高兴。

“这也没有办法，因为是要考医科嘛，一定得念书的。”

明日香脸颊颤抖，眼睛开始湿润，好像要说什么的样子。

我打断了她。

“你的梦想一定会实现的。”

明日香看着我。

“嗯……”

我的内心波涛汹涌，心想不好了，便先跨出步伐。

明日香跟了上来。

“那休学申请书呢？”我故意轻声地问。

“我打算等开学时再提出。”

“那还有一个月。”

“阿笙，我很差劲吧？”

我站住了，转过头去。

“为什么？”

“因为我先考虑到自己的梦想，而没顾虑到你。”

“……你是觉得自己和抛弃家人的伯母一样吗？”

“阿笙，你应该很生气吧？咒骂我是个任性的家伙。”

“明日香。”我尽量压低声音，“没想到你竟然这样低估我川尻笙。”

明日香一直盯着我看，眼泪扑簌簌落下，同时也笑了。她将脸靠在我胸前，我紧紧抱住明日香，吻了她，我们又互看，这时已不需要任何言语。

我的手机响了。

我们两人就像是被解除了催眠的指令，离开彼此的身体。

我从口袋里掏出手机贴在耳朵上。

会是谁呢？真是的！

“喂！是我。”

是后藤刑警。

“让你久等了，杀害你姑姑的那些家伙已经抓到了。”

4

被赶出国分寺市公元町公寓的我，将家电、餐具类等东西都处理掉后，只将一些贴身用品放进随身带的包里，就出门旅行了。我从仙台、盛冈，再绕到青森，一直到津轻半岛的龙飞崎，但是我没有去北海道——那个赤木应该还在的地方。

赤木对我的印象一定仍停留在雪乃的阶段，即使我死了，在赤木的心里，永远青春美丽的我还是继续活着。对于现在的我来说，这是唯一的救赎。如果我去找赤木的话，这份美好的印象就会破灭不是吗？而且如果赤木已经过世的话，我最后的希望也就落空了。

最后我还是决定折返东京。不住在东北的理由有两个，一是因为太冷了，二是因为我不懂东北地方的方言。还是东京那种不会受到任何人干扰的氛围最适合我。

我搭乘常磐线到上野时，往车窗外一看，看到下方有一条很大的河。那是荒川，我觉得很像筑后川。不久电车就减速，然后停下来，我提起包下车。

我走到车站前的商店街，看到了房屋中介，我在那里找公寓，在荒川附近刚好有空屋。是一间十年的公寓，没有浴室，但是房租很便宜。我过去一看，发现是间小巧整洁的房子。我立刻就决定了，当天就搬进去。虽然我没有保证人，但是只要付押金的话就不成问题。

这个时候，我的存款簿里还有做土耳其浴女郎时所赚的一千多万日元。在监狱里的九年都不需要生活费，而且出来后我又在美容院工作。在国分寺的三年，我为了要和龙洋一展开新的生活，省吃俭用，所以存款就不断增加。

最后只剩下钱没有背叛我是吗？对于这种洒狗血剧情般的结局，我只能自嘲。

算了，既然这样，那我不要再相信任何人、不要再爱任何人，也不要再让任何人参与我的人生。

我时常看看报纸的招聘广告，去找些零工做。像是超市的收银员、打扫大楼，什么事我都做。我也曾去酒吧应征过陪酒，但是在面试时就被拒绝了。履历表上的赏罚栏不再写我的前科。反正他们也不知道。我上班后通常做不到半年就辞职了。不论任何职场，我都无法融入。只要有钱赚的话，即使被同事嫌弃、被排挤我也无所谓，但是我周遭的人好像就不是这个样子。我也不想去美容院上班，因为现在我看到剪刀就厌烦。

四十一岁的生日过后差不多两个月时，我开始觉得头晕眩得很严重，想吐，连站都站不起来。一量体温，已经快要四十度了。我倒在被窝里无法起来，连水也没喝，一整天望着天花板。我心想或许会就这么死了。两天内我什么东西也没吃，第三天早上感到身体稍微轻松了一点，就爬到冰箱那里，把里面的食物全都吃光。到了那一天的午后，我终于能站起来了，我心想要死还真不容易呢！然后我发现自己的月事已经好久没有来了，也不可能怀孕，这五年来我完全没有性行为。

停经。从十五岁开始的女性特征已经结束了。我没想到这一天会来得这么快，我的身体已经不是女性了吗？那是什么呢？只是吃饱睡、睡饱吃的丑陋怪物吗？

我终于可以走路了，所以就去便利商店。我买了好多的便当和三明治，带回家后在一天之内吃光光，这才知道大快朵颐真是快乐。

每天睡觉前我还是要依赖酒精，也就是威士忌。人的心情越是不好越觉得时间过得好快。晚上在杯子里倒满威士忌一饮而下后，就倒在被窝里，下一次清醒时又是晚上了，然后我又准备要在杯子里倒威士忌。以为现在才十一月，但不知什么时候已经是圣诞节了。等我发现时，昭和时期也已结束，樱花也开了。才刚觉得梅雨季节湿嗒嗒的，樱花又开了，季节的变化好像逐渐消失。

当我打开一瓶新的威士忌时，才发现今天是我五十岁的生日。这十年我在做什么呢？我完全不记得。我一时手没力，瓶子掉落，摔破了。

和以前比起来，我的肚子多了一圈赘肉，皮肤变粗糙了，脸上的皱纹增加，黑斑也变多了。我不再化妆，房子也变得又脏又臭。确实是岁月如梭，令人难以置信。

我将会这样又老又脏，然后一个人寂寞地死去吗？希望这不是真的。这一定是哪里弄错了，我是在做噩梦。但是不管等了多久，我还是没有醒过来。

第二天，当我正打算出去买一瓶新的威士忌时，一只猫从我的前方横越过去，我停下脚步，无法动弹。为什么我会怕猫呢？我自己也无法理解。不只是猫,只要乌鸦一叫,我就会抱着头蹲下来。身后只要有声音,我就会发出尖叫。我立刻回到房间，将窗帘拉上，在全黑的房间里抱膝坐着。不知不觉间数着自己的心跳，结果心跳越来越快，头发也竖立起来。我觉得心脏要停下来了，我真的是这样以为。我拼命祷告，让心脏继续跳动，如果我没有感觉到心跳，就会担心得要疯掉似的，怎么样也静不下来，然后突然大发雷霆。

田所，为什么你想要非礼我？为什么你要把我赶出学校？

佐伯，为什么你不保护我？

彻也，为什么你不带我走？

冈野，为什么你要玩弄我？

赤木，为什么你不明白地对我求爱？

绫乃姐，为什么你不幸福？

小野寺，为什么你要背叛我？

岛津，为什么你不等我？

阿惠，为什么你要放弃我？

阿洋，为什么你要丢下我离去？

爸妈，为什么你们不爱我？

纪夫，为什么你不原谅我？

久美，为什么你说死就死？

我会变成这样都是你们害的！

等我回过神时，才发现我正对着空无一人的墙壁咆哮。

我为之愕然。

我已经崩溃了……

我跑去医院看精神科。我将我的症状告诉医生，拿了一些抗抑郁的药回来。我只要一吃药，脑袋就会昏昏沉沉的。在我昏昏沉沉的时候，时间还是毫不留情地飞逝而去。

平成十三年（二〇〇一年）七月九日

医院里等待区的电视机正在播放 NHK 午间新闻，画面上出现了令人怀念的建筑物，那是在播报福冈天神的老百货公司盘井屋已经倒闭的新闻。

“真是不景气啊，这个国家到底会变成什么样儿呢？”

从我后面的椅子传来一个老人的声音。

灭亡吧！我在心里想着。

“川尻小姐、川尻松子小姐。”收费处的女人大声叫着。

我从椅子上站起来，像往常一样付了钱，领到处方笺后，正要往医院的出口走时。

“小松？”

我吓了一跳，转过头去。我屏气凝神，一眼就认出那是谁。

高级的灰色短外套套装，苗条的身材一点也没变，身旁跟着一个年轻男人。

“阿惠……”

“果然是你，小松。”

阿惠笑得灿烂，紧握着我的手。高雅成熟的香水味扑鼻而来。

我觉得自己身体好臭，恨不得钻到地底下。

“好久不见了，最近怎么样？”

我将手抽回来，看着地面。

“小松你现在在做什么？”

“没做什么……”

“你怎么了？你应该不会忘了我吧？”

“阿惠，我赶时间。”我挤出亲切的笑容，想要从旁边离开。

“等一下！”

我闭上眼睛站住。

“怎么了？这是你对十八年没见的好友说的话吗？”

我转过身，瞪着她。

“好友？我从来没有将你当作我的好友。”

阿惠显得很沮丧，撇了撇嘴笑了出来。

“是吗？没关系，那你还继续在做美发师吗？”

我摇摇头。

“你一个人住吗？”

我点点头。

“住在哪里？”

“日出町的……这和你无关吧！”

“那你还工作吗？”

“……现在没有。”

阿惠用怜悯的眼神看着我。

“不要用那种眼神看我！”

“那你要来我公司上班吗？”

我睁大了眼睛。

“我想要一个专属美发师，我想你应该可以胜任。”

“不可能的。”我大叫。

“为什么？”

“美发师是十几年前的事情了，我现在连怎么拿剪刀都忘了。”

“你应该还记得方法，只要有心一定可以的。”

“没办法，那是不可能的。”

“为什么这样武断？你不试试看怎么知道？”

“不要再管我了，我已经受够了，像现在这样就可以了。”

“什么可以？完全不行，你有没有照过镜子看看你自己的脸？小松你现在可以感受到自己是真正在活着吗？”

“不要一副什么都知道的口气，你有老公在身边，你根本不会懂我的心情。”

阿惠的脸上浮现出苦笑。

“我老公早就死了，是癌症。我也并不是过着很安逸的生活，为了抚养两个孩子，我可是抛头露面拼死拼活地工作啊！”

“我们不一样啦！我又不是像你一样，不管面对什么都抬头挺胸，那么强势的人。求你放开我！”

我背对着阿惠。她抓住我的手，然后把我转过来，塞了一样东西在我手里。

“我了解了，既然你都已经这样说了，那我不会再来找你，也不会干扰你。但是如果你还想再做美发师的话，不要客气，打电话到这里。”

那是阿惠的名片。

泽村惠。泽村企画公司董事长。

我握着名片，像是逃跑一样离开了那里。

“等一下！小松！”

阿惠的声音从我背后贯穿心脏。

我走出医院后，热浪立刻袭击而来。太阳爬到了头顶上。

我无视激动的心情，一个劲儿地往前走。我穿过小巷，横越大马路，从JR北千住车站前一直穿越车站前的商店街，如果是平时的话，在从医院回家的路上，我会顺便去车站前的便利商店，站着看一会儿杂志，然后买便当。但是今天我没那个心情。

我用很快的速度继续走着，走得上气不接下气。而且天气又很热，我停下脚步时，已经汗如雨下。不知不觉间我来到了千住旭公园，像学校操场一样宽敞的儿童公园里，到处都种着树。公园的北边矗立着一栋八层的白色大厦。

我穿过停放的车辆，走进公园。公园的中央，像是将树木围绕起来一样，设置了一圈长椅。刚好是在树荫下，我便坐了下来。我的手上仍然握着阿惠的名片，上面都是我的汗水。

“搞什么嘛！什么小松！简直瞧不起人……”

我用两手将名片揉成一团，丢在地上，然后站起来用脚踩了踩。

我又用力践踏了一次后才走。

我的公寓附近还有一间便利商店，我在那里买了很多啤酒、泡面、饼干、还有面包。

回到房间后，我将身上所有的衣服都脱下来，用湿毛巾擦拭身体。穿上已经洗好的内衣，打开买回来的啤酒，一饮而尽。我打了一个大嗝，觉得头昏脑涨，便在榻榻米上睡成一个“大”字形。

我醒来后，房间已经变暗了。我打开灯，看了看时钟，已经是晚上八点十五分了，我啃完奶油面包后，就拿着洗脸盆和毛巾去浴室。在宽敞的浴池里，我足足泡了一个多小时，什么事情都没想。

回到房间后，立刻将杯子倒满威士忌，我拿到嘴边，但是没有喝又放了下来，琥珀色的液体抗议似的不停摇晃。我盯着杯子看，同时想起了阿惠说的话，立刻摇摇头。

“没办法，那是不可能的。”

“为什么这样武断？你不试试看怎么知道？”

我打开两只手掌，举到面前。

咔嗒……

我听见我的脑子里好像传来开关被打开的声音。

我试着模仿上卷子，试着模仿用剪刀、夹子烫发、滑剪、打层次，最后再一边用手抓一边用吹风机吹。我用手将我能想到的技术重新演练。

我很认真，手指也很愉悦，这十几年来，停滞不流的血液又开始流动。我的意识越来越清楚，尘封已久的财产正慢慢跑出来，我可以的，我还记得。

我回过神时，已经是两小时后了。这段时间我用想象力完成的发型不下十种，我兴奋得几乎颤抖。

“去做吧！”

再试一次吧！不行也没什么大不了的啊！尽量试着去做吧！

“我必须跟阿惠道歉……”

我这才发现我已经将阿惠的名片丢了，如果没有名片的话，就不知道她的电话。我冲出房间，跑到千住旭公园，我没办法等到天亮。这样几乎要使身体颤抖的兴奋，还是龙洋一出狱前晚以来的第一次。

当我靠近公园后，便听到女孩的叫声，公园里有年轻人在玩仙女棒，有五六个人吧！只有在公园的正中央亮着一盏路灯。

我将阿惠的名片丢到哪里了呢？应该是在树下的长椅，我找到目标后就在公园里跑了起来。我看见了熟悉的长椅，我趴在地上找，我应该是在这一带践踏它的，但是好像没有，阿惠的名片到底在哪里？

“这家伙是无家可归的人吗？”

“可是她身上有香皂味。”

我听见声音。

抬起头。

玩着仙女棒的那些年轻人就站在我面前，里面有十几岁的女孩子。

“好讨厌哦，居然和我用同样的香皂，这个味道。”

我站起来。

“喂！你们，有没有看到一张名片掉在这附近？不过是揉成一团的……”

我胸口好像挨了好几拳，无法呼吸。我趴在地上，从胃部冒出热热的东西，酸掉的奶油面包味道在我嘴里扩散开来，我被踹得四脚朝天。

吵闹的笑声响彻夜空。

“好脏啊！这家伙吐了呢！”

“好爽。你还真是狂妄呢！居然和我用相同的香皂。”

“大家一起惩罚她吧！”

像魔鬼一样的眼睛包围着我，我不知道将要发生什么事……

我睁开眼睛，是在黑暗的空间，我用手扶着墙壁站起来，腿一软又跌坐在地。我的屁股坐到一个好硬的东西，痛彻心扉。我发出呻吟，咳了一下便吐出痰来。我用手一摸屁股底下硬硬的东西，好像是马桶，我又站起来，推了推面前的墙壁，一下子就开了，我踉踉跄跄地走到外面。有点暖和的空气吸入我肺里，路灯仍然亮着，那个光看起来是黄绿色的。没有半个人影。我想起来了，这里是公园。我必须要找阿惠的名片，我才这样想时，热热的液体就从腹底涌出。我边呻吟边吐得满地都是。嘴里刺痛，我用手擦了擦嘴角。

我抬头看着夜空，什么也看不见。我将目光移回来，调整呼吸。我踏出步伐。可以走了。一步一步地前进。我走出公园。慢慢地走在柏油路上，转进巷子里。我没有想别的事，只是一直往前走，我的两腿没力，摔倒在地。我摔了一个狗吃屎，吃了一嘴的沙子，站了起来。我扶着电线杆，吐了口口水。

我必须继续走。

我又再度跨出步伐，一边休息一边走。只看前方，撑着快要倒下的身体，经过很长一段时间，我终于回到了公寓。我站在房间前，摸了摸自己的口袋，没有找到钥匙。

难道是掉在公园里……

我回头看，泪水夺眶而出，我像是将最后的希望寄托在门把手上似的握住门把手，转了一下，打开了，我刚才出门时忘了锁门，我的脸扭曲着笑了，没有出声。

我打开门进入房间，将鞋子脱掉，走进去。打开日光灯，所有的东西看起来都是黄绿色的。

我吐了口气，冲到水槽。我张开嘴巴，除了呻吟，什么也吐不出来。我的肚子像是已经腐烂了似的。

我觉得手脚越来越重，只有心脏以非常快的速度跳动着。我的鼻子里有焦臭味扩散开来，心脏的跳动越来越快。

我用杯子从水龙头接了一杯水，拿到嘴边，还没喝就倒掉了。

我的眼前一片黑，什么东西也看不见，身体开始颤抖。

我又看见了，不知何时我倒在起居室的榻榻米上，是趴着的，我想要起来，身体却无法动，我的眼睑也无法动，手指也无法动。

闪烁着白光。

我仰望红色的屋顶，那是我出生在这世上的家。是我被家人围绕着度过婴儿、幼儿、小学生、中学生、高中生的家。大学毕业后，住过一年的家。什么都没变，停在电线上的喜鹊，长长的尾巴上下摇摆着。

我打开拉门走进去。黑色的柱子还在，和当时一样的味道，一样的空气。

挂钟响了。

我脱下鞋子，走进屋子。我一看起居室，爸爸挺直了背脊在看报纸，他板着一张脸，歪着头读着新闻。发现我以后，只抬起眼睛，微微对我点点头，然后又立刻看他的报纸。

我听见活力十足的脚步声从楼梯上跑下来，冲到了我的面前，停住了。

是久美。

她上气不接下气，用不可置信的表情看着我，还是一样美的眼睛、苍白的圆脸、瘦弱的身体。

“姐姐！”

久美欢呼着，笑得像小孩一样。她跳起来，搂着我的脖子。

“太好了，姐姐回来了，姐姐回来了！”

久美紧紧抱住我，用尽全身的力气叫着。她天真无邪的笑声响彻整间屋子。

“姐姐，欢迎回来！”

我的身体充满了温暖，我紧紧地抱着久美，将自己的鼻子埋在久美的头发里，用力吸了一口从小就熟悉的味道，然后笑着跟她小声说。

我回来了。

末章

祈福

杀死松子姑姑的凶手是五名十七岁到二十岁的男女。据后藤刑警说，其中三名男孩是东京都内的大学生，另外两名分别是十七岁和十八岁的女孩，靠打零工维生。两名女孩和二十一岁的主犯都是在交友网站上认识的，主犯再将两名男性友人介绍给她们认识。其中一名友人在千住旭町租了一间公寓，事发当日，五人在那间屋子里喝酒。到了深夜他们想要玩仙女棒，就去附近的千住旭公园，刚好遇到了松子姑姑，便将姑姑杀死了。至于为什么要杀姑姑，还不了解。后藤刑警说，到法院会叫他们说清楚。

案子发生后过了四个多月，到了十一月上旬时，举行三个大学生的第一次庭审。我坐地铁到霞之关车站和龙先生会合后，再去东京地方法院。一直下的秋雨到了今天早上已经停了，我们走出霞之关车站时，看到万里无云的天空。

杀死松子姑姑的那些人，居然和我还有明日香是差不多年纪的人，我很震惊。

我即将和那些人见面了。到底是些什么样的家伙呢？如果可以的话，我很想直接问问他们，为什么要杀死松子姑姑？他们当时是什么样的想法？对于自己所做的事有什么看法？有什么话想对松子姑姑说吗？

还有，你们这些家伙到底是什么东西？

“明日香小姐已经休学回家了呢！”龙先生慢慢吐出这句话，“我本来想要谢谢她帮我把《圣经》送回来的。”

“她现在忙着念书吧！因为她立志要当医生。”

“太了不起了，她没有将梦想当作做梦，而是勇于挑战，我很钦佩她。”

老实说，我也被明日香的果决给打败了。我虽然仍抱着孩提时的梦想，但是如果有人问我要不要挑战梦想，我只会当作笑话说：“这怎么可能！”梦想也有必须舍弃的时候，可以舍弃梦想才能真正长大，我曾经看过这样的文章，我心想真是胡说八道。

“我在十五岁时走岔了路，那就和时间一样，永远也无法挽回，而且只会越来越严重。如果我有和明日香小姐一样的智慧与勇气的话，或许在人生的某个阶段可以修正回来……”

“但是龙先生现在不是修正得很好吗？只不过有点迟而已。”

“这不是靠我的力量，是神帮我的。”

我叫了一声。

“怎么了？”

“我现在才发现，明日香也是借助神的力量才做的决定。”

龙先生百思不解的样子。

“我和明日香一起送《圣经》去教会时，在牧师的劝诱下，学着祷告。在回来的路上，明日香说神不只在教会，也在自己的心里。烦恼的时候祷告，就可以听见自己内心的声音。明日香一定是在那时候摆脱了迷惘，立志要当医生的。我想她突然回家也是为了取得家人对她决定的支持。”

“原来是这样。”

“所以如果龙先生没有掉了《圣经》的话，或许明日香就不会做这种决定了。”

“……对不起。”

我夸张地摇摇手：“我不是这个意思，因为我支持明日香的梦想。”

龙先生似乎很高兴地点点头。

“分隔两地后要交往就很辛苦呢！”

“我们决定分手了。”

龙先生停下脚步，讶异地看着我。

“为什么？你们应该彼此相爱吧！”

“就像刚才龙先生所说的，距离实在太远了，连见个面都很难。我们确实彼此相爱，但是明日香必须专心准备考试，一想到这些现实的问题，继续交往就变得很困难。而且我们都还年轻。”

“你是觉得就算和明日香小姐分手，再找新的对象就好了吗？”

“……这个，女孩子是不止明日香一个。”

“可是世界上只有一个明日香小姐啊，或许有人跟明日香小姐很像，但是明日香小姐就只有一个。”

“话是没错……”

“请拿我当反面教材。人的一生会遇到很多人，但是真正美好的相遇少之又少。和明日香小姐的相遇，对阿笙来说也是难能可贵的美好相遇不是吗？你能不能更加珍惜呢？这样失去明日香小姐你不会后悔吗？”

我低下头，沉默不语。

“对不起。”龙先生又赶紧说道，“我又多嘴了，因为这是阿笙和明日香小姐的决定，所以不该由我说三道四的。”龙先生微微低头致歉，然后又迈开步伐。

我跟在龙先生后面。

其实不用龙先生说，那些道理我也懂，但是明日香今后读书会很辛苦，如果我打扰到她会很不好意思。

不，这些都是骗人的。我还想和明日香做男女朋友，但是如果我和她维持远距离的恋爱，她在当地也有可能会碰到新的恋人，而且进了医科后，优秀的人那么多，再说我搞不好也会遇到别的女孩，我不喜欢到那时候，彼此的存在都变成了沉重的负担，变得彼此憎恨。如果是现在的话，还可以带着快乐的回忆分手。总之，我没有自信可以谈远距离的恋爱。

不，其实这些也不是真心话。我只是想找个冠冕堂皇的理由来骗自己罢了。我自己也不了解自己的想法，思绪混乱，理不出头绪。

“是这里吧！”

龙先生的声音让我回过神。

这栋冷冰冰的建筑就是东京高等法院的综合大楼，建筑物入口附近有警卫。法院——一个人裁决人的地方。

入口处区分为职员用和一般访客用。我和龙先生通过一般访客用的门，警卫只是瞄了我们一眼，什么也没说。

在我们要进去的地方，有好几个穿着像是警察制服的职员站在那里。说是要检查随身携带的物品，我什么也没带，龙先生拿着一个小书包，所以必须将东西交给他们，东西立刻被放在旁边的传送带上，经过 X 光扫描装置。我和龙先生通过金属探测器的闸门，没有发出叫声。

“请，好了。”负责闸门的职员礼貌地对我们说。龙先生从负责检查人员手中将书包拿回来。

通过随身物品检查后，我们便来到了挑高的大厅，天花板感觉异常地远。在这宽敞的空间里，到处都是穿着西装或是休闲装扮的男女站在那里说话。也有和我一样穿着牛仔裤的年轻男孩。一走进去正面就有一个警卫柜台。

“我们去那里看看。”龙先生毫不迟疑地往警卫柜台走。一名年轻的警卫坐在那里，我们来到他面前，他也没任何反应。龙先生随意摊开摆放在台子上的公开审判庭的预定表，我从旁边瞄了一眼。

这个表上印有执行判决的法庭、承办检察官的姓名、时间、案件名称、罪名及被告姓名等。后藤刑警已经告诉我开庭时间，所以我们从被告人姓名去找法庭。因为后藤刑警跟我说：“不好意思，法庭的地点请你去法院找。”

龙先生停止翻动扉页，他指的地方就是被告的姓名。

桥本雅巳等两名。

这就是杀死松子姑姑的家伙。

我没看过也没听过这个名字。

罪名栏是杀人。案件名栏是动用私刑杀人案。私刑这个词冷冷地浮现在我眼前，开庭时间是下午三点，地点是四〇 × 号法庭。

我和龙先生搭电梯到四楼，电梯门一开，出现在我们眼前的是鸦雀无声的宽广空间。天花板很高，宽阔的走廊左右延伸了一百米，在这个冷清的空间里看不到半个人影，非常安静。

从天花板垂挂着的标示板上，写着法庭编号的指示。我们依照箭头所示方向前进，来到一扇对开的玻璃门前，推门而入时，发现整楼层都是法庭。

每间法庭的出入口都有区分旁听人专用、律师及检察官专用。旁听人专用的门上挖了一个四方形的窥视窗。

我为了确认法庭编号，便打开窥视窗，往内窥看。灯已经开了，但是没有半个人。

“没有人啊……”

“时间好像还早吧，我们进去等吧！”

我和龙先生将门打开，走进法庭。我以为里面没有人，但是发现有一个戴眼镜的女职员走来走去，好像在准备开庭的资料。

旁听席有三排，大约有四十个座位。旁听席和法庭之间隔着一道低低的木头栅栏。我和龙先生坐在正中央那一排的最后面。

律师及检察官专用的门打开了。进来一位白发往后梳、看起来很绅士的男性和两位年轻男性。他们都身穿灰色系的西装。坐在我们对面的左边座位。

“那是被告的律师。”龙先生低声说。

左边的旁听人专用门打开了。进来一对中年男女，男性五十五岁左右，身穿看起来价值不菲的西装，抬头挺胸，他看了我们一眼，嘴角往下撇，女性看起来还没五十岁的样子，但是脸上无精打采，眼睛彷徨无助地盯着天花板，感觉只是跟在那个男性的后面。他们两人一起对律师鞠躬致意，白发绅士律师轻轻挥手回应，中年男女坐在左侧最前排的位置。

随着开庭时间的接近，旁听人越来越多。好像是凶手的父母、亲戚、朋友都来了。一开始进来的那对中年男女，正在跟律师说话。

“发生这样的事，可能会影响到那个孩子的未来……”

白发绅士律师用怜爱的表情对着用手帕擦拭眼角的中年女性说。

“这是意外啊！”不知道是哪里传来的女人声音，好像也是凶手的亲戚。

律师及检察官专用门打开了。身穿深灰色西装的年轻男人走进来，他手里抱着一沓很厚的资料，穿过法庭坐在对面右边的座位上，那是检察官。他的头发很短，皮肤白皙，脸颊消瘦，不知为什么看起来好像身体不好，但是眼睛很大，让人感觉很有活力。

检察官附近的门开了，一名身穿黑色斗篷的男性推着推车走进来，推车上堆满了资料，男性将那些资料排放在最高的台子上，然后走到较矮的台子上，他好像是书记官。

书记官走进来的那个门又开了。两名穿着警察制服的法警带着三名男子走进来。

“这些家伙是……”

“凶手。”

是杀死松子姑姑的那些家伙。他们的手腕被手铐铐住，腰上还绑着黑色的绳子。

第一个走进来的男子身穿牛仔裤和白色长袖运动衫，只有短发的前端染成了金色，身材消瘦，脸色很难看。可能是因为戴着无框眼镜的关系，看起来好像很聪明的样子。

第二个人身穿深蓝色西装，发型很普通，但是个子很高，脸被太阳晒成黝黑色，身材很结实，像是很喜欢打棒球的样子。

第三个人身穿紧身牛仔裤和运动服。是三人当中最矮也最瘦的。他歪着那张像爬虫类的脸，嘴角扭曲着走进法庭。

这三个人我都完全没见过。

这些人的脚踹破了松子姑姑的内脏，要是没有这些人，松子姑姑现在应该还活着。

我的心脏开始狂跳。虽然情绪很冷静，但是只有心脏是亢奋的。

三人被法警解开手铐和腰绳后，坐入被告席，就在栅栏的正对面。

法庭正面的门开了，三名法官走进来。

“起立。”刚才那个走来走去的女职员大声叫着。

在场的所有人都站了起来。身穿黑色法袍的法官在最高的台子上就位后，大家才坐下来。

“全都到齐了吗？”

坐在正中央的法官的声音响彻法庭。律师和检察官严肃地点点头。

“好，那就开庭，被告请起立。”

三人站起来，弯腰鞠躬。

“请依序报出户籍、地址、职业、姓名。从最左边的这位开始。”

“那个……我的户籍是神奈川县横滨市、日吉本町一丁目××番×号。地址是东京都文京区、本乡三丁目×××番×号、日升公寓三〇二室。职业是大学生。姓名是桥本雅巳。”

一开始是由那个长相聪明的人回答。桥本雅巳的声音很轻，不会给人深刻的印象，不仅如此，声音里还带着像是在大学课堂上回答讲师问题的谄媚与讨好，至少我有这种感觉。

法官复诵一遍姓名后并确认汉字，然后再催下一位回答。

身材结实的是须藤典之，长得像爬虫类的是森阳介，他们分别报出自己的姓名。须藤典之的户籍是兵库县，森阳介的户籍是富山县。

“检察官请宣读起诉书。”

年轻检察官站起来。

“针对下述被告事件提起公诉。公诉事实，被告人桥本雅巳、须藤典之、森阳介三人，于平成十三年七月九日晚上十一时三十分左右，在东京都足立区千住旭町三十番的千住旭公园，与两名未成年女子一起玩仙女棒时，认为五十三岁、住在东京都足立区日出町××番光明庄一〇四室的川尻松子，随便闯入他们聚集的公园，不把他们放在眼里且态度傲慢，便决定予以杀害，全员反复施以拳打脚踢等暴行，致使被害人内脏破裂，产生失血性休克，他们认定被害人死亡后便将其弃置于千住旭公园的公共厕所内，之后被害人曾一度恢复意识，慢慢走回自己家中气绝身亡。”

“请宣读罪名和适用条款。”

“罪名是杀人，适用条款为《刑法》第一九九条。”

检察官就座。

法官清了清喉咙。

“现在开始进入审理，在此之前请被告注意，被告有缄默权，在审理中，被告会接受各种讯问，但是不想回答时可以不回答，此外，如果还有话想说的话，经过法院许可后，可随时发言。不过，被告在法庭上之陈述，不论有利与否，全都将列为本案证据，因此请仔细考虑后再发言，可以吗？”

三个人七零八落地回答“是”。

“那请问，刚才宣读的公诉事实有任何错误吗？若有任何异议的话，请陈述，首先，桥本先生。”

“那个……我没有打算要杀她，我没想到她会死。我们只是想要玩久一点，大家太兴奋了，所以就顺便想要开她玩笑而已……我们是太过轻浮了，真的没想到她会死……但是，我为自己做的事感到抱歉。”

我屏气凝神，心脏快要冻结住。

这家伙到底在说什么？

“律师如何认为呢？”

律师站起来，那个白发绅士。

“如同刚才被告之陈述，否认杀人意图。至于细节部分希望能留待开场陈述时再做陈述。”

须藤典之也同样不承认杀意，好像是担任须藤典之律师的年轻男子，也说出和白发绅士同样的话。森阳介也一样，就像是一个模子刻出来的，重复说着没有杀人的意思，只是用太过轻浮的态度开玩笑而已，但是已自我反省，觉得自己做了很抱歉的事。

“那请被告就座。”

桥本雅巳、须藤典之、森阳介略微鞠躬。桥本雅巳用手指搔了搔耳后。

“请等一下。”

传来了一个声音。

那是我的声音。

“什么叫很抱歉！”

“阿笙。”

龙先生抓住我的手。

“旁听人肃静！”

我站了起来。

龙先生把我压下去。

“阿笙，冷静点！”

“别开玩笑了！”

三人同时转过头来，眼睛瞪得好大。

“知道你们做了什么好事吗！只是开玩笑的话，人怎么会死？松子姑姑的心情你们了解吗……你们这些家伙！”

“我命令旁听人退庭！”

法警冲过来。

我两只手被抓住，从座位上被拖出去。

桥本雅巳、须藤典之、森阳介全都目瞪口呆，我看见他们的身影离我越来越远、越来越小。

“说句话啊！王八蛋！”

门在我眼前被关上。

我被留在法庭外，我沸腾的怒火无处宣泄，在体内爆发，我对着门猛挥拳。

我的手被抓住了。

是龙先生。

“阿笙。”

龙先生摇摇头。

“我们走吧！”

我甩开龙先生的手，瞪着龙先生，然后将手指伸到门那里。

“你是要叫我原谅那些家伙吗？神会连这种用戏谑方式杀人的家伙都原谅吗？”我的声音在颤抖。

龙先生露出悲伤的眼神。

“原谅不可原谅的人，那就是……”

“我不要！”

“……阿笙。”

“我不原谅，我绝不原谅那些家伙！”

龙先生默默点点头。

我从龙先生身旁走过，推开玻璃门，跑到走廊，跑下楼梯，走出法院。我在柏油路上随意乱走。我愤怒地往前走，根本不知道走到哪里了，但是我无法停下脚步，如果一停下来，我的身体就会爆炸。

不知何时太阳已经西下，摩天大楼的黑影映衬在夕阳的余晖中，车子的头灯排成了一列列的队伍。

我在熙熙攘攘的人群中前进，人的笑声、说话声，汽车的喇叭声、刹车声。我和大都市的噪声与喧嚣擦肩而过。

我不甘心。

我只觉得不甘心。

我的泪水夺眶而出，眼前一片模糊。我停下了脚步，用两手擦着眼泪。

就在这时，风穿透了我的身体。

我停止呼吸。

慢慢抬头仰望天空。

现在我觉得听到了一个声音。

哐当，一个很轻柔的声音。

后记

在此，我要郑重感谢：针对昭和四十年代的铁路情形，给予我宝贵意见的川口明彦先生。

此外，本部作品乃是虚构，书中出现的人名、地区、机构、政府机关及规定等都与实际完全无关。地检署的公审资料阅览手续，往往比本书中描写的更为费时，特此申明。

参考文献

《乡土大野岛村史》武下一郎　非卖品

《怀念的快乐修学旅行》速水荣　NESCO

《博多当当当电车物语》平山公男　苇书房

《我想成为理发师、美发师！》大荣出版编辑部　大荣出版

《美发师》山野靖子　实业之日本社

《土耳其浴知识》广冈敬一　晚声社

《战后特殊营业特集》广冈敬一　朝日出版社

《东京夜的驱入寺》酒井步　The Masada

《被逮捕后该怎么做》安土茂　日本文艺社

《最长的下午》早濑圭一　每日新闻社

《围墙内的女人实录》花田千惠　恒友出版社

《女子监狱》藤木美奈子　讲谈社

《围墙内的插画日记》野中弘　日本评论社

《实录！监狱内》别册宝岛编辑部　宝岛社

《现代流氓的内幕知识》沟口敦　宝岛社

《安非他命成瘾者实录》木佐贯亚城　People 社

《ASPECT 特集 71 冰毒 Q&A》ASPECT

《药物成瘾》近藤恒夫　大海社

《忧郁病患手记》时枝武　人文书院

《被爱、被原谅》铃木启之　雷韵出版

《图解法院旁听手册》鹭岛铃香　同文书院

《生化学辞典第二版》东京化学同人

《东京 OL 杀人事件》佐野真一　新潮社

《TOKYO OMNIBUS 一个人来东京》小林纪雄　Little More

《东京装置》小林纪晴　幻冬舍

图书在版编目（CIP）数据

被嫌弃的松子的一生 / (日) 山田宗树著 ; 王蕴洁，刘珮瑄译 . — 成都 : 四川文艺出版社 , 2017.9
ISBN 978-7-5411-4784-5

Ⅰ . ①被… Ⅱ . ①山… ②王… ③刘… Ⅲ . ①长篇小说—日本—现代 Ⅳ . ① I313.45

中国版本图书馆 CIP 数据核字 (2017) 第 205125 号

著作权合同登记号 图进字：21-2017-568

BEI XIAN QI DE SONG ZI DE YI SHENG

被嫌弃的松子的一生

［日］山田宗树 著　王蕴洁 刘珮瑄 译

策划出品　磨铁图书
责任编辑　邓　敏　周　铁
责任校对　汪　平

出版发行　四川文艺出版社 (成都市槐树街 2 号)
网　　址　www.scwys.com
电　　话　028-86259287（发行部）　028-86259303（编辑部）
传　　真　028-86259306

邮购地址　成都市槐树街 2 号四川文艺出版社邮购部　610031
印　　刷　北京嘉业印刷厂
成品尺寸　146mm × 210mm　1/32
印　　张　13　　字　　数　360 千
版　　次　2018 年 4 月第一版　　印　　次　2018 年 4 月第一次印刷
书　　号　ISBN 978-7-5411-4784-5
定　　价　45.00 元